A
MEDIDA

A MEDIDA

NIKKI ERLICK

Tradução
Laura Folgueira

1ª edição
Rio de Janeiro-RJ / São Paulo-SP, 2024

VERUS EDITORA

Título original
The Measure

ISBN: 978-65-5924-326-6

Copyright © Nikki Erlick, 2022
Todos os direitos reservados.

Tradução © Verus Editora, 2024
Direitos reservados em língua portuguesa, no Brasil, por Verus Editora. Nenhuma parte desta obra pode ser reproduzida ou transmitida por qualquer forma e/ou quaisquer meios (eletrônico ou mecânico, incluindo fotocópia e gravação) ou arquivada em qualquer sistema ou banco de dados sem permissão escrita da editora.

Verus Editora Ltda.
Rua Argentina, 171, São Cristóvão, Rio de Janeiro/RJ, 20921-380
www.veruseditora.com.br

CIP-BRASIL. CATALOGAÇÃO NA FONTE
SINDICATO NACIONAL DOS EDITORES DE LIVROS, RJ

E64m

Erlick, Nikki
  A medida / Nikki Erlick ; tradução Laura Folgueira. - 1. ed. - Rio de Janeiro : Verus, 2024.

  Tradução de: The measure
  ISBN 978-65-5924-326-6

  1. Romance americano. I. Folgueira, Laura. II. Título.

24-92490
CDD: 813
CDU: 82-31(73)

Meri Gleice Rodrigues de Souza - Bibliotecária - CRB-7/6439

Revisado conforme o novo acordo ortográfico.

Seja um leitor preferencial Record.
Cadastre-se no site www.record.com.br e receba
informações sobre nossos lançamentos e nossas promoções.

Atendimento e venda direta ao leitor:
sac@record.com.br

*Para meus avós,
com amor e gratidão*

Diga-me, o que você planeja fazer
Com sua única, selvagem e preciosa vida?

      —*Mary Oliver*, "O dia de verão"

Era difícil imaginar uma época antes delas, um mundo onde ninguém as recebia.

Mas, quando apareceram pela primeira vez, em março, ninguém tinha ideia do que fazer com aquelas caixinhas estranhas que chegavam junto com a primavera.

Todas as outras caixas, em todas as fases da vida, tinham um significado claro, um objetivo específico. A caixa de sapato com um par novinho para ser usado no primeiro dia de aula. O presente de Natal coroado por um laço vermelho, habilmente enrolado com uma tesoura. A minúscula caixa com o diamante tão sonhado, e as grandes caixas de papelão seladas com fita adesiva e etiquetadas à mão, transportadas em um caminhão de mudanças. Até mesmo a última grande caixa, a que repousará debaixo da terra, cuja tampa, uma vez fechada, nunca mais será aberta.

Todas as outras caixas pareciam familiares, compreensíveis, até esperadas. Todas tinham um propósito e um lugar, e se adaptavam perfeitamente no curso de uma vida normal.

Mas *aquelas* caixas eram diferentes.

Elas chegaram no começo do mês, em um dia comum, sob um luar comum, cedo demais para culpar o equinócio de março.

E, quando elas apareceram, foi para todo mundo de uma só vez.

Pequenos baús de madeira — pelo menos, *pareciam* de madeira — que emergiam da noite para o dia, milhões e milhões deles, em todas as cidades, estados e países.

As caixas surgiam em gramados bem aparados nos bairros de classe média, aninhadas entre cercas-vivas e as primeiras floradas de jacinto, em capachos urbanos já muito pisoteados por décadas de inquilinos, nas areias quentes do deserto, diante de tendas, e perto de solitários chalés à beira de lagos, acumulando orvalho com a brisa que vinha da água, em San Francisco e São Paulo, Joanesburgo e Jaipur, nos Andes e na Amazônia. As caixas podiam chegar em qualquer lugar, para qualquer pessoa, não havia exceção.

Havia algo ao mesmo tempo reconfortante e perturbador no fato de que todos os adultos do mundo subitamente pareciam compartilhar a mesma experiência surreal, a onipresença das caixas causando terror e alívio.

Porque, em muitos sentidos, a experiência era a mesma. De quase todas as formas, essas caixas eram idênticas. Todas eram marrom-escuras, de tom avermelhado, frias e lisas ao toque. E, dentro de cada uma, havia uma mensagem simples, mas enigmática, no idioma nativo do destinatário: *A medida da sua vida está do lado de dentro.*

Em cada caixa, havia uma única fita, inicialmente escondida por um delicado pedaço de tecido branco-prateado, de modo que, mesmo aqueles que levantassem a tampa, hesitariam antes de olhar o que estava por baixo. Como se a própria caixa o alertasse, tentando protegê-lo do impulso infantil de rasgar o embrulho, e, em vez disso, lhe pedisse para ir com calma e contemplar o próximo movimento. Porque ele jamais poderia ser desfeito.

De fato, as caixas só variavam em dois aspectos: cada pequeno baú trazia o nome do seu destinatário, e cada fita tinha um comprimento diferente.

Mas, quando as caixas chegaram pela primeira vez naquele mês de março, em meio ao medo e à confusão, ninguém entendeu bem o que a medida realmente significava.

Pelo menos, não naquele momento.

PRIMAVERA

NINA

Quando a caixa com o nome de Nina apareceu em frente à sua porta, ela ainda estava na cama, dormindo, as pálpebras tremulando de leve enquanto o cérebro adormecido lidava com um sonho difícil. (Ela estava de volta ao ensino médio e a professora exigia ver um ensaio que Nina nunca tinha recebido a incumbência de escrever.) Era um pesadelo familiar de quem tinha tendência ao estresse, mas não era nada comparado com o que lhe esperava no mundo desperto.

Como de costume, Nina acordou naquela manhã e deslizou para fora do colchão enquanto Maura continuava a dormir. Sem fazer barulho, foi até a cozinha, ainda de pijama, e ligou o fogo sob a chaleira laranja rechonchuda que Maura comprara num brechó de rua no verão passado.

O apartamento era sempre deliciosamente silencioso pela manhã, apenas o silvo ocasional de gotículas escapando pela tampa da chaleira e caindo nas chamas baixas do fogão interrompia o silêncio. Mais tarde, Nina se perguntaria por que não escutou nenhuma comoção naquela manhã. Não havia gritos, nem sirenes, nem televisões num volume alto, nada para alertá-la do caos que já se anunciava do lado de fora. Se Nina não tivesse ligado o telefone, talvez tivesse ficado mais um pouco naquela quietude, saboreando o momento anterior.

Mas, em vez disso, ela se sentou no sofá e olhou o celular, como fazia todas as manhãs, na intenção de ler alguns e-mails e dar uma olhada nas várias notícias até o despertador de Maura tocar e elas discutirem se comeriam ovos ou mingau de aveia. Como editora, fazia parte do trabalho de Nina ficar informada, mas a grande quantidade de aplicativos e veículos de comunicação crescia a cada ano, e às vezes ela ficava sobrecarregada de pensar que podia passar uma vida inteira lendo e nunca ficar inteiramente por dentro de tudo.

Naquela manhã, não deu nem para começar. Assim que abriu a tela inicial, Nina soube que havia algo errado. Tinha três ligações perdidas de amigos, e as mensagens se acumulavam havia horas, a maioria de outros editores no chat de grupo.

Q PORRA É ESSA?!

Todo mundo recebeu???

Estão em TODO LUGAR. Tipo no mundo inteiro. CARALHO.

A mensagem é séria?

NÃO abram até a gente descobrir mais.

Mas dentro só tem uma fita, né???

Sentindo um aperto no peito e a cabeça zonza, Nina tentava encaixar as peças da história. Ela abriu o Twitter, depois o Facebook, e encontrou a mesma coisa, um monte de pontos de interrogação e pânico em caixa-alta. Até que surgiram as fotos. Centenas de usuários postando imagens de caixinhas marrons em frente à porta. E não só em Nova York, onde ela morava. Em todo canto.

Nina conseguia ler a mensagem em algumas das fotos: *A medida da sua vida está do lado de dentro.* Que raios queria dizer isso?

Seu coração começou a bater rápido, no ritmo das perguntas que povoavam sua mente. A maioria das pessoas nas mídias digitais lidava com a mesma mensagem esquisita contida dentro das caixas e chegava a uma única conclusão aterrorizante: o que quer que houvesse ali dentro alegava saber a duração exata da sua vida. O tempo que lhe era destinado, por quem quer que tivesse o poder de determiná-lo.

Nina estava prestes a gritar e acordar Maura quando percebeu que *elas* também deviam ter recebido as tais caixas.

Com as mãos trêmulas, ela jogou o celular no sofá e se levantou. Assustada, foi até a porta do apartamento, respirou fundo e olhou pelo olho mágico, mas não conseguiu enxergar o chão. Então, devagar, destravou a tranca dupla e abriu a porta timidamente, como se do outro lado houvesse um estranho, pedindo para entrar.

As caixas estavam lá.

Sobre o capacho com a frase de Bob Dylan que Maura insistira em levar consigo quando foi morar com Nina. *"Be groovy or leave, man"*: se não for descolado, nem entra, cara. Nina provavelmente teria preferido algo mais simples, um capacho neutro antiderrapante, mas aquela frase sempre fazia Maura sorrir e, depois de semanas chegando em casa e dando de cara com o verso bem-humorado, Nina também passara a amá-lo.

Cobrindo a maior parte da letra cursiva azul do capacho, estava um par de bauzinhos de madeira. Um para cada uma, pelo jeito.

Nina olhou pelo corredor e viu uma caixa idêntica esperando o vizinho do 3b, um idoso já viúvo que só saía de casa uma vez por dia, para descarregar o lixo. Ela se perguntou se devia avisá-lo. Mas o que diria?

Nina ainda observava as caixas ali embaixo, nervosa demais para tocá-las, mas chocada demais para sair dali, quando o assovio da chaleira a acordou do transe, fazendo-a lembrar que Maura ainda não sabia de nada.

BEN

Ben também estava dormindo quando as caixas chegaram, só que ele não estava em casa.

Ele se mexeu no assento estreito da classe econômica, os olhos apertados para se proteger da luz que vinha de um notebook no assento ao lado, enquanto milhões de caixas tomavam conta do país como uma névoa, trinta e seis mil pés abaixo dele.

O congresso de arquitetura de três dias em San Francisco tinha terminado no início da noite, e ele pegara o voo da madrugada para Nova York antes de qualquer sinal das caixas chegarem à região da baía. O avião decolou pouco antes da meia-noite na costa oeste e chegou pouco depois do nascer do sol na costa leste, sem nenhum dos passageiros nem ninguém da tripulação saber o que ocorrera no decorrer da noite.

Mas, quando o sinal de apertar os cintos foi desligado e os celulares de todos os passageiros foram acionados ao mesmo tempo, eles instantaneamente souberam.

No aeroporto, multidões se formaram diante dos telões, cada emissora oferecendo uma interpretação diferente para as caixas.

CAIXAS MISTERIOSAS SURGEM NO MUNDO INTEIRO.
DE ONDE ELAS VIERAM?
CAIXAS SUPOSTAMENTE PREVEEM O FUTURO.
QUAL É O VERDADEIRO SIGNIFICADO DA SUA FITA?
Todos os voos seguintes estavam atrasados.

Perto de Ben, um pai tentava acalmar os três filhos enquanto discutia ao telefone.

— Nós acabamos de chegar! — disse ele. — O que vamos fazer? Voltar?

Uma empresária verificava o iPad e informava as últimas notícias ao restante dos passageiros.

— Parece que só os adultos receberam — anunciou em voz alta para ninguém em particular. — Até agora, nenhuma criança recebeu.

Mas a maioria das pessoas gritava a mesma pergunta ao celular:

— *Eu* também recebi?

Ben ainda olhava para cima, fitando as telas de neon. Seus olhos estavam ressacados e cansados em virtude da noite maldormida. Para ele, voar era como fugir das leis do espaço-tempo: as horas no avião pareciam existir em um lugar fora do contínuo normal da vida lá embaixo. Mas jamais ele havia saído tão bruscamente de um mundo e voltado a outro.

Enquanto caminhava rápido para o AirTrain para chegar ao metrô, Ben ligou para a namorada, Claire, mas ela não atendeu. Então ligou para a casa dos pais.

— Estamos bem, fica tranquilo — a mãe lhe assegurou. — Não se preocupe com a gente, só volte em segurança.

— Mas... vocês *receberam*? — perguntou Ben.

— Sim — cochichou a mãe, como se alguém a escutasse. — Seu pai guardou no armário, por enquanto. — Fez uma pausa. — Nós ainda não abrimos.

O metrô que ia para a cidade estava estranhamente vazio, principalmente considerando o horário de rush matutino. Ben era uma de apenas cinco pessoas no vagão, a mala de mão encaixada no meio das pernas. Será que ninguém ia trabalhar naquele dia?

Deve ser uma medida de segurança, ele pensou. A qualquer sinal de que algo catastrófico estaria atingindo a cidade, nova-iorquinos nervosos evitavam o metrô. Poucos lugares pareciam piores para se ficar preso do que um vagão apertado e sem ar embaixo da terra.

Os outros passageiros estavam em silêncio, tensos, sentados bem longe um do outro e concentrados em seus celulares.

— São só umas caixinhas — falou um homem, curvado num canto. Para Ben, parecia ter usado alguma coisa. — Não tem motivo pra surtar!

A pessoa mais próxima do homem mudou de lugar.

Então ele começou a cantar de um jeito esquisito, regendo uma orquestra invisível com as mãos.

— *Little boxes, little boxes, little boxes made of ticky tacky…**

Foi só aí, ouvindo a voz rouca do homem e sua melodia inquietante, que Ben realmente começou a se preocupar.

Subitamente consternado, ele desceu na estação seguinte, a Grand Central, e subiu correndo os degraus, grato por estar de volta na calçada, em meio ao conforto das multidões. O terminal estava bem mais cheio que o metrô, com dezenas de pessoas embarcando nos trens para os bairros de classe média mais distantes e para as cidades próximas. Ben se perguntou aonde ia todo mundo. *Será que eles acham que a resposta para essas caixas misteriosas está fora da cidade?*

Talvez essas pessoas estivessem simplesmente indo se encontrar com suas famílias.

Ben parou na entrada de uma linha férrea vazia e tentou organizar os pensamentos. Cerca de um quarto das pessoas ao seu redor carregava caixas marrons embaixo do braço, e ele se deu conta de que mais pessoas deviam ter caixinhas em suas mochilas e bolsas. Ficou surpreendentemente aliviado por não estar em casa, roncando na cama sem saber de nada, separado da recém-chegada caixa invasora só por uma parede vergonhosamente fina. Por algum motivo, o fato de ele estar na rua agora parecia algo menos invasivo.

Num dia normal no terminal ferroviário, haveria um monte de turistas por ali, escutando audio tours e admirando o famoso teto celestial. Mas, hoje, ninguém havia parado ou olhado para cima.

Quando Ben era criança, certa vez sua mãe lhe mostrara as constelações douradas desbotadas lá no alto e lhe explicara o significado de cada

---

* Letra de uma música de Malvina Reynolds, famosa na voz de Pete Seeger. Em tradução livre, diz algo como "caixinhas, caixinhas, caixinhas feitas de material porcaria". As "caixinhas" eram uma referência às casas padronizadas de bairros de classe média. (N. da T.)

signo do zodíaco. Também fora ela que lhe contara que as estrelas haviam sido pintadas ao contrário de propósito? Que elas eram para ser vistas da perspectiva do divino, e não do humano? Ben sempre imaginou que essa explicação fosse só uma desculpa inventada e, mais tarde, uma história bonita para encobrir o erro de alguém.

— A medida da sua vida está do lado de dentro — dizia o homem no fone de ouvido, visivelmente frustrado. — Ninguém sabe o que isso quer dizer! Como é que eu saberia?

A medida da sua vida está do lado de dentro. Agora Ben tinha informações suficientes, vindas de estranhos no aeroporto e de seu celular no metrô, para reconhecer que era essa a mensagem que havia nas caixas. O mistério só se revelara havia algumas horas, mas as pessoas já interpretavam que a mensagem significava que a fita no interior de cada caixa previa o tempo de vida de cada um.

Mas como *isso seria possível?*, Ben pensou. Isso era o mesmo que dizer que o mundo estava ao contrário, como as estrelas pintadas no teto acima dele, de forma que os humanos agora veriam da perspectiva de Deus.

Ben se apoiou na parede fria, levemente zonzo. Então se lembrou do episódio de turbulência que o acordara com um solavanco no meio do voo, o avião chacoalhando para cima e para baixo, quase derrubando a bebida do passageiro ao lado. Como se algo tivesse sacudido brevemente a atmosfera.

Mais tarde, Ben perceberia que as caixas não haviam surgido todas de uma vez, que tinham chegado durante a noite, quando quer que anoitecesse em cada lugar. Mas ali, parado na Grand Central, quando os detalhes da noite anterior continuavam nebulosos, Ben não conseguiu deixar de se perguntar se aquela turbulência marcava o exato momento em que as caixas tinham chegado lá embaixo.

NINA

Nina não quis abrir a caixa.

Ela leu as notícias todos os dias, como de costume. Vasculhou o Twitter em busca de atualizações. Disse a si mesma que era o mesmo trabalho de sempre. Mas não estava só procurando histórias.

Estava procurando respostas.

Nas mídias digitais, teorias concorrentes que buscavam explicar a origem inexplicável das fitas iam de uma mensagem divina a uma agência governamental clandestina ou a uma invasão alienígena. Alguns dos céticos mais declarados se viram procurando o espiritual ou o sobrenatural para justificar a chegada repentina daquelas caixinhas, que tinham só quinze centímetros de largura por sete e meio de profundidade, em todas as portas do mundo. Mesmo pessoas em situação de rua, até os nômades e caroneiros, todos haviam acordado naquela manhã com suas próprias caixinhas esperando onde quer que tivessem deitado a cabeça na noite anterior.

Mas, de início, pouca gente admitiu acreditar que as fitas *realmente* representavam quanto tempo de vida uma pessoa teria. Era assustador demais imaginar qualquer entidade externa com tal onisciência antinatural, e mesmo aqueles que professavam fé em um Deus que tudo sabe tinham dificuldade de entender por que o comportamento Dele, após milhares de anos, de repente se alteraria de forma tão radical.

Mas as caixas não pararam de chegar.

Depois da primeira onda cobrir todos os adultos com vinte e dois anos ou mais, cada novo pôr do sol trazia uma caixa e uma fita para quem completava esse número de anos naquele dia, marcando uma nova entrada na vida adulta.

E então, perto do fim de março, as histórias começaram a se espalhar. Circulavam notícias sempre que a previsão de vida representada por uma fita se realizava, em particular quando alguém que tinha uma fita mais curta morria inesperadamente. Talk-shows traziam as famílias enlutadas de pessoas perfeitamente saudáveis de vinte e poucos anos com fitas curtas que haviam morrido em acidentes bizarros, e programas de rádio transmitiam entrevistas com pacientes de hospitais que tinham perdido toda esperança, mas receberam fitas longas e logo se candidataram a novas tentativas de tratamento.

E, apesar disso, ninguém conseguia achar nenhuma prova concreta para confiar que essas fitas não eram nada mais do que pedaços de fios comuns.

Apesar dos rumores insistentes e dos testemunhos que se acumulavam, Nina continuava se recusando a olhar sua fita. Achava que ela e Maura deviam manter as caixas fechadas até saberem mais sobre elas. Não queria nem guardá-las no apartamento.

Mas Maura era mais aventureira e impetuosa do que Nina.

— Ah, vai — resmungou Maura. — Você está preocupada que elas peguem fogo? Ou explodam?

— Eu sei que você está me zoando, mas ninguém sabe de verdade que raios pode acontecer — respondeu Nina. — E se alguém estiver enviando antraz pelo correio em escala mundial?

— Não ouvi falar de ninguém que ficou doente depois de abrir a caixa — disse Maura.

— Será que, por enquanto, a gente só pode deixar na escada de incêndio?

— Aí alguém pode roubar! — alertou Maura. — No mínimo, vão ficar cobertas de cocô de pombo.

Então elas se decidiram por guardá-las debaixo da cama e esperar mais informações.

Mas era a parte da espera que agitava Maura.

— E se for verdade? — ela perguntou a Nina. — Essa coisa toda de "a medida da sua vida"?

— Não tem *como* — insistiu Nina. — Não tem como a ciência provar que um pedaço de fita possa prever o futuro.

Maura olhou solenemente para Nina.

— Mas não tem algumas coisas neste mundo que não podem ser explicadas pelos fatos ou pela ciência?

Nina não sabia como responder a isso.

— E se essa caixa puder mesmo dizer quanto tempo você vai viver? Meu Deus, Nina, a curiosidade não está te *matando*?

— Claro que sim — admitiu Nina —, mas estar curiosa com alguma coisa não quer dizer que a gente deva se jogar nela às cegas. Ou *não* é real e não vale a pena sair surtando à toa, ou *é* real e precisamos ter certeza absoluta do que queremos fazer. Pode ter muito sofrimento esperando dentro daquela caixa também.

Quando Nina se juntou aos colegas editores e alguns repórteres na mesa de reuniões para discutir a próxima edição da revista, o correspondente responsável pelas pautas políticas disse o que todo mundo estava pensando:

— Acho que agora vamos precisar jogar tudo fora e começar do zero.

Inicialmente, a edição tinha sido planejada como uma série de entrevistas com os novos candidatos presidenciais, depois de a maioria anunciar sua candidatura naquele inverno. Mas os acontecimentos de março haviam eclipsado de longe qualquer interesse numa corrida presidencial que de repente parecia estar a séculos de distância.

— Quero dizer, a pauta tem que ser sobre as fitas, né? — perguntou o correspondente.

— As pessoas só estão falando disso, então nossa matéria principal deve ser essa. A eleição é só daqui a um ano e meio. Vai saber como o mundo vai estar até lá...

— Concordo, mas se não apresentarmos nenhum fato, corremos o risco de só contribuir com o barulho — opinou Nina.

— Ou com o alarmismo — disse outra pessoa.

— Todo mundo *já* está alarmado — interpôs um dos repórteres. — Algumas pessoas tentaram checar as câmeras de segurança na noite em que as caixas apareceram, mas ninguém conseguiu ver direito o que aconteceu. As filmagens ficaram embaçadas e, quando a gravação entra em foco de novo, a caixa simplesmente está lá. É uma loucura.

— E as caixas ainda não apareceram para ninguém com menos de vinte e dois anos, né? É a idade limite, pelo que ouvi falar.

— Sim, eu também. Parece meio injusto as crianças não estarem isentas de morrer, apenas de saberem com antecedência quando acontecerá.

— Bom, a gente ainda não tem *certeza* de que essa fita prevê quando você vai morrer.

— Pelo menos, estamos tão no escuro quanto todo mundo. — O correspondente levantou as mãos, derrotado. — Provavelmente o mais sensato seria escrever um artigo perguntando o que as pessoas estão fazendo em relação a isso, se estão construindo bunkers para se preparar para o apocalipse ou só ignorando tudo.

— Vi uma matéria sobre casais que se separaram por terem diferentes pontos de vista sobre as fitas.

— Somos uma revista de notícias, não de fofocas. E acho que a maioria das pessoas já está cheia de dramas próprios no momento e não precisa ler sobre os dramas alheios — disse Nina. — Elas querem respostas.

— Bom, não podemos inventar respostas que não existem — falou Deborah Caine, editora-chefe, no mesmo tom calmo de sempre. — Mas as pessoas merecem saber o que os seus *líderes* estão falando em relação ao assunto, e isso é algo que podemos de fato dizer a elas.

Como era de esperar, departamentos governamentais de todos os níveis e nações lidavam com uma enxurrada de ligações frenéticas desde a chegada das primeiríssimas caixas.

Um grupo de líderes financeiros da Reserva Federal e do FMI, além das multinacionais e dos bancos mais poderosos do mundo, havia se reunido dias após a aparição das caixas para reforçar a economia mundial, na esperança de que uma combinação de métodos — taxas de juros baixas, abatimentos fiscais, empréstimos descontados a bancos — combatesse qualquer instabilidade vinda de uma ameaça totalmente desconhecida.

Ao mesmo tempo, os políticos enfrentavam uma quantidade crescente de perguntas e procuravam respostas com os cientistas, que se juntaram em busca de uma saída para o problema.

Em hospitais e universidades de cada continente, amostras de fitas eram analisadas quimicamente, assim como o material das caixas em si, que parecia ser de mogno, era testado. No entanto, nenhuma substância foi identificada com qualquer matéria conhecida nas bases de dados dos laboratórios. E, embora as fitas se assemelhassem a fibras comuns, eram de uma resistência desconcertante, impossíveis de cortar mesmo com as ferramentas mais afiadas.

Frustrados com a falta de conclusões, os laboratórios chamaram voluntários com fitas de comprimentos variados para fazerem exames médicos comparativos, e foi *aí* que os cientistas começaram a se preocupar. Em alguns casos, não conseguiam ver diferença entre a saúde dos "fitas curtas" e dos "fitas longas", como os indivíduos logo passaram a ser chamados.

Mas, em outros, os exames de muitos daqueles que tinham fitas curtas revelaram resultados desesperadores: tumores desconhecidos, problemas cardíacos, doenças não tratadas. Embora problemas de saúde similares também aparecessem nos indivíduos com fitas longas, a distinção era alarmantemente clara: as doenças dos que tinham fitas longas eram curáveis, enquanto as dos que tinham fitas curtas, não.

Um por vez, como dominós, todos os laboratórios de todos os países confirmavam: os fitas longas viveriam mais tempo, e os fitas curtas morreriam em breve.

Embora os políticos pedissem para os cidadãos permanecerem calmos e manterem a normalidade, a comunidade acadêmica internacional foi a primeira a enfrentar a nova realidade. E não importava quantos acordos de confidencialidade fossem assinados, algo assim tão monumental não podia ser contido. Depois de um mês, a verdade começou a vazar dos laboratórios, criando pequenas poças de informação que acabaram virando piscinas.

Passado um mês, as pessoas começaram a acreditar.

BEN

— Então você acredita mesmo que essas fitas são uma espécie de tábua de salvação? Que elas dizem quanto tempo vamos viver? — perguntou a mulher, de sobrancelhas arqueadas. — Você não acha que isso parece uma loucura?

Ben estava sentado num café, estudando as plantas do último projeto de sua firma: um novo centro de ciência chamativo numa universidade no norte do estado. Em fevereiro, Ben não conseguia parar de pensar nesse projeto, imaginando todos os futuros alunos que um dia estudariam e trabalhariam nas salas e nos laboratórios que ele ajudara a projetar. Talvez até fizessem alguma descoberta que mudaria o mundo no prédio que ele esboçara pela primeira vez usando a última folha de seu moleskine.

Mas aí, em março, o mundo mudou mesmo. E agora era difícil para Ben manter o foco nas ideias à sua frente. Quando ele escutou as perguntas da mulher na mesa ao lado, não conseguiu deixar de prestar atenção.

Certamente era uma negacionista convicta, como muitos, no início. Mas havia cada vez menos pessoas assim, semana após semana.

— Não sei — disse o companheiro dela, com menos segurança. — Quer dizer, o fato de elas simplesmente aparecerem do nada, no mundo inteiro, deve ser algum tipo de… magia. — Ele balançou a cabeça, talvez não acreditando de verdade que aquela conversa estava acontecendo.

— Tem que ter outra explicação. Alguma coisa *realista* — falou a mulher.

— Bom, acho que ainda tem gente falando de grupos milicianos de hackers que já deram uns golpes bem grandes — sugeriu o homem, sem confiança. — Mas não entendo como um grupo de nerds seria grande o bastante para conseguir isso.

De fato, um dos rumores iniciais mais populares propunha que uma rede internacional de gênios rebeldes tinha se unido para fazer uma pegadinha de proporções gigantescas. Claro, Ben entendia o apelo: se fosse só uma brincadeira de mau gosto, ninguém seria obrigado a aceitar a existência de Deus, de fantasmas, de feitiçaria ou de nenhuma teoria mais desafiadora que rolasse por aí. E, principalmente, ninguém teria que confrontar um destino supostamente ditado por um pedaço de fita numa caixa peculiar.

Mas, quando pensava no assunto, o alcance da situação era grande demais para uma pegadinha humana. E não tinha ninguém que parecia lucrar com a chegada das caixas, nenhuma intenção clara que não catapultar os habitantes do mundo a um estado de medo e confusão.

— Então você se sente confortável concluindo que se trata de *mágica*? — perguntou a mulher.

Era estranho para Ben ouvir alguém se referir às fitas como "mágica". Para ele, mágica era o punhado de truques de cartas e moedas que seu avô lhe ensinara durante as férias de família na praia, em Cape May. A mágica era sempre um truque, era "escolha uma carta, qualquer carta". Podia *parecer* incrível, mas sempre tinha uma explicação.

As fitas não se tratavam de mágica.

— Então talvez seja Deus. — O homem deu de ombros. — Ou vários deuses. Os gregos antigos acreditavam nas Parcas do destino, não é?

— Também executavam quem não acreditava — respondeu a mulher.

— Isso não quer dizer que eles estavam errados! Não foram eles que descobriram a álgebra, a democracia?

A mulher revirou os olhos.

— Tudo bem, então como você explica todas essas histórias sobre os fitas curtas que morreram? — Quis saber o homem. — Aquele incêndio no Brooklyn? Os três caras tinham fitas curtas.

— Quando você tem o mundo inteiro como amostra, é claro que vai achar exemplos para apoiar *qualquer* teoria — respondeu a mulher.

Ben se perguntou se aquele era um primeiro encontro. Se sim, não parecia estar indo muito bem.

A medida

Como por reflexo, ele se lembrou de seu último primeiro encontro — com Claire, quase dois anos antes, em um café parecido com aquele. Como ele estava nervoso. Mas aquela agitação de primeiro encontro de repente lhe pareceu tão trivial como se preocupar com derrubar uma xícara de café ou ficar com espinafre preso nos dentes. Agora, as pessoas se perguntavam quanto tempo ia demorar para surgir o assunto das fitas, se suas teorias se alinhariam, quando dava para levantar a sensível questão sobre a qual você estava curioso demais para não perguntar.

— Você olhou a sua? — O homem baixou a voz ao perguntar.

— Bom, sim, mas não quer dizer que eu acredite. — A mulher se recostou na cadeira e cruzou os braços, na defensiva.

O homem hesitou.

— Posso perguntar o que era?

Ousado demais para um primeiro encontro, Ben pensou. *Talvez seja o quarto ou quinto.*

— Acho que era bem longa. Mas, de novo, isso não quer dizer nada.

— Ainda não olhei a minha. Meu irmão ainda está decidindo se quer, e prefiro que a gente olhe junto — falou o homem. — Só tenho ele como família, então não sei o que farei se nossas fitas tiverem comprimentos diferentes.

A vulnerabilidade dele pareceu fazer algo na mulher mudar, e sua expressão se suavizou. Ela estendeu a mão e tocou seu braço com ternura.

— Elas não são reais — disse ela. — Me dê um pouco mais de tempo, e você vai ver.

Ben tentou se concentrar nas plantas à sua frente, mas, em vez disso, só pensou em sua própria caixa aberta e na fita curta que o esperava lá.

Talvez essa mulher tenha razão, Ben pensou, e sua fita curta não significasse uma vida curta. Ele rezou para ela estar certa.

Mas seu instinto dizia que ela estava errada.

NINA

Em abril, Deborah Caine foi a primeira do escritório de Nina a receber uma confirmação oficial. Ela chamou um pequeno grupo de editores numa sala de reuniões e disse o que sua fonte no Departamento de Saúde e Serviços Humanos tinha acabado de lhe dizer.

— Elas são reais — falou devagar. — Não sabemos como nem por quê, mas parece que o comprimento da sua fita realmente está relacionado à duração esperada da sua vida.

Todos se mantiveram sentados, em choque, até um dos homens se levantar e começar a andar de lá para cá.

— Caralho, é impossível — disse ele, virando as costas para Deborah para não ver a reação dela.

A mente e o corpo de Nina ficaram dormentes, mas de alguma forma ela ainda conseguia se ouvir falar, e sua voz soava surpreendentemente relaxada.

— E eles têm *certeza*? — perguntou ela.

— Várias forças-tarefas internacionais chegaram à mesma conclusão — disse Deborah. — Eu sei que é... "chocante" parece não fazer jus à situação. Sei que essa informação pode mudar a vida de muitos de nós. O presidente deve fazer um comunicado amanhã, e acredito que o Conselho de Segurança das Nações Unidas também esteja planejando algo, mas queria avisar a todos vocês assim que fiquei sabendo.

Aos poucos, as emoções de Nina pareciam voltar. Ela começou a cutucar a unha do polegar, arrancando o esmalte rosa-claro, e sentiu que estava prestes a chorar. Esperava conseguir correr até o banheiro antes das lágrimas começarem a cair.

O homem atrás de Nina parou de andar de um lado para o outro e olhou diretamente para a chefe.

— O que vamos fazer agora?
— Com a edição deste mês? — perguntou Deborah.
— Com tudo.

Depois de Deborah dispensar o grupo, Nina se trancou numa cabine de banheiro e começou a soluçar, apoiada na parede de azulejos para se manter de pé. Havia sentimentos demais para processar de uma vez só.

Ela ainda conseguia ver nitidamente. O momento, uma semana antes, quando ela e Maura finalmente abriram as caixas, juntas.

Apesar da insistência de Nina em mantê-las fechadas, no fim, Maura não conseguiu resistir. Tinha ido até Nina uma noite, com um sangue-frio impressionante.

— Quero abrir a minha caixa — declarou calmamente.

Nina sabia que Maura estava decidida. As *duas* eram teimosas igual. Mas não era algo simples, como escolher um sofá, e não havia meio-termo. Ou elas olhavam, ou não. Simples assim.

Nina tinha medo de abrir sua caixa, mas também estava ciente de algo ainda *mais* assustador, a perspectiva de abri-la sem ninguém ao lado. Nina era a filha mais velha, a irmã com tendência de superproteção. E, agora, esse mesmo sentimento, a urgência de proteger e cuidar de todos ao redor, também incluía Maura. Ela não podia deixar Maura olhar sua caixa sozinha.

— Vamos fazer isso juntas — disse Nina.

— Não, não é isso que estou pedindo. — Maura sacudiu a cabeça. — Você não precisa fazer isso por mim.

— Eu sei — respondeu Nina. — Mas tenho que admitir que vamos chegar a um ponto em que todo mundo vai ter olhado. E eu prefiro olhar com você ao meu lado.

Então as duas se sentaram de pernas cruzadas no tapete da sala e abriram as caixas com cuidado, tirando o tecido brilhante e fino como papel lá de dentro.

Em um primeiro momento, não conseguiram interpretar o significado exato do comprimento de suas fitas, mas, colocando uma ao lado da outra, uma coisa ficou instantânea e repugnantemente clara: a fita de Maura não chegava na metade da de Nina.

Elas tinham acabado de comemorar dois anos de relacionamento, e tinham ido morar juntas recentemente. Embora não tivessem falado explicitamente de casamento, Nina vira Maura espiar suas gavetas da cômoda logo antes do jantar de aniversário de namoro. As duas sabiam muito bem que Nina odiava surpresas e preferia se planejar, então talvez ambas tivessem suposto que seria Nina a fazer o pedido.

Como a maioria das pessoas apaixonadas, Nina sentia conhecer Maura há bem mais do que dois anos, mas a vida delas juntas estava só começando.

E, agora, Nina tinha certeza: a vida da mulher que amava seria interrompida cedo.

Imóvel numa cabine de banheiro de escritório apertada, Nina não conseguiu nem saborear a alegria e o alívio de saber que tinha uma vida inteira diante de si, conforme a medida de sua longa fita atestava. Não podia celebrar a verdade disso sem lamentar a verdade que estava estampada na fita de Maura.

O peito de Nina começou a pesar, os pulmões hiperventilando. A fita de Maura *parecia* curta, mas o que isso queria dizer? Quanto tempo elas realmente tinham? A pergunta inicial que atormentava o mundo finalmente fora respondida: as fitas eram reais. Mas sobravam muitas outras perguntas.

Quando Nina escutou outra mulher entrar na cabine ao lado, tentou cobrir a boca e aquietar os soluços. Sabia que ninguém a culparia por se entregar às emoções, mas estava com vergonha dessa mostra pública, como se o mundo ainda funcionasse de um jeito normal em vez de ter sido radicalmente alterado.

À noite, Nina teria que contar a notícia a Maura. Seria melhor a verdade vir de alguém que a amava, e não de uma pessoa anônima no noticiário da TV.

Ela teria que retirar tudo o que dissera a Maura na noite em que olharam o conteúdo da caixa. Todas as alegações que fizera — em que genuinamente *acreditava* — sobre as fitas serem falsas.

— Não tem como elas significarem nada — Nina havia dito, tentando estabilizar a voz. — São só um pedaço de fita.

— Não é o que todo mundo pensa — sussurrou Maura.

— E o que todo mundo sabe? Não vivemos num mundo maluco em que caixas mágicas preveem o futuro — falou Nina. — Vivemos num mundo *real*. E essas fitas *não são* reais.

No entanto, nada que Nina falara dissipava a tensão invisível que pairava entre elas desde aquele momento, pressionando-as todas as noites, quando se deitavam, e todas as manhãs, quando acordavam. Elas não transavam desde meados de março, e quase todas as interações diárias eram tingidas de uma ansiedade silenciosa.

Como se as duas soubessem, desde o começo, que algo terrível estava por vir.

Quando a outra mulher deixou o banheiro, Nina saiu da cabine e pegou uma toalha de papel embaixo da torneira. Limpou o rosto e a nuca com a compressa úmida, tentando recuperar a firmeza nas pernas e parar de respirar com tanta dificuldade, para não desmaiar.

Depois de contar a verdade a Maura, Nina também precisaria contar à família. Teria que ligar para os pais, que ainda moravam numa periferia de classe média de Boston, onde Nina e a irmã haviam nascido, perto o bastante para passarem qualquer feriado juntos, longe o bastante para permitir que as filhas fossem independentes como preferissem. E com certeza ela precisaria contar a Amie.

A irmã mais nova de Nina tinha resolutamente decidido *não* abrir a caixa e, toda vez que falavam disso, continuava inflexível. Mas, agora, com a certeza de que as fitas eram reais, será que Amie mudaria de ideia?

Nina jogou fora o papel e se olhou no espelho, o vidro manchado de água. Era raro Nina se maquiar, mas seu rosto parecia mais nu do que o normal. Estava cor-de-rosa, cru e vulnerável, completamente despido.

Sempre que se olhava no espelho, Nina podia ver o leve enrugar da pele perto dos olhos e os dois vincos sutis na testa. ("Quem sabe se você não fosse tão séria o tempo todo, não teria rugas, como eu", Maura a provocara, acariciando a pele lisa e escura de suas bochechas.) Nina só tinha trinta anos, um a mais do que Maura, mas claramente estava começando a envelhecer. E sabia, agora, que sua longa fita significava que um dia ela se olharia no espelho e veria uma mulher muito velha a olhando de volta. Até aquele momento, Nina simplesmente supusera que Maura continuaria ao seu lado.

Mas as fitas haviam destruído essa ilusão em um instante horripilante, e o futuro de Nina subitamente parecia seu reflexo no espelho: triste, só e vulnerável.

BEN

Ben atravessou a estação Times Square de metrô pela primeira vez desde a chegada das fitas.

Fez a baldeação do trem 1 para o Q e caminhou por uma passagem úmida em que o teto pingava mesmo quando não estava chovendo e a passarela vivia ladeada por latas de lixo cor de mostarda para coletar as gotas. Quando emergiu, estava parado no grande cruzamento subterrâneo onde os passageiros de quase dez linhas de metrô diferentes saíam simultaneamente.

Mais movimentada de todas as paradas de metrô de Nova York, a estação da Times Square sempre fora caótica, com o trânsito contínuo de pedestres fornecendo um palanque perfeito para evangélicos, profetas da desgraça e qualquer um com uma opinião para gritar. Mas, agora, o caos de sempre parecia ainda mais frenético.

Duas mulheres com saias até o tornozelo imploravam aos passantes:

— Confiem em Deus! Ele os salvará! — Megafones amplificavam suas vozes agudas a um volume estrondoso que seus corpos mignon nunca conseguiriam alcançar. — Ele tem um plano para vocês! Não temam suas fitas!

As fiéis competiam naquela noite com pelo menos mais quatro pregadores, mas, graças aos megafones, a voz delas soava mais alta. Enquanto educadamente dispensava os panfletos que elas distribuíam e se aproximava da entrada por onde seu trem o conduziria, Ben conseguiu discernir as palavras de um dos concorrentes: um homem de meia-idade com uma camisa social manchada e uma mensagem menos esperançosa.

— O apocalipse está próximo! As fitas são só o começo! O fim está chegando!

Ben tentou olhar somente para o chão até se distanciar o bastante do homem, mas levantou o olhar para a tela acima, para ver quando chegaria o próximo trem, e, por azar, encontrou o olhar do pregador que perguntava à multidão:

— Estão preparados para enfrentar o fim?

Ele se referia, é claro, ao fim do mundo, ao fim dos dias. Mas suas palavras atingiram Ben com uma força desconfortável. Afinal, Ben estava ali, naquela estação, a caminho da primeira sessão de seu novo grupo de apoio, que tratava justamente de se preparar para enfrentar o fim.

"Vivendo com sua Fita Curta" — era a mensagem do folheto do grupo. Um título que parecia mais irônico do que promissor, pensou Ben, sarcasticamente, já que o próprio fato de possuir uma fita curta significava que não havia muito mais a viver.

Uma variedade de grupos de apoio para pessoas e seus familiares que haviam sido presenteados com fitas curtas rapidamente se formou após a chegada das caixas, e Ben encontrou um que se reunia todos os domingos das oito às nove da noite numa sala de aula da Academia Connelly, uma escola particular do Upper East Side.

Ele chegou cedo na primeira noite, com os corredores ainda sombriamente vazios.

Criado por dois professores, Ben sentia uma forte nostalgia por escolas, e só foi preciso um olhar rápido para o quadro de avisos — esse, por acaso, tinha tema espacial, com a foto de cada um dos alunos colada dentro de uma estrela amarela — para levá-lo de volta aos dias em que era pequeno e acompanhava os pais à escola onde os dois davam aula, boquiaberto diante dos adolescentes que, para ele, pareciam gigantes.

Sempre era estranho para Ben assistir aos pais liderando uma classe, ver que havia todas aquelas crianças que também precisavam ouvi-los e aprender com eles. Às vezes, ele ficava enciumado ou na defensiva, sem querer dividir os pais falando com aqueles desconhecidos. Mas o auge de suas visitas era se sentar no fundo da sala e rabiscar uma profusão de desenhos de casas minúsculas e desproporcionais no bloco de rascunhos que levava para todo canto, e ser adulado por algumas garotas mais velhas.

— Quem mora nessa casinha? — elas perguntavam para bajulá-lo. — Um elfo ou uma fada?

Em uma bravata juvenil, Ben ficava tentado a explicar que era velho demais para acreditar em elfos ou fadas, mas gostava demais da atenção para arriscar perdê-la.

As memórias de *suas* salas de aula eram menos reconfortantes. Quando passou pelos armários a caminho do grupo de apoio naquela noite, Ben se perguntou se algum tinha ficado aberto com um pedaço de fita adesiva cobrindo a fechadura, método preferido dos alunos que não queriam se dar ao trabalho de decorar a senha. Ben só tinha colocado fita adesiva na porta do armário uma vez, no nono ano, depois de ver um grupo de jogadores de futebol americano fazendo isso e pedir um pedaço, no que ele hoje entendia ser uma tentativa patética de se infiltrar naquela fraternidade de ombros largos.

Levou menos de uma hora para o celular e a jaqueta de Ben serem furtados do armário destrancado.

Ele chegou à porta da Sala 204, onde as cadeiras de plástico tinham sido tiradas das carteiras e rearranjadas em círculo, mas só havia um homem lá dentro.

Com vergonha de ter chegado tão cedo, Ben voltou para o corredor.

— Tarde demais! Eu já te vi.

Ben reapareceu e forçou um sorriso capaz de rivalizar com a animação da voz que tinha acabado de ouvir.

— Oi, eu sou o Sean, mediador do grupo — disse o homem. — Você deve ser um dos novatos de hoje.

Ben apertou a mão de Sean e tentou analisar o homem que supostamente o guiaria num caminho de paz e aceitação. Tinha trinta e tantos anos, uma barba espessa e usava jeans largos. Estava sentado numa cadeira de rodas, mas mesmo assim projetava uma altura impressionante.

— Prazer, eu sou o Ben. E, sim, é minha primeira vez — disse ele. — Quer dizer que também vem mais gente nova?

— Ãhã, você e uma jovem se inscreveram nesta semana.

— Que ótimo — falou Ben, as mãos úmidas procurando abrigo nos bolsos. Ele sentiu sua timidez natural ameaçando dominar a situação e torceu para que sua entrada no grupo não tivesse sido um erro.

Damon, um amigo da faculdade e uma das pessoas a quem Ben contara sobre o terrível comprimento da fita que havia recebido, convencera-o a tentar o grupo de apoio. (Embora o próprio Damon fosse um fita longa sortudo, seu pai era um alcoólatra recuperado que dependia de reuniões do AA, e Damon acreditava de verdade nas virtudes da terapia em grupo.)

Ben queria ter levado Damon junto, pelo menos na primeira sessão. Ele nunca tinha sido bom em se abrir para novas pessoas e, depois do recente desastre com a ex-namorada, Claire, temia que sua confiança tivesse sido permanentemente abalada.

— Então, se não se importa que eu pergunte, você também tem... — Ben não conseguiu finalizar a pergunta.

— Bom, não — respondeu Sean. — Minha fita é um pouco mais comprida do que a da galera deste grupo, mas sou assistente social clínico e ajudar as pessoas a passar por situações difíceis é o que eu sempre quis fazer.

Ben assentiu em silêncio enquanto uma morena que se aproximava o resgatava da conversa furada que se seguiria.

— Oi, Sean — disse ela, colocando a bolsa na cadeira mais próxima.

— Ben, esta é a Lea. Lea, Ben. — Sean girou entre os dois.

— Bem-vindo à festa. — Lea sorriu com doçura.

O restante do grupo chegou rapidamente. O mais velho era um médico no início dos quarenta anos. (Pelo menos, Ben pressupunha que fosse médico, já que alguns outros o receberam como "doutor", embora ele se apresentasse apenas como Hank.) Os demais pareciam mais perto da idade de Ben, espalhados entre a casa dos vinte e trinta anos.

Chelsea, que tinha cabelo loiro-avermelhado e parecia ter acabado de sair de um salão de bronzeamento artificial, entrou na sala enquanto lia algo no celular, seguida por uma série de homens: o corpulento e barbudo Carl, com o rosto ligeiramente escondido por um boné do Mets; o magrelo Nihal, com um moletom da Princeton; e o elegante Terrell, cujos sapatos oxford pretos reluzentes fizeram Ben olhar com vergonha seus tênis de lona batidos.

A última a chegar foi a colega novata de Ben, chamada Maura, que se sentou ao lado dele e deu um meio sorriso e um meio aceno de cabeça que Ben recebeu como um resumo silencioso dos sentimentos tácitos do grupo inteiro: *É uma merda que sejamos nós.*

Mas pelo menos existe um nós.

MAURA

Maura não queria entrar para o grupo de apoio. Entrar parecia admitir a derrota, e Maura não era nenhuma derrotista. Ela só concordou em ir para acalmar a namorada.

Nina não queria nem olhar para a fita quando as caixas chegaram, o que não era muito surpreendente. Nina sempre era a mais cautelosa.

Mas, quando finalmente elas abriram as caixas, a pedido de Maura, Nina instantaneamente desejou não terem feito isso.

Nina tinha dado seu melhor para dissipar os medos de Maura, convencê-la de que as fitas não refletiam a verdade, mas desde o dia em que as duas haviam visto o conteúdo das caixas, Maura lutava contra um enjoo, uma falta de apetite e um temor generalizado.

Então, cerca de uma semana depois, Nina voltou do escritório para casa e pediu que Maura se sentasse, porque queria lhe contar algo.

— A Deborah recebeu uma ligação hoje — disse Nina, devagar. — De alguém do Departamento de Saúde.

Os olhos dela estavam vidrados, e Nina não soube o que diria a seguir.

Mas Maura entendeu.

— Fala logo, Nina. Cacete, fala logo!

Nina engoliu em seco.

— São reais.

Maura pulou do sofá e correu para o banheiro. Quando vomitou na privada, sentiu Nina segurar seus cachos escuros e soube que a namorada segurava as lágrimas.

A medida

— Vai ficar tudo bem — Nina não parava de dizer, esfregando gentilmente a mão nas costas de Maura. — Vamos superar isso.

Mas, pela primeira vez nos dois anos que estavam juntas, Maura não conseguia encontrar consolo nas palavras de Nina.

Elas se sentaram em frente à televisão na noite seguinte, as mãos unidas, enquanto o presidente fazia um discurso pedindo que os cidadãos ficassem calmos, o secretário do Departamento de Saúde e Serviços Humanos relatava as descobertas dos pesquisadores, e o diretor da Organização Mundial de Saúde e o secretário-geral das Nações Unidas pediam solidariedade e compaixão do mundo inteiro durante aquele momento de crise.

Até o papa apareceu no balcão do Vaticano para falar com os milhões de almas assustadas que, sem dúvida, esperavam suas orientações.

— Eu gostaria de lembrar a todos as palavras que repetimos a cada missa: "O mistério da fé". Sabemos que a fé, a *verdadeira* fé, pede que aceitemos que alguns mistérios sempre estarão além da nossa compreensão aqui na Terra — declarou, suas palavras sendo traduzidas para todos. — Nosso conhecimento do Criador sempre será imperfeito. Como lemos em Romanos 11:33: "Ó profundidade das riquezas, tanto da sabedoria, como da ciência de Deus! Quão insondáveis são os seus juízos, e quão inescrutáveis os seus caminhos!". Hoje, enfrentamos o incompreensível, o inescrutável. Pedem-nos para acreditar que essas caixas contêm um conhecimento que, até agora, foi reservado apenas a Deus. Mas não é a primeira vez que fomos convocados a acreditar no que antes era inacreditável. Nem os apóstolos acreditaram, no início, que Jesus Cristo havia ascendido do túmulo, mas sabemos que é verdade. E, assim como não tenho dúvidas da ressurreição, não tenho dúvidas de que essas caixas são um presente de Deus aos seus filhos, pois não há ninguém mais poderoso, mais conhecedor e mais generoso do que Deus, nosso Senhor.

Mas Maura não via sua caixa como um presente.

Todos os dias, conforme centenas de milhares de pessoas comemoravam seu vigésimo segundo aniversário acordando com uma nova onda de caixas, a situação se tornava mais grave e urgente. Não dava para simplesmente continuar tentando adivinhar o número de anos que a fita de uma pessoa previa.

Uma equipe de analistas voltados a colaborar com norte-americanos e japoneses foi a primeira a oferecer uma solução: um site financiado pelo governo permitiria que usuários interpretassem o comprimento de suas fitas.

Os pesquisadores haviam analisado as medidas de milhares de fitas diferentes, com uma precisão de milímetros. Haviam concluído, com base nos dados iniciais, que o comprimento da fita, na verdade, não era equivalente ao tempo *restante* de vida, como alguns haviam proposto. A medida da fita, em vez disso, era a medida completa da vida de uma pessoa. Do começo ao fim.

Supondo que a fita mais longa correspondesse à rara expectativa de cento e dez anos de vida, os pesquisadores gradualmente estabeleceram um guia estimado de comprimento de fita e sua correspondente expectativa de vida. Contudo, eles não forneciam uma data exata; a ciência ainda não era tão precisa. Mas os usuários podiam acessar o site, digitar o comprimento da sua fita e — depois de clicar em mais três telas para garantir se realmente desejavam prosseguir e se concordavam em não abrir um processo em virtude de qualquer má notícia — finalmente veriam o resultado, exposto de modo bem claro, em Times New Roman preto. O momento em que sua vida terminaria, com uma janela de apenas dois anos.

O que, no começo, era uma vaga consciência de que a fita de Maura não era nem de perto tão longa quanto a de Nina logo se solidificou em algo avassaladoramente verdadeiro.

A fita de Maura acabava em seus trinta e tantos anos.

O que significava que ela tinha menos de dez anos de vida.

Nos primeiros dias de abril, Nina queria conversar com Maura sobre o que estava acontecendo — e frequentemente ela conversava mesmo —, mas sua preocupação era de que ela não pudesse oferecer o mesmo tipo de ajuda que outra pessoa nas mesmas condições da namorada seria capaz de oferecer.

— Você sabe que eu *sempre* vou estar ao seu lado — disse Nina —, mas talvez outras pessoas possam te ajudar de outra forma, não é? Minha irmã falou que a escola dela começou a receber alguns grupos de apoio destinados a lidar com essa questão das fitas.

— Fico feliz por você tentar ajudar — respondeu Maura —, mas não sei se quero estar cercada por um bando de gente chorando por causa de seus assuntos pendentes na vida.

— Bom, aparentemente, as sessões são diferentes com base em quanto, hum, quanto tempo ainda resta na sua fita. Então, existem grupos para pessoas com menos de um ano e grupos para pessoas com talvez uns vinte anos, e aí um grupo para quem está no meio, como — Nina parecia indecisa quanto a continuar.

— Como eu — Maura terminou por ela.

— É claro que você só deve fazer o que for confortável para você, e vou te apoiar em tudo.

Maura olhou para Nina, o corpo da namorada sempre fora magro, mas parecia ainda mais frágil à luz fraca do apartamento de terceiro andar sem elevador, e concordou em tentar o grupo de apoio, mesmo que para amenizar o misto de culpa e luto que se acumulara nos olhos de Nina enquanto ela falava.

Menos de uma semana depois, Maura caminhava para a escola onde seria sua sessão de terapia em grupo.

As ruas haviam se tornado um cenário familiar; pelo menos um comércio por quarteirão agora estava fechado por tábuas. Muitas vezes, os proprietários penduravam placas escritas à mão nas portas trancadas e nas grades de metal das lojas e restaurantes fechados, expressando sentimentos como: "Fui viver minha vida", "Passando mais tempo com a família" ou "Estou criando memórias". Maura passou por um pedaço de papel grudado em uma antiga joalheria: "Fechado. Em busca de um encerramento".

Mais perturbador que as placas, porém, era encontrar a caixa descartada de um desconhecido olhando diabolicamente pela borda de uma lata de lixo ou de dentro de uma pilha de móveis quebrados na calçada. Isso era algo mais raro, mas não completamente incomum.

Nos dias e semanas seguintes à revelação das fitas, aqueles que sofriam com a verdade acharam diferentes maneiras de lidar com as caixas indesejadas que haviam invadido suas vidas. Alguns escolhiam a ignorância na esperança de atingir a felicidade prometida e jogavam fora as caixas para evitar a tentação de olhá-las. Os melodramáticos as atiravam em rios e lagos ou as trancavam em um canto remoto da casa. Os mais arrogantes só as jogavam no lixo.

Outros ainda tentavam destruir as caixas em acessos de raiva, mas aqueles poderosos baús, como a caixa-preta de um avião, simplesmente não podiam ser destruídos, não importava quantas vezes fossem queimados, golpeados ou violentamente pisoteados.

Pedestres que encontravam uma caixa aberta deixada na calçada, ou talvez jogada de uma janela próxima, tendiam a desviar o olhar e acelerar o passo, como se passassem por um pedinte que não queriam encarar.

Por sorte, Maura não viu nenhuma caixa abandonada naquela noite até se aproximar da entrada da escola. As ruas tranquilas e cheias de mansões do Upper East Side eram ou estreitas demais ou contidas demais para tal demonstração pública de emoção, pensou ela.

De acordo com sua localização, o prédio parecia antigo e chique, o equivalente arquitetônico a um filantropo idoso vestido para um baile beneficente. Tinha uma daquelas fachadas elaboradas do pré-guerra que os corretores de imóveis adoram apontar, adornada com gárgulas em formato de grifo.

Ao subir a ampla escada interior, que exibia placas de mármore citando Platão e Einstein, Maura levou os dedos ao rosto e tocou a pedrinha turquesa do piercing que usava no nariz desde a faculdade e que certamente violava o código de vestimenta de um lugar daqueles. A irmã mais nova de Nina, Amie, dava aulas naquela escola há anos, mas Maura jamais pisara ali dentro.

Ela percebeu o ruído de vozes abafadas no segundo andar e o seguiu até a sala 204. Felizmente, tinha sido a última a chegar.

AMIE

Aparentemente, ela nunca havia terminado de ler *Reparação*.

O braço de Amie se esticou dolorosamente embaixo da cama, os dedos abertos, tateando em busca da caneta que havia desaparecido do mapa, quando seu polegar roçou inesperadamente na lombada de um livro. Ela puxou a brochura, coberta com uma leve camada de poeira, e viu que seu marcador — folheado a ouro com suas iniciais, um presente de um ex-namorado, uma relação curta de que ela já não se lembrava há muito tempo — ainda estava acomodado entre as páginas, a um terço do término do livro.

Amie estava lendo o romance em março e não acreditou que o tinha esquecido, pois estava muito entretida na história.

O fato é que ela tinha pegado no sono naquela noite, na noite em que as caixas chegaram, com o livro ao seu lado na cama, e, na comoção da manhã seguinte, ele deve ter escorregado do edredom, uma repentina lembrança dos dias antes de...

Antes de...

Amie segurou o livro e se lembrou daquela manhã. Tinha dormido até tarde, como sempre — um hábito que a irmã, Nina, nunca entendeu —, sem querer despertar do sonho, sem dúvida inspirado pela leitura. Nele, ela era aluna de Cambridge nos anos 1930, cortejada por um jovem que falava como Hugh Grant. Ela se lembrou até de ficar levemente decepcionada de acordar sozinha na cama.

Quando Amie rolou para fora do colchão naquela manhã, Nina já havia deixado duas mensagens de voz aflitas na caixa postal. (Ela só era um ano mais velha do que Amie, mas há muito tempo se considerava a voz da autoridade.)

— Me liga assim que escutar esta mensagem! — gritou Nina ao telefone. — Não saia de casa, não faça nada. Só me liga primeiro, por favor!

Nina não tinha acreditado no conteúdo das caixas e queria esperar até se reunir com a equipe de reportagem no trabalho. Mas a verdade era que Amie não teria olhado, de qualquer forma. Se as caixas haviam aparecido *em todos os cantos*, eram sem dúvida inacreditavelmente poderosas. De alguma maneira, o mundo tinha tropeçado e caído do outro lado do espelho, e Amie já lera romances suficientes para reconhecer que aquela era a parte da história em que ninguém sabia que raios estava acontecendo, e então os personagens tomavam decisões precipitadas cujas consequências só seriam reveladas capítulos depois.

Felizmente, as fitas haviam chegado no meio do recesso de primavera, então ninguém na Academia Connelly teve de tomar a decisão de cancelar as aulas em cima da hora. (Na verdade, pouquíssimas escolas cancelaram as atividades, embora Amie tenha ficado sabendo que na maioria das classes só metade das pessoas compareceram, e que tanto alunos quanto professores haviam faltado.)

— Seus alunos, é claro, vão ter perguntas — o diretor havia dito à equipe na segunda seguinte. — E com certeza todos já formaram suas opiniões. Mas não podemos sair falando aos alunos qualquer coisa de que não temos certeza.

O professor ao lado de Amie havia se inclinado e cochichado:

— Basicamente, isso quer dizer que não podemos falar nada?

Mais de um mês havia se passado desde então, e o problema se expandia em escala mundial. Mas a situação na escola parecia praticamente a mesma, com o diretor ainda tentando ao máximo proteger os alunos. O acesso ao YouTube, inclusive, tinha sido bloqueado no prédio após uma professora perceber que metade dos pupilos no refeitório estava vendo vídeos de um adolescente que tentava de tudo para destruir as fitas dos pais. Depois, os docentes assistiram a alguns dos clipes na sala dos professores, e Amie viu, ansiosa, o menino tentar cortar as fitas com tesouras de poda, jogá-las em uma mistura caseira de ácido, puxar vigorosamente uma ponta enquanto seu buldogue mastigava a outra.

— Olha, certamente não quero os alunos se inspirando nesses truques nem vendo isso na minha aula — Amie se lembrava da colega dizer. — Mas não podemos fingir que não está acontecendo nada. Não posso continuar ensinando *história* e fingindo que não estamos vivendo isso.

De certa forma, pensou Amie, isso não era incrível?

Ela estava mais do que ciente da dor que as fitas haviam causado — a namorada de Nina, Maura, tinha uma fita curta. Mas Amie ainda não tinha aberto sua própria caixa, então via o mundo com olhos isentos e, embora não admitisse na frente de ninguém, tinha algo quase... emocionante... na chegada das fitas. Assustador e confuso, claro, mas para além disso, talvez, extraordinário? Quando criança, ela se imaginava sendo levada em aventuras, entrando no armário mágico, fazendo um passeio na fábrica de chocolates, viajando por uma dobra no tempo. (Uma vez, depois de ralar o joelho brincando na rua, ela chegou a pressionar o dedo na minúscula ferida e passar algumas gotas de sangue na bochecha, se imaginando como uma princesa guerreira de um reino distante, para o desespero da misófoba Nina.) E, agora, o fantástico, o inacreditável, de repente haviam entrado no mundo dela. E *ela* estava presente, era uma testemunha.

Amie se levantou devagar do chão do quarto, com o livro *Reparação* em mãos. Ainda tinha algumas provas para corrigir, mas ansiava por terminar de lê-lo. No entanto, ao colocar o livro em cima da cômoda, percebeu que, pela primeira vez, o mundo real, com sua própria reviravolta, rivalizava com o mundo dos livros.

NINA

Nina e seus colegas estavam chocados, os olhos encaravam a tela de um computador no meio do escritório sem divisórias. A gravação mostrava um grupo de policiais reunido perto de uma ponte no que parecia uma vilazinha medieval, isolando fotógrafos e curiosos.

Um incidente em Verona tinha acabado de virar notícia em Nova York. Um jovem casal italiano, recém-casado, tinha pulado junto de uma ponte, de mãos dadas, depois de abrir as caixas na noite de núpcias e descobrir que a mulher tinha uma fita devastadoramente curta. O noivo sobreviveu à tentativa de suicídio conjunta, enquanto a mulher que fora sua esposa por três dias não teve a mesma sorte.

Nina fez uma careta ao perceber que o ato trágico, ocorrido na bela Verona, sem dúvida dispararia uma onda de trocadilhos shakespearianos de mau gosto nos tabloides.

— Que coisa horrível — comentou um dos repórteres.

— Mas sabe o mais bizarro? — perguntou um verificador de fatos. — O cara sabia que não ia *conseguir* se matar. Eles olharam as fitas, então sabiam que a dela era curta e a dele era longa. Mesmo que fizesse algo completamente perigoso, ele sabia que não ia morrer.

— Bom, talvez ele soubesse que não ia *morrer*, mas obviamente estava bem atordoado. Ele literalmente arriscou pular da porra de uma ponte.

— Ah, sim, claro. Mas é estranho pensar nesses detalhes.

— Não sei, para mim, é só mais prova de que ninguém devia olhar sua fita — disse o repórter. — Obviamente, ver as fitas fez os dois enlouquecerem.

Eles não estavam loucos, pensou Nina. *Estavam com o coração partido.*

Mas ela não esperava que os colegas entendessem. Eles não conseguiam ver, além do espetáculo dramático, a angústia, agora comum e cotidiana, que havia por trás disso.

Na revista, a equipe era pequena e diminuía a cada ano, junto com o orçamento e, até onde ela sabia, Nina era a única do escritório com uma conexão tão íntima com alguém que possuía uma fita curta.

No início, seus colegas se mostravam tímidos, compreensivelmente cautelosos com o limite entre vida pessoal e profissional, mas a equipe sempre fora próxima o bastante para falar abertamente sobre términos e casamentos, gestações e mortes, e, no fim, todos acabaram se abrindo sobre as fitas.

Um terço da equipe não havia olhado o conteúdo da caixa; o restante parecia razoavelmente satisfeito com as descobertas. Depois de ficar sabendo de Maura, vários colegas até se ofereceram para cobrir Nina, caso ela precisasse de um tempo de folga.

Mas, para Nina, isso não existia.

Cercada pelas notícias o dia todo, ela não conseguia escapar do assunto das fitas. Implorava para que Deborah lhe desse alguma outra reportagem, *qualquer* outra, mas aparentemente não havia. A lista de candidatos presidenciais estava se formando, as temperaturas no planeta estavam aumentando, mas nada cativava tanto os leitores quanto o tema das fitas. Nina não parava de pensar nelas, perguntando-se se um dia saberia a verdade.

Maura frequentemente descrevia Nina como uma mulher adoravelmente obcecada por controle. Ela sentia necessidade de guardar os potes plásticos com a tampa correta, nunca comprava uma saia que já não tivesse uma blusa para combinar. Uma das coisas que Nina amava em seu trabalho de editora eram as *regras*, as leis claras da gramática que ela adorava aplicar com a caneta vermelha. Antes de ser promovida, quando ainda tentava se provar como repórter, ela se deleitava em buscar os *fatos*, enterrando-se em pilhas de pesquisa, energizada pela caça à verdade. Mas tudo no assunto das fitas desenterrava um desejo ainda mais profundo de conhecimento e controle. A falta de respostas — de onde vinham aquelas fitas? Por que tinham vindo agora? Elas realmente controlam o futuro ou simplesmente o conhecem? — impedia Nina de dormir à noite. Tudo era turvo demais, cinza demais. Ela precisava das coisas em branco e preto.

E Nina era forçada a assistir, indefesa, ao sofrimento de Maura, porque não havia nada a fazer. Qualquer simulacro de controle havia sido arrancado das duas.

Nina se sentia impotente, como se revivesse um dos piores dias de sua vida, no último ano do ensino médio. Naquela manhã, ela havia passado uma hora com a orientadora da escola, pedindo conselhos para contar aos amigos sobre sua sexualidade, sem saber que uma colega maliciosa escutava do outro lado da porta e, quando Nina saiu da sala, não precisou se preocupar com achar o momento certo para revelar tudo. A verdade já tinha sido espalhada.

Mesmo agora, adulta, Nina ainda visualizava o vestiário do ginásio: os olhares curiosos, os acenos de cabeça sutis, os cochichos envergonhados. Como alguém que se recusava a deixar até mesmo uma única frase ser impressa no jornal da escola sem sua aprovação editorial, ela havia entrado numa espécie de inferno pessoal. O planejamento meticuloso de Nina, suas semanas de debate interno, tudo havia sido jogado fora num instante. Todo o seu poder, todo o seu controle, havia sido roubado. Ela só pretendia contar a alguns amigos, mas a notícia rapidamente se propagou por alunos de todas as salas.

Claro, dois dias depois, essa notícia foi eclipsada quando metade do time de futebol americano foi suspensa por fumar maconha atrás do campo, e quase ninguém conseguia lembrar a fofoca anterior. Exceto Nina.

Ela lembraria *para sempre*.

Mais de uma década depois, morando no apartamento que alugava com Maura, Nina ainda sentia a raiva e a humilhação, ainda se lembrava de jurar se proteger de qualquer outro sentimento angustiante, de perder o controle de novo.

Amie e Maura viviam pedindo para ela ser menos controladora, se soltar, deixar para lá.

Mas Nina não conseguia deixar para lá. Não nessa situação, vivendo em um mundo de traições e sofrimentos, de caixas misteriosas e fitas dolorosamente curtas.

Se Nina deixasse para lá, aquilo que ela tentava proteger — seu eu mais jovem, seu futuro com Maura — se tornaria desarmado e vulnerável. Fora de seu controle.

As caixas agora eram parte da vida de Nina, e ela não podia mudar isso. Mas ela estava decidida a recuperar certo senso de poder e clareza. E, assim, de madrugada, quando não conseguia dormir ou quando Maura não estava no apartamento, Nina buscava respostas na internet. O que havia começado com uma simples busca no Google — De onde vieram as caixas? — rapidamente degringolou depois de Nina clicar no Reddit e cair no meio de uma nova comunidade popular, r/Fitas. Imediatamente, ela percebeu que havia *centenas* de discussões acontecendo, e todas tentavam decifrar o mistério das caixas.

Normalmente, Nina era uma pessoa extremamente reservada e autodisciplinada para gostar da exposição que implicava a maior parte das redes sociais, mas se surpreendeu com a facilidade de entrar nas conversas e perder duas horas online.

Ela caiu em uma foto, postada por gordoncoop531957, de uma caixa iluminada sob luz ultravioleta, com marcas de digitais brilhando do lado de fora.

"Prova", era a legenda da foto.

Postado por u/Matty 1 hora atrás
Prova do q? Q vc é um idiota?

Postado por u/TheWatcher 1 hora atrás
Definitivamente extraterrestre. Por isso que as digitais são invisíveis a olho nu.

Postado por u/NJbro44 2 horas atrás
Mano devem ser seus próprios dedos.

Outro usuário, offdagrid774, postou uma foto de sua caixa guardada dentro de um micro-ondas, pedindo que todos fizessem o mesmo: "Não deixem a Agência de Segurança Nacional escutar vocês!".

Postado por u/ANH 1 dia atrás
Ctz que as caixas estão grampeadas. O gov tá espionando não só nós americanos, mas o mundo todo!! Senão, como iam ter seu nome e endereço? Deixa fora de ksa!

Postado por u/Fran_M 1 dia atrás
Offdagrid774, vc acha que tb tem uma câmera dentro?

O contingente religioso ocupava um canto menor da internet, embora também fosse eloquente. Um verso da bíblia, compartilhado por RedVelvet_Mama, tinha recentemente viralizado como suposta prova da procedência divina das caixas.

"Não julguem, para que vocês não sejam julgados. Pois da mesma forma que julgarem, vocês serão julgados; e a medida que usarem, também será usada para medir vocês." — Mateus 7

Nina não acreditava em nada do que lia, eram só conjecturas. Mas era um consolo saber que havia milhares de pessoas, milhões, até, tão nervosas quanto ela e igualmente interessadas em descobrir a verdade, se é que ela existia.

No domingo à noite, enquanto Maura estava no grupo de apoio, Nina pensou no homem em Verona e no que o colega havia dito. Era perturbador pensar que alguém era essencialmente imune a morrer até chegar ao fim da fita — especialmente para aqueles, como Nina, que tinham fitas longas.

Sentada na cama, ela puxou o notebook e pesquisou "fita longa + morte" para ver se aparecia alguma coisa.

A pesquisa a levou a um novo site, "Não Tente Isto em Casa", com sua própria discussão. Quando ela chegou ao fórum, estava repleto de relatos de pessoas que possuíam fitas longas forçando os limites de suas medidas, em atitudes aparentemente imprudentes.

Eu tenho uma fita longa e, alguns dias atrás, tomei uma overdose de analgésicos, mas minha colega de apartamento me achou e aqui estou!! Valeu fita!!

Minha namorada e eu queríamos brincar com asfixia há um tempo e nós duas temos fitas longas, então, achamos que era o momento. Recomendo 10/10 ;)

Feliz 22 pra mim! Recebi uma longa! ☺ Procurando KEY pra comemorar

    Nina simplesmente parou de ler. Como tanta gente se dispunha a fazer tantos experimentos com a própria vida?
    Mas ouvir essas histórias só tornou o mistério das caixas ainda mais perturbador, o poder das fitas, ainda mais forte. Era como se as fitas *soubessem* desde sempre a reação que elas desencadeariam, como se, de alguma forma, elas conseguissem levar em conta qualquer tendência temerária ao determinar sua medida final. De algum jeito, elas conseguiam *ver* quais drogas, riscos e obstáculos seriam fatais e quais acabariam apenas como frases de efeito mórbidas postadas para quem por acaso estivesse fuçando na internet.
    Nina ficou enjoada. Fechou o notebook e dobrou as pernas sob os lençóis, torcendo para Maura chegar logo em casa.

MAURA

Apesar da relutância inicial em se juntar ao grupo, Maura saiu daquela primeira sessão já esperando o próximo domingo à noite. Ela sabia que, em sua presença, Nina engolia qualquer discussão sobre as fitas, tentando manter alguma esperança de normalidade na vida das duas — e Maura era grata por isso —, mas acabou sendo muito libertador estar num lugar em que nenhum assunto era proibido, em que ninguém colocava panos quentes diante de qualquer consideração.

— Estou muito deprimida — foi como Chelsea deu início a uma sessão certa noite, no fim de abril.

— Por causa da sua fita? — perguntou Maura.

— Não. — Chelsea suspirou. — Bom, sim. Mas hoje *também* estou deprimida porque o *Grey's Anatomy* acabou de ser cancelado.

— Não faz séculos que ele está no ar? — questionou Terrell.

— Por isso que é tão bizarro! Acabou do nada. O TMZ acha que alguém muito importante da série deve ter recebido uma fita curta e pedido demissão.

— Bom, fique à vontade para me seguir no hospital. — Hank sorriu.

— Se bem que não posso garantir casos tórridos.

— Você ouviu falar que talvez as Spice Girls voltem? — perguntou Lea.

— Dizem que uma delas é fita curta e quis se reunir antes de... você sabe.

Por mais curiosa que estivesse, Maura não conseguia deixar de ter pena das pessoas de quem eles falavam. Claro, elas tinham escolhido uma vida pública, mas esse caso não era diferente? Não passava dos limites?

Nesse ponto, fofocas e especulações corriam soltas, e não só sobre atores e cantores. Na fila do caixa em lojas, durante os trailers na sessão de cinema, na mesa ao lado em qualquer restaurante, era comum ouvir pessoas tentando adivinhar o comprimento da fita de alguém. Pedir demissão, noivar, ficar quieto demais numa festa, qualquer coisa podia ser interpretada como evidência dos dois lados, de possuir uma fita longa ou curta.

"Elas alegam que não viram, mas eu *sei* que não é verdade" era um refrão incrivelmente popular. Isso fazia Maura pensar no que as pessoas falavam dela, aquelas que não sabiam a medida de sua fita.

O pior, Maura percebeu, era que a culpa disso se devia a essas mesmas pessoas. Elas é que haviam causado esse tipo de coisa. Mesmo antes de as caixas aparecerem, as tradicionais barreiras de privacidade já desmoronavam. A sociedade já era de pessoas que compartilhavam demais.

Como tantas outras, Maura postava fotos e mais fotos — de refeições deliciosas, da vista do seu escritório, de fins de semana na praia com Nina —, todas para encorajar as pessoas a ir cada vez mais fundo na vida dos outros, à espera de algum grau de transparência. Até que o próprio ato de olhar sua fita — o que devia ter sido um momento íntimo e pessoal — tornou-se só mais uma espiada em sua vida que já não pertencia apenas a você.

Se as fitas tivessem chegado em qualquer outro século, pensou Maura, ninguém teria ousado perguntar o que havia dentro da sua caixa, deixando que cada família lamentasse ou comemorasse discretamente, dentro de quatro paredes. Mas não agora, não nesta contemporaneidade, quando flertes e rivalidades se desenrolam nas mídias digitais, quando marcos familiares, conquistas e tragédias pessoais estão à mostra. Celebridades evitavam perguntas sobre suas fitas em entrevistas. Atletas eram instados a responder sobre suas "perspectivas de carreira". Letras de música eram examinadas maliciosamente, em busca de pistas de uma mensagem relacionada às fitas. Happy hours se provavam inesperadamente perigosos, com amigos e colegas de trabalho provocando confissões de pessoas embriagadas. Membros da realeza, estrelas infantis, filhos e filhas de políticos, qualquer um que tivesse o azar de fazer vinte e dois anos sob os holofotes despertaria com o olhar enxerido das lentes dos paparazzi tentando capturar a reação de um milhão de dólares. O público exigia saber.

— Tive uma ideia para algo diferente hoje — disse Sean, trazendo de volta a atenção de Maura ao presente. — E quero que todo mundo tenha a mente aberta enquanto explico.

Maura olhou de relance para Ben, ao seu lado.

— Vai se preparando — cochichou ela.

— Já estou preparado. — Ele sorriu.

— Alguns colegas de outros grupos falaram do fato de que nem todo mundo se sente confortável compartilhando as coisas em voz alta, o que é totalmente natural — disse Sean. — E, embora eu espere que este seja um espaço seguro onde ninguém fique intimidado de falar, acho que pode ser útil testar um método diferente de processar nossos pensamentos.

Sean puxou dois blocos de anotação amarelos da pasta, seguidos por uma dúzia de canetas azuis.

— Quero que cada um pegue uma caneta e algumas folhas de papel e escreva uma carta.

— Estamos escrevendo para alguém específico? — quis saber Nihal, sempre um bom aluno.

— Não. — Sean meneou a cabeça. — Você pode endereçar a carta a seu eu presente, a seu eu mais jovem ou a seu eu futuro. Ou a alguém para quem você gostaria de dizer algo. Ou pode só colocar a caneta no papel por dez minutos e ver o que sai.

— Parece um desperdício de tempo — murmurou Carl.

Os blocos foram passados pelo círculo, e Maura olhou a página em branco em seu colo. *A Nina amaria esse exercício*, pensou. Ela era bem melhor com as palavras.

Querida Nina, escreveu ela.

A frase seguinte se mostrou mais difícil. Num mundo de boatos e estranhos enxeridos, Nina era a única pessoa que realmente merecia saber tudo sobre a vida de Maura, e havia poucas coisas que, nos últimos dois anos, Maura não tivesse compartilhado com ela.

E, após madrugadas repletas de confissões, elas haviam permanecido juntas.

Nina não se incomodava com a natureza inquieta de Maura, o fato de que ela tivera cinco empregos diferentes em sete anos, de ter ido de uma galeria no centro a uma campanha de prefeito a uma breve passagem por uma start-up que fracassou de repente. E de que ela tinha tido tantas namoradas quanto carreiras.

Enquanto Maura pulava de carreira em carreira e de caso em caso, Nina nunca havia tido esse senso de impaciência. Começara a subir na hierarquia da mesma revista na faculdade e tivera dois relacionamentos bem tranquilos antes de Maura, com nada de sexo casual no meio — e Nina falava dessas coisas quase com vergonha, como se isso a fizesse parecer chata e pouco aventureira. Mas Maura na verdade admirava isso. Nina era leal de uma forma que atualmente parecia rara.

Depois de abrirem as caixas, Maura tinha dado a Nina a chance de ir embora. Mas Nina recusou.

— Eu sei que você me ama — disse Maura —, mas eu tenho menos de dez anos, e você merece alguém com quem possa passar o resto da sua vida.

Nina ficou chocada.

— Eu *realmente* te amo, e é por isso que eu jamais iria embora.

Maura sugeriu que Nina tirasse um tempo para pensar.

— Você não precisaria se sentir culpada. — Ela segurou com ternura a mão de Nina. — Eu não te culparia.

Mas Nina insistiu.

— Não preciso de tempo para saber como me sinto.

Ainda buscando inspiração para sua carta, Maura olhou ao redor da sala 204. Era claramente uma sala de inglês, decorada com retratos em preto e branco de autores famosos. Lembravam a Maura os pôsteres em sua antiga quitinete, onde a cama ocupava quase a metade do espaço, e sua coleção de fotos antigas de celebridades envolvidas em escândalos cobria as paredes brancas baixas.

No quarto encontro, a primeira vez que Nina foi lá, Maura a observara estudar atentamente as fotos: um estoico David Bowie numa delegacia de Rochester. Frank Sinatra nos anos 1930, o cabelo bagunçado caindo na testa com uma sensualidade juvenil. Jane Fonda levantando o punho fechado em Cleveland. Bill Gates, parecendo um Beatle loiro, sorrindo em seu retrato dos anos 1970. E Jimi Hendrix, inabalável, em 1969, com a camisa desabotoada, exibindo um colar com pingente.

— A maioria dessas acusações eram relacionadas a drogas, nada grave — explicou Maura. — Bill Gates foi preso por dirigir sem carteira.

— Achei fascinantes — disse Nina. — Fiquei até com vontade de colocar numa matéria de quatro páginas na próxima edição.

— Então, você está num encontro comigo e mesmo assim pensando em trabalho? — Maura se sentou na cama e cruzou as pernas de um jeito sedutor. — Como eu deveria me sentir?

— Desculpa. — Nina sorriu, abaixando-se para beijar Maura suavemente. — Na verdade, estou até com vergonha de admitir que não sabia que essas pessoas já tinham sido presas.

— Foi meio por isso que pendurei — contou Maura, olhando as fotos. — São um lembrete de que, às vezes, a gente faz cagada e, às vezes, o sistema ferra a gente, mas, se você viver com paixão e ousadia, é *por isso* que vai ser lembrado. E não pelas merdas que aconteceram no caminho.

Quase dez minutos haviam se passado, e a carta de Maura continuava em branco.

Ela observou a sala e viu que a maioria dos outros membros do grupo não parava de escrever desde que havia recebido a caneta. Ben já tinha terminado sua carta e desenhava uma paisagem de arranha-céus de Nova York. Pelo menos, Hank também parecia estar tendo dificuldade para escrever.

Querida Nina,

O que ela podia escrever que Nina já não soubesse?

Só havia uma resposta, mas Maura não podia contar agora, não depois de todas as discussões e decisões. Não quando Nina achava que a questão estava resolvida.

E *estava* resolvida, Maura tinha se convencido disso. De que adiantaria Nina ficar sabendo que Maura ainda tinha dúvidas?

HANK

No primeiro dia de maio, seria praticamente impossível alguém prever a tragédia de grandes proporções que ocorreria ali, no Memorial Hospital de Nova York, em apenas duas semanas. No início do mês, médicos, enfermeiros e pacientes ainda estavam preocupados com os acontecimentos funestos que se desdobravam ao redor deles.

Só naquela manhã, Hank tinha visto três pessoas entrarem no hospital com lágrimas nos olhos, o rosto pálido de medo, implorando desesperadamente para falar com um médico sobre suas fitas curtas.

Nas primeiras semanas, ainda em março e abril, Hank e seus colegas convidavam esses fitas curtas para ir ao hospital fazer uma série de exames: exames de sangue, ressonâncias magnéticas, ultrassons, eletrocardiogramas. Às vezes, achavam algo preocupante e o paciente podia voltar para casa, se não com esperança, pelo menos com uma resposta. Bem mais difícil era mandar alguém embora sem nenhuma explicação.

Mas os fitas curtas apareciam com mais frequência conforme as semanas transcorriam e mais pessoas se convenciam de que as fitas eram reais. E, assim, no dia primeiro de maio, depois de o governo confirmar o que todo mundo temia, o conselho do hospital decidiu que já não dava para "fazer a vontade" dos fitas curtas que não tivessem sintomas. Os doentes e feridos, claro, jamais deixariam de ser atendidos, mas quem estivesse saudável não podia ser internado só por causa da sua fita, que podia implicar tanto um acidente iminente quanto um problema médico. O pronto-socorro já estava lotado demais, e a equipe jurídica estava preocupada que médicos que mandassem fitas curtas para casa com um atestado de ótima saúde podiam estar flertando com um processo.

Hank tinha acabado de entrar no saguão do pronto-socorro para discutir os resultados de um paciente com a família quando viu um homem chegar com sua caixa e se aproximar da enfermeira da triagem que atendia os pacientes na recepção.

— Meu nome é Jonathan Clarke — disse o homem, nervoso. — Preciso de ajuda.

— Pode me dizer o que aconteceu? — perguntou a enfermeira, olhando a caixa com desconfiança.

— Não, mas... é muito curta — suplicou Jonathan. — Está perto demais. Vocês têm que impedir.

— O senhor está com *algum* sintoma?

— Não sei. Não. Acho que não — vacilou Jonathan. — Mas você não entende, está quase no fim. Alguém tem que me ajudar!

— Senhor, se não estiver com nenhum sintoma, infelizmente, preciso pedir que vá embora. — A enfermeira fez um gesto em direção à saída. — Temos pacientes aqui que precisam de atenção imediata.

— *Eu* preciso de atenção imediata! — gritou Jonathan. — Não tenho tempo!

— Senhor, entendo sua situação, mas, infelizmente, não podemos fazer nada. Recomendamos marcar uma consulta com seu clínico geral.

— Como você pode falar isso? Isto aqui é uma porra de um hospital! Vocês deviam ajudar as pessoas!

Alguns pacientes e famílias que aguardavam no pronto-socorro haviam se virado para assistir à cena, o fascínio era de quem estica o pescoço para ver um acidente viário, mas a maioria estava com os olhos fixos no chão, ao mesmo tempo envergonhados e entristecidos pelo homem.

— O senhor precisa se acalmar — disse a enfermeira, com firmeza.

— Pare de me chamar de senhor! — Jonathan chacoalhou a caixa no ar. — Eu vou morrer!

Um dos seguranças próximos, um ex-lutador, agora chegava para dar apoio.

— Como podem fazer isso comigo? — Jonathan gritava. — Como podem simplesmente me deixar morrer?

— Senhor, sabemos que é uma situação difícil — falou o guarda — e não queremos chamar a polícia, mas, se não for embora, vamos precisar fazer isso.

A mão dele pairou perto do cassetete na cintura.

Jonathan ficou em silêncio e seus olhos varreram o saguão, parando justo em Hank, o único de jaleco.

— Tudo bem — falou Jonathan. — Eu vou embora.

Ele olhou para trás, para a enfermeira e o guarda alto.

— Não quero passar meus últimos dias numa merda de prisão — disse.
— Talvez outro hospital tenha um pingo de empatia.

De seu posto no pronto-socorro, Hank via o mundo passar pelos estágios do luto, chegando perto de uma forma de aceitação e normalidade. Mas lhe parecia que, a cada estágio, mais gente ficava para trás, presa em fases anteriores, incapaz de fazer a transição.

Algumas estavam nos espasmos da negação: a alguns quarteirões do apartamento de Hank, dezenas de manifestantes costumavam se reunir para gritar suas afirmações de que as fitas eram uma farsa, um plano do governo, e que qualquer precisão era só uma profecia autorrealizável, testemunhos do espírito humano, tão fácil de influenciar.

Os barganhadores suplicavam para que Deus alongasse suas fitas, prometiam mudar de vida. *Talvez os que ainda se recusam a abrir sua caixa também estejam fazendo uma espécie de barganha,* pensou Hank. Cada dia que optavam por não olhar sua fita, ganhavam mais tempo numa vida inalterada.

Mas as pessoas presas nos estágios mais emocionais, mergulhadas em raiva ou depressão, eram as mais fáceis de detectar e as mais dolorosas de assistir. Jonathan Clarke pertencia ao time dos raivosos.

Hank esperou o homem obstinado sair do pronto-socorro, e a sensação que crescia nele desde o início de tudo aquilo — uma noção virulenta de sua própria impotência — pareceu estonteante naquele momento.

Quando seu turno acabou, Hank informou ao supervisor que se demitiria do hospital no final do mês.

AMIE

Estava mais quente que o normal em maio daquele ano. O sol de início de manhã indicava o calor grudento do verão que viria. Amie decidiu atravessar o Central Park até a escola no lado leste, em vez de esperar o ônibus que cruzaria a cidade.

O parque era um dos poucos lugares que parecia quase intocado. Corredores e ciclistas ainda passavam rápido, enquanto pessoas se exercitavam num trote mais lento, empurrando carrinhos e se desviando de Amie na calçada. Crianças subiam nos brinquedos e desciam por escorregadores de plástico amarelo, os pais e as babás olhando de bancos próximos.

Infelizmente, os alunos de Amie notaram que o tempo estava bom.

— A aula pode ser lá fora hoje?

Assim que Amie entrou na sala, a pergunta previsível veio de um suspeito previsível, um menino precoce e sardento. Seus constantes pedidos — "Podemos almoçar durante a aula hoje?", "Podemos ver um filme na aula hoje?" — sempre atiçavam os outros, embora Amie admirasse secretamente sua tenacidade.

Ela mirou os olhos suplicantes dos quintanistas.

— Não acho que seja uma boa ideia, já que o pólen lá fora pode fazer alguns dos seus colegas espirrarem e tossirem, e não queremos isso — disse ela.

Sua explicação satisfez a maioria, embora alguns tenham desdenhado ou revirado os olhos.

Na verdade, ela não teria se importado de dar aula lá fora. Às vezes sonhava que era professora de inglês em uma universidade, inspirando devoção nos alunos como Julia Roberts em *O sorriso de Mona Lisa*. Via-se cercada por um círculo de estudantes ansiosos, sentados no pátio com romances abertos, cadernos e copos de café dispostos na grama.

Mas uma aula ao ar livre com um grupo desordeiro de crianças de dez anos simplesmente não ia rolar.

— Muito bem, agora, quem quer falar do final de *O doador*? — perguntou Amie.

Ela chamou Meg, que estava sentada perto da janela, como sempre, embora a carteira ao lado, antes ocupada por sua melhor amiga, Willa, agora estivesse vazia. Amie tinha sido informada pelo diretor de que a mãe de Willa, ao saber que só tinha mais alguns anos com a filha, tirou Willa da escola para um sabático de duração indefinida, fora do país.

— Acho que senti... esperança — disse Meg. — O mundo do Jonas é assustador e confuso, mas no fim ele consegue escapar. E, mesmo que a gente não saiba de verdade o que está esperando no pé do morro, aquelas luzes lá embaixo me fazem achar que é um lugar legal. Então, talvez, sempre que as coisas parecem assustadoras, injustas e confusas, exista um lugar melhor para a gente encontrar também.

Amie não sabia ao certo o que responder àquilo. Seus alunos eram jovens, não usavam palavras rebuscadas nem figuras de linguagem, não citavam filósofos nem historiadores, mas, às vezes, simplesmente a deixavam sem palavras.

— Que lindo, Meg, obrigada. O que o resto da turma acha?

Amie voltou para casa a pé e ligou para a irmã. Mesmo quando estava ocupada, Nina sempre a atendia.

— No que você está trabalhando? — quis saber Amie.

— Hum, numa matéria sobre como o setor de aviação reagiu às fitas — respondeu Nina, vagamente.

— Você está ocupada?

Amie sentiu a distração da irmã, seus olhos perpassando as páginas na mesa. Amie se perguntou qual *era* exatamente a reação do setor às fitas.

Talvez as companhias aéreas sofressem com o contingente de fitas curtas, que, possivelmente, temessem um acidente aéreo. Ou, talvez, a questão das fitas levasse mais pessoas a viajar e explorar o mundo enquanto ainda havia tempo.

— Desculpa. Não, pode falar — disse Nina.

Mas Amie ainda estava pensando nos aviões.

— Lembra quando eu queria namorar um piloto?

— Claro. — Nina riu. — Você saiu o quê... uma ou duas vezes com aquele cara da Delta?

— Porque eu torcia para a terceira vez ser em Paris — disse Amie, melancólica.

— Acho que não deve ter sido por isso que você ligou.

— Estou pensando em um livro para as crianças lerem nas férias de verão — explicou Amie. — De preferência algo histórico, mas que tenha alguma coisa a ver com elas.

— Hum, bom, o que a gente leu no quinto ano? Algo sobre a caça às bruxas em Salem? Sinceramente, pode ser um bom momento de falar sobre como as pessoas reagem a algo que não conseguem entender.

— É que estou meio com medo de bombardeá-los demais com a coisa das fitas — disse Amie. — Eu sei que eles já sabem de bem mais do que a gente imagina, mas... mesmo assim, são crianças.

— Eu entendo — falou Nina, e as duas ficaram em silêncio. — Você, hum, me diria se mudasse de ideia, né? — ela perguntou, timidamente.

— Claro, você seria a primeira a saber. Mas provavelmente nem preciso olhar — respondeu Amie, alegre. — A sua era superlonga, e o nosso DNA deve ser quase igual, então, com certeza, a minha é bem parecida.

— Ah, sim, sem dúvida — disse Nina. — E a mãe e o pai ainda estão com tudo.

Amie sorriu ao pensar nos pais, felizmente ainda saudáveis com sessenta e poucos anos, que haviam escolhido, como Amie, não olhar suas fitas e focar nas bênçãos da metade final da vida, preenchendo os fins de semana com jardinagem, clubes de leitura e tênis, aqueles prazeres simples ainda mais prazerosos por parecerem tão comuns em uma época tão incomum.

— Bom, vou deixar você trabalhar — disse Amie. — Vou parar na livraria e ver se lembro de algum título. Dá um abraço na Maura por mim.

Amie entrou na livraria perto de seu apartamento, e o sino da porta soou. A pequena televisão montada no alto noticiava uma entrevista com um dos mais novos candidatos presidenciais, Anthony Rollins, um deputado cheio de lábia e bonito da Virgínia que com certeza pontuava por que *ele* é quem devia liderar o país em tempos tão estranhos. Amie ainda estava chateada pelo dono ter instalado a televisão no ano passado. Ela ia à livraria em busca de alívio do interminável ciclo de notícias e da agitação do mundo lá fora.

Tentou ignorar o homem na tela ofuscante e passou pela mesa de títulos populares, onde *A ilíada* e *A odisseia* tinham ido morar nas últimas semanas, graças a um interesse renovado em mitologia grega e nas Parcas, além de um monte de livros de autoajuda e reflexões sobre mortalidade escritos por médicos, filósofos e teólogos. *As cinco pessoas que você encontra no céu* tinha voltado a ser best-seller.

Ali, no salão principal, cercada pelas prateleiras altas de madeira e pelo cheiro familiar de milhares de páginas, Amie se sentiu relaxar. Havia poucos lugares em que se sentia mais contente do que em uma livraria. Às vezes, tinha uma tendência avassaladora de desaparecer em seus devaneios, então se reconfortava em meio aos sonhos alheios igualmente prolíficos, preservados para sempre no papel.

Quando ela e Nina eram mais novas, a mãe muitas vezes as levava à livraria local depois da escola, onde o proprietário não ligava de elas passarem uma hora lendo no tapete antes de comprar alguma coisa. Na época, Amie já era atraída por fantasias e romances, enquanto Nina preferia biografias factuais de mulheres como Marie Curie ou Amelia Earhart (embora seu obscuro desaparecimento tivesse perturbado Nina durante semanas). Enquanto liam juntas, Nina desenvolveu o hábito de apontar orgulhosamente qualquer erro de digitação que achava em um livro publicado, o que sempre irritava Amie. Ela sempre desejou que a irmã simplesmente se soltasse e se perdesse na história.

À medida que cresciam, Amie e Nina adotaram o costume de passar uma para a outra os livros que haviam lido. A sugestão foi de Nina, um bálsamo para os medos de que, conforme as duas envelheciam e suas vidas começavam a divergir — Nina assumiu sua homossexualidade, depois cada uma foi para uma faculdade —, as diferenças recém-descobertas ameaçassem a proximidade entre as duas. Durante os cinco anos em que viveram separadas, as irmãs mandaram dezenas de livros pelo correio, incluindo post-its nas passagens favoritas e piadas internas escritas nas margens. Nina zoou a choradeira de Amie ao receber seu exemplar de *Não me abandone jamais* com as últimas páginas enrugadas de lágrimas, e Amie pegou no pé de Nina por mandar *Fora de série* com uma quantidade perturbadora de seções grifadas.

Na livraria, Amie parou na seção de ficção distópica, onde, em janeiro, encontrara um exemplar de *O doador*, e, inundada por memórias felizes de seu próprio clube de leitura do quinto ano, decidiu adotá-lo em sala de aula — antes de tudo mudar. Ao lado, *O conto da aia* estava acomodado ao lado de *Jogos vorazes*, dois livros que ela adorou ler na adolescência. Em mais de uma ocasião, ela havia ficado deitada na cama depois da meia-noite, sem conseguir dormir, se visualizando como tributo nos jogos, abrindo caminho por uma floresta densa e escura, crescida dentro de sua mente.

Pelo menos, o futuro que eles haviam recebido parecia mais promissor do que aqueles nas prateleiras diante de Amie, nos quais corpos femininos eram despojados de tudo, exceto de sua capacidade reprodutiva, e crianças se assassinavam na televisão, a pedido do governo. Cada romance parecia imaginar um mundo mais sombrio que o anterior. Se fossem essas as alternativas, Amie pensou, talvez eles devessem se considerar sortudos por terem recebido só as fitas.

Mas Amie se perguntou, como quase todos os dias, se estava tomando a decisão errada ao se recusar a abrir a caixa e rejeitar o conhecimento que dera a tantos de seus amigos e colegas — quase todos fitas longas — uma paz de espírito sem precedentes, o maior presente que poderiam pedir. Até Nina, cujos pensamentos eram tão frequentemente consumidos pela preocupação com Maura, havia admitido a Amie que não conseguira deixar de ficar aliviada ao ver sua fita longa.

Mas a mente de Amie vivia em movimento, sempre se vendo em cenários diferentes. Ela havia imaginado de modo muito claro todos os possíveis resultados — uma fita longa, uma fita curta, uma fita média, ela já havia pensado até em encontrar uma caixa *vazia* — e achava que a escolha mais segura era simplesmente enfiar a caixa no fundo do armário, atrás de um par de botas de inverno com manchas de sal que ela só usava em nevascas.

Na segunda de manhã, Amie chegou à escola armada de duas dúzias de exemplares de *A fonte misteriosa*.
— Com licença, srta. Wilson?
Amie se virou e viu um dos zeladores da escola tirando do bolso um pedaço de papel amarelo, dobrado.
— Achei isto no chão da sua sala enquanto limpava ontem à noite e não sabia se era para jogar fora ou colocar em algum lugar. Imagino que um de seus alunos tenha escrito, né?
— Ah, obrigada. — Amie pegou a folha de papel, com um desenho em miniatura do horizonte de Manhattan no verso. Olhou para os nomes mencionados na parte interna do bilhete. Nenhum deles era aluno dela.
— Onde você disse que encontrou isto?
— Só jogado embaixo de uma das cadeiras, perto da estante de livros.
— Acho que deve ser de alguém — disse ela. — Obrigada por guardar.
Ele assentiu.
— Imagina.
Amie sorriu e entrou na sala 204. Sentou-se atrás de uma mesa atulhada com dois cadernos, um cacto minúsculo (um presente de Nina que era "mais prático do que flores"), duas canecas de café vazias, um grampeador quase sem grampos e um calendário de mesa com o tema de "livros banidos", que o departamento de história havia lhe dado. O mês de maio sinalizava com *O apanhador no campo de centeio*, embora o calendário de Amie estivesse aberto em maio desde 3 de abril, quando ela decidiu que havia alunos demais perguntando do que se tratava *Lolita*.
Ela colocou a folha de papel em cima de uma pequena pilha de ensaios, sem saber se devia ler.
Então voltou sua atenção à lição de gramática do dia, sobre vírgulas e ponto-e-vírgulas, mas seu olhar não parava de desviar para o papel, até finalmente deslizá-lo para a mesa à sua frente.

O Sean nos disse que precisávamos escrever uma carta, então vamos lá.

Algumas marcas suaves depois do ponto traíam uma batida impaciente da caneta do autor.

O Carl ainda acha que é um exercício estúpido e parece que está fazendo furos no papel com a ponta da caneta, para a tristeza do Sean. E a Chelsea talvez esteja desenhando alguma coisa, mas é difícil saber.

Amie não reconheceu ninguém.

Dez minutos é mais tempo do que pensei. Além do mais, faz tempo que não escrevo uma carta assim, com papel e caneta. Me sinto como um dos soldados em um drama de guerra épico, debruçado em um bloco, escrevendo uma mensagem para sua garota em casa.

Na verdade, isso me lembrou quando eu visitei o museu da Segunda Guerra Mundial durante uma viagem de carro para o sul. Tinha um monte dessas cartas de soldados emolduradas nas paredes. Claro que passei uns bons vinte minutos olhando todas e, agora, só consigo me lembrar de uma. O cara estava escrevendo para a mãe dele e pedia um favor, que dissesse pra Gertrude: "Não importa o que aconteça, ainda sinto a mesma coisa".

Não sei por que essa carta me marcou. Talvez fosse a estranheza de ver um sentimento tão íntimo ser exibido tão publicamente. Quase senti vergonha de ler. Ou talvez fosse só o nome Gertrude.

Ao ler os pensamentos de uma pessoa desconhecida, Amie foi tomada por uma culpa repentina. Mas a carta tinha sido encontrada na sala *dela*. Devia ter sido escrita por algum de seus alunos, certo? Só que ela não conseguia pensar em nenhum de seus pequenos escrevendo com esse nível de autoconsciência — nem com uma caligrafia tão boa. Apesar disso, parecia que o autor estava escrevendo algum tipo de trabalho escolar. Mas, até onde ela sabia, não tinha nenhum professor chamado Sean.

Foi aí que Amie se lembrou do que um colega havia comentado no mês passado: de que a escola receberia grupos de apoio para dar assistência aos fitas curtas, à noite, e aos fins de semana.

O estômago de Amie se revirou quando ela percebeu o que tinha acabado de ler, e ela sentiu uma onda de pena pelo escritor, cujas palavras deviam ter sido arrancadas dele como uma forma de terapia.

Ainda agarrada às bordas do papel, incerta sobre o que fazer com ele, Amie voltou seus pensamentos a Gertrude. Era mais fácil pensar em um nome num museu distante do que naquele fita curta que se sentara na sala de aula dela algumas horas atrás e deixara aquela carta. Então, em vez disso, ela imaginou Gertrude e seu amado na guerra, como Cecilia e Robbie, de *Reparação*, a pobre mulher checando ansiosamente o correio em busca das missivas manchadas de lágrimas de um garoto num navio distante. Não importava o que acontecesse, ele ainda sentiria a mesma coisa.

BEN

Uma semana depois, no domingo à noite, pouco antes de a sessão começar, Maura apontou para Ben: a folha de papel amarelo, dobrada bonitinha em um quadrado e colocada no chão, ao lado da estante na sala 204. Havia um desenho do horizonte de Nova York na página, virada para cima.

— Não é seu? — perguntou Maura.

— Ah, uau, é — disse Ben. — Eu achei que tivesse deixado cair em algum lugar. Incrível ter ficado aqui o tempo todo, sem ninguém jogar fora.

Maura pareceu igualmente surpresa.

— Talvez tenham visto o desenho e achado que alguém ia voltar pra buscar. Até que você é bem talentoso.

— *Até?* — Ben riu, e Maura sorriu ao puxar sua cadeira.

Ben deslizou o papel para dentro do bolso, e foi só ao chegar em casa, depois da sessão, que finalmente ele abriu para ler de novo.

Embaixo de sua carta original, havia outra coisa escrita.

Uma resposta.

Você descobriu o que aconteceu com a Gertrude e o soldado? Só pergunto porque andei pensando muito neles e tive muita curiosidade sobre o real significado das palavras dele.

No início, interpretei a carta dele como a maior das promessas românticas — que, não importava o que acontecesse com ele na guerra, seu amor pela Gertrude nunca se apagaria. Mas e se não for isso? Como não li a carta toda, não posso ter certeza, mas, se ele realmente só escreveu: "Não importa o que aconteça, ainda sinto a mesma coisa", talvez suas palavras

A medida

significassem o exato oposto, não? Talvez ele já tivesse rejeitado a coitada da Gertrude e, independentemente dos horrores físicos e emocionais que enfrentaria, seus sentimentos não mudariam. Ele ainda não a amaria como ela o amava. E precisava usar a mãe como intermediária porque ele não tinha coragem de contar para a Gertrude.

Claro, é só uma conjectura improvável da minha parte (e talvez eu devesse me preocupar por procurar tristeza no que provavelmente é uma linda declaração de amor?), mas eu queria saber se você tem mais informações sobre a Gertrude e seu soldado.

—A

HANK

Hank não viu o homem entrar, mas escutou os tiros de trás da cortina verde-clara enquanto examinava um paciente idoso que tinha dado entrada no pronto-socorro do Memorial Hospital de Nova York, com uma forte dor no peito.

Hank era médico havia mais de quinze anos. Ele já tinha visto as expressões mais intensas de ansiedade em seus pacientes que descreviam seus sintomas ou esperavam os resultados de exames. Mas jamais vira o medo inconfundível passar tão rápido pelo rosto de alguém quanto naquele exato momento, na manhã do dia 15 de maio, quando ambos escutaram os tiros. Uma das piores partes, Hank percebeu depois, era que nenhum dos dois experimentara nem um segundo de confusão. Ambos tinham visto imagens suficientes no noticiário e lido artigos suficientes sobre esse terror em particular. Ambos sabiam exatamente o que estava acontecendo.

Por um momento, o corpo de Hank ficou tenso, e ele não sabia se ainda estava respirando.

Então, ele pensou: A.B.C.

Um policial nova-iorquino havia visitado o hospital alguns meses antes e ensinado o que fazer, se encontrassem um atirador. A.B.C. *Afastar-se. Barricar. Confrontar.* Em ordem de preferência. Afastar-se e evitar a situação era a melhor opção, erguer barricadas, se necessário, e confrontar-se com o atirador, preferencialmente em grupo, era uma estratégia que só deveria ser usada como último recurso.

Quando o terceiro e o quarto tiros foram disparados em rápida sucessão, Hank percebeu que eles soavam longe o bastante, perto da rua, então ele conduziu os pacientes para os quartos mais afastados.

Dezenas de pessoas assustadas usando camisolas azuis hospitalares correram para as saídas de emergência, enquanto médicos e enfermeiros empurravam freneticamente macas e cadeiras de rodas. Uma quinta e uma sexta explosões reverberaram pelo cômodo, e braços instintivamente subiram para proteger cabeças e rostos, apesar de o barulho ainda vir de trás de uma porta dupla, fechada.

Hank avançava o mais rápido possível enquanto girava o suporte endovenoso de uma mulher que não teve tempo de retirar do pulso os tubos do soro que recebia nas veias.

Sete, depois oito.

Ele levou a mulher para um local seguro, junto com um menino vestido todo de preto, os olhos piscando e se contraindo tanto pelo terror quanto pela alta concentração de metanfetamina em seu organismo que o conduzira para lá. Hank fechou os dois atrás da porta, depois se virou e correu na direção do barulho.

Mas ele havia perdido a pior parte e só chegou a tempo de testemunhar as consequências.

Os corpos no chão, sangrando e convulsionando, estavam sendo erguidos para as macas mais próximas. As pessoas que ajudavam as vítimas gritavam. Um segurança pegou a arma do agressor do chão, onde devia ter caído, quando os guardas finalmente obtiveram uma mira limpa e o mataram. Era um pequeno revólver, e Hank percebeu que imaginava um fuzil de assalto.

Quando ele se agachou para pressionar as mãos no ferimento de uma vítima e estancar o fluxo de sangue, não conseguiu deixar de olhar por dois segundos o rosto do responsável por tal horror.

Um rosto que Hank reconheceu no mesmo instante.

NINA

Haviam se passado dois dias desde que Deborah Caine saíra correndo do escritório para alertar a equipe sobre o tiroteio no Memorial Hospital.

Nina e alguns repórteres tinham passado a manhã discutindo as últimas notícias da Coreia do Norte, onde todas as caixas agora deviam ser entregues ao governo. Quem ainda não tivesse aberto a sua, não tinha mais permissão de olhá-la, e todas as novas caixas recebidas por quem completava vinte e dois anos deviam ser entregues fechadas aos oficiais.

Esse tipo de determinação legal não tinha acontecido antes.

Em março e abril, os governos do mundo inteiro estavam ocupados demais em confirmar a veracidade das fitas e em impedir que a economia global declinasse vertiginosamente para perceber que não podiam fazer absolutamente nada. Sem conseguir controlar a chegada das caixas, talvez *pudessem* controlar a forma como as pessoas as usavam.

Naquela primavera, várias nações da União Europeia haviam mandado tropas adicionais a suas fronteiras mais contenciosas, antecipando que migrantes assustados detentores de fitas curtas talvez procurassem os países com melhor acesso à saúde, para ter um pouco mais de esperança.

Dizia-se que a polícia nas áreas de fronteira dos Estados Unidos estava igualmente atenta. Mas essa decisão da Coreia do Norte era algo *novo*. Rumores diziam que a diretiva era resultado de agitações que começavam a borbulhar e de um medo, entre o círculo do líder supremo, de que alguns fitas curtas passionais sem nada a perder fomentassem uma insurreição.

— Obviamente é uma tática extrema, mas talvez eles não estejam tão errados — comentou um dos repórteres. — Se todo mundo parar de olhar as caixas, a vida pode voltar ao normal.

— Exceto para quem já olhou — disse Nina. — Para esses, é tarde demais.

— Bom, acho que só podemos torcer para os fitas curtas *daqui* não se tornarem uma ameaça.

Nina ficou surpresa com o comentário agourento.

— Por que eles se tornariam uma ameaça?

Antes que o repórter tivesse tempo de responder, Deborah se postou na frente da mesa deles, com uma expressão sofrida.

— Chegou um relato de tiros no Memorial — disse. — Múltiplas vítimas.

Quarenta e oito horas depois, o total de mortes, excluindo a do próprio atirador, era de cinco, com vítimas entre vinte e três a cinquenta e um anos. Cinco fitas curtas, que talvez nem soubessem que eram fitas curtas ou sabiam e tinham ido ao hospital em busca de ajuda, sem o conhecimento de que o destino que tentavam evitar os esperava logo atrás das portas do pronto-socorro. Um destino que chegara na forma de um outro fita curta armado, identificado como Jonathan Clarke, de Queens, Nova York.

O repórter policial abriu a mesa-redonda da manhã:

— O que estamos pensando para a matéria sobre o hospital? "Por dentro da tragédia no Memorial"?

— Talvez. E quanto à palavra *tragédia*?

— Já discutimos isso. Não decidimos que ela devia se basear no número de mortes? Achei que alguém tivesse dito que precisava de dez ou mais mortes para chamar de "tragédia". Foram menos do que dez.

— Acho que chamamos aquela invasão domiciliar há duas semanas de "tragédia", e só uma pessoa morreu.

— É, provavelmente não devíamos ter feito isso. Tragédias pessoais não são a mesma coisa que tragédias noticiosas.

— Bom, foi um tiroteio em massa, e isso sempre é uma tragédia.

— Mas esse tiroteio se qualifica mesmo como um tiroteio *em massa*?

— Se estivermos usando o critério de pelo menos quatro vítimas, sim.

— Claro que é uma tragédia. Tiroteios assim geralmente podem ser evitados. Os grupos neonazistas estão sempre se gabando sobre isso na internet. Algo é uma tragédia se pudesse ter sido evitado.

— Estamos nos perdendo na semântica, pessoal. Não se trata de um atirador neonazista com um manifesto online. A verdadeira história aqui está nas fitas.

— Parece que o hospital se recusou a atender o atirador, mesmo ele alegando que estava prestes a morrer.

— Ouvi falar que eles não podiam continuar fazendo ressonâncias em todos os fitas curtas que apareciam por lá perfeitamente saudáveis.

— Fico me perguntando se o hospital podia ter previsto que algo ruim ia acontecer se soubesse que a sala de espera estava cheia de fitas curtas.

A mesa ficou em silêncio por um segundo.

— Olha, os únicos vencedores aqui são os lobistas de armas e os políticos que eles compraram — comentou alguém. — É o primeiro tiroteio neste país do qual eles podem lavar as mãos tranquilamente: não culpem as armas, nem as leis, nem o sistema de saúde. Foi um fita curta. Culpem as fitas.

— Nosso ponto de vista é esse — interrompeu Deborah, finalmente, depois de observar em silêncio seus editores discutindo a natureza da tragédia e o número de vidas humanas perdidas para satisfazer a uma definição legal.

Certa vez, Deborah confidenciara a Nina, depois do terceiro drinque na festa de fim de ano, que sempre que a equipe discutia um tiroteio ou um desastre natural, ela ficava impressionada com o modo como todos jogavam as palavras de forma leviana. Em suas três décadas como jornalista, com as manchetes se tornando cada vez mais deprimentes, Deborah tinha visto as palavras perderem um pouco do peso a cada ocorrência até mal lembrarem o peso nos substantivos e adjetivos que anteriormente abalavam todos os espaços. *Mas é a única forma de continuar trabalhando*, pensou Nina, *de proteger sua alma de se partir ao meio.*

— É o primeiro tiroteio em massa na nova ordem mundial — disse Deborah. — Como isso o torna diferente? Como muda nossa reação?

Ela se levantou para sair, depois se virou brevemente.

— E cinco pessoas morreram — disse, parecendo exausta. — Podem chamar isso de tragédia, caralho.

Em casa, naquela noite, Nina ficou olhando a página aberta em seu notebook, o artigo que ela devia editar. Mas, em vez disso, ela pensava em Jonathan Clarke.

O que aconteceria se *Maura* fosse ao hospital agora? Muitas vezes, as duas alugavam bicicletas e pedalavam às margens do rio. E se Maura colidisse com um táxi e fosse levada às pressas para o pronto-socorro? Será que os médicos teriam permissão de perguntar sobre a fita dela?

Nina sabia que a namorada, sendo negra, já tinha um risco aumentado em um ambiente médico. A dor das mulheres e pessoas negras tinha um histórico de ser mal diagnosticada ou ignorada. E agora *isso*? A injustiça nunca deixava de chocá-la.

Claro, Maura não *precisaria* contar sobre sua fita. Ela podia mentir e falar que não a tinha visto. Mas, se soubessem a verdade, será que eles a tratariam de outra forma?

Talvez não fosse uma decisão consciente, Nina percebeu. Com certeza, se um médico precisasse escolher entre salvar um paciente que tinha oito ou setenta e oito anos, salvaria primeiro a criança, certo? Será que agora a atitude seria igual? Ajudar o fita longa primeiro?

Nina ficou aterrorizada de pensar que poderiam negligenciar Maura só por causa de sua fita. Mas a parte que fazia Nina perder a cabeça era a pergunta que emergia daquilo tudo: um paciente recebia menos cuidados por que sua fita era curta ou sua fita era curta *porque* ele tinha recebido menos cuidados?

Parecia a versão mais fodida do mundo sobre aquele enigma de quem havia nascido primeiro, o ovo ou a galinha.

Nina fechou o artigo e clicou na aba do Outlook, onde os novos e-mails se acumulavam na caixa de entrada. Ela deletou a mensagem da campanha presidencial de Anthony Rollins, que pedia doações. Não sabia nem como tinha entrado na lista dele. Havia pouco, alguns de seus colegas discutiam sobre Rollins, lamentando que seu carisma e sua riqueza familiar aparentemente o qualificassem para liderar o país. Nina o achava arrogante demais e vira uma entrevista, ainda em fevereiro, com uma ex-colega de classe de Anthony, que alegava que ele era um machista que tinha sido presidente de uma república de homens bem duvidosa.

Mas, claro, isso foi antes das fitas. Agora, Nina tinha outras coisas em mente.

Ela respondeu a alguns e-mails do trabalho e, aí, não conseguiu se controlar. Digitou "fita curta + hospital", mas o que estava procurando? Alguma confirmação de que Maura não seria rejeitada na recepção hospitalar?

A maioria dos principais resultados dizia respeito ao tiroteio recente, mas, na segunda página, Nina achou um novo site chamado "Teoria das Fitas". Parecia um fórum público de mensagens, mas os comentários eram diferentes nele. Não havia nenhum post sobre alienígenas, Deus ou a Agência de Segurança Nacional. Os problemas pareciam mais urgentes e reais.

> Algum outro fita curta está vendo impacto em seu seguro-saúde? Eu tinha informado meu convênio sobre minha fita e me negaram cobertura para exames que eu achei que estivessem cobertos! Também ouvi boatos de que o prêmio de alguns fitas curtas aumentou de repente.

> Por favor, ajudem meu irmão: ele é um chef incrível, e o SONHO dele é abrir seu próprio restaurante em Nova York, e ele só tem mais três anos para isso. Mas o banco negou o pedido de empréstimo por causa da fita curta dele! Deem uma olhada no nosso GoFundMe para nos ajudar a arrecadar o dinheiro.

> Confidenciei sobre minha fita curta a um colega e acabei de ser demitida do meu trabalho como parte do "planejamento fiscal de longo prazo". Ou seja: minha vida não é "longo prazo" o suficiente para essa empresa me manter empregada?? Se tiver algum advogado lendo isto, posso abrir um processo de rescisão indevida?

Nina continuou rolando a lista.

A medida

O que o governo está fazendo para ajudar os fitas curtas?? Tipo, eles fizeram toda a pesquisa, provaram que as fitas são reais e nos largaram para nos defendermos sozinhos. Precisamos de proteção legal!

Alguém coletou dados sobre comprimento de fita vs. demografia? Queria saber se tem uma prevalência mais alta de fitas curtas entre pessoas não brancas ou grupos de baixa renda. Isso pode ser uma prova real de que gerações de abuso sistêmico + falta de oportunidades estão MATANDO as pessoas dessas comunidades!

Uma das respostas ao último post ganhava força.

NÃO vá atrás desses dados. Eles são manipulados e vão se voltar contra você. Grupos pró-armas já estão culpando as fitas pelo tiroteio no hospital. E depois? Não temos culpa de vocês serem pobres, doentes e desempregados — a culpa é das fitas! Não podemos controlar isso!

Talvez Maura tivesse razão, pensou Nina. Talvez não importasse mais *de onde* vinham as fitas. Mesmo que tivessem sido enviadas do céu, vindo do espaço ou de um futuro distante, agora eram as *pessoas* que decidiam o que fazer com elas.

Quando a verdade sobre as fitas foi admitida por todos, exceto pelos últimos resistentes, o novo mundo entrou em foco: um jardim em que muitos habitantes comiam a maçã, enquanto o resto permanecia assustado demais para mordê-la.

O peso dessa revelação, desse conhecimento antes impensável, continuou a se solidificar no coração e na mente das pessoas. Ficou mais e mais pesado, pressionando cada vez mais, até inevitavelmente algo se rachar.

Casas e posses foram vendidas; empregos foram abandonados — tudo na busca de tirar o máximo de proveito do tempo que restava. Alguns queriam viajar, viver na praia, passar tempo com os filhos, pintar, cantar, escrever e dançar. Outros mergulhavam num abismo de raiva, inveja e violência.

No Texas, após o incidente no Memorial Hospital, outro atirador fita curta abriu fogo em um shopping.

Dois tiroteios seguidos perpetrados por fitas curtas dispararam um frenesi midiático. DEVEMOS TEMER MAIS ATAQUES DE FITAS CURTAS?, perguntavam os GCs.

Em Londres, ao tomarem conhecimento de que sua vida estava no fim, três cientistas da computação hackearam as contas de um grande banco e fugiram com dez milhões de libras, presumivelmente na esperança de viver seus últimos anos numa ilha isolada.

Nas redes sociais, circulavam matérias sobre casais que cancelaram o casamento dias antes de saber o destino deles, enquanto outros se casavam às pressas em Las Vegas, as noites de núpcias funcionando como um dedo do meio para as caixas encontradas na porta.

Um pequeno número de fitas curtas decidiu usar o tempo que lhes sobrava para se vingar dos que lhes haviam feito mal. Quando o alvo da raiva de um deles era um fita longa, qualquer esforço assassino inevitavelmente se mostraria inútil, então eram encontradas outras formas de lhes infligir dor. Pessoas comuns se comportavam como mafiosos. Janelas eram quebradas, casas eram queimadas, pernas eram quebradas, dinheiro era roubado. Ao mesmo tempo amargurados e encorajados por saber que não viveriam o bastante para sofrer uma consequência duradoura, alguns fitas curtas se sentiam quase invencíveis. Não havia necessidade de temer o corredor da morte, se você já estava nele.

E aqueles que tinham fitas mais longas estavam dispostos a correr tanto risco quanto os que tinham as mais curtas. Fortalecidos pela certeza de que viveriam até a velhice, eles saltavam de paraquedas, participavam de rachas e usavam drogas pesadas. Esqueciam-se de que ter uma fita longa só lhes prometia sobrevivência, e não impedia de sofrerem lesões ou doenças. Não queria dizer que não seriam punidos. Âncoras de televisão, médicos, apresentadores de programas de entrevistas e políticos pediam que fitas longas se lembrassem de que eles não eram pessoas invulneráveis. "Vocês receberam o maior dos presentes, uma vida longa", diziam, "não queiram passá-la em coma ou numa prisão."

No entanto, apesar dos atos dramáticos dos fitas longas, ainda eram os fitas curtas que causavam mais alarme. Claramente, aqueles que recorriam à violência eram só uma mínima parcela da população total dos fitas curtas, mas já se notava um aumento grande o suficiente em atos criminosos para atiçar a ansiedade pública. E, embora a maior parte dos fitas longas do mundo pudesse entender a raiva e o luto dos fitas curtas, ainda sentiam medo.

As pessoas começaram a cochichar sobre aqueles com "fitas perigosamente curtas" — uma comunidade particularmente malfadada com membros em todas as cidades e países, que encaravam um futuro cuja brevidade garantia pouca ou nenhuma consequência para seus atos e cujo fim, que se aproximava rapidamente, servia como um lembrete brusco e brutal de que não haveria recompensa cármica para o comportamento ético, nenhuma bênção no fim da vida, nenhum motivo tangível para fazer o bem.

Essa caricatura do fita curta extremista que não liga nem para a lei nem para a moral se infiltrou em salas de aula e conselhos de empresas, hospitais e casas de família. E acabou entrando nos escritórios de políticos de alta hierarquia em países do mundo todo.

Nos Estados Unidos, onde a população havia provado várias e várias vezes que era especialmente suscetível à paranoia, as suspeitas criaram raízes profundas, de uma forma bem rápida. Estimava-se que o número de fitas curtas — aqueles cujas fitas acabavam antes dos cinquenta anos — pairasse entre cinco e quinze por cento da população total do país. Um número pequeno, sim, mas não o bastante para ser ignorado.

Algumas medidas de curto prazo haviam sido determinadas, um curativo em uma ferida aberta. Vários estados criaram linhas de emergência exclusivas com o slogan "Não olhe sozinho", encorajando os cidadãos a conversar com um profissional treinado no momento de abrirem suas caixas. O Congresso debateu auxílio especial a fitas curtas — proibição de despejo? Pagamentos únicos? —, mas acabou caindo num impasse, já que os detalhes se mostraram inadministráveis. (*Quão curta* uma fita deveria ser para a pessoa se qualificar a receber esse tipo de ajuda? E seria um incentivo financeiro para as pessoas olharem suas fitas, pressionando quem escolhera não fazê-lo?)

Mas nada podia deter os rumores que se avolumavam, alimentados por cada ato de violência, até prefeitos, governadores e senadores começarem a debater uma *outra* questão, distinta dos esforços anteriores de ajudar. Embora só após os acontecimentos de 10 de junho o presidente decidisse que a "questão dos fitas curtas" havia chegado a tal ponto que era preciso tomar ações imediatas e contundentes.

ANTHONY

Em março, quando as fitas apareceram, a maioria dos americanos esqueceu brevemente as eleições presidenciais do ano seguinte, cujas campanhas estavam apenas começando. Muitos dos principais jornais e revistas cancelaram até as reportagens planejadas sobre os candidatos.

Mas Anthony Rollins não esqueceu.

Deputado de sangue azul da Virgínia, com números de votação pouco inspiradores, Anthony Rollins viu as fitas como uma bênção de Deus.

No final de fevereiro, antes da chegada das fitas e logo após Anthony anunciar sua candidatura, uma ex-colega de faculdade apareceu na CNN para afirmar que certa vez ouvira um Anthony bêbado fazer comentários machistas e grosseiros sobre as mulheres que iam a festas em sua república. Ela também relatou que as calouras eram avisadas para não beber o ponche na república do Anthony, após vários incidentes em que mulheres haviam sofrido perda de memória após uma festa, e um estudante do sexo masculino morreu de intoxicação por álcool.

A equipe de Anthony rapidamente elaborou uma resposta, observando que Anthony, como filho e neto de mulheres notáveis, sempre tratou o sexo oposto com o maior respeito. A declaração confirmava que Anthony havia participado de vários eventos organizados por sua república universitária, durante os quais ocasionalmente todos consumiam álcool, mas que ele não se lembrava de nenhum "ponche" em particular.

Antes que qualquer outro colega de classe pudesse aparecer em qualquer outro noticiário nacional, as caixas surgiram misteriosamente, e qualquer interesse nas travessuras universitárias de Anthony se dissipou da noite para o dia.

Naquela manhã, quase três meses atrás, Anthony e sua esposa, Katherine, levaram suas caixas para a sala de estar para discutir o que fazer com elas. Anthony ligou para seu gerente de campanha, que o aconselhou a não abrir a sua caixa. Afinal, Anthony era uma figura pública, e, se a mensagem na caixa fosse realmente verdadeira, qualquer informação sensível sobre a vida dele corria o risco de ser roubada e vazada para a imprensa.

Katherine consultou seus amigos da igreja, que também a aconselharam a não abrir a sua caixa, avisando que o fim dos tempos certamente estava próximo.

— Você acha que é mesmo isso que está acontecendo? — perguntou Katherine ao marido, agarrando sua Bíblia King James. — Diz bem aqui, em Apocalipse: "Eis que o tabernáculo de Deus agora está entre os homens, com os quais Ele habitará. Eles serão o seu povo e o próprio Deus viverá com eles, e será o seu Deus". Será que essas caixas são algum tipo de tabernáculo? Deus vivendo entre nós?

Anthony estava cético.

— Não diz aí também sobre ondas de destruição e temporais que viram sangue? Todo um novo mundo emergindo?

— Bom, então como você explica isso?

Anthony pegou a Bíblia da mão da esposa e a pôs na mesa, ao lado das caixas fechadas.

— Alguns dias atrás, nossa campanha estava sendo atacada — disse Anthony. — Agora, ninguém está nem aí para o que aquela mulher *acha* que lembra da faculdade. Acho que estas caixas são um sinal de Deus de que ele está cuidando dessa campanha, nos protegendo do mal.

Katherine não estava totalmente convencida, mas respirou fundo e relaxou os ombros.

— Tomara que você tenha razão.

Anthony sorriu e beijou a esposa.

— Além do mais, mesmo que o mundo esteja acabando — disse ele —, nós dois com certeza vamos ser salvos.

Não demorou muito para que Anthony e Katherine, com o restante do mundo, entendessem a verdade de suas fitas. Quando finalmente abriram suas caixas, que revelaram fitas de um comprimento substancial, prometendo pelo menos oitenta anos de vida para ambos, eles souberam que haviam sido abençoados com um presente maravilhoso, recompensados por sua fé.

No domingo seguinte, eles foram à igreja, agradeceram pela bênção e pediram orientação para a longa campanha que se aproximava. Katherine até vestiu seu terninho da sorte — uma saia e um blazer carmesim que combinavam com a cor da gravata favorita de Anthony e a faziam parecer uma jovem Nancy Reagan. Era a mesma roupa que ela havia usado na manhã fria de janeiro em que Anthony havia sido diplomado no Congresso, e a mesma que ela despia sedutoramente sempre que os dois brincavam de sr. e sra. Presidente na cama.

Enquanto o homem no púlpito assegurava à congregação que Deus os guiaria durante aquela época turbulenta, e Katherine acenava com a cabeça, Anthony fez uma oração particular — que suas duas fitas longas fossem apenas o começo, um prenúncio de coisas ainda maiores por vir.

Durante março, abril e maio, a pequena equipe de campanha de Anthony continuou a fazer propaganda, tuitar e rodar pesquisas, enquanto a maioria do mundo estava ocupada decidindo como reagir às mudanças que aconteciam ao seu redor. E, apesar do pouco comparecimento, Anthony insistiu em continuar com seus comícios e compromissos. (Afinal de contas, era a família de sua *esposa* que assinava a maioria dos cheques.)

Anthony havia se casado com sua namorada de faculdade, Katherine Hunter, com um patrimônio de cento e vinte hectares de terra da família dela na Virgínia, quase vinte e cinco anos antes, quando era apenas um jovem promotor no Ministério Público, e ela, um novo membro da diretoria das Filhas da Revolução Americana, ambos igualmente sedentos por algo maior.

E agora estavam à beira de conseguir.

Anthony e Katherine não tinham filhos, mas, desde o início da campanha, em fevereiro, os membros da família Hunter haviam participado de quase todos os eventos de Anthony. (Era especialmente útil sempre que Katherine conseguia convencer seu sobrinho tímido, Jack Hunter, de vinte e dois anos, a aparecer com eles no palco, ostentando o uniforme bem cortado de cadete do exército e lembrando aos eleitores o quanto Anthony apoiava as tropas.)

Mas, mesmo com a ajuda dos Hunter, Anthony sabia que sua campanha ainda lutava para ser ouvida em meio à agitação das fitas e às vozes dos candidatos mais conhecidos, e, conforme a primavera avançava, Anthony esperava *alguma* coisa acontecer. Sua campanha precisava desesperadamente de um arranque.

No final de maio, ele conseguiu.

Uma das voluntárias da campanha, uma mulher mais velha chamada Sharon, disse a seu supervisor que precisava falar diretamente com Anthony e Katherine.

Quando eles se reuniram em uma sala, Sharon explicou que sua filha fazia faculdade com Wes Johnson Jr., o filho de dezenove anos do senador Wes Johnson Sr., que por acaso era o candidato logo à frente de Anthony nas pesquisas.

— Mundo pequeno — comentou Katherine, intrigada.

— Bom, a minha filha é amiga da namorada do Wes Junior, e foi assim que ela ficou sabendo que a fita do pai do Wes é bem curta — disse Sharon. — O Wes está arrasado. O filho, não o pai. Se bem que imagino que o pai também deve estar.

Anthony apertou os olhos, já considerando suas opções.

— Obviamente é uma notícia terrível — disse, sério.

— Trágica — falou Katherine.

— Mas que bom que dividiu com a gente.

Anthony apertou a mão de Sharon.

Quando Sharon e seu supervisor saíram, Katherine se virou para o marido.

— Não sei você, mas acho que temos o dever de informar nossos concidadãos que, se elegerem Wes Johnson presidente, ele pode muito bem morrer durante o mandato.

— Temos que ir com cuidado — alertou Anthony. — Mas, quando isso for divulgado, com certeza o Wes vai ter que retirar a candidatura.

Katherine passou os braços com alegria pela cintura do marido.

— Você tinha razão, amor — disse ela. — Deus está do nosso lado.

BEN

Finalmente, Ben conseguiu se concentrar de novo no trabalho.

Talvez seu amigo Damon estivesse certo, e o grupo de apoio tivesse lhe dado a saída de que ele precisava, uma maneira de dividir a vida. Aos domingos à noite, Ben era um fita curta, mas, de segunda a sexta-feira, seguro dentro das paredes de vidro de seu escritório, ele ainda era o arquiteto em ascensão de antes da chegada das caixas.

Na segunda de manhã, Ben passou pela maquete do centro de ciências da universidade, cujas obras começariam em breve, e se sentou em seu escritório particular com todas as pompas do sucesso: a cadeira ergonômica, a mesa com altura ajustável, a vista do vigésimo sétimo andar. Ben tinha uma equipe de jovens arquitetos ávidos trabalhando para ele, na esperança de se *tornarem* Ben no período de cinco anos. E tudo que ele tinha feito para chegar àquele lugar — estudar a tabuada na cozinha com o pai, ir embora do bar antes das dez da noite para terminar as inscrições da pós-graduação, até as muitas horas que ele passara sozinho com seu livro de esboços na infância —, tudo tinha valido a pena. Se perguntassem a Ben em uma entrevista onde ele queria estar aos trinta anos, aquela teria sido sua resposta.

Mas era estranho que essa parte da vida de Ben parecesse tão *sob controle*, triunfante até, enquanto o restante de sua vida havia desmoronado. O tampo de sua mesa ainda parecia nu agora que o porta-retratos com a foto dele e de Claire não estava mais ali. Às vezes, Ben achava que via a foto fantasma de relance, os dois sorrindo ingenuamente no píer de Coney Island.

Ben se inclinou debaixo da mesa e tirou uma folha de papel do encarte interno de sua pasta, pressionando-a entre os polegares. Era a carta que ele e Maura haviam descoberto no fundo da sala de aula na noite anterior, com a misteriosa resposta de "A".

Um lado de Ben se perguntava se ele estava sendo zoado. Algo em retornar a uma escola de ensino fundamental o deixava especialmente desconfiado de que a carta fosse apenas uma pegadinha cruel de um de seus colegas de grupo, como na vez em que alguns jogadores de lacrosse haviam tirado todas as baterias das calculadoras dele e de seus colegas de equipe antes do concurso da Liga de Matemática. Mas Ben já não era mais um rapazinho nerd. Bastava olhar rápido ao redor de seu escritório e se lembraria disso. E ele simplesmente não acreditava que algum membro do grupo de apoio fosse brincar assim com ele. A ligação deles era muito especial.

Portanto, a única explicação, concluiu Ben, era de que alguém dentro da escola havia encontrado sua carta durante a semana e decidido escrever uma resposta.

Pensando dessa forma, parecia uma situação quase normal.

O que fazia Ben se sentir melhor com *sua* decisão de escrever de volta.

Caro(a) A,

Sinto decepcionar, mas sei tão pouco quanto você. Gosto de pensar que aquela sua primeira leitura estava correta e que nada, nem a guerra, poderia interferir no amor do soldado por Gertrude. Mas, depois dos últimos meses que enfrentei (incluindo um término ruim, uma longa história), não sei se sou a melhor pessoa para responder sobre amor.

Sinceramente, prefiro pensar na guerra. Você às vezes se pergunta o que poderia ter acontecido se as fitas tivessem aparecido antes da Segunda Guerra Mundial? Se milhões de pessoas no mundo todo — gerações inteiras em alguns países — tivessem visto suas fitas, saberiam que uma guerra estava próxima? E isso teria sido suficiente para impedi-la?

Talvez tivessem só suposto que uma peste estava prestes a irromper e a guerra acontecesse do mesmo jeito.

Mas eu fico pensando: por que as fitas não vieram naquela época? Por que agora?

Claro, ter a resposta a qualquer uma dessas coisas não ajudaria com a pergunta que eu mais gostaria que fosse respondida.

Por que eu?

— B

Foi surpreendentemente fácil para Ben compartilhar seus pensamentos no papel, muito mais fácil do que falar diante do grupo. Mas, ao reler sua carta, ele percebeu o que havia escrito — essencialmente, confessando ser um fita curta — e se perguntou se deveria começar de novo, tirar aquela parte final. A pessoa desconhecida do outro lado certamente não precisava saber sobre sua fita. No entanto, havia algo no ato — tão palpável, tão íntimo — de escrever uma carta que o fazia querer ser sincero. Se saber sobre a fita de Ben assustasse esse correspondente anônimo, que fosse.

Além disso, Ben precisava praticar dizer a verdade, se quisesse mesmo contar para a família sobre a medida de sua fita naquele fim de semana.

Tão difícil para Ben quanto lidar com sua fita era a decisão de dar a notícia aos seus pais. Fazia semanas que ele guardava segredo, sem querer sobrecarregá-los com a verdade horrível que só acabaria com seus anos dourados.

Foi Lea, do grupo de apoio, que o convenceu do contrário.

— Eu sei exatamente o que você está passando — falou ela. — Está preocupado de contar a verdade e estragar o resto do tempo que vocês têm juntos. Mas *não* contar para eles e viver com esse segredo apodrecendo dentro de você, além da culpa que vai sentir por esconder algo tão importante da sua família, é *isso* que vai estragar a convivência de vocês.

— Como seus pais reagiram? — Ben quis saber.

Lea demorou um pouco para responder.

— Eles choraram muito.

Ben assentiu, solidário.

— Quando eu era pequena — disse ela —, ver meus pais chorando parecia a pior coisa do mundo. Só aconteceu algumas vezes, tipo num velório ou num período de crise nacional, mas é muito perturbador ver seus pais soluçarem. E, pelo jeito, isso não muda nunca.

Lea puxou o suéter para cobrir o punho e secou o canto do olho.

— Mas ainda acho que você devia contar para a sua família — disse ela. — É uma carga pesada demais para carregar sozinho.

I'll take your part when darkness comes, and pain is all around.

O ritmo inquietante ressoou na estação, numa voz como a de Ray Charles, silenciando todos os que ouviam, e Ben ficou parado, ansioso, na plataforma do metrô, inspirando fundo o baixo grave do músico de rua.

Like a bridge over troubled water, I will lay me down.

Uma idosa ao lado dele fechou os olhos e se balançou com a música.

Like a bridge over troubled water, I will lay me down.*

O canto do homem acabou sendo engolido pelos barulhos do trem que se aproximava, e a idosa jogou algumas moedas no boné que descansava aos pés do cantor antes de entrar atrás de Ben no vagão e se acomodar em um assento vazio.

O olhar de Ben foi de passageiro em passageiro enquanto o trem passava pelos túneis, finalmente voltando para a idosa do outro lado, que agora murmurava algo para si mesma.

Não desejando parecer rude, Ben olhou para o lado, mas ainda conseguia ouvir suas frases murmuradas e confusas, que pareciam ganhar velocidade e convicção. Também notou que outros passageiros a olhavam fixamente.

— Agora tem ainda mais gente louca do que antes — comentou um homem ao lado de Ben, com um suspiro.

---

* Letra de "Bridge Over Troubled Water", de Simon & Garfunkel. Em tradução livre: "Vou te segurar quando chegar a escuridão/ Vou ser uma ponte sobre águas turbulentas". (N. da T.)

A medida

Mas Ben sentiu pena da mulher, cuja conversa confusa consigo mesma continuou até a estação em que ele desceu.

Ao sair do vagão, ele olhou rapidamente para o colo da mulher, onde suas mãos descansavam atrás da bolsa, escondidas da vista de todos.

Seus dedos se mexiam de uma conta a outra. Ela estava rezando o terço.

Os pais de Ben moravam em um apartamento de um quarto em Inwood, no extremo norte de Manhattan, onde o aluguel era mais barato, e o ritmo, mais lento, exatamente o que eles queriam para a aposentadoria. Seu pai havia passado mais de quatro décadas dando aulas de cálculo para o último ano do ensino médio, e sua mãe, de história para o nono ano. Eles gostavam de brincar que o filho havia se tornado arquiteto para satisfazer a vontade de ambos: os edifícios eram registros físicos da história de uma cidade, e era necessário usar corretamente a matemática para fazê-los ficar de pé.

Ao se sentar à mesa com os pais, Ben percebeu, dolorosamente, que a última vez que jantara naquele apartamento tinha sido com Claire, cerca de um mês antes da separação deles, antes de as fitas chegarem, antes de tudo desmoronar em uma catastrófica cascata. Mas ele afastou a lembrança e se concentrou na refeição diante dele.

Os pais de Ben tinham escolhido não olhar suas fitas, e foi só depois que a lasanha havia acabado e a última bola de sorvete de café derretia em uma poça em sua taça que Ben reuniu forças para lhes contar da sua.

Ele pousou a colher e olhou para cima, mas sua mãe o interrompeu.

— Ah, Ben, esquecemos de te contar a melhor notícia! — disse ela. — Lembra os Anderson, que moravam no fim do corredor?

A mãe de Ben havia sido criada numa cidadezinha do Meio-Oeste e se recusava a virar o tipo de pessoa cosmopolita que não conhecia os vizinhos.

— O casal com o filho que tem a doença rara no sangue — ela disse a Ben.

— Ah, sim, claro. — Ben assentiu. Ele se lembrava da mãe assando uma cuca para levar para eles no mês passado. — Como ele está?

— Bom, justamente. Ele fez vinte e dois anos na semana passada e o coitadinho estava morrendo de medo de abrir a caixa, mas decidiu abrir e... a fita dele é longa! — A mãe de Ben juntou as mãos, animada.

— Nossa, que... uau — disse Ben, tentando disfarçar a surpresa e, se fosse sincero, a inveja.

— O médico tinha falado para eles não desistirem, que o tratamento ainda podia funcionar, e agora eles sabem que vai!

O pai de Ben se recostou na cadeira, satisfeito, a madeira rangendo sob seu peso.

— A família está planejando fazer uma grande comemoração no fim de semana e convidou a gente — contou ele.

— Prova de que milagres acontecem — completou a mãe de Ben.

Ela sorriu ao se levantar para tirar a mesa, e Ben pensou na mulher que rezava o terço. Ele sabia que seus pais acreditavam em Deus, mas sua criação não tinha sido muito religiosa, não havia orações na hora do jantar. Qualquer fervor devoto que existira em qualquer lado de sua família aparentemente diminuía a cada geração. Mas talvez seus pais tivessem mais fé do que ele pensava.

— Você acredita mesmo nisso? — questionou Ben. — Em milagres?

A mãe colocou o último prato na lava-louças e endireitou as costas.

— Acredito — ela disse. — Quer dizer, acho que não tipo andar sobre a água, mas coisas inexplicavelmente maravilhosas acontecem *mesmo* todos os dias. Lembra quando você voou da bicicleta e não quebrou nenhum osso?

Ben sorriu e fez que sim com a cabeça. Subitamente repensou sua decisão de contar a eles, esmagar os pais com a verdade devastadora de que eles viveriam mais do que o filho.

Era melhor acreditar em milagres. Foi a conclusão à qual Ben chegou.

MAURA

Durante muito tempo, Maura raramente pensava em crianças. Ela tinha dificuldade até de se imaginar sendo mãe.

Aos vinte e nove anos, ela se achava só um pouquinho mais madura do que a adolescente que saía de fininho da casa dos pais para ver shows underground e uma vez deixou uma amiga furar suas orelhas. (A infecção durou semanas.) Aquela jovem teimosa e irresponsável não podia ser mãe. Ela não queria trocar suas longas noites no bar por amamentar de manhã cedo. Com certeza não queria lidar com nove meses de gravidez e sabe Deus quantas horas de trabalho de parto brutal, nem jamais havia desejado isso a nenhuma de suas namoradas ao longo dos anos. Ela queria a liberdade de ficar em casa o dia todo de calça de moletom e não fazer nada ou de pedir demissão e viajar pelo mundo, e de um dia comprar um segundo apartamento em Londres ou Madri.

Além disso, as raras pontadas de qualquer coisa que se assemelhasse ao desejo de ser mãe ocorriam tão raramente — só quando ela via uma criança um tanto adorável ou ficava sabendo da gravidez de uma amiga — que Maura podia facilmente descartá-las como um pequeno incômodo biológico. Se quisesse *mesmo* ter filhos, já saberia. Afinal, tinha quase trinta anos.

Quando Maura conheceu Nina, temeu que seus instintos não maternais pudessem causar problemas no relacionamento delas, mas Nina, concentrada apenas em se tornar editora-chefe, felizmente concordava. Ela não tinha crescido brincando de casinha como a irmã e raramente sonhava com sua futura família, especialmente depois de perceber que a felicidade doméstica que via na televisão — o marido e a esposa das séries de comédia — não refletia seus próprios desejos.

A única coisa que ela realmente queria era uma parceira de vida, dissera Nina, alguém com quem compartilhar a jornada. E Maura ficou satisfeita, pois o futuro de ambas estava alinhado.

Até que ela abriu a caixa.

As pontadas de desejo de ser mãe se tornaram mais frequentes e intensas. Maura partia do pressuposto de que o anseio de uma mulher por um filho era puramente emocional, mas, para ela, se tornou de alguma forma físico, uma sensação palpável no próprio corpo.

Quando ela pensava em ter um filho, sentia o estômago apertar e se fechar no vazio. Suas mãos e braços formigavam de leve, uma inquietação que se estendia até os dedos, querendo tocar algo que não estava lá e segurar algo que não existia.

A caminho de casa uma noite naquela primavera, Maura virou uma esquina bem quando uma jovem mãe saía de uma mansão com o filho. O menininho, de uns quatro ou cinco anos, com uma mochila inacreditavelmente pequenina nos ombros, agarrou rápido a mão da mãe enquanto pulava os degraus até a calçada, logo à frente de Maura.

Ele levantou a cabeça para a mãe.

— Foi muito legal vir brincar aqui, né?

A mãe concordou.

O menino pausou um momento antes de ousar perguntar:

— Será que ele pode ir um dia na nossa casa?

Talvez fosse o tom surpreendentemente agudo da voz do menino ou o modo como ele parecia tão tímido e inseguro, como se não tivesse certeza de se todos tinham se divertido tanto quanto ele ou se sua mãe ia permitir que ele brincasse de novo com outra criança, mas Maura subitamente parou e sentiu que as lágrimas começavam a brotar ali mesmo, no meio da calçada.

O menino e a mãe não notaram e continuaram andando, enquanto Maura ficou ali parada, chorando, sem nenhuma razão aparente a não ser a inocência do que havia testemunhado.

Mais tarde naquela noite, enquanto Maura tentava dormir, a vontade de ser mãe ficou tão forte que ela se virou de lado e quase cutucou o ombro de Nina para perguntar se ela mudaria de ideia sobre ter filhos. Com duas mães de dois tons de pele diferentes, a decisão certamente seria cheia de camadas: elas adotariam ou se valeriam de um doador? Escolheriam o gênero? A etnia?

Mas, de repente, todas aquelas perguntas pareceram insignificantes quando comparadas à fita de Maura, à percepção que a atingiu com um golpe nauseante.

A criança teria sete ou oito anos, e Maura já não estaria aqui.

Ela passou uma noite insone se perguntando por que ela queria aquilo agora. Era um ato altruísta para não abandonar Nina sozinha? Será que ela esperava que Nina se lembrasse dela sempre que olhasse para a criança? Era vaidade? Um legado? O desejo de que algum pedaço dela continuasse vivo? Teria ela caído vítima do mito machista de que *deveria* querer um bebê? Ou será que todos estavam fadados a querer o que não se pode ter?

A mera presença de todas essas perguntas rodeando sua cabeça acabou sendo a resposta. Maura sabia que não poderia trazer uma criança a este mundo, sob *essas* condições, sem ter certeza.

E ela não tinha certeza.

Mas também sabia que esse seu súbito desejo de ter um filho nunca desapareceria completamente, e, quando olhou para Nina enquanto ela dormia, Maura se perguntou se era uma atitude desonesta esconder esses pensamentos da mulher com quem jurou compartilhar tudo.

Mas Maura simplesmente não podia lhe contar sobre esse seu desejo ou sobre o menino com sua mochila inacreditavelmente pequenina.

Por mais que se esforçasse, Nina nunca conseguiria entender.

Na manhã seguinte, as cambalhotas emocionais de Maura e a falta de sono conspiraram para formar uma ressaca dos infernos. Nina já escovava os dentes quando Maura rolou na cama e apertou os olhos para se proteger da luz forte do banheiro.

— Você está bem? — perguntou Nina.

— Não acordei muito bem — disse Maura.

— Quer que eu traga alguma coisa? Que eu ligue para o médico?

— Não, não, está tudo bem — garantiu Maura. Desde que tinham ficado sabendo da fita curta de Maura, qualquer vestígio de doença, por menor que fosse, fazia Nina entrar em polvorosa.

— Tem certeza? — perguntou Nina, preocupada, franzindo as sobrancelhas.

— Tenho. Vou avisar no trabalho que estou doente e dormir — disse Maura. Procurou o celular, mas não conseguiu achar, então viu o notebook de Nina no pé da cama. — Posso usar seu computador para mandar um e-mail para o trabalho?

— Claro — respondeu Nina, virando-se para enxaguar a boca na pia.

Maura puxou o notebook por cima do edredom e se apoiou nos travesseiros. Depois de mandar uma mensagem para o chefe, ela abriu o Facebook para dar uma olhada rápida. Mas logo foi bombardeada por uma série de anúncios estranhos que nunca tinha visto antes.

Uma agência de turismo fazia propaganda de "Viagens dos sonhos para fitas curtas", que levava a pessoa ao redor do mundo em poucos meses, enquanto dois advogados com cara de pilantra promoviam seus descontos para fitas curtas em processos civis. "Foi prejudicado no passado? Acerte as contas enquanto é tempo!"

Por que Nina estava recebendo esses anúncios duvidosos que tinham fitas curtas como público-alvo? É sério que ela estava pesquisando viagens clichês para fitas curtas? Um advogado?

Normalmente, Maura tentava demonstrar uma atitude de *laissez-faire* em relação às atividades online de suas parceiras. Não ligava de elas verem pornografia quando ela não estava ou mandarem e-mails para a ex de vez em quando, desde que não mentissem quando ela perguntava. Mas tinha algo esquisito naqueles anúncios.

Nina agora se vestia no closet, e o cursor de Maura pairou na aba "Histórico" do navegador. Ela hesitou, ciente da invasão, mas curiosa demais para não clicar. Era como abrir a caixa dela de novo.

Os links mais recentes de Nina cobriam um leque comum de sites de notícias, mas, mais para baixo na lista, o conteúdo mudava. Havia dezenas de páginas do Reddit, com variados graus de bizarrice, além de uma série de visitas a um site chamado "Teoria das Fitas", que parecia um tipo de fórum para fitas curtas descontentes. Nada daquilo parecia um dia normal de navegação, especialmente para Nina.

Quando terminou de se arrumar, Nina voltou para o lado da cama.

— Tem certeza de que está bem? Não me importo de ficar em casa com você.

— O que é isso de Teoria das Fitas? — quis saber Maura.

— Como assim?

— Este site — disse Maura, virando o computador para Nina ver a tela. — E de todas as outras páginas que você andou acessando.

— Não é nada. — Nina deu de ombros.

— Não parece que não é nada.

— Eu sei que é estranho — disse Nina, começando a ficar vermelha. — Mas eu só estava fazendo umas pesquisas no Google, e acho que saiu um pouco do controle.

Talvez para evitar o interrogatório, Nina virou de costas para Maura e começou a arrumar a bolsa, checando duas vezes se estava com todos os itens de sempre: algumas canetas soltas, lenços, um caderno.

Maura se levantou e ficou de frente para a namorada.

— Tem *horas* de busca aqui, Nina. Como se você tivesse entrado completamente no buraco negro.

Nina desviou o olhar da bolsa e tirou o cabelo do rosto, com um gesto irritado.

— Acho que você está exagerando — respondeu ela.

— Sabe, para alguém que tem uma fita tão longa — falou Maura —, você está bem interessada no sofrimento dos fitas curtas.

Nina ficou chocada.

— O que você está querendo dizer?

— Nada — respondeu Maura, subitamente percebendo que se aproximava perigosamente de um limite. — É que eu fico surpresa de você nunca ter mencionado essa... obsessão.

— Não é uma *obsessão* — insistiu Nina. — Eu só estava... sei lá... procurando respostas.

— E achou alguma?

Nina revirou os olhos.

— Imaginei, mesmo — disse Maura, duramente, virando-se de costas para Nina e caminhando pelo corredor.

— Aonde você vai? — gritou Nina atrás dela.

Quando Maura não respondeu, Nina correu pelo corredor e a pegou pelo braço, girando-a e prendendo as duas no espaço estreito entre as paredes.

— Por que você está tão irritada com isso? — perguntou Nina.

Maura viu o olhar de pânico de Nina. Sabia que estava machucando a namorada e não queria fazer isso. Mas estava exausta, irascível e ainda pensando na noite passada. Enquanto Maura enfrentava um dos maiores desafios da vida, Nina estava por aí, metida em conspirações malucas.

— Eu só não entendo por que você está tão obcecada com essas fitas, sendo que não é a *sua* vida que está completamente fodida! — berrou Maura.

A respiração de Nina falhou, e o vermelho de vergonha de antes se drenou num instante. A mão dela caiu, frouxa, do braço de Maura.

— Eu posso não ter uma fita curta — falou ela baixinho —, mas nós duas *dividimos* a vida agora, então o que você está passando me afeta também.

— Não acredito que você está querendo ser o centro das atenções — respondeu Maura amargamente.

— Não estou!

As mãos de Nina se levantaram em frustração. Ela estava se esforçando muito para não demonstrar raiva. Maura quase conseguia ver a mente de Nina buscando uma forma de desarmar a situação antes que fosse tarde demais.

— Olha, eu sei que às vezes sou meio compulsiva, e sim, está me matando não saber a verdade sobre essas fitas — disse Nina. — E talvez tenha sido assim que a coisa toda começou, mas juro que é só porque eu estava pensando em *você* e na sua segurança. Eu estava preocupada com você. Eu estou *sempre* preocupada com você.

— Bom, não importa o que você encontrar nesses sites, porque não vai mudar nada — falou Maura, com firmeza. — O que vai acontecer... vai acontecer mesmo assim. Você só está perdendo tempo.

Maura viu Nina lutar contra as lágrimas.

— E eu não preciso que você fique preocupada comigo o tempo todo. — Maura suspirou, finalmente disposta a ceder. — Isso só vai enlouquecer *nós duas*. O que eu preciso é que você segure sua onda. Por mim. Será que dá para fazer isso?

Nina assentiu.

— Ótimo — continuou Maura. — Porque neste apartamento só tem espaço para *uma* de nós enlouquecer e, dadas as circunstâncias, espero que *eu* tenha esse direito.

Caro(a) b,

Gostaria de ter uma resposta para você. Um colega de trabalho meu (sinceridade total: um fita longa) passou toda a nossa hora de almoço tentando convencer a mesa de que as fitas são na verdade um presente para a humanidade. Ele disse que sempre fomos inundados de músicas, poemas e almofadas bordadas que nos incitam a lembrar que a vida é curta e que devemos viver cada dia como se fosse o nosso último, e ainda assim ninguém jamais fez isso.

Então talvez ele esteja certo e as fitas realmente ofereçam uma chance de viver com menos arrependimentos, porque sabemos exatamente quanto tempo temos para isso. Mas será que não é pedir muito das pessoas? Não consigo nem contar o número de vidas que tive em minha imaginação — competindo em hipismo, escrevendo romances, atuando, viajando o mundo —, mas mesmo assim sei que sou bastante incapaz de colocar em prática a maioria delas.

Suponho que devo lhe dizer agora que não abri minha caixa e não planejo fazer isso.

Desde que as fitas chegaram, muitas de nossas conversas são sobre pensamentos muito profundos e pesados, literalmente de vida e morte. E sinto falta de falar sobre as pequenas coisas, especialmente em uma cidade repleta de tantas pequenas coisas maravilhosas.

Ontem à noite, por exemplo, eu estava esperando um táxi em frente ao meu apartamento e, do outro lado da rua, vi um homem velho inclinado na janela, dando tchau para uma mulher também idosa que saía do prédio na calçada. Ele não parava de acenar enquanto ela se afastava, e ela não parava de dar meia-volta e acenar de volta. Eles continuaram acenando como crianças até a mulher chegar quase no final do quarteirão.

E, mesmo quando a mulher parou de se virar e seguiu em frente, o homem ainda manteve a cabeça para fora da janela, observando a esquina onde ela desapareceu.

Gertrude e seu soldado, talvez. Juntos e felizes, alegremente aposentados em Manhattan.

—A

Caro(a) a,

Eis uma pequena coisa: há cerca de um ano, eu estava voltando a pé para casa por volta da meia-noite quando começou a tocar uma música antiga do nada. "Que será, será." A versão original de Doris Day. Minha avó costumava cantarolar às vezes. A canção ficou cada vez mais alta, até que eu me virei e vi um ciclista descendo pelo meio da rua vazia, vestindo um casaco roxo chamativo, com uma caixa de som amarrada na traseira da bicicleta. E ele simplesmente passou devagar por mim, tocando sua música, como se fosse qualquer outro ciclista.

Eu tinha me esquecido dele até que, há alguns meses, ouvi a mesma música na rua, outra vez no meio da noite. "Que será, será/ Aquilo que for, será..." E lá estava ele de novo: o mesmo homem, a mesma música, até mesmo o mesmo casaco.

Tem quem ache que Nova York é um lugar ganancioso, egoísta, agressivo, e isso não está totalmente errado, mas é também um lugar cheio de pessoas generosas que compartilham seu espírito com o mundo. Talvez esse homem esteja fazendo algum tipo de rodízio, passando as horas tranquilas de cada noite levando música para um canto diferente da cidade. E, a cada poucos meses, ele acaba no meu bairro.

É possível que ele tenha mudado sua escolha de música desde então, depois que as fitas chegaram e o futuro agora pode ser visto, pelo menos em parte. Mas gosto de pensar que ele ainda faz isso. Que talvez ele acredite na música, em seu poder de elevar e unir. Talvez ele saiba que sempre precisamos disso — e agora, mais do que nunca.

—B

JACK

A mãe de Jack adorava música. Era uma das poucas coisas que ele se lembrava dela, o fato de que assobiava para si mesma na cozinha e cantava para ele à noite, ambos igualmente hipnotizados pelo som de sua voz suave e calma.

Depois que ela partiu, o pai de Jack disse que ele era velho demais para as canções de ninar e se recusava a satisfazer seus pedidos. Sua tia Katherine ao menos tentava cantar para ele, à noite, quando o colocava para dormir, mas ela só conhecia a mesma meia dúzia de hinos da igreja, e por fim Jack parou de pedir que ela cantasse.

Mas ainda eram aquelas lembranças de sua tia, empoleirada educadamente ao lado de sua cama e cantando, com a voz aguda, sobre o amor de Deus e o sacrifício de Jesus, que faziam Jack sentir que ele *tinha* que dizer "sim" quando ela lhe pedia para ir aos comícios.

— Tio Anthony e eu gostaríamos *demais* que você ficasse com a gente no palco — dizia ela. — Você vai ficar muito bonito lá em cima com o uniforme de cadete.

E Jack concordava, apesar do nó no estômago. Na família Hunter, "sim" era a única resposta aceitável.

Vários primos ou parentes por casamento geralmente se juntavam a ele no palco, mas Jack era o único membro do clã Hunter que parecia envergonhado de estar lá em cima, desconfortável com as botas de combate. Normalmente, ele tentava se posicionar atrás da tia ou do tio, longe das lentes curiosas das câmeras, desejando ficar o mais invisível possível.

A medida

Ao contrário do resto da família, Jack não tinha interesse em ser visto sob as luzes dos holofotes nacionais. Ele só tentava sobreviver ao último ano na academia militar sem chamar *mais* atenção para si. E Anthony Rollins não estava ajudando.

O colega de quarto de Jack, Javier, era a única pessoa em quem ele podia confiar.

— Eu simplesmente não sei como sair dessa — reclamou Jack enquanto os dois entravam no ginásio de esportes para praticar corrida com obstáculos.

— Por que você não diz que não se sente à vontade? — perguntou Javier, puxando o par de cordas penduradas para eles. — Não dá para falar que tem medo de enfrentar a plateia ou algo assim?

Os dois se lançaram corda acima e começaram a escalar.

— Medo não é desculpa para eles.

Jack estava ofegante e as fibras pinicavam as palmas de suas mãos.

— Mas é a sua *família* — disse Javier.

Jack suspirou e olhou as solas dos tênis de Javier, que já iam meio metro acima.

— É, e é por isso que eu *sei* que eles não vão entender.

Javier tomou impulso e se atirou da corda para a plataforma de madeira superior. Fez um gesto de cabeça para Jack quando dois membros do time de rúgbi entraram no ginásio lá embaixo.

— Ei, Hunter! Não olhe para baixo! — provocou um dos garotos.

— É, pena que seu tio ainda não é presidente — falou o outro. — De repente ele podia ter dado um jeito de você não fazer os obstáculos.

Jack queimou de raiva, os punhos se apertando ao redor da corda, mas Javier lhe lançou um olhar de alerta: *Deixa quieto, não vale a pena.*

Não era a primeira vez que a família de Jack lhe causava problemas e com certeza não seria a última. A reputação dos Hunter era bem conhecida dentro e fora do campus. Eles tinham a rara distinção de reivindicar um verdadeiro soldado da Guerra Revolucionária como ancestral — o primeiro capitão Hunter —, e cada geração desde os anos 1770 tinha enviado pelo menos um familiar para o exército. Apenas um joelho quebrado durante um jogo de futebol americano no ensino médio impediu o pai de Jack de se alistar também.

Na verdade, a única mancha na história da família Hunter era a mãe de Jack, que partiu quando ele era jovem. Das migalhas de informação colhidas de sua família — e de suas próprias memórias dispersas —, Jack entendia que ela era independente demais, tinha um espírito livre demais para os Hunter. Talvez ela tenha chegado a amar o pai de Jack, talvez até mesmo tenha suavizado a dureza dele, mas a vida *dele* não era a que ela queria para si. Uma gravidez acidental e um casamento apressado simplesmente a haviam forçado a isso. Quando ela finalmente lhe avisou que ia embora, o pai de Jack se recusou a entregar seu herdeiro — e o advogado dela não era páreo para o advogado de longa data dos Hunter. Ao pai de Jack foi concedida a guarda unilateral, à mãe de Jack, sua liberdade. Segundo a última notícia que o filho tivera, ela estava em algum lugar na Espanha, vivendo com um companheiro também expatriado, tentando fazer carreira na música. E o pai de Jack deixara claro que a inscrição do filho na academia militar não estava aberta a debates.

Os Hunter sempre foram respeitados na alta sociedade e nos círculos militares da Virgínia — aqueles que não se alistaram no exército se tornaram senadores estaduais e presidentes de conselhos —, mas a incursão de Anthony e Katherine na política nacional elevou o status da família a níveis imprevistos. E, embora Anthony tivesse surpreendido todo mundo ao declarar sua candidatura presidencial antes de seu nome ser muito reconhecido fora de seu estado natal, os Hunter juraram ajudá-lo a ser eleito.

— Eu sei que prometi para a tia Katherine que iria, mas é mesmo necessário eu estar em *todos* esses comícios? — Jack perguntou ao pai no telefone, aquela noite. — Estou preocupado de me enrolar com os estudos — explicou. — Eu jurei que ia mais à academia este semestre e...

— É a sua família, Jack. E famílias se apoiam — disse o pai. — *Especialmente* a nossa.

Jack amava sua tia Katherine, queria apoiá-la, mas nunca entendeu o que ela via em Anthony, exceto o pedigree e um maxilar forte. Foi Anthony que sem querer revelou a ele que a gravidez de sua mãe não fora intencional quando um jovem Jack escutara, do topo da escada, a tia e o tio falando com o pai pouco após a partida da mãe. Era uma das únicas lembranças de infância de Jack que até hoje se mantinha afiada, endurecendo com o tempo cada vez que ele retornava a ela.

— Por enquanto, vamos manter isso entre família da forma mais discreta possível — insistira o pai de Jack, sem saber que o filho escutava. — Não quero que ninguém fique falando.

— Sinceramente, você vai ficar melhor sem ela — disse Katherine. — Ela nunca foi bem... *alinhada* com o restante da família. E pelo menos você tem o pequeno Jack, que é um doce.

— Mas é bom garantir que ele não fique doce *demais*.

Anthony riu, e Katherine ralhou com ele com um estalo da língua.

— Tem razão, com certeza o Jack não vai dar problema — completou ele. — E quem imaginaria que engravidar era a única coisa boa que aquela mulher faria? Ficamos tão preocupados com os riscos, mas... agora você tem seu legado.

À época, Jack era novo demais para compreender, mas depois pediu para o primo explicar o que Anthony queria dizer com aquilo. Depois disso, sempre que Jack se sentia um estranho na própria família, ele conseguia rastrear a sensação até a escada, quando Anthony escarnecera casualmente dele, enquadrando toda a sua existência como um acidente. Jack odiava o tio desde então.

E, na verdade, uma parte de Jack sempre teve inveja de Anthony ter conseguido aceitação — na verdade, aprovação — da prole Hunter, notoriamente crítica, sem sequer considerar o serviço no exército, enquanto Jack se esforçava em uma escola militar que ele nunca quis frequentar.

À medida que o tio ganhava proeminência política, Jack o achava cada vez mais ríspido, desleal e egocêntrico. Sempre que ele vinha pedir um favor para a campanha — ou, mais provavelmente, sempre que pedia a Katherine para ligar em nome dele —, Jack pensava em seus comentários e risadas naquela noite nas escadas, quando ele conversava com o pai de Jack.

Na primavera, Jack se agarrava a dois fios de esperança: sua iminente graduação na academia e a recente chegada das fitas.

Embora o momento daquela aparição tivesse desviado as atenções da onda de má fama de Anthony na imprensa, Jack estava convencido de que as fitas acabariam por significar o fim da campanha do tio — e o fim da proximidade do próprio Jack com os holofotes. Algo tão cataclísmico, tão assustadoramente desconhecido, exigiria inevitavelmente um rosto familiar na Casa Branca, um candidato experiente que todos reconhecessem, treinado para lidar com aquele momento incomum e acalmar os nervos da nação. Com certeza a situação exigiria um secretário de Estado veterano, talvez um ex-vice-presidente, alguém com décadas de experiência em tempos de mudanças tão perigosas como as que o mundo enfrentava agora.

Anthony Rollins era um novato no Congresso, que surfava na onda da família Hunter. Ele nunca tinha ido à guerra; nunca tinha enfrentado crises. Não tinha como ele vencer agora.

E Jack estava aliviado.

JAVIER

Jack Hunter e Javier García dividiam o quarto desde o primeiro ano na academia, um par perfeito, pois ambos eram mais introvertidos que seus colegas cadetes — para não mencionar alguns centímetros mais baixos e alguns quilos mais leves.

No início, Javier dependia da orientação de Jack. Javier era o primeiro de sua família a fazer qualquer faculdade, enquanto as medalhas militares eram penduradas como ornamentos em cada ramo da árvore genealógica de Jack. A prima de segundo grau de Jack havia se formado recentemente em outra academia, e Jack conhecia a história e as tradições, os meandros do campus, como só alguém com esses antecedentes poderia.

Foi só na terceira ou quarta semana que Javier começou a conhecer o *verdadeiro* Jack, perceber que todas aquelas condecorações na verdade pesavam tanto sobre suas costas que quase podiam quebrá-lo. Quando um grupo de novos cadetes anunciou seus planos de tatuar "Antes a morte que a desonra" no antebraço, Jack achou que eles eram malucos.

— Você não gosta de tatuagens? — Javier havia perguntado.

— Eu não gosto é desse sentimento — respondeu Jack.

Nos treinamentos diários, era dolorosamente claro que Jack não era tão rápido, tão forte ou tão naturalmente disciplinado como a maioria dos outros cadetes, e muitos deles estavam mais do que ansiosos para provar que eram superiores a um membro da eminente tribo Hunter.

Certa noite, no início do outono, um dos rapazes mais musculosos reconheceu o sobrenome de Jack de uma placa escolar em homenagem a seu bisavô e o desafiou para uma briga.

— Vamos lá, Hunter! — zombou. — Você não vai querer que seu bisavô olhe e pense que você é um veadinho!

A briga durou dois minutos, com Jack caindo de joelhos após três socos diretos, mas os sorrisinhos e as risadas de desdém foram ainda piores do que os golpes.

Depois disso, Javier levou um Jack destruído de volta ao dormitório, em seguida entrou de fininho na cozinha para pegar um pacote de gelo para colocar no nariz inchado de seu colega de quarto.

— Obrigado, Javi — grunhiu Jack, apertando o saco gelado contra o rosto que rapidamente ficava roxo.

— Imagina. — Javier deu de ombros.

— Não só pelo gelo — falou Jack. — Por tudo. Por me tratar igual a qualquer outro cara.

— Só porque eu *não* te desafiei para uma briga estúpida?

— Porque você não me trata diferente de como trata nenhum outro cara no campus e nunca fica perguntando da minha família — disse Jack. — O que é uma novidade para mim. E é bacana.

— Bom, desculpa acabar com seu ego, mano, mas você *é* um cara como outro qualquer — respondeu Javi. — Sim, você sabe como as coisas funcionam aqui, mas eu não cresci nesse mundo. Seu nome não quer dizer nada para mim.

Ele sorriu com gentileza.

E estava falando sério. Javier não entendia por que devia colocar Jack num pedestal construído com as conquistas de seus ancestrais. Mas tinha consciência da posição única de Jack, claro. Javi tinha juntado peças suficientes da história da família com base em alguns recortes relutantes de Jack e fofocas de outros cadetes: as *nove* gerações de homens Hunter que haviam lutado pela pátria desde a fundação, todas as honras que eles haviam recebido e doações que haviam feito, ano após ano.

E Javi entendia o peso que seu colega carregava — o escrutínio maior, a exigência de sucesso —; ele conhecia uma espécie semelhante de pressão. Só dez por cento dos cadetes no campus eram latinos. Não podiam se dar ao luxo de serem vistos como fracassos.

— *Por que* as pessoas se preocupam tanto com seu colega de quarto? — perguntou o pai de Javi ao telefone.

— Bom, a família dele é bem conhecida em alguns círculos — Javi tentou explicar. — Acho que eles se veem como os Kennedy.

— E agora o *meu* filho está na mesma escola que o filho deles — falou o pai.

Javi escutava o assombro na voz dele.

Os pais de Javier estavam incrivelmente orgulhosos de tudo o que o filho havia conseguido, do homem que ele estava rapidamente se tornando, e, embora a decisão de se candidatar à academia tivesse sido de Javi, sem dúvida foi influenciada por dezoito anos ouvindo os pais exaltarem as virtudes da liberdade americana enquanto separavam as doações de alimentos na igreja. Eles trabalhavam longas horas e aos fins de semana na loja do pai, economizando para que os filhos pudessem desfrutar da educação que nenhum deles havia recebido. Mas sempre arranjavam tempo para a missa aos domingos e se ofereciam como voluntários no sopão para os pobres sempre que podiam, alternando uma vida de serviço, diligência e família, uma vida que só parecia possível em um lugar como os Estados Unidos, onde, apesar de suas limitações, um menino como Javier era livre para aprender, brincar, ascender, *escolher*.

Javi queria escolher um caminho que seus pais admirariam, algo para honrar as lições que lhe haviam ensinado e a maneira como tinham vivido.

Quando Javi lhes contou que tinha sido aceito — e com uma bolsa de estudos integral —, eles comemoraram com suas primeiras férias em família em anos.

Então Jack e Javi suportaram quatro dos anos mais difíceis da vida deles, mas sobreviveram juntos e, em maio, estavam a apenas semanas de se tornarem oficialmente os mais novos membros do Exército dos Estados Unidos, marcando o fim de um semestre muito estranho. O tio de Jack havia anunciado sua campanha em fevereiro, para desgosto tanto de Jack como de Javi. (Javier o havia encontrado apenas uma vez, em um jantar da família Hunter, mas sentira imediatamente que Anthony tinha fome de poder.) E então, em março, duas pequenas caixas marrons haviam chegado na porta do quarto de Jack e Javier.

Nenhum dos dois se atreveu a abrir as caixas depois de ler a mensagem e pressupor que era algum tipo de teste da academia para ver se a tentação e a curiosidade levariam a melhor nos meses finais antes da formatura. Mas, mesmo depois de ficarem sabendo que não era um teste, que o mundo inteiro tinha de fato recebido os mesmos baús, os jovens optaram por não olhar. A profissão deles era perigosa, e era bem mais fácil aceitar o risco se ele fosse só isto: um risco, não uma garantia.

E, naqueles dias felizes de maio, os últimos antes da formatura, enquanto jogavam frisbee no gramado e brindavam ao fim dos exames, nem Jack nem Javier tinham ideia de que os acontecimentos de junho mudariam tudo.

HANK

O resto do mês de maio tinha passado num borrão para Hank, e seu último dia no hospital, um dia que ele pensava que só veria quando seu cabelo ficasse branco e seus dedos estivessem artríticos demais para suturar uma ferida, havia finalmente chegado. Anika, que também era médica, o convidou para almoçar para marcar a ocasião.

— Não é bem algo a se comemorar — comentou Hank, enquanto os dois se sentavam no refeitório.

— Bom, não estamos comemorando a sua *saída*. Estamos comemorando tudo o que você conquistou enquanto esteve aqui.

Anika sorriu e levantou sua xícara de café.

Hank ficava feliz por ele e Anika poderem se despedir como amigos. Dada a história, faria sentido que eles se evitassem. Mas, agora que estava indo embora do hospital, Hank se perguntava se alguma vez a veria de novo, a dra. Anika Singh, cirurgiã mais talentosa que ele já conhecera e segundo grande amor da sua vida (depois de Lucy, sua namorada durante três anos da faculdade de medicina, que aceitou uma residência em San Diego quando Hank se mudou para Nova York). Na cabeça de Hank, ele e Anika eram o par perfeito. Eles entendiam as demandas do estilo de vida que levavam, eram igualmente motivados e se estimulavam para se tornarem médicos melhores. Talvez Hank a tivesse estimulado um pouco demais, já que Anika acabou achando que não podia se comprometer com ele tanto quanto era comprometida com seu ofício.

Pelo menos a decisão parecia estar dando certo para ela. Anika estava a caminho de um dia se tornar chefe do departamento de cirurgia. Além disso, ela não havia desistido *completamente* de Hank.

Pelo menos uma vez por mês desde a separação dois anos antes, ou Hank ou Anika aproveitavam a amizade continuada quando precisavam de um alívio específico. Era muito fácil entre eles. Todo embaraço, pudor e desconforto já tinham desaparecido havia muito, e nenhum dos dois se ofendia se o outro recebesse uma ligação urgente do hospital no meio do ato.

Mas, sentado à mesa com Anika agora, Hank não conseguia sequer pensar naquelas ligações noturnas sem se lembrar daquela noite de abril. A noite em que Anika ficara sabendo a verdade.

O sexo tinha sido especialmente bom naquela noite, com o tipo de intensidade desesperada e faminta que só se atinge de verdade quando as apostas estão altas, quando o mundo lá fora está todo fodido. E, naquela primavera, o mundo certamente estava todo fodido.

Assim que as caixas chegaram, Hank havia decidido não abrir a sua. Ele estava desconfiado e queria esperar até que houvesse mais informações. Mas, uma vez que o assunto das fitas foi oficialmente confirmado, Hank ficou ainda mais confuso quanto ao que fazer. Uma parte dele via as caixas como um exame médico de rotina: se alguma coisa está acontecendo com seu corpo, é normal que você queira saber a verdade. Mesmo que não consiga alterar o resultado, talvez tenha *algo* que você possa fazer para melhorar sua vida. Mas a outra parte dele, a parte que lidava diariamente com a raiva e a dor de pacientes e suas famílias, se perguntava se talvez fosse melhor adiar qualquer sofrimento o máximo possível.

No fim, porém, o cientista que havia em Hank venceu. Ele simplesmente não podia fugir do conhecimento que lhe era oferecido.

Então ele abriu sua caixa e mediu sua fita com a calculadora. Soube que estava total e irrevogavelmente fodido. Já havia entrado em sua última porção de fita, o magro espaço de tempo em que sua vida terminaria.

Ele devia ter deixado a porcaria da caixa fechada.

Por um momento, Hank pensou em pedir demissão para passar seus últimos meses de vida viajando, mas tinha a sorte de já conhecer grande parte do mundo. Ele havia estudado na Europa durante dois verões, e no ano anterior à faculdade de medicina havia feito um mochilão pela Ásia. E, além do mais, o emprego era a única coisa que ele tinha. As paredes brancas estéreis do hospital demarcavam as fronteiras de sua vida, e seus colegas de trabalho eram seus únicos amigos. Passar a maior parte de suas horas no pronto-socorro não era um problema para Hank. Ele gostava do trabalho. Gostava da adrenalina, do desafio e do fato de salvar vidas, algo a que muitas pessoas aspiram, mas que poucas realmente *fazem*.

Ele sabia que às vezes era egoísta, talvez extraindo um prazer um pouco excessivo da gratidão dos pacientes que ajudava, mas refletia que se o céu ou seu equivalente existisse, provavelmente ele tinha ganhado um lugar lá em cima. E continuar salvando vidas nesse meio-tempo não faria nenhum mal.

Hank não havia namorado ninguém nos dois anos seguintes ao término com Anika, seu pai já havia falecido, e ele não queria fazer a mãe de setenta e seis anos entrar em choque, então decidiu não contar a ninguém sobre a medida de sua fita. Não queria sobrecarregar outra pessoa com a informação, nem suscitar sentimentos de piedade ou caridade. Só queria se manter forte e, para isso, precisava não ser tratado como uma vítima.

Hank já tinha visto tragédias suficientes e perdido pacientes suficientes — vários fitas curtas, antes de serem *chamados* de fitas curtas — para se dar ao trabalho de perguntar: *Por que eu?* Hank não era diferente dos pacientes que haviam sido trazidos para seu pronto-socorro todos os dias, nas últimas duas décadas. Por que *eles*, antes? E por que *ele*, agora? Eram perguntas inúteis que só alimentavam a dor.

Cerca de uma semana depois de ter aberto a caixa, Hank se trocava no vestiário do hospital no final de um turno de vinte e quatro horas, prestes a ir embora para três dias de folga, sua primeira pausa de verdade em meses, quando de repente percebeu que não queria ir para casa. Um total de setenta e duas horas sem nenhum paciente, nenhum trabalho, nenhuma distração parecia um pesadelo. Ele não conseguiria passar tanto tempo sozinho com seus pensamentos.

Sentiu o corpo ficar tenso de pavor, pensando nos dias ansiosos que o aguardavam. Fechou seu armário e bateu forte nele com a mão espalmada.

— O dia foi tão ruim assim?

Hank se virou e viu Anika, ainda de uniforme hospitalar, olhando-o, preocupada. E então algo dentro dele cedeu.

— Quer tomar alguma coisa? — ele convidou.

Um drinque virou vários drinques e, logo, Anika estava no apartamento de Hank, e os dois curtiram o sexo particularmente bom, e, por um brevíssimo momento, Hank conseguiu até esquecer a caixa em sua cozinha com a fita curta dentro.

Depois de transarem, Anika deixou Hank relaxadamente sonolento apoiado nos travesseiros, vestiu uma camiseta dele que tirou da cômoda ao lado da cama e andou pelo apartamento como se estivesse em casa.

— Vou pegar um copo d'água — avisou, e Hank não pensou em impedir.

Mas, ao caminhar pelo corredor até a cozinha, ela a viu.

Ali em cima da mesa, exposta.

A caixa de Hank, com a tampa aberta. E a fita bem ao lado.

Durante todo o mês de março, Anika havia sido abertamente cética quanto ao significado das fitas. Apesar de todas as evidências anedóticas, Anika era uma mulher da ciência e, sem qualquer explicação *científica* para os poderes preditivos das fitas, ela não podia aceitá-los. Ela havia conseguido resistir até o Departamento de Saúde delinear os resultados de seu estudo, e então finalmente se rendeu e olhou sua fita, que terminava em algum momento no final de seus oitenta anos. Tão bom quanto se poderia esperar.

Mas, quando viu a fita de Hank em cima da mesa, ela congelou. Por que estava largada ali? Será que ele a havia medido naquela manhã?

Ela sabia, claro, que devia esquecer o copo d'água e voltar para a cama. Mas não conseguia. Apenas três, talvez quatro passos separavam Anika da fita.

Ela e Hank nunca haviam conversado sobre suas *próprias* caixas. Em vez disso, ambos se sentiam mais confortáveis discutindo assuntos relacionados a seus pacientes e seus tratamentos. Mas Hank tinha deixado sua fita à mostra, ela pensou. Praticamente convidando-a a olhar. Além disso, Anika e Hank haviam passado quase três anos juntos, compartilhando todos os segredos um com o outro, e *ainda* eram próximos, embora de um jeito diferente. Havia momentos em que Anika até se perguntava se havia cometido um erro ao terminar o relacionamento.

Todos os seus sentimentos confusos em relação a Hank pareceram conspirar com sua terrível curiosidade naquele momento singular em que ela decidiu dar os quatro passos finais. E, quando o fez, as mãos voaram até o rosto, os dedos ágeis de cirurgiã silenciando seu arfar. Ela havia medido recentemente sua própria fita, então logo reconheceu que a de Hank tinha cerca da metade do comprimento da dela. O que significava que ele morreria com quarenta e poucos anos.

E ele *já estava* na casa dos quarenta.

Chocada, Anika percebeu por que Hank devia tê-la convidado naquela noite e por que o sexo parecia mais intenso do que nunca, repleto de algo maior do que apenas eles dois. Hank sabia que o fim estava próximo — e muito próximo.

Quando Anika voltou para o quarto, Hank estava sentado e, sob uma luz fraca, mal conseguia perceber a estranha expressão no rosto dela. Ela se sentou na cama ao lado dele e pousou as mãos quentes em seu antebraço.

— Sinto muito, Hank.

— Pelo quê? — perguntou ele.

— Não precisa mais ser estoico. Você está falando *comigo*.

Hank se mexeu, desconfortável, nos travesseiros.

— Sério, Anika, do que você está falando?

— Eu sei que não devia ter olhado, mas... eu olhei — sussurrou Anika. — E não sei o que dizer, exceto que... sinto muito. E estou aqui ao seu lado para o que você precisar.

Hank levou um segundo para entender, ligar a repentina empatia dela com a fita que ele havia deixado de um modo tão negligente na mesa. Ela tinha *visto* e agora sentia muito enquanto o observava com uma enorme compaixão.

— Merda! — Hank arrancou o braço do toque dela. — Por que raios você viu?

Anika o mirou de volta, impotente.

— Estava *jogada* lá quando eu fui para a cozinha. Não tinha como não ver!

— Eu não sabia que você viria pra cá hoje! — gritou ele. — Você podia ter se afastado! Não precisava olhar. Minha privacidade não significa nada para você?

Hank sentia seus batimentos cardíacos se acelerarem, o sangue latejar nas veias. Seu corpo entrava em um modo de luta ou fuga, uma sensação familiar para um veterano dos prontos-socorros. Mas ele não podia fugir disso; Anika já sabia.

— Foi um erro — disse Hank, irado. — Esta noite foi um erro.

O rosto de Anika se franziu em uma careta de dor, os olhos começando a se encher de água.

— Talvez eu não devesse ter dito nada, mas eu te *conheço*, Hank. Eu sei que você teria preferido passar por isso sozinho, achando que está poupando todo mundo — disse ela. — Mas eu quis que você soubesse que *não está* sozinho. Só se você quiser.

Hank ainda sentia o estresse correr pelo corpo, preparando-o para a batalha. Ainda sentia a raiva dominá-lo. Mas, ao ouvir as palavras de Anika e vê-la se encolher de vergonha na ponta do colchão, a camiseta dele caindo solta em seu corpo trêmulo, Hank percebeu que na verdade não estava bravo com ela.

Estava bravo com a fita.

Uma parte de Hank ainda amava Anika. Houve até uma época, alguns anos atrás, em que ele achou que fosse se casar com ela um dia, aceitando seus defeitos para o bem ou para o mal. Hoje, a atitude de ter olhado a fita dele em vez de só dar meia-volta tinha sido um caso para o mal. Mas ela não foi embora depois de olhar. Voltou para a cama. Disse que ele não estava sozinho.

Hank não queria brigar. Não queria transformar as pessoas que amava em inimigas, não quando tinha tão pouco tempo com elas. Ele soltou um suspiro longo e cansado, depois estendeu a mão e a colocou sobre a dela.

Anika ergueu o olhar com gratidão e mordeu o lábio inferior para parar de tremer.

— Eu sei que não devia ter olhado, Hank, mas você não ia *mesmo* me contar?

— Eu não ia contar para ninguém.

Os olhos de Anika estavam vermelhos e angustiados.

— Mas deve ser horrível passar por isso sozinho.

— Não tão horrível quanto o jeito como você está me olhando.

— Talvez não seja verdade! — Anika tentou parecer esperançosa. — Eu já disse a pacientes que eles tinham poucos meses de vida e os vi viver mais muitos anos.

— Você sabe que é diferente — disse ele.

Anika suspirou profundamente.

— Bom, prometo que não vou contar para ninguém, se for isso mesmo que você quiser.

Hank ainda queria manter segredo, embora soubesse que seu pedido de demissão do hospital já havia incitado alguns rumores. (Ele insistiu que só precisava de um tempo, que o dilúvio de fitas curtas em busca de respostas o havia desgastado.) Mas, conversando com Anika, falando as palavras em voz alta, ele se sentiu um pouco aliviado por ao menos *uma* pessoa saber de sua fita. Era insuportável esconder isso de todo mundo, se preocupar com que algo que ele dissesse ou fizesse pudesse revelar a verdade sem querer. Agora, pelo menos, ele podia baixar a guarda com Anika. Não precisava fingir que estava tudo bem.

— Sabe, eu andei tão preocupado em não deixar ninguém no hospital descobrir, em não contar para a minha família — disse Hank — que eu não chorei, nem gritei, nem fiz nada do que era esperado fazer.

— Por que não?

Hank sabia por que não havia chorado no velório do pai, tentando permanecer forte para a mãe, e por que não havia chorado quando Anika terminou com ele, desejando manter as aparências diante da mulher que admirava. Mas, desta vez, ele não sabia o que o segurava.

Anika pegou um travesseiro e ofereceu a Hank.

— Você quer que eu soque ou algo do tipo? — ele perguntou.

— Pode fazer o que quiser com ele — disse ela. — As pessoas não imaginam quando estou trabalhando no centro cirúrgico, mas eu sempre fui fã de um bom choro no travesseiro.

Hank, ainda relutante, pegou o travesseiro da mão de Anika e o olhou em silêncio.

— Quer ficar sozinho? — ela perguntou.

Hank a mirou com olhos embotados. O cabelo negro caindo nos ombros, ainda mais escuro em contraste com o branco da camiseta dele. Os restos úmidos de rímel manchado embaixo dos olhos castanhos. O queixo pontudo que ela descansava nas mãos sempre que resolvia um problema.

De repente, Hank enfiou o travesseiro no rosto e começou a gritar com raiva no tecido macio. Anika observou as veias na testa dele explodindo sob a pele, como se uivassem tão alto quanto ele.

Quando ficou exausto, Hank jogou o travesseiro no colo.

— Será que você pode ficar? — pediu.

Anika envolveu seus ombros largos, e Hank finalmente se deixou levar por ondas de soluços altos e profundos que o esmagavam, deixando-o vazio por dentro, e em seguida desapareceriam, acalmando-o, antes que a próxima onda o varresse de volta para a corrente.

Anika continuou abraçando-o, até Hank por fim se soltar.

Quando Hank a encontrou no hospital na semana seguinte, Anika perguntou como ele estava.

— Bem, geralmente eu aconselho meus pacientes que estão nessa situação a tentarem algum tipo de terapia ou grupo de apoio — disse ele —, então estou considerando fazer isso também.

Anika lhe deu o endereço da Academia Connelly, uma escola perto do apartamento dela, onde vários grupos se reuniam, e Hank apareceu naquele domingo, com meia hora de atraso depois de um plantão movimentado no pronto-socorro.

Ele espreitou pela porta da sala 201, onde estavam reunidas pessoas que tinham fitas extremamente curtas. Todas choravam e se consolavam, em solidariedade. Parecia deprimente para cacete. Hank queria que o grupo o fizesse se sentir melhor, e não ainda mais triste.

Ele estava prestes a ir embora quando ouviu um riso fraco vindo de três portas adiante, na sala 204, que abrigava os fitas curtas que ainda tinham mais tempo, que ainda mediam o restante de suas fitas em anos em vez de meses. E Hank decidiu dar uma olhada. Ninguém precisava saber que ali não era o lugar dele.

MAURA

— Hoje, eu quero falar de segredos — disse Sean, abrindo a discussão da noite.

— Ah, ótimo, faz tempo que não rola um tema — cochichou Maura para Ben.

— E esse parece bem apetitoso — completou ele.

A proximidade de Ben e Maura na primeira noite tinha levado os dois a se sentarem juntos regularmente. Maura gostava da receptividade de Ben a seus comentários paralelos, e Ben parecia grato por Maura nunca levar as sessões a sério demais. Cada observação despreocupada de Maura amenizava o clima de maldição e desgraça que, de outra forma, poderia ser sufocante.

— Com certeza, vários de nós gastam muita energia emocional guardando as coisas para si — falou Sean. — Mas, quando se está lidando com algo tão... significativo, como sua fita, talvez desabafar possa ajudar a aliviar esse fardo. Se vocês se sentirem à vontade, é claro.

— Isso não é uma porra de um confessionário — resmungou Carl.

Os pensamentos de Maura se voltaram brevemente à briga com Nina, à obsessão por buscas online que esta vinha alimentando há semanas. Mas Maura também não estava escondendo algo? Ela nunca contou a Nina do desejo de ser mãe que a assaltava de madrugada, da cena do menininho com a mochila que havia visto naquele dia.

— Bom, *eu* tenho algo para desabafar — disse Terrell.

Claramente satisfeito, Sean fez um gesto para ele continuar.

— É a coisa toda do Ted — falou Terrell.

— Quem é Ted? — quis saber Nihal.

— Meu ex-namorado — explicou Terrell. — Eu roubei um relógio de oitocentos dólares dele.

Todos esperaram uma explicação.

— Bom, primeiro, quero dizer que me considero uma pessoa muito séria, e essa é a única coisa da qual me envergonho, tipo passar a vida toda comendo salada e um dia devorar um bolo de chocolate inteiro. Mas, para encurtar a história, eu e o Ted estávamos namorando há quase um ano quando ele decidiu me trair do jeito mais comum do mundo.

— Com seu melhor amigo? — chutou Chelsea.

— Com um colega durante uma noite de trabalho. Ele voltou do escritório que nem um idiota com o cinto errado, porque, ao que parece, estava escuro, e todos os homens do mercado financeiro usam cintos pretos horrorosos. Então, obviamente, eu descobri, e a gente terminou. Daí eu decidi me vingar pegando uma coisa de que ele gostava.

— O relógio era muito importante para ele? — perguntou Ben.

— Era herança de família ou algo assim. Na verdade, era só um relógio caro pra caralho. E o babaca estava me devendo. Eu precisava me vingar dele por ele ter roubado *dez meses* da minha vida, então eu não consegui pensar em nada mais apropriado do que roubar o relógio dele.

Terrell arregaçou a manga e chacoalhou o pulso com um sorriso travesso, o relógio dourado reluzindo à luz fluorescente da sala.

Nem Sean conseguiu evitar um sorriso.

— Ah, caramba, queria eu ter pensado nisso — comentou Chelsea. — Quando meu ex teve a pachorra de terminar comigo por mensagem, eu só estourei o retrovisor dele com um taco de beisebol.

— Por que vocês terminaram? — questionou Nihal.

— Bom... ele descobriu — respondeu Chelsea, e todos os membros do grupo completaram o que faltava.

Ele tinha visto a fita dela.

— Mas nem tudo é má notícia — falou Terrell, resgatando o grupo do desespero, com habilidade. — Tecnicamente, isto *também* é um segredo, mas por acaso eu sei que tem uma nova peça da Broadway que está sendo produzida com um elenco e uma equipe só de fitas curtas. Escrevendo, dirigindo, iluminando, coreografando... a parada toda! Só fitas curtas. Tem gente vindo do país inteiro para trabalhar nisso. E o melhor de tudo é que *euzinho* vou estar na equipe de produção.

— Que incrível — disse Ben.

Maura não ficou surpresa.

— Sempre se pode confiar que os artistas vão criar alguma coisa — disse ela —, especialmente durante uma crise.

— *E* que vão fazer isso cantando e dançando. — Terrell sorriu.

— O que me lembra que alguns de meus ex-colegas de faculdade estão lançando um programa de troca de casas só para fitas curtas — adicionou Nihal. — Você pode dar *match* com alguém de outro estado ou até de outro país e trocar de casa por um tempo. É para ficar mais fácil de os fitas curtas viajarem e verem o mundo.

— Você *precisa* deixar a gente participar disso em primeira mão! — guinchou Chelsea.

— Na verdade, eu também tenho um senhor segredo — disse Lea, impelida pela mudança de astral. — Mas vocês todos têm que prometer não falar pra ninguém. Pelo menos por enquanto.

Alguns membros do grupo chegaram a se inclinar para a frente na cadeira.

— Eu estou grávida — anunciou ela.

O grupo envolveu Lea em um clima de surpresa e animação.

— Meu Deus!

— Puta merda!

— Parabéns!

Maura foi a única que ficou quieta, embora ninguém parecesse notar. Claro que ela estava felicíssima por Lea, mas não conseguia deixar de ficar chocada. Lea também era fita curta. Ela não tinha os mesmos medos, os mesmos fardos? Maura se perguntou se Lea tinha feito todos os mesmos cálculos, mas chegado a uma resposta diferente.

— Obrigada, gente — falou Lea. — Imaginei que teria que contar logo para vocês. São *gêmeos*, então logo vai aparecer a barriga.

Gêmeos, pensou Maura, *isso é bom. Pelo menos eles teriam um ao outro*.

— Quem é o pai? — quis saber Chelsea, e alguns lhe lançaram um olhar assustado. — Que foi? É tabu perguntar?

— Fica tranquila — disse Lea. — Na verdade, estou fazendo barriga de aluguel para o meu irmão e o marido dele, então, tecnicamente, o pai é o meu cunhado. Mas os óvulos eram meus, então estamos torcendo para os gêmeos se parecerem um pouco com o meu irmão também.

Um "ahhh" coletivo cortou o grupo, mas a revelação teve um efeito estranho em Maura. Uma parte dela se sentiu aliviada; não havia necessidade de ter inveja. Mas a outra ficou meio triste.

— Seu irmão e o marido dele devem estar muito gratos — Hank disse a Lea.

— Bom, de fato eles disseram que, se forem uma menina e um menino, vão chamar de Lea e Leo. — Ela riu. — Sinceramente, espero que seja brincadeira.

Terrell tocou suavemente a mão dela.

— Você está dando o melhor presente do mundo para eles.

E Lea sorriu.

— Foi exatamente o que eles me disseram. — Ela descansou as mãos na barriga. — É estranho, porque o meu irmão e o marido dele têm fitas relativamente longas, então me parecia que eles já *tinham* o melhor presente — disse ela. — Mas talvez eles não achassem. E, agora, no fim, fui *eu* que pude dar isso a eles.

Maura se lembrou de quando o papa apareceu na varanda do Vaticano, declarando que as caixas eram um presente de Deus. Talvez para algumas pessoas — como o irmão de Lea, Sean ou Nina — fossem presentes mesmo. Mas, para todos os outros, para as pessoas da sala 204, pelo menos havia outro tipo de presente, como dissera Lea. A questão era só reconhecê-lo.

O musical que Terrell havia mencionado — os sonhos de uma centena de fitas curtas tomando o palco da Broadway — parecia um presente.

O momento, a cada manhã, quando Maura acordava ao lado da mulher que amava, uma mulher com todos os motivos para partir.

Até o fato de que ela e Nina podiam se amar, livre e abertamente.

Então, naquele momento, ela decidiu contar a verdade a Nina.

Uma hora depois, Maura estava sentada na beirada da cama, olhando a namorada.

— Preciso te contar uma coisa — disse. — Sei que nunca planejamos ter filhos. E minha fita só deixou *mais* claro que não devíamos. Mas, sinceramente, às vezes... eu sofro com isso.

Nina parecia pronta para interromper, oferecer palavras gentis e encorajadoras, talvez até reabrir o assunto. Mas Maura sacudiu a cabeça.

— Não precisamos nos aprofundar — disse ela. — As coisas são o que são. Mas eu não queria esconder nada de você. Só queria que você soubesse como me sinto. Que aparentemente é possível se arrepender de algo, ou pelo menos *questionar* algo, mesmo sabendo que foi a escolha certa.

— Eu nem sabia que isso estava te incomodando — disse Nina.

— Bom, eu me faço de durona — confessou Maura. — Sei que tenho sorte, nunca me faltou confiança. — Ela deu um sorriso fraco. — Mas, às vezes, isso torna difícil ser... vulnerável.

Nina se sentou ao lado de Maura.

— Que bom que você me contou — disse. — Você sempre pode ser vulnerável *comigo*.

— Você às vezes se vê... repensando? — perguntou Maura.

— Sinceramente, não sei — respondeu Nina, baixinho. — Não é como se eu tivesse decidido *não* ter filhos. Só nunca decidi ter, sabe? E aí, quando a gente se encontrou, eu só me senti... completa.

Maura fez que sim com a cabeça e respirou fundo.

— Eu entendo — disse ela. — Mas a loucura é que nem era algo que eu queria até perceber que provavelmente não podia ter. É como se a porta tivesse se fechado na minha cara antes de eu conseguir olhar direito o que tinha dentro. E talvez nem tenha a ver *de verdade* com filhos. Talvez seja o fato de que agora não consigo pensar em todas as *outras* portas que talvez também estejam se fechando. Tipo, e se eu nunca encontrar um emprego que eu amo? E se eu não puder ver mais tanto do mundo? E se eu nunca fizer algo que cause um impacto?

Nina passou o braço nas costas de Maura.

— Você causa um impacto em todo mundo que conhece — disse ela. — Você é esse tipo de pessoa. Você é quase *irritantemente* impactante.

Nina sorriu.

E Maura riu daquilo, de um jeito suave e um pouco contido, uma risada que a fez perceber que estava bem. Elas estavam bem.

— Bom, talvez a Amie se apresse para ter filhos e nós poderemos ser as tias descoladas. — Maura deu um sorriso largo. — Ou pelo menos *eu* posso ser a tia descolada e você pode ser a tia que lê o jornal para eles antes de dormir.

E as duas riram de novo, dessa vez uma explosão mais farta, até Nina beijar Maura profundamente e as duas caírem na cama.

Caro(a) B,

Durante uma aula de vocabulário hoje, uma das minhas alunas definiu "temerário" como "engraçado", e eu tive que dizer que ela estava errada. Ela pareceu muito confusa e então disse: "Desculpa. Achei que significava o que eu queria que significasse". Nunca tinha ouvido um aluno fazer uma colocação assim antes e pensei o dia todo nisso.

Talvez as caixas sejam assim também. Ninguém pode oferecer nenhuma explicação infalível para elas, então elas acabam significando o que queremos que signifiquem — seja Deus, destino ou magia. E não importa o comprimento da sua fita, isso também pode significar o que você quiser — uma autorização para se comportar como desejar, para parar de fazer uma dieta, se vingar, pedir demissão, correr um risco, viajar pelo mundo. Eu não sinto nenhuma vontade de deixar meus alunos, mas às vezes me imagino passando um ano no exterior, percorrendo meus locais literários favoritos, vagando pelos pântanos dramáticos de Emily Brontë, nadando na praia da Riviera de Fitzgerald, usando um monte de casacos para me proteger do inverno da Rússia de Tolstoi (embora provavelmente eu amarelasse e fosse no verão).

Todas as manhãs, eu me pergunto se será o dia que vou me render e abrir a minha caixa.

Se não for invadir muito a sua privacidade, posso te perguntar se você se arrependeu de ter visto a sua?

—A

BEN

Ben não sabia por que estava surpreso. Ele deveria ter esperado a pergunta em algum momento.

Mas demorou um pouco para elaborar uma resposta. Tentou procrastinar com um esboço de um novo edifício até apagar e redesenhar o projeto tantas vezes que acabou voltando ao original, e foi aí que ele soube que tinha que começar a escrever. Mas era muito mais complicado do que a simples pergunta — *Você se arrependeu de ter visto?* — fazia parecer. E ameaçava trazer à tona todas as emoções daquela noite, a noite em que ele soube que tinha uma fita curta. Todo choque, tristeza e medo. O olhar no rosto de Claire enquanto ela chorava.

Ele acreditava que a pessoa do outro lado de suas cartas sempre havia sido sincera com ele, e ele queria ser sincero do mesmo jeito. Mas percebeu que não conseguiria partilhar a história em sua totalidade. Preferia não reviver as emoções daquela noite. Pelo menos, não naquele momento.

Caro(a) a,
Sinto como se o tempo tivesse sido dividido em antes da minha caixa ser aberta e depois, como se fossem duas realidades totalmente separadas. Não tem como voltar ao tempo anterior. Eu sei que parece clichê, mas é verdade. Uma vez que a gente sabe algo, a gente esquece como era não saber.

E sim, na maior parte dos dias, eu me arrependo de saber. Mas tento me convencer de que esse arrependimento inicial vai passar e que, um dia, posso até sentir gratidão por ter escolhido saber.

É claro que, se eu acabar morrendo de repente em algum acidente, talvez tivesse sido melhor não saber de antemão e então só me lançar no esquecimento, sem tempo para pensar em erros ou hipóteses.

Mas, se o meu final for lento e sobrar tempo para a autorreflexão, tenho que me confortar com o fato de que não vai ser uma surpresa, e espero ter passado os catorze anos anteriores vivendo da maneira que eu queria, para poder olhar para trás e me sentir tão feliz quanto se pode esperar ser.

Ben se sentiu vazio depois de escrever a carta, como se pudesse adormecer naquele momento. Mas queria dizer algo mais.

Tenho que supor por sua carta mais recente que você dá aula e, agora que estamos em junho, talvez esteja passando as férias de verão em algum lugar longe da cidade.

Ben não sabia como concluir. Deveria revelar seu nome? Deixar seu endereço? Sugerir que se encontrassem pessoalmente?

Estava francamente surpreso que as cartas tivessem durado tanto tempo. Sua única experiência semelhante tinha sido depois de um acampamento, quando seus colegas juraram permanecer amigos por correspondência durante o ano letivo, até selando a promessa com um aperto de mão cheio de cuspe. No entanto, no inverno, quando a vida dos meninos voltou a ser consumida por aulas e mais aulas de esportes e música, quase todas as trocas haviam acabado. Foi Ben quem escreveu a carta final, para a qual nunca recebeu uma resposta.

A última carta deixava claro que "A" era professor, mas Ben não sabia se seu amigo por correspondência era homem ou mulher, jovem ou velho. Talvez devesse investigar, agora que ele tinha mais informações. Quem sabe fazer uma visita à escola em um dia de semana e perguntar quais professores usavam a sala 204. Mas será que não pareceria suspeito? Um homem de trinta anos bisbilhotando por aí?

Além disso, Ben não tinha certeza de que queria saber. Ele não estava pronto para perder o mistério que tornava aquelas cartas tão especiais. Sabia que talvez fossem só uma distração trivial para "A". Talvez a pessoa só tenha tido pena dele. Mas ele não queria que elas cessassem.

O punhado de amigos a quem Ben tinha confiado a notícia de sua fita — eles todos fitas longas — mantinha contato com frequência, no início, sempre ligando ou mandando mensagens para ver como ele estava. Mas, ultimamente, o apoio vinha diminuindo pouco a pouco. Até mesmo Damon, que havia encorajado Ben a se juntar ao grupo em abril e costumava perguntar toda segunda de manhã sobre o andamento da sessão da noite anterior, não havia entrado em contato nas duas últimas semanas.

Talvez todos se sentissem impotentes para ajudar Ben, ou pouco à vontade diante de seu luto, ou culpados por suas próprias fitas longas. Ou talvez simplesmente não soubessem o que dizer.

Mas eu vou continuar vindo a esta sala todos os domingos à noite, caso você fique por aqui neste verão.

E, se não, desejo a você toda a sorte e espero que encontre paz em sua decisão, quer olhe para sua fita ou não.

— B

Ben esperou até que o grupo se dispersasse e ele estivesse sozinho na sala de aula vazia. Tirou da mochila a folha de papel dobrada ao meio, com a letra *A* escrita na frente. Em seguida, se abaixou para colocá-la como uma tenda em miniatura montada aos pés da estante.

Quando Ben se virou, Hank estava de pé atrás dele, intrigado.

— Acho que esqueci meus fones de ouvido — explicou Hank.

— Ah, hum, posso ajudar a procurar — ofereceu Ben.

Os dois homens encheram o silêncio desconfortável andando pela sala, com o pescoço dobrado para baixo.

— Você se importa se eu perguntar o que você estava fazendo com aquele pedaço de papel? — Hank finalmente se aventurou a dizer.

Ben pensou por um momento.

— Seria coberto pelo sigilo profissional de médico?

— Claro, por que não? — Hank riu.

Então Ben contou a Hank sobre a carta que havia esquecido durante uma sessão anterior e a misteriosa resposta que recebera.

— E agora eu estou meio que trocando correspondência com uma pessoa totalmente desconhecida — explicou Ben. — O que, pelo que estou percebendo, parece ridículo quando digo em voz alta.

Hank apertou os olhos, curioso, para Ben.

— Você realmente não tem ideia de quem está escrevendo para você?

Ben balançou a cabeça.

— Meu melhor palpite é que é alguém que trabalha na escola — disse ele. — Mas acho que eles também fazem algumas reuniões dos AA e de outros grupos aqui em noites diferentes, então suponho que poderia ser qualquer membro dessas organizações também.

Hank deu de ombros e sorriu tranquilamente.

— Bom, acho que a única maneira de você descobrir é continuar escrevendo de volta.

— Obrigado — disse Ben.

— Pelo quê?

— Por não me fazer sentir maluco.

— Estamos todos em território desconhecido. É difícil chamar qualquer reação de maluquice.

Hank espreitou debaixo da mesa, onde Sean tinha preparado os lanches.

— Você trabalha no Memorial Hospital, né? Sinto muito pelo que aconteceu lá.

— Na verdade, eu pedi demissão no final de maio. Mas eu já tinha avisado antes do tiroteio — disse Hank. — Acabei de perceber que não consigo me lembrar do que você faz.

— Eu sou arquiteto — falou Ben.

— Ah, nossa. Já projetou algum edifício que eu reconheça?

— Ainda não — disse Ben, pensativo. — Tem um em andamento, mas é no norte do estado.

Hank se sentou de novo em uma das cadeiras de plástico.

— O que o fez querer ser arquiteto?

Levemente surpreso, Ben se sentou ao seu lado.

— Não tenho bem certeza — respondeu ele. — Mas eu não tinha irmãos, e meu pai e minha mãe trabalhavam, então eu passava bastante tempo rabiscando pequenas casas e cidades e imaginando as pessoas que moravam nelas.

Hank franziu a testa, com pena.

— Ah, não, não me entenda mal — Ben se apressou a dizer. — Meus pais são ótimos e eu não me sentia sozinho o tempo todo. É que eu gostava muito de desenhar aqueles mundos em miniatura.

— E agora você quer fazer mundos maiores?

Ben riu.

— Digamos que a escola nem sempre foi fácil para mim, e naquela época eu pensava que, se eu pudesse criar algo tão grande como um arranha-céu de Nova York, seria impossível me sentir pequeno.

— E agora?

Ben olhou pela janela, onde os apartamentos elegantes do Upper East Side se misturavam no céu escuro.

— Agora eu quero fazer algo permanente. Algo que fique de pé mesmo depois...

Hank soltou um suspiro de quem entendia bem, e os dois ficaram quietos por um minuto, sem saber se a conversa continuaria. Mas Ben estava curioso.

— Então, se não foi por causa do tiroteio, por que você pediu demissão?

— Acho que eu estava cansado — disse Hank. — Cansado de ver as pessoas entrando no hospital chorando, assustadas, completamente desesperadas e implorando por respostas que eu não tinha.

— Parece horrível.

Hank torceu a boca, pensativo.

— Sabe, essa não foi a única razão. Foi o que eu disse para o meu chefe e para os meus colegas, mas a verdade é que eu simplesmente não queria mais ser médico. Lá estava eu, pensando que tinha trazido centenas de pessoas de volta para a vida, que eu tinha enfrentado e vencido a morte. Mas então eu descobri que talvez eu não tivesse feito isso. Talvez eu tivesse salvado apenas aqueles que não iam morrer de qualquer maneira, aqueles que ainda tinham mais tempo na fita deles. E quanto aos outros que eu tentei salvar e falhei, talvez eles não pudessem ter sido salvos. Nenhum médico poderia ter ajudado.

— Mas isso parece meio reconfortante, não acha? — perguntou Ben.
— Só que é difícil continuar lutando contra algo depois de perceber que não é uma luta justa — disse Hank. — E eu acho que todos os outros conseguiram mudar o foco melhor do que eu. Mesmo que não possamos influenciar a longevidade de alguém, pelo menos ainda podemos impactar sua qualidade de vida. Eu sei que eles têm razão, mas não consigo superar isso. Eu trabalhava em um pronto-socorro. Passei toda a minha carreira lutando contra a morte, mas essa é a única coisa que não podemos derrotar.
— Bem, isso não era verdade mesmo antes das fitas? — perguntou Ben.
— Sim — disse Hank. — Mas, antes das fitas, eu ainda podia me iludir pensando que eu tinha uma chance.
Ben assentiu, melancólico.
— Sinto muito por isso.
— Sinto muito por não poder ver seu arranha-céu.
Ben se fingiu de ofendido.
— Ei, ainda tenho algum tempo para construir!
Hank olhou para o chão.
— Eu não sou como vocês — disse ele.
— Como assim?
— Minha fita é muito mais curta que a de vocês — explicou Hank. — Mas eu não queria participar do grupo de fitas curtas com só um ano de vida. É deprimente demais. Por isso, vim aqui.
— Lamento muito. — A voz de Ben mal era um sussurro.
— É, alguns dias são bem sombrios — disse Hank —, mas nem sempre é assim. Às vezes eu só tento lembrar que tive uma vida boa. Eu fiz o melhor que pude para ajudar as pessoas. Eu me apaixonei algumas vezes. Tentei ser um bom filho. — Hank se recostou lentamente na cadeira. — Sabe, vi muita gente chegar ao fim, e todos em volta ficavam implorando para que a pessoa lutasse. É preciso muita força para continuar lutando e, sim, geralmente é a atitude certa. Continuar lutando, continuar resistindo, não importa o que aconteça. Mas às vezes acho que esquecemos que também é preciso muita força para nos entregar.

Caro(a) B,

Não se preocupe, ainda vou estar por aqui. Estou dando aulas de verão e aulas particulares.

Mas, mesmo que não estivesse, descobri que anseio tanto pelas suas cartas que poderia até arriscar meu emprego e entrar na escola depois do horário comercial — eu odiaria ficar sem lhe escrever, mesmo por uma semana.

Enquanto você quiser continuar escrevendo, eu prometo que não vou a lugar algum.

HANK

Em 9 de junho, Maura pediu para o grupo de apoio se reunir uma hora antes, para que a sessão terminasse a tempo de assistir ao primeiro debate das primárias.

Hank não ligava muito para política. Ele se preocupava, claro, com assuntos que tinham impacto imediato nele e em seu trabalho — seguros de saúde, taxas de criminalidade, impostos —, mas não tinha tempo de passar horas debatendo as minúcias das propostas ou lendo longos ensaios políticos. No entanto, ele tinha ouvido boatos de que o candidato da Virgínia, Anthony Rollins, planejava fazer um grande anúncio durante o debate. Para Hank, o presidenciável era apenas mais um milionário afetado, distante da realidade da maioria dos americanos, realidade que Hank testemunhava todos os dias na emergência do hospital. Mas ainda estava curioso, então ligou a TV.

Ele bebericava uma cerveja em seu sofá de couro marrom quando a mediadora perguntou aquilo que Hank não percebera que estava esperando para ouvir.

— Gostaria de começar esta noite com o assunto que está na mente de todos os eleitores: as fitas. Tenho certeza de que todos nós já ficamos sabendo que a China acaba de lançar um novo protocolo em nível nacional, adotando uma abordagem contrária à recente decisão norte-coreana e exigindo que todos os cidadãos *abram* suas caixas após o recebimento e preencham um relatório para o governo, indicando o comprimento de sua fita. Embora a maioria dos esforços do Congresso para tratar o assunto das fitas aqui nos Estados Unidos tenha em grande parte estagnado, sem dúvida todos nós temos acompanhado os trágicos acontecimentos dos últimos tempos, incluindo os tiroteios do mês passado em um hospital de

Nova York e em um shopping center do Texas, que parecem estar ligados à chegada das fitas. Então, candidatos, o aparecimento das fitas fez com que vocês repensassem alguma de *suas* posições ou propostas?

Anthony Rollins estava preparado. Ele ignorou a maior parte da pergunta e mergulhou direto no discurso que havia ensaiado.

— A presidência é o mais alto cargo de nosso país, e espera-se que quem for eleito sirva sua nação por quatro anos completos e talvez até *oito* anos completos. Candidatar-se à presidência é uma promessa ao povo desta grande nação de que você está disposto e pode cumprir todo o seu mandato, e talvez até *dois* mandatos, no Salão Oval. É por isso que humildemente eu compartilho com vocês, o povo, além de minhas declarações de impostos e meu histórico no Twitter, algo ainda mais importante: minha fita.

Com isso, Anthony tirou uma pequena caixa de trás do púlpito, abriu a tampa e ergueu uma fita que todos, àquela altura, já reconheciam rapidamente como de um comprimento considerável.

— Se eu tiver a honra de me tornar seu candidato, eu asseguro que servirei a seus anseios e necessidades por tanto tempo quanto me quiserem. E peço aos meus colegas também candidatos que, em prol do espírito de transparência, apresentem igualmente suas próprias fitas, para que os eleitores possam ir às urnas armados com o máximo de informações possíveis sobre a pessoa que liderará nosso país nos próximos anos.

O público não soube bem como reagir. Enquanto a maioria aplaudia e assentia com a cabeça, várias vaias e gritos também foram ouvidos.

— Calma, calma. — A mediadora tranquilizou a multidão. — Vamos ouvir o que os outros candidatos têm a dizer.

— Eu e meu marido tomamos a decisão de não olharmos nossas fitas — declarou a dra. Amelia Parkins, professora de ciências políticas da Universidade de Harvard, que concorria como a candidata vinda de fora de Washington. — Acredito que olhar ou não seja uma escolha inteiramente pessoal, e pedir aos candidatos para compartilhar algo tão particular parece injusto e antiético, para não dizer antidemocrático. O pedido do deputado Rollins parece mais alinhado com os regimes autoritários mencionados anteriormente.

— Obrigada, dra. Parkins — disse a mediadora. — Governador Russ, algo a acrescentar?

— Creio que o que Parkins não compreende é que, para ser um servidor público eficaz e digno de confiança, é preciso aceitar que grande parte da sua vida privada *será* pública — disse o governador. — Sem dúvida, isso é verdade na presidência. Mesmo que os candidatos se recusem a mostrar suas fitas, podem apostar que os jornais irão atrás. Já estou até vendo a manchete: "País elege presidente que vai morrer durante o mandato".

De acordo com sua reputação de candidata com "valores familiares", a deputada do Kentucky, Alice Harper, acrescentou:

— Gostaria de pensar que qualquer candidato que tenha a infelicidade de ter uma fita curta se retiraria da corrida para passar o tempo que lhe resta com seus entes queridos, e não na estrada, fazendo campanha por um emprego que não conseguiria manter por muito tempo.

Enquanto os outros candidatos falavam, o senador Wes Johnson ponderava.

Ele era o único negro no palco e devia saber que suas palavras seriam duplamente escrutinadas, pensou Hank. Johnson esperou até que todos os candidatos tivessem dito o que queriam, e a mediadora perguntou se ele tinha algo a acrescentar.

— Tenho, sim — disse Johnson. — O povo americano deveria eleger a pessoa com cujos valores ele concorda, com cujas posições ele apoia e com cujas propostas ele acredita que irão melhorar nossa nação. Ter uma fita curta não apaga essas qualidades, e escolher *não* eleger um candidato qualificado só por causa da medida da sua fita equivale a puni-lo por algo totalmente fora do seu controle. Tornamos ilegal a discriminação com base na raça, no sexo, na deficiência e na idade, mas forçar os candidatos a mostrar suas fitas seria condescender com uma categoria inteiramente nova de preconceito.

Alguns aplausos dispersos levaram a mediadora a se inclinar em direção ao microfone, mas Johnson ainda não havia terminado.

— Alguns de nossos maiores líderes morreram enquanto ainda estavam no cargo — continuou ele — e alguns de nossos políticos menos proeminentes foram abençoados com longevidade. Se John F. Kennedy tivesse revelado sua fita e os eleitores o tivessem punido por isso, a crise dos mísseis cubanos poderia ter virado uma guerra nuclear com os soviéticos. Se Franklin Roosevelt tivesse revelado sua fita e os eleitores o tivessem punido por isso, os nazistas talvez nunca tivessem sido derrotados. E se Abraham Lincoln tivesse mostrado sua fita, os homens e mulheres que se parecem comigo e os meus filhos talvez continuassem a ser escravizados, e o nosso país poderia ter sucumbido completamente. Estremeço só de pensar em como seria o nosso mundo hoje, se a esses homens tivesse sido negada a chance de governar simplesmente por causa da mão de cartas infeliz que lhes foi dada, e espero que meus colegas americanos possam ver o quanto a proposta do deputado Rollins é perigosa.

Hank deu um suspiro aliviado enquanto a plateia aplaudia em resposta, e Rollins ficou com o olhar vazio. Foi no enquadre final do rosto de Wes Johnson, pouco antes de a câmera avançar, que Hank jurou ver os olhos do senador brilharem com lágrimas que ele não podia se dar ao luxo de derramar na televisão.

E foi aí que Hank percebeu que ele e Wes Johnson provavelmente compartilhavam o mesmo destino.

Hank logo perdeu o interesse no que se seguiu. Pegou o celular e se voltou para as reações das pessoas na internet. Enquanto muitos apoiavam a postura de Johnson, Rollins havia despertado... *algo*. Surgiam de todos os cantos do país tuítes e blogs conclamando os candidatos a revelarem suas fitas, argumentando que não se podia confiar o trabalho mais importante da nação a um fita curta. "Eles estariam distraídos demais", disseram. Ansiosos demais, deprimidos demais, instáveis demais.

Não demorou muito para a conversa ir além da questão da presidência. Não seria adequado que todos os candidatos a cargos políticos divulgassem a medida de suas fitas?, questionaram. E quanto aos CEOs das grandes empresas? Que tal os médicos-residentes? Por que um hospital iria querer gastar tempo treinando alguém que não daria retorno no investimento?

Hank atirou o celular do outro lado do sofá.

No dia seguinte, 10 de junho, por volta das nove da manhã, cerca de três meses depois do aparecimento das caixas, um fita curta detonou uma bomba em frente ao Capitólio, matando vários transeuntes. E Hank soube que em algum lugar, em algum quarto de hotel sem graça em algum estado do Meio-Oeste, Anthony Rollins devia estar satisfeito.

VERÃO

ANTHONY

O suspeito do atentado de 10 de junho morreu na explosão — levando consigo vários outros fitas curtas —, mas deixou uma mensagem para as autoridades encontrarem ao revistar seu apartamento mais tarde: *Pessoas sofrem e morrem enquanto nossos líderes não fazem nada.*

Uma força-tarefa de elite, convocada pelo presidente para lidar com as consequências, concordou rapidamente que não havia nada que o governo pudesse fazer para impedir que os fitas curtas sofressem e morressem. O que o comitê decidiu foi que algo precisava *sim* ser feito para evitar que fitas curtas rebeldes causassem mais danos.

Uma semana após o disparo da bomba, Anthony Rollins voou para casa em Washington, deixando a esposa tomando xícaras de Earl Grey e comendo bolinhos de *cranberry* e castanhas em um chá da tarde com proeminentes doadores em Charleston.

No dia seguinte, a força-tarefa de emergência do presidente se preparou para receber seu mais novo membro.

A equipe já compreendia três senadores seniores, dois altos funcionários do FBI e do DHS, e o presidente do Estado-Maior Conjunto.

— Sabemos que não é comum trazer um representante para algo tão importante, especialmente um candidato às eleições primárias — Anthony foi informado pelo presidente do Estado-Maior Conjunto. — Mas estamos vivendo tempos incomuns. E o presidente não vai ocupar o cargo por muito mais tempo. Ele precisa pensar no longo prazo, em quem vai segurar a mão da nação durante os próximos quatro anos deste pesadelo. Aparentemente, seu desempenho no debate animou alguns segmentos do partido.

— E tenho certeza de que você viu que meus números estão aumentando rápido — acrescentou Anthony. Ele sabia que alguns especialistas já o haviam chamado de "modinha", prevendo seu esgotamento iminente, mas aquela missão poderia cimentar sua ascensão. — Parece que o *país* inteiro está me ouvindo.

À tarde, a força-tarefa também estava.

Na manhã seguinte, os nove membros do comitê se reuniram no Salão Oval para oferecer ao presidente suas ideias sobre a chamada "situação dos fitas curtas".

A divulgação das fitas deveria ser obrigatória para cargos governamentais de alto escalão, argumentaram eles. Deveria ser tratada da mesma forma que uma verificação de antecedentes ou um exame de aptidão física. Se você vai ter uma posição de poder, precisa provar que está comprometido, que é física e mentalmente capaz. Francamente, um fita curta é um risco, eles alegaram. Nunca se sabe se eles vão surtar, como o homem-bomba e os atiradores que o precederam.

A agente Breslin do FBI era a única mulher na sala e, durante a maior parte da reunião, ficou quieta, deixando os homens pensarem em voz alta enquanto ela processava suas reflexões internamente.

— Tem mais uma coisa em que ainda não pensamos — ela finalmente interrompeu. — Se pudermos verificar as fitas de cada candidato a cargos de agente de campo ou serviço militar ativo e enviar só aqueles com fitas mais longas para o campo ou para o combate, vamos poder eliminar efetivamente qualquer risco de morte. É garantido que eles vão sobreviver.

A agente olhou ao redor da sala repleta de homens, que acenavam com a cabeça, desorientados, e sorriu.

— Exceto que sobrevivência é apenas isso — disse um senador mais velho. —Não significa que não vamos mandar nossos rapazes para casa em coma ou sem os braços e as pernas.

— É melhor do que em um caixão — contra-argumentou ela.

— Vamos limitar isso a posições militares e federais? — perguntou outro.

— Imagino que polícias e outros empregadores de alto risco queiram seguir o exemplo.

O presidente havia escutado atentamente em silêncio, mas sua força-tarefa parecia se precipitar em direção a um poderoso consenso. Ele precisava opinar.

— Muito bem — disse ele, levantando uma mão cautelosa. — Eu concordo com o que vocês estão dizendo, mas é preciso haver limites. Nós somos os Estados Unidos, não a China ou a Coreia do Norte. Nunca poderíamos exigir impunemente que todos abrissem suas caixas e nos dissessem o que tem dentro. Além disso, se permitirmos que isso se espalhe para todos os setores, temo que não haverá mais empregos para os fitas curtas.

— O que o senhor propõe?

— Um meio-termo — falou o presidente. — Vamos exigir que o pessoal militar ativo, os agentes de campo do FBI e os altos funcionários do governo ligados à segurança revelem o comprimento de suas fitas, mas todo o resto permanece igual. Pelo menos por enquanto.

Alguns dias depois, Katherine se reuniu com o marido num bairro distante de classe média em McLean, onde haviam comprado uma casa relativamente modesta de quatro quartos após Anthony ser eleito para o Congresso.

— Ainda não acredito que o próprio presidente te chamou — disse Katherine, quase sem fôlego. — Ele deve achar que você vai ganhar.

— Não vamos nos precipitar — falou Anthony. — Ainda temos um longo caminho pela frente. O presidente só reconheceu a verdade: que eu fui o único com coragem de dizer publicamente o que vários outros já estavam pensando.

Seguro dentro das paredes da sala de estar, Anthony divulgou o que podia para a esposa curiosa, sem compartilhar muitos detalhes.

— Vai haver algumas mudanças — declarou Anthony. — Mas pessoas como nós vão ficar bem.

— Vamos ficar mais do que bem.

Katherine abriu um grande sorriso.

E Anthony não podia deixar de concordar.

MAURA

As mudanças foram anunciadas em uma coletiva de imprensa televisionada da Casa Branca, em uma sexta-feira à noite, no final de junho.

Maura e Nina aguardavam o início da coletiva, distraindo-se enquanto assistiam a uma daquelas séries de investigação criminal conhecidas por escolher enredos inspirados nas notícias. O programa tinha ido parar nas manchetes ao se tornar a primeira série de televisão a introduzir o tema das fitas em seu universo ficcional, e Maura ficou atônita ao ver o episódio se desenrolar, a equipe de policiais caçando dois fitas curtas perversos em uma onda de crimes, chegando ao clímax de um tiroteio, onde ambos perdiam a vida. *Um retrato que não seria nada bom para os fitas curtas no mundo real*, pensou ela.

Nina pareceu igualmente perturbada com a história, remexendo-se no sofá antes de mudar de canal. O presidente dos Estados Unidos finalmente surgiu na tela, em meio à tosse abafada dos repórteres e alguns flashes. Flanqueado no pódio por membros da alta hierarquia das Forças Armadas e do FBI, ele anunciou sua determinação mais abrangente até aquele momento: a Iniciativa de Segurança e Transparência em Admissão e Recrutamento ou, abreviada, Iniciativa Star. Um projeto de lei semelhante provavelmente seria apresentado no Congresso em breve, mas o ataque ao Capitólio havia deixado claro, argumentou o presidente, que era necessária uma ação imediata.

— Eles devem saber que as pessoas vão ficar com raiva — disse Nina após o término da coletiva. — É por isso que anunciaram essa medida numa sexta-feira à noite. Eles esperam que haja menos cobertura da mídia em um fim de semana e talvez as pessoas não prestem tanta atenção. Como se isso fosse possível.

Maura ficou quieta, absorvendo aquilo, enquanto Nina divagava ansiosamente.

— Quero dizer, eu ouvi boatos que o debate das primárias tinha mudado a conversa no Congresso — continuou ela —, mas não consigo acreditar que tenha chegado tão longe e de um modo tão rápido.

Nina olhou para Maura.

— Você está bem? — ela perguntou gentilmente.

— Se eu estou *bem*? — devolveu Maura. — Primeiro eu tenho que ver aquela campanha de difamação contra fitas curtas disfarçada de programa de TV e agora *isso*? O presidente acabou de criar duas classes de cidadãos com base em suas fitas.

Era óbvio que Nina não sabia o que responder.

— Eu sei que a série... não foi nada boa, mas não acho que a Iniciativa Star possa ser tão ruim — ela disse, para reconfortar a namorada.

Maura se levantou do sofá.

— Faz tudo parte do mesmo problema! — gritou.

— Bom, talvez o anúncio *pareça* mais extremo do que realmente é — sugeriu Nina.

— Eles acabaram de me dizer que, por causa da minha fita, eu não posso ser um soldado, nem agente do FBI, nem fazer nada que tenha a ver com a Agência de Segurança Nacional. Como eles podem fazer isso, caralho? — Ela começou a andar de lá para cá na sala. — É como se a gente estivesse voltando no tempo. E depois? "Não pergunte, não conte" sobre sua fita?

— Sinceramente também não acredito — falou Nina. — Mas, tecnicamente, não é que você não *pode* servir o exército ou o FBI; você só está limitada em termos do que pode *fazer* nesses cargos.

— Sério, Nina? Você está tentando defender esses caras?

— Não, claro que não — ela se apressou em dizer. — Isso é horrível.

— Todo mundo diz que o que acontece nos outros países nunca poderia acontecer *aqui* — disse Maura. — E agora, olha só!

— Provavelmente é uma reação idiota e precipitada àquela bomba — comentou Nina. — E eles vão voltar atrás depois de perceber que foi um erro.

Mas Maura suspirou e balançou a cabeça.
— Não acho, não.

Maura amava Nina, mas ela vivia tentando confortá-la, apontando o caminho para o lado positivo das coisas. Estar com Nina podia ser o guarda-chuva de Maura, mas isso não impedia que a chuva caísse e, às vezes, ela só precisava de espaço para ficar furiosa.

Durante toda a sua vida, Maura sabia como era repugnante esse lado violento e nunca se permitia parecer muito raivosa e barulhenta. Ela sabia que o mundo gostava daqueles que aceitavam as dificuldades com resignação, e não com raiva ou revolta. Mas, quando algo parecia tão aleatório e injusto, como alguém poderia ser culpado por sentir dor e expressá-la? Pelo menos ali, dentro da sala 204, Maura podia mergulhar nessa raiva, rodeada por aqueles que a compartilhavam.

No domingo após a coletiva de imprensa, ela entrou na sala de aula, onde vários participantes já discutiam as notícias, e deixou a bolsa cair no chão.

— Está todo mundo puto?

Murmúrios de "porra, lógico" e "claro" ecoaram por todo o grupo.

— Tenho certeza de que as emoções estão exaltadas e fico feliz em discutir os sentimentos de todos. Mas um de cada vez — disse Sean, com medo de que sua sessão virasse uma profusão de desabafos caóticos.

— Talvez estejamos todos exagerando — começou Nihal.

— Acho que só tem *uma* maneira de reagir a isso — respondeu Maura.

— O que vocês acham que isso significa para nós? — perguntou Lea, os olhos buscando uma resposta no grupo.

Hank encontrou o olhar de Lea.

— Infelizmente, significa que as coisas podem piorar.

— Não vejo como podem ficar piores do que já estão — disse Carl. — Eles não podem encurtar ainda mais as nossas fitas.

— Mas nós nem temos mais tempo para nos sentirmos mal com as nossas fitas ou com raiva da nossa própria vida — falou Maura. — Não quando precisamos ter raiva de tantas outras merdas que acontecem no mundo.

— E não é só o governo — disse Chelsea. — É *todo mundo*. Ouvi falar de um novo aplicativo de namoro que é só para fitas curtas, chamado

"Compartilhe seu tempo". Você pode até filtrar as escolhas pelo comprimento das fitas. Eles estão anunciando isso como uma forma de encontrar pessoas semelhantes a você, mas claramente é um estratagema para tirar a gente dos aplicativos normais, porque Deus os livre de um fita longa se apaixonar acidentalmente por um de nós...

— Como alguma tentativa maluca de exclusão darwiniana. — Terrell estremeceu. — Na verdade, isso me lembra uma história bem esquisita de uns amigos meus que estão tentando adotar uma criança. Nenhum dos dois abriu a caixa, mas a agência aparentemente fica pressionando para eles olharem. Parece que estão competindo com casais que anunciam suas fitas longas como parte de suas qualificações para serem bons pais.

— Isso vai além do bizarro — comentou Chelsea.

— Meu palpite é que os fitas curtas que quiserem adotar uma criança estarão na mesma situação dos casais gays — disse Terrell. — Não vai ser impossível, mas com certeza não vai ser fácil.

— Quero acreditar que as pessoas vão ver como tudo isso está errado e vão exigir uma mudança — disse Lea, esfregando ansiosamente a barriga dilatada.

— Mas é isso que os humanos sempre fizeram — observou Maura, cheia de raiva por dentro. — Nós nos isolamos com base na raça, na classe social, na religião ou em qualquer distinção que decidimos fazer, e aí insistimos em tratar uns aos outros de maneira diferente. Nós nunca deveríamos ter permitido que eles rotulassem as pessoas como "fitas longas" e "fitas curtas". Deixamos tudo muito fácil para eles.

Hank acenou solenemente com a cabeça.

— Ninguém parece se importar que nós somos todos iguais quando estamos abertos sobre uma mesa.

A sala ficou quieta por um momento.

— Você realmente acha que é justo comparar fitas diferentes a raças diferentes? — perguntou Terrell.

— Por que não? — retrucou Maura. — Todos nós ouvimos a notícia. Acabamos de ser proibidos de ocupar as posições mais poderosas do país. "Não aceitamos candidaturas de fitas curtas!" É como se vivêssemos em um loop temporal bizarro em que ninguém aprendeu nada com a história!

Assim que as pessoas começam a acreditar que um certo grupo está tentando ferrar com elas, que os imigrantes estão roubando seus empregos, que os casais gays estão acabando com a instituição do casamento, que as feministas estão fazendo acusações falsas de estupro, não precisa muito para se virarem umas contra as outras.

— Bom, pelo menos muita gente só sente pena de nós — disse Ben. — Tomara que isso as deixe mais compassivas.

— Exceto que não é apenas piedade ou compaixão — interveio Hank. — É diferente. Desde aquele primeiro incidente no hospital. Agora, sempre que há violência envolvendo um fita curta, essa simpatia fica cada vez mais diluída em medo. E o medo é um sentimento bem mais poderoso.

— Mas por que *eles* teriam medo de nós? — perguntou Nihal. — Eles têm tudo, e nós não temos nada.

— Nada a perder — respondeu Hank.

Ele se lembrou da noite do debate das primárias, quando os membros da plateia aplaudiram a insensível chamada de Anthony à ação, e Hank passou horas acompanhando discussões nas mídias digitais que questionavam se a discriminação contra os fitas curtas era justificada.

— Eles estão dizendo que não se pode confiar em fitas curtas — explicou ele. — Que somos um risco grande demais, imprevisível demais. Claro que é tudo mentira, mas a Maura tem razão. As coisas sempre funcionaram assim. Só precisamos de mais um tiroteio, uma bomba ou sabe Deus o que mais. Não quero nem pensar no que pode acontecer.

O rosto de Nihal estava com uma expressão sofrida, e Lea parecia prestes a chorar.

Carl se virou para Hank.

— Sabe, para um médico, você não é muito bom em dar más notícias.

— Mas é a verdade — disse Maura. — E, a menos que a gente continue falando sobre isso e continue *com raiva* disso, nada vai mudar.

— Então isso significa que ainda há esperança, certo? — perguntou Lea.

— Olha, posso não saber o que é ter uma fita curta — disse Sean. — Mas eu vivi minha vida toda nesta cadeira, então sei uma coisinha ou outra sobre como é quando as pessoas te veem como… diferente. Sei que a vida às vezes pode parecer uma batalha para ser reconhecido por quem se é, e não por suas circunstâncias. É por isso que eu me inscrevi para liderar este grupo, para começo de conversa. Eu sou a prova viva de que *um* fita longa neste mundo sente empatia por todos vocês. Então, acho que pelo menos existe *uma* razão para não perder a esperança.

JAVIER

Quando o presidente estreou a Iniciativa Star na rede de televisão nacional, Jack Hunter e Javier García — com todos os outros membros das forças armadas — souberam imediatamente que sua carreira e sua vida haviam mudado para sempre.

Os dois amigos haviam se formado na academia em uma quinta-feira escaldante no final de maio, comissionados formalmente como segundos-tenentes do Exército dos Estados Unidos, e se mudado para o apartamento em Washington que o pai de Jack havia comprado para suas ocasionais viagens à Virgínia. A chegada das fitas havia abalado particularmente aqueles que estavam no exército. Os líderes precisavam de tempo para se recompor. Assim, Jack, Javi e seus colegas graduados haviam ganhado o verão como um curto indulto antes de embarcar no treinamento de oficiais.

Na esperança de aproveitar sua última temporada de liberdade, eles voltavam para casa todas as noites, tomavam cervejas, comiam pizzas frias e jogavam *Madden* NFL. Arrastaram uma mesa de pebolim descartada na calçada para a sala de estar. E se revezavam para chegar nas mulheres, nos bares de Georgetown, aos sábados. Mas aí, em junho, numa sexta-feira à noite, o mundo deles caiu.

— O que significa exatamente essa tal de Star? — perguntou Javi.

— Acho que significa que temos que olhar nossa fita — respondeu Jack. — Que não temos mais escolha.

Antes da chegada das fitas, as designações de postos para novos tenentes eram determinadas com base nos interesses dos graduados, com as necessidades do exército. Mas o mundo havia mudado nos últimos três meses.

Havia novas informações a serem consideradas. Após o anúncio do presidente de que todos os cargos militares exigiriam uma comunicação oficial sobre sua fita — a ser preenchida pessoalmente, apresentando sua caixa ao comandante que supervisiona sua região geográfica —, rapidamente se espalhou entre os ex-colegas de classe de Jack e Javi a notícia de que certos cargos, como os que envolvem combate ativo em áreas de alto risco, não estariam mais abertos a soldados de fitas curtas. Embora se acreditasse que muitos dos já destacados poderiam terminar seu serviço de todo modo, resguardados pelo direito adquirido, os novos recrutas seriam alocados de acordo com o comprimento de suas fitas.

— Eles estão nos forçando a olhar as nossas fitas, mesmo que a gente não queira — irritou-se Jack. — E para quê? Eles acham que podem mudar o destino? Como se não enviar um fita curta para o combate fosse salvar a vida dele? Aposto que eles só estão tentando salvar a si mesmos.

— Sei lá — disse Javi, com uma postura mais ambivalente que a do amigo. — Talvez eles se sintam culpados por conduzir um bando de fitas curtas para uma zona de batalha sem nem *tentar* fazer algo.

Mas nenhum deles teve tempo para reclamar ou compreender seus sentimentos em plenitude, já que lhes foram prontamente designados horários para se apresentarem no escritório de recrutamento do exército mais próximo, com suas respectivas caixas à mão. Recomendaram que aqueles que ainda não tinham olhado suas fitas o fizessem antes da nomeação, para evitar qualquer tipo de surpresa na sala.

Eles tinham duas semanas até serem chamados.

Jack e Javier se sentaram no sofá, com as duas caixinhas na almofada entre eles e a calculadora aberta no iPad de Jack.

O corpo e a mente dos dois haviam superado muitos desafios nos últimos anos: árduos percursos de obstáculos, trotes com os novos cadetes, lutas de boxe, caminhadas por terrenos íngremes, pantanosos, de mata fechada, com apenas uma bússola na mão. Mas a tarefa que tinham diante deles agora era, de longe, a mais difícil até aquele momento.

— Você acha que tentaria pedir demissão? — perguntou Jack. — Se a sua fita for curta?

— Bom, eu trabalhei muito para chegar até aqui — disse Javi. — E assumi um compromisso com o exército *e* comigo mesmo. Por isso, acho que tenho que continuar. Não importa o que esteja aí dentro.

Os pais de Javier eram católicos devotos, então ele fez uma oração silenciosa para honrá-los e depois deu um aceno de cabeça a Jack. Estava pronto. Porque ele *tinha* que estar.

Quando Jack mediu sua fita, suspirou, uma exalação total de alívio que se transformou em um sorriso.

Mas Javier ficou em silêncio.

Javi escolheu não contar aos pais. Eles estavam muito emocionados para vê-lo de uniforme, um graduado de uma das melhores academias militares do país, alguém que inspirava o respeito de todos. E isso era tudo o que eles queriam para o filho.

Jack passou a semana seguinte cuidando do companheiro de quarto enlutado, levando comida no dormitório, perguntando constantemente se ele precisava de alguma coisa.

Alguns dias depois, a única coisa de que Javier precisava era sair do apartamento e correr.

Os dois seguiram seu trajeto habitual ao longo de vários quarteirões, onde muitas lojas e restaurantes haviam fechado desde abril, deixando as ruas numa nudez sombria, embora o pouco movimento facilitasse a corrida, sem tantos carros ou compradores dos quais desviar. Até curtiram usar uma explosão de grafite particularmente furiosa na fachada estéril de uma loja — "Fodam-se as fitas!" — para marcar cinco quilômetros.

Durante boa parte da corrida, Jack ficou quieto, apenas a pesada batida de seus tênis na calçada fazendo barulho. Só quando chegaram no meio do caminho é que Jack falou:

— Javi?

Javi manteve os olhos à frente.

— Oi?

— E se... e se a gente trocasse?

Javi continuou, concentrado.

A medida

— Trocasse o quê? — perguntou.
— Trocasse nossas fitas — explicou Jack.
Nesse instante, Javi parou abruptamente.
— O que você falou?
Um ciclista atrás deles começou a buzinar freneticamente, mas Javi estava paralisado no meio da rua.
— Cuidado! — gritou o ciclista, e Jack puxou Javi rápido para tirá-lo do caminho pouco antes de a bicicleta passar zumbindo, com o cara mostrando o dedo do meio.
— Você está bem? — perguntou Jack. — Você quase foi atropelado!
Mas Javi não conseguia focar em mais nada.
— Você disse mesmo *trocar* nossas fitas?
Jack fez que sim.
— Eu sou maluco de dizer isso?
É claro que é, pensou Javier.
— Mas... isso não mudaria nada — disse ele.
— Pode até não mudar o final — falou Jack —, mas com certeza mudaria todo o resto.
Javier continuava sem entender.
— Por que *você* ia querer fingir que tem uma fita curta?
Jack demorou um pouco para responder, claramente desconfortável.
— Olha, eu me sinto um babaca por dizer isso, porque obviamente estou feliz com minha fita, mas eu também estou meio que perdendo a cabeça. Quero dizer, eu sei que devo alguns anos a eles fazendo *alguma* coisa, mas e se o exército quiser me mandar para a guerra o resto da vida?
Cada sentimento de terror que a academia havia tentado impingir em Jack aparentemente havia voltado com tudo. Ele não tinha ilusões sobre sua proeza física, mal conseguia se garantir numa briguinha idiota com um colega. Como é que lutaria numa guerra de verdade?
— E, quem sabe, se eles acharem que eu tenho uma fita curta — continuou Jack —, eles só me enfiem atrás de uma mesa aqui na capital por um tempo. Eu podia basicamente desaparecer.
Javier só acenou com a cabeça. Parecia improvável que o pior medo de Jack se realizasse — o exército não poderia forçá-lo a um serviço para o

resto da vida, não importava a previsão atestada em sua fita — mas, depois de quatro anos como amigos, Javi não estava surpreso com a relutância de Jack em ser enviado para a guerra, dado seu instinto de autopreservação. Era a audácia da proposta de Jack o que mais o chocava. Trocar as fitas? Isso era mesmo possível?

— Eu estava pensando em como você disse que devia a si mesmo essa tarefa de continuar — acrescentou Jack. — E nós dois sabemos que você se classificou melhor do que eu nas aulas *e* no campo, então, se apenas um de nós puder ter a chance de realmente provar a si mesmo, deveria ser você.

Javi ainda processava todo o raciocínio, mas simplesmente não conseguia mais continuar parado. Suas pernas pareciam tão impacientes quanto sua mente. Ele se virou e começou a correr de novo, incitando Jack a alcançá-lo.

E enquanto Javier corria, concentrando-se no ritmo de sua respiração, ele começou a avaliar suas opções.

Jack estava lhe pedindo para *mentir* intencionalmente para as Forças Armadas dos Estados Unidos, para as pessoas que o haviam educado e treinado. Não só *parecia* errado como definitivamente ilegal. A Iniciativa Star declarava que qualquer membro do serviço que se recusasse a cumprir a ordem de mostrar sua fita estava sujeito a uma baixa desonrosa. E o que dizer de alguém que apresentasse uma fita que não era de fato a *dele*?

Jack está claramente fora de si para propor algo tão absurdo, pensou Javi.

Mas, apesar disso, Jack fizera mesmo uma boa observação sobre todo o tempo e esforço que Javi já havia dedicado, as noites em que sacrificara o sono para estudar, os dias em que sentira o gosto do suor salgado e do sangue metálico na boca.

Javi tinha *merecido* sua chance. E agora só lhe restavam alguns anos para usá-la.

Os pés de Javier pareciam não ter peso, carregando-o para a frente, a endorfina circulando pelo corpo. Ele sabia que nunca ficaria satisfeito com o trabalho administrativo que tinha tanto apelo para Jack. Mas sem ter uma fita longa — ou, pelo menos, *aparentar* ter uma —, era a única coisa que Javier conseguiria.

Ele se perguntava o que os pais lhe diriam agora, se soubessem o que ele estava considerando. Que mentir é pecado, não importa o motivo? Que eles não trabalharam tão duro para criar um fora da lei?

Ou diriam as mesmas palavras de seu brinde de formatura? *Estamos muito orgulhosos de você, Javier.*

Quando chegaram à porta da frente, Javi ainda não havia falado nada, e Jack quebrou nervosamente o silêncio.

— Obviamente, você deve fazer o que quiser — disse ele, ainda ofegante do sprint final. — A escolha é totalmente *sua*. Mas eu só queria que você soubesse que tem opções.

Só que Javi não sentia que tinha opções, sentiu que tinha uma bomba-relógio jogada por Jack em seu colo. Faltava menos de uma semana para a nomeação de Javier. Apenas três dias para tomar a decisão da qual dependia todo o seu futuro. Javi enfiou a chave na fechadura.

— Preciso estar de cabeça descansada antes de tomar uma decisão — falou.

Mas, naquela noite, ele não dormiu.

Ele fechou os olhos, chorou no travesseiro, olhou fixamente para o teto, deitou-se de bruços e se virou de um lado para o outro, mas o sono não veio. O que veio foram visões sonolentas e delirantes, alimentadas pelo eco da oferta de Jack em sua mente.

O pior foi quando Javi imaginou seu próprio velório. As cores da bandeira americana que cobria seu caixão pareciam ainda mais vivas contra o preto dos trajes dos enlutados. A bandeira seria a única consolação para seus pais naquele dia.

É claro que se comentaria o motivo de sua morte. Talvez o padre contasse a história, se seus pais não conseguissem dizer nada. Essa foi a parte que Javi se viu rebobinando e reencenando enquanto fechava os olhos e implorava para dormir.

— O carro apareceu do nada — disse o padre, balançando a cabeça tristemente.

Rebobinar.

— No final, ele perdeu a batalha contra a doença. — O mesmo sacudir triste de cabeça.

Rebobinar.

— Ele era um bom nadador, mas as ondas eram enormes.
Rebobinar.
— Ele estava sentado à mesa do escritório quando a bomba explodiu.
Rebobinar.
— Ele foi um verdadeiro herói americano até o último suspiro — disse firmemente o padre.
Pela primeira vez, ele não balançou a cabeça.

BEN

O ar-condicionado da sala 204 estava temporariamente quebrado, então Carl abriu todas as janelas para deixar entrar uma brisa. Mas a noite de verão estava tranquila, tranquila demais, e o calor sem vento que encheu a sala pareceu embalar o grupo a um estado mais ruminante que o normal.

— Estou curioso — falou Sean. — Quem ainda não contou para a família?

Ben levantou a mão, tímido, um pouco envergonhado, enquanto Hank levantava o dedo indicador, como se pedisse a conta.

— Não tem problema — disse Sean. — Cada um no seu tempo.

— Eu acabei de contar para os meus pais esta semana — declarou Nihal.

Ele havia acabado de voltar de uma visita a Chicago, onde os pais moravam havia três décadas, desde que o pai fora aceito em um programa de doutorado na Northwestern e os recém-casados imigraram da Índia.

— Como foi? — perguntou Lea.

— Sinceramente? Difícil. Mas os dois acreditam que nosso corpo é um instrumento temporário para nossa alma e que essas fitas só se aplicam ao corpo atual, então minha alma vai renascer depois, possivelmente com uma fita novinha. Mais uma chance.

— E você não acredita nisso? — quis saber Sean.

— Olha, eu amo minha religião. Tem tanta... *alegria*. E liberdade. Não somos atolados de regras, aquele monte de fogo e enxofre — disse Nihal. — E, até a chegada das fitas, eu nem passava muito tempo pensando em renascer. Isso sempre ficava em segundo plano enquanto eu focava nos estudos ou em outras coisas. E sei que meus pais só estão tentando me ajudar, mas agora... quero mais tempo *nesta* vida, não em uma vida *nova*, cercado de gente nova.

Alguns membros do grupo assentiram positivamente com a cabeça.

— Meus pais acham que tudo faz parte de um conceito mais amplo de eu rejeitar minha herança — explicou Nihal. — E, sim, às vezes eu me chateava quando alguém tinha dificuldade de pronunciar meu sobrenome ou comentava sobre a comida que eu levava para a escola. Mas eu *sempre* tive orgulho de ser filho deles.

— Com certeza eles sabem disso — falou Hank.

— Mas eu odeio brigar com eles porque eu *queria* pensar da mesma forma — continuou Nihal. — Talvez fosse mais fácil ter certeza de que esta não é nossa única chance na vida.

Ao ouvir Nihal, Ben se lembrou de seu chefe, um dos arquitetos seniores do escritório, que gostava de dizer que os edifícios tinham "múltiplas vidas", talvez como uma forma de amortecer a notícia sempre que um edifício amado perdia a proposta de preservação e estava programado para ser reformado. Foi a teoria de reencarnação arquitetônica de seu chefe que inspirou o hábito de Ben de incluir alguma homenagem ao antigo edifício — talvez uma marca na pedra ou um formato de janela — em seus projetos para qualquer substituição.

Ele gostava da ideia de que até mesmo os edifícios podiam guardar lembranças, e, por sua vez, ser lembrados.

— Sinto que meus pais fizeram tudo certo — disse Nihal. — Eles vieram a este país e construíram uma vida. E eu os escutei, me matei para entrar em Princeton e aí continuei estudando enquanto estava lá, mesmo quando metade dos meus colegas de classe parecia estudar só pingue-pongue com cerveja. Achei que *eu* também tivesse feito tudo certo.

— E sua fita não nega isso — disse Sean. — Você acha que eu fiz algo para me colocar nesta cadeira? Ou que qualquer uma das pessoas nesta sala fez algo para encurtar suas fitas?

— Não, é claro que não — respondeu Nihal.

— Então por que você se enxerga com menos compaixão?

Vários grupos terminaram ao mesmo tempo naquela noite, seus respectivos membros se espalhando na calçada em frente à escola. Hank, Maura e Ben ficaram parados na esquina.

— É, foi uma sessão bem pesada — disse Hank.

— Foi um ano bem pesado — respondeu Maura.

— O que você costuma fazer para lidar com essas coisas? — perguntou ele.

— Hum... não sei, na verdade. — Maura deu de ombros. — Acho que só continuo a viver minha vida.

— Algum de vocês tem algum tipo de escape? Uma maneira de desabafar?

— Não é isso que este grupo deveria ser? — perguntou Ben.

— Bom, sim, mas falar não dá conta de tudo — disse Hank. — Talvez seja porque estou acostumado a trabalhar com as mãos, mas sempre precisei de algo... *físico* também. — Uma ideia pareceu passar pelo rosto de Hank. — Por que vocês dois não vêm junto comigo da próxima vez?

— Aonde? — perguntou Ben.

— Confia em mim. — Hank sorriu. — No próximo fim de semana. É melhor quando dá para ir no pôr do sol.

No sábado seguinte, Ben esperou no endereço que Hank lhe enviara por mensagem, uma enorme instalação esportiva que se espalhava ao longo das margens do rio Hudson.

Na entrada, a tela de uma tevê mostrava um fogaréu, o repórter cobrindo as fogueiras de verão que estavam sendo acesas em toda a Europa. A tradição do fim de junho havia sido cooptada este ano por um movimento em todo o continente, incentivando as pessoas a jogarem suas caixas e fitas nas fogueiras. Como nenhuma das duas podia ser de fato destruída, o gesto era mais simbólico do que prático, mas milhares de pessoas haviam atendido ao chamado mesmo assim.

Ben ficou impressionado com as filmagens das praias lotadas na Croácia, Dinamarca e Finlândia, centenas de jovens pulando descalços na areia enquanto as chamas engoliam as caixas. A rejeição deles às fitas parecia ainda mais desafiadora à luz da recente decisão dos Estados Unidos de banir os fitas curtas de ocuparem certos cargos de autoridade. *Enquanto alguns cedem sob o poder assustador das fitas, outros as incendeiam*, Ben refletiu.

— Tenho que dizer que não esperava que a gente fosse se encontrar *aqui* — disse Maura, surgindo de repente ao lado de Ben. — Ah, não, será que o Hank vai fazer a gente subir uma parede de escalada? Tipo uma metáfora para superar obstáculos?

Ben riu, mas logo depois Hank chegou, carregando três tacos de golfe.

— Ah, eu nunca joguei golfe antes — disse Maura cautelosamente.

— Eu também não — falou Ben.

— Bom, o meu trabalho era salvar vidas — respondeu Hank —, então acho que deveria ser capaz de ensinar vocês a jogar golfe.

— Tudo bem, doutor — cedeu Maura. — Mas eu não imaginava que você tivesse um hobby tão burguesinho.

— Eu sei que *parece* muito certinho. — Hank sorriu. — Mas na verdade é um escape excelente. Eu vinha aqui depois de dias difíceis no pronto--socorro. E, inclusive, foi para cá que eu vim depois de abrir minha caixa.

Por um segundo, Ben se perguntou se Hank diria a Maura a verdade sobre sua fita. Mas Hank os levou para o elevador sem dizer mais nada.

O campo de golfe flutuava sobre o rio Hudson, rodeado de redes para impedir que as bolas perdidas caíssem lá embaixo. Ben, Hank e Maura subiram três andares de elevador, até o andar mais alto, e, quando Ben pisou na plataforma elevada, uma ponte em arco sobre as águas, a primeira coisa que viu foram as vibrantes camadas de cor que cobriam o céu. Hank estava certo sobre o pôr do sol: as nuvens se misturavam gradualmente do índigo ao pêssego até os tons mais brilhantes de laranja.

Hank explicou rapidamente para os dois como o jogo funcionava, depois cada um se aproximou do seu próprio *tee*.

Maura se mostrou surpreendentemente hábil, acertando a bola bem no meio do campo.

— A minha mãe deve ter tido um caso com o Tiger Woods — considerou ela.

A primeira tacada de Ben foi toda esquisita e errada, e, quando ele finalmente fez contato com a bola, ela voou para o lado e bateu na rede.

— Você vai pegar o jeito — disse Hank. — Pense como se fosse uma terapia, não um jogo de golfe.

Maura começou a bater bola após bola, seu monólogo catártico tocando como uma música sobreposta ao *vush* de cada tacada e o crack do taco contra o plástico.

— *Esta* bola é porque eu nunca tive inveja de ninguém. Nunca — disse ela. — E agora eu tenho inveja de todas as pessoas que andam pela rua.

Crack.

— E *esta* aqui é por não poder nem ficar com raiva disso, porque ficar com raiva o tempo todo só vai estragar o que sobrou da minha vida.

Crack.

— E isso me dá uma puta raiva!

Crack.

Ben ainda estava com dificuldade de conectar a mente aos movimentos. Hank apareceu de repente ao lado dele e pôs o braço em seu ombro.

— Não estamos no Masters, Ben. Quem liga para onde a bola vai? O importante aqui é você e o que quer que você esteja sentindo agora. Canalize isso do seu braço para a bola e, então, para fora de você.

— Você está parecendo o Sean — provocou Maura.

— Entendeu? — Hank perguntou a Ben.

— Acho que sim.

Hank deu alguns passos para trás, deixando Ben sozinho na plataforma. Ben reajustou sua pegada no taco, as costas levemente encurvadas, então percebeu que a última vez que estivera nessa mesma posição foi em seu segundo encontro com Claire, jogando minigolfe em Governors Island e invadindo sem querer o aniversário de nove anos de um menino. Na viagem de balsa de volta a Manhattan, os cabelos de Claire, jogados pelo vento, ficavam grudando no gloss, e Ben a beijou pela primeira vez durante o breve intervalo em que seus lábios ficaram livres.

Mas isso fazia muito tempo. Antes de ela estragar tudo. Ben ainda ouvia Maura batendo suas bolas de golfe, mas agora sua mente estava em outro lugar.

Ele estava sentado à mesa da cozinha. Por volta das sete da noite, um mês após a chegada das caixas.

Não é preciso morrer e renascer para mudar de uma vida para outra, Ben pensou. Aquela noite na cozinha foi quando sua própria existência pareceu se desfazer, quando sua antiga vida terminava e a nova começava.

Aconteceu enquanto eles comiam, o que agora parecia um detalhe ridículo para Ben. Mas a lembrança sempre começava com Claire se remexendo na cadeira enquanto Ben desembalava os pauzinhos.

Ela deixou que ele começasse a comer. Por que ela deixou que ele começasse a comer? Por que simplesmente não desembuchou logo?

Claire empurrou um bolinho chinês para a frente e para trás no prato.

— Como foi o trabalho hoje? — perguntou Ben.

— Eu preciso falar uma coisa, mas não sei como começar.

O rosto de Claire estava sério, preocupado.

— Tudo bem.

Ben limpou a boca com um guardanapo de papel e se recostou.

— Acho melhor a gente terminar.

Suas palavras pousaram no espaço entre eles, jogadas através da mesa da cozinha, e Ben as deixou assentar por um momento, decidindo como reagir.

— Tem certeza? — ele perguntou, ao que se arrependeu logo em seguida, pois era uma coisa muito idiota de dizer. Quis poder retirar o que havia dito.

Mas então os lábios de Claire começaram a tremer, e logo ela estava chorando. Ben sentiu o rosto queimar.

— O que aconteceu? — Ben conseguiu perguntar.

A mente dele revisitou todas as maiores dificuldades que eles haviam enfrentado no último ano e meio, culminando com a discussão da semana anterior, quando eles tinham ouvido o presidente declarar que as fitas eram reais, e Claire insistira que eles olhassem juntos suas caixas. Ben disse a ela que não estava pronto.

— Eu abri minha caixa — disse Claire, com o rosto molhado de lágrimas.

A frase o atingiu como uma bala na barriga. Ela tinha aberto a caixa. Sem ele.

Ben viu as lágrimas de Claire e supôs que ela chorava por si, que ela tinha visto que sua própria fita era curta.

— Ah, não, Claire, não.

Aí veio o pior.

— Não foi a minha — explicou ela, pouco mais alto que um sussurro.

— O que você quer dizer com isso?

A medida

— A minha era longa — continuou ela. — Era a sua que... — As palavras de Claire se derreteram em pesados soluços.

— Espera aí, deixa eu ver se entendi direito.

A mente de Ben girava. O que ela tinha feito exatamente? Ela tinha olhado a fita dela, isso era claro. Mas ela havia dito que a dela era longa.

Então era a fita *dele* que a fizera chorar.

— Meu Deus.

Ele achou que fosse vomitar.

— Por favor, não fica bravo comigo — choramingou Claire. — Quando eu vi que a minha fita era longa, achei que a sua também seria! Sinceramente, eu nem pensei que fosse possível ela não ser.

Ben fechou os olhos e tentou respirar com calma, mas se engasgou com o ar.

— Como é que você pôde fazer isso? — ele gritou, sem imaginar que sua voz podia conter tanta raiva. — Uma coisa é olhar a sua fita, mas você não tinha o direito de olhar a minha.

— Eu sei — disse ela. — Desculpa.

Ben ficou em silêncio por vários minutos, enquanto Claire chorava na cadeira diante dele, abraçando-se com força. Era simplesmente muita coisa para processar, um golpe duro demais.

Ele tentava se concentrar no fato de ela ter traído sua confiança.

Era um terreno mais seguro do que pensar no que ela tinha visto.

— Eu queria tanto que fossem iguais. Para a gente poder passar a vida juntos — disse Claire. — Espero que você saiba disso.

Finalmente, ele teve que perguntar:

— O quanto ela era curta?

— Meados dos quarenta anos — respondeu ela, com a voz rouca. — Aquele site novo não é totalmente... exato.

Meados dos quarenta anos.

Isso lhe dava catorze, talvez quinze anos mais.

Mas ele pensaria nisso mais tarde. Faria os cálculos mais tarde.

Nesse meio-tempo, precisava lidar com aquela crise, com seu relacionamento se esfacelando bem na sua frente.

— Se você realmente me ama, por que vai embora? Especialmente agora? — perguntou Ben.

— Por favor... — Claire escondeu o rosto nas mãos.

Ben olhou para ela, a visão ficando turva.

— Você não me deve pelo menos isso?

Claire respirou fundo, tentando recuperar a compostura.

— Eu simplesmente não consigo — disse ela. — Não posso ficar com você e ter uma contagem regressiva correndo o tempo todo. Eu vou enlouquecer.

Ela o olhou, angustiada.

— Sei que não mereço seu perdão, mas lamento muito, Ben.

Ele se sentia como um pequeno veleiro no meio de uma tempestade e precisava de algo sólido, alguma âncora para firmar a mente, nem que fosse só por um momento. Olhou as mãos trêmulas de Claire sobre a mesa. Ele as havia segurado tantas vezes no último ano e meio, em longas caminhadas e na cama, seus dedos se entrelaçando facilmente. Reconheceu o esmalte roxo lascado, um dos favoritos dela. Lavanda da Sorte ou Lilás da Sorte. Um dos dois.

Claire deve tê-lo notado observando seus dedos, porque ela também olhou para baixo. Então ambos continuaram olhando para as mãos trêmulas dela, porque não conseguiam olhar um para o outro.

Mas agora Ben fitava as próprias mãos, envoltas em torno do taco.

— Tudo certo aí, Ben? — chamou Maura por cima do ombro.

Outro homem poderia ter imaginado o rosto de Claire na bola de golfe e a golpeado com todas as suas forças. Mas Ben não queria fazer isso. Não queria machucar Claire.

Ele podia culpá-la por tê-lo traído, por não lhe dar a chance de escolher por si mesmo. Mas não podia culpá-la de verdade por ter partido.

A própria Claire havia dito: ela não era forte o suficiente. Precisava de segurança e estabilidade. Uma garantia vitalícia. Era apenas quem ela era, e muitas outras pessoas teriam reagido da mesma maneira. Talvez a *maioria* das pessoas. Isso não as fazia más. E passar o resto da vida fervendo de amargura e despeito não seria bom para ninguém.

Agora, Ben precisava olhar para a frente, e não para trás.

A medida

Ele apertou os olhos para o horizonte que escurecia, onde as últimas nesgas de sol queimavam num pequeno redemoinho de fogo acima do Hudson, como as fogueiras nas praias da Europa, engolindo as fitas em suas chamas.

Então Ben endireitou os ombros, balançou os braços e mandou a bola em direção ao rio.

HANK

Depois de ter mostrado o básico a Ben e Maura, Hank não teve vontade de jogar. Então ele se sentou em um dos bancos com vista para o campo, observando os pequenos pontos brancos que corriam através do verde como estrelas cadentes. O pôr do sol revestia tudo de uma tonalidade mística, e até o rio Hudson abaixo, tão frequentemente desdenhado pelos moradores locais, pareceu a Hank bem bonito agora, com suas ondulações escuras coloridas de rosa.

A água lembrou Hank de uma jovem que ele tinha visto uma vez no Memorial, sentada em uma cama em uma das salas pré-operatórias. As pontas de seu longo cabelo preto eram tingidas de um rosa vibrante, da mesma forma que algumas garotas do quarteirão de Hank tingiam o cabelo com suco Tang quando ele era jovem.

— Ela está esperando um transplante — disse Anika, chegando por trás dele e oferecendo-lhe um café.

Era final de maio, um de seus últimos dias no hospital e o primeiro que parecia uma volta à normalidade após o tiroteio do dia 15. O pronto-socorro tinha ficado vazio por vários dias, mesmo depois que a polícia terminou a varredura, porque a maioria dos pacientes preferia demorar um pouco mais, mas ir para um hospital onde não tivesse acontecido uma cena de crime. Mas a memória da cidade se mostrou notavelmente curta, e a sala de espera estava lotada de novo no final do mês, com Hank encontrando apenas um breve intervalo para visitar Anika no andar de cima.

— Ela ainda não está no topo da lista — explicou Anika —, mas por acaso estava aqui para um check-up quando recebemos a ligação sobre um pulmão que *talvez* seja compatível.

A medida

— Que sorte grande — disse Hank. — Tomara que dê certo.
— Como *você* está? — Anika perguntou, mas logo o pager no quadril dela começou a soar. — Merda, preciso resolver isso. Pode ficar com o meu também.

Anika lhe entregou seu próprio café, a tampa ainda fechada.

— Eu não preciso de tanta cafeína! — Hank disse com um sorriso, mas ela já se afastava, apressada.

— Eu aceito, se você não quiser.

Hank se virou e viu uma mulher mais velha gesticulando em direção ao seu copo extra.

— Ah, claro, claro.

Ele lhe passou o copo.

— Obrigada, tem sido uma manhã e tanto. — A mulher soltou o ar, virando o rosto para o calor do vapor. — É a minha filha ali dentro, esperando para saber do pulmão.

— Não consigo nem imaginar — respondeu Hank. — Mas parece que hoje vocês podem ter uma boa notícia.

— Se isso acontecesse alguns meses atrás, eu estaria morrendo de nervoso — disse a mulher e se inclinou para mais perto de Hank. — Mas eu sei que algo vai dar certo. Se não esse, o próximo.

Hank ficou um pouco confuso, mas admirava a fé dela. Só esperava que ela fosse capaz de suportar a decepção.

— Minha filha não viu a fita dela. E ela nos fez prometer que também não víssemos, mas eu precisava me preparar — continuou a mulher, olhando para a filha, que estava recostada nos travesseiros da cama do hospital, lendo um livro. — Era longa. — A mulher sorriu. — A fita da minha bebê é longa.

— Que incrível — disse Hank. — De verdade.

— Mas não vai dizer para ela que eu te contei!

A mulher tomou um gole de café.

— Espera, você não contou para a sua filha que a fita dela é longa?

— Ela me fez *jurar* que eu não ia olhar. — A mulher balançou a cabeça de um jeito sinistro. — E ela vai me odiar se souber que eu olhei.

Hank imaginou Anika espiando a fita dele na cozinha, como ele tinha se sentido traído por um instante. E Hank tinha uma teoria particular, pelo modo como Ben falava da sua própria experiência — sempre se referindo como "quando a minha caixa foi aberta", e nunca "quando eu abri a minha caixa" —, de que talvez ele tivesse sofrido uma traição ainda maior.

— Tenho certeza de que sua filha lhe perdoaria — disse Hank. — Especialmente quando ficar sabendo a ótima notícia.

— Você não a conhece — retrucou a mulher. — Quando está decidida, ela é ótima em qualquer coisa. Até em guardar rancor. Ela vai ter uma nova chance de viver e não precisa saber que eu olhei a fita dela escondido. O que importa agora é que ela vai viver.

Que mundo novo e peculiar essas fitas criaram, pensou Hank. Apesar de toda tristeza, traição e desconfiança, de todas as vezes que Hank havia observado alguém chegar ao hospital agarrando sua caixa com medo, ao menos havia isto: esperança para a mãe de uma jovem doente. A graça de saber que suas orações seriam atendidas.

Hank havia perguntado a Anika alguns dias depois se a cirurgia da filha tinha sido realizada.

— Infelizmente, ficamos sabendo pela irmã do doador que ele tinha feito tratamento de câncer no ano passado — disse ela. — Não podíamos usar o pulmão.

E, mesmo assim, não havia por que se desesperar. Hank podia ouvir as palavras da mãe. *Se não esse, o próximo.*

Ele apoiou todo o peso do corpo no banco, aliviado pelo ritmo de *staccato* dos tacos batendo nos *tees*. Que estranho, pensou Hank, estar na pele daquela jovem de cabelos com pontas cor-de-rosa, ansiosa sem saber da salvação, do presente, que a esperava.

Nesse momento Hank notou que Ben ainda estava com dificuldade para arremessar a bola de golfe no buraco. Então ele se levantou e se aproximou de Ben, com cuidado para evitar o taco oscilante. Descansou um braço no ombro dele, pronto para oferecer alguma segurança.

JACK

Jack geralmente não se lembrava de seus sonhos, mas na manhã seguinte àquela em que propusera a troca de fitas, ele acordou, exausto e meio tonto, após ter sonhado com seu avô.

O avô Cal era o único membro da família de Jack que nunca o fizera se sentir um estranho, que tinha tratado Jack *e* Javier com o respeito que colegas soldados mereciam.

Jack os havia apresentado em um jogo de futebol durante o primeiro ano, quando Cal tinha o cabelo branco e as costas arqueadas de qualquer homem de noventa e poucos anos, mas ainda ostentava a clareza mental de alguém mais jovem. Jack ouviu seu avô contar a conhecida história de mentir sobre a idade para poder se alistar na Segunda Guerra Mundial, quando era um adolescente impressionantemente alto, mas ainda cheio de espinhas.

— Vocês estão atendendo a um nobre chamado, meus jovens — disse Cal a Jack e Javi, os três bem próximos para se proteger do vento que rasgava as arquibancadas antes do pontapé inicial. — Geralmente ouvimos apenas histórias sobre os maus, mas os homens com quem tive contato no serviço militar eram alguns dos melhores que já conheci.

Jack já tinha ouvido tudo aquilo antes, em quase todas as reuniões familiares, mas ficou satisfeito em ver Javi tão absorto.

— Antes que pudéssemos lutar de verdade — continuou Cal —, nós passávamos dezesseis semanas treinando em New England, e alguns meninos mais velhos me adotaram em seu grupo. Eles me davam alguns charutos escondidos e me levavam ao cinema em nossas noites de folga.

Um garoto em particular, Simon Starr, realmente me acolheu. Nunca deixava ninguém dizer uma palavra maldosa para mim. Mas, quando finalmente nos deram as nossas missões, descobri que eu ia para o Pacífico, enquanto aqueles caras mais velhos seriam enviados para a Europa. Tenho certeza de que o Jack já lhe contou que a maioria dos homens da minha família serviu de alguma forma, por isso era esperado que eu me alistasse em algum momento, mas a guerra me chamou numa idade muito mais jovem do que qualquer um de nós imaginava, e não importa o quanto você pense que está preparado, não tem como não ficar com medo antes de embarcar.

Javi acenou com a cabeça silenciosamente.

— Bem, o Simon viu que eu estava bem chateado por me separar do grupo, então ele me puxou de lado e procurou no bolso um pequeno cartão de oração que sempre carregava consigo. Ele falou que era o Hashkiveinu, uma oração judaica que pedia a Deus que o protegesse durante toda a noite. Sua noiva, na cidade dele, é quem havia lhe dado. E você acredita que ele me deu aquele cartão de oração? Disse que ele me protegeria.

Cal balançou a cabeça, como se ainda não conseguisse acreditar no que havia acontecido todas aquelas décadas atrás.

— Eu mesmo sou cristão, mas mantive aquela oração sempre enfiada no meu uniforme, e o Simon tinha razão, ela me protegeu.

— Você teve contato com o Simon e com os outros depois da guerra? — perguntou Javi.

Sempre que o avô chegava nessa parte, Jack via a vergonha e o remorso no rosto dele. A história do avô Cal — de seu pânico antes de ir sozinho para o exterior e do arrependimento pelo que veio depois — era uma das poucas vezes em que Jack vira um Hunter largar sua fachada familiar de aço e expor sua vulnerabilidade.

— Não me orgulho de admitir isso — disse Cal —, mas na verdade não sei o que aconteceu com o Simon nem com qualquer um dos outros. Eu queria procurá-los quando enfim chegasse em casa, mas, sinceramente, tive medo. Enquanto eu não souber o que aconteceu, posso imaginar cada um deles velho e enrugado como eu, cercado de netos e crianças. Caramba, posso até imaginar todos eles nestas mesmas arquibancadas, torcendo pelo nosso time hoje. E eu gostaria de pensar que é por isso que nenhum deles nunca veio me procurar também.

Jack e Javier ficaram calados enquanto Cal procurava nas arquibancadas.

— Escutem, rapazes, eu sou velho, mas não sou cego — continuou Cal. — Sei que as coisas agora são diferentes. Eu sabia que os tempos tinham mudado quando vi como tratávamos mal aqueles homens que voltaram do Vietnã. Mas, para mim, não tem coisa melhor a que dedicar sua vida. E eu considero uma honra e um privilégio ter servido ao lado dos meus companheiros. Acredito que devo minha vida e minha boa sorte a Deus, mas também àqueles homens.

Jack e Javi entendiam exatamente o que ele queria dizer. Não conseguiam nem contar o número de vezes que tinham ficado acordados até tarde, estudando para as provas ou torcendo um para o outro na lama e na chuva. Era a única maneira de sobreviver.

No banco de trás de uma van preta, a caminho do velório de Cal no verão seguinte, o pai de Jack havia lhe entregado um pequeno envelope. "Para meu neto", estava escrito na frente. Jack virou o rosto para o lado para evitar que o pai visse suas lágrimas.

Sem querer se levantar, Jack rolou na cama e se deitou de bruços. De uma forma estranha, ele estava grato que o avô Cal não tivesse vivido para ver as fitas. Mesmo depois de todos os horrores que deve ter testemunhado na guerra, Cal era um homem de fé tão pura — fé em seu Deus, fé em seu país — que seria difícil saber como esse mundo novo e maluco poderia tê-lo afetado.

Jack suspirou e virou a cabeça no travesseiro. Olhou fixamente para o fino raio de sol que contornava a sombra da janela e batia na cômoda, onde um cartão de oração de Hashkiveinu velho e desbotado estava guardado na gaveta superior.

É claro, Jack estava ainda mais grato que o avô não estivesse por perto para saber que ele também estava planejando mentir para o exército — só que a mentira de Jack era para *se livrar* da batalha.

JAVIER

Javier despertou e encarou a data no relógio. Faltavam apenas dois dias para tomar uma decisão.

Apertou os olhos, perguntando-se se devia rezar pedindo orientação, até que as imagens da noite anterior flutuaram de volta para ele na escuridão.

As visões que iam e vinham enquanto ele percorria a fronteira entre o sono e a consciência, enquanto sua mente tentava processar a oferta de Jack.

A bandeira e o padre, balançando a cabeça de um jeito triste.

Ele foi um verdadeiro herói americano até o último suspiro.

— E o seu pai? — Javi perguntou a Jack. — Você tem que contar para ele que trocamos de fitas, senão ele vai achar...

— Eu sei — concordou Jack.

Ele decidiu dizer ao pai que a troca era ideia de Javi, que ele havia concordado apenas para ajudar um irmão de armas. Seu pai odiaria o fato de eles enganarem o exército, mas, com sorte, respeitaria a lealdade do filho a um amigo.

O pai de Jack era a única pessoa que ficaria sabendo da troca. Ninguém mais poderia saber. Especialmente sua tia Katherine, que estava em algum lugar no meio dos Estados Unidos, talvez na Flórida àquela altura, tentando convencer um condado de eleitores decisivos a fazer doações para a campanha do tio dele. Com certeza não era o momento para um escândalo familiar. Eles simplesmente teriam que acreditar que a fita de Jack era *mesmo* curta.

— E... depois? — perguntou Javi. — Não vai ser muito confuso?

— Acho que ainda temos alguns anos para descobrir isso — respondeu Jack. Embora houvesse planejado o que diria ao pai, Jack não tinha ido muito além disso. — E, vai saber, talvez essas fitas não sejam tão importantes até lá, de qualquer maneira.

Javier estava hesitante. Mergulhar de cabeça em uma situação tão confusa sem uma estratégia de saída parecia tudo o que a academia lhes havia ensinado a *não* fazer.

Mas eles também haviam sido treinados para ser corajosos, mesmo diante da incerteza.

— Certo — disse Javi. — Eu topo.

Caro(a) b,

Quando ando pelo meu bairro, muitas vezes passo por um prédio residencial espetacular chamado Van Woolsey. Tenho certeza de que você já o viu — é lindo e se estende por um quarteirão inteiro ao longo da Broadway. A entrada é protegida não apenas por um portão de ferro maciço com o nome em letras douradas, mas também por um segurança de verdade em uma pequena portaria, de modo que só os que são afortunados o suficiente para viver lá podem entrar. Tipo o Palácio de Buckingham, no Upper West Side. Da calçada, dá para espiar entre as barras do portão da frente e ver o pátio central, um minijardim com sebes perfeitamente aparadas e bancos de pedra branca ao redor de um chafariz.

    Suponho que todo mundo em Nova York tem algum lugar que se torna um símbolo de sua realidade alternativa, da vida dos seus sonhos. Talvez seja o teatro na Times Square onde você está desesperado para se apresentar ou o bar pé-sujo do Brooklyn que você está economizando para comprar. O Van Woolsey é o meu.

    Sempre que passo pelo prédio, imagino como seria viver lá, em um daqueles apartamentos multimilionários que eu nunca poderia pagar lecionando. E eu poderia me sentar no banco junto ao chafariz e relembrar todos os lugares fantásticos a que viajei, as pessoas que conheci, os livros que li e os alunos que ensinei. E poderia olhar do banco e ver meu apartamento, alguns andares acima, onde meu marido imaginário e meus filhos cozinham juntos um jantar cujo cheiro consigo sentir quando a brisa bate na direção certinha, carregando os aromas pela janela aberta.

Eu me sinto superficial sempre que penso nisso, porque é uma bobeira, ainda mais agora que tudo mudou e o futuro parece muito mais frágil. E eu sei que é um sonho bem monótono, não tem nada de único. Mas não tem a ver com o dinheiro, com a opulência ou com a aparência de sucesso. Aquela versão de mim que vive no Van Woolsey também é bem resolvida, por dentro. Olha para sua vida e simplesmente se sente feliz. Não precisa mais perder tempo com fantasias, porque já está vivendo uma.

E acho que é por isso que não consigo olhar minha fita, porque, enquanto não olhar, ainda posso imaginar o dia em que serei aquela mulher no banco, no jardim do Van Woolsey. Qualquer sonho ainda pode se tornar realidade.

—A

NINA

No domingo à noite, enquanto Maura participava de seu grupo semanal, Nina convidou Amie para jantar em um novo restaurante no centro da cidade.

A irmã estava atrasada, então Nina se acomodou sozinha em uma mesa. Ela tinha lido sobre a abertura do restaurante alguns dias antes e reconhecido a história: o chef fita curta a quem havia sido negado um empréstimo e o irmão que havia levantado o dinheiro por meio de um financiamento coletivo. Vira o relato primeiro no "Teoria das Fitas", na época em que entrava regularmente no site.

Nina não visitava a página havia algum tempo nem lia nenhum blog ou fórum, apesar dos muitos que surgiam diariamente. Tinha parado suas pesquisas de forma bastante abrupta depois de sua briga com Maura, evitando a tentação das mídias digitais.

Ela notou um impresso colado no cardápio, anunciando uma noite de microfone aberto na semana seguinte e, na parte de trás do restaurante, avistou uma pequena plataforma e um suporte para microfone. Não pôde deixar de imaginar Maura naquele palco, o rosto em parte obscurecido pelo microfone, embora obviamente ainda bonito, fazendo uma reprodução animada, se bem que um pouco desafinada, de Amy Winehouse. Era difícil acreditar que já fazia mais de dois anos desde que Nina estava em um bar com Sarah, sua colega de quarto na faculdade, e vira Maura pela primeira vez.

O bar com karaokê havia sido ideia de Sarah. Sempre que visitava Nova York, ela gostava de reviver os dias de teatro musical de sua juventude

— quando sua maior conquista era ter sido escalada como Adelaide na produção de *Garotas e garotos* do ensino médio —, assistindo a uma peça da Broadway e cantando karaokê no centro da cidade.

Depois que Maura fez uma mesura e saiu do palco, Sarah insistiu para Nina ir até ela.

— Você devia ir falar com ela. Ela é bonita.

— Não posso fazer isso — disse Nina, recatada.

— Por que não? — questionou Sarah.

— Bem, para começar, eu nem sei se ela é lésbica.

— Ah, vai, só lésbicas cantam "Valerie".

— Que coisa ridícula — disse Nina. — É só uma música que a galera curte. E foi originalmente composta por um *homem*.

Sarah só revirou os olhos.

— Você não precisa ficar repassando cada fato.

— Bom, mesmo que ela seja lésbica — continuou Nina —, eu não fico abordando desconhecidos em bares que nem você.

— Você está querendo dizer que eu sou uma vadia? — Sarah se fingiu de ofendida.

— Não! Estou dizendo que você é autoconfiante, e eu não sou tão autoconfiante assim.

— Você é bem confiante quando resolve destroçar textos com aquela sua caneta vermelha. Pelo menos fazia bastante isso com os meus trabalhos de faculdade.

— É diferente. Isso é trabalho.

— Isto também é trabalho — disse Sarah. — E oitenta por cento do sucesso consiste em simplesmente arriscar.

Um gole de vodca com suco de *cranberry* embasou a teoria de Sarah.

Embora não se vissem havia seis meses desde a última vez que Sarah viera de Los Angeles, elas caíram facilmente em seu velho ritmo, com Sarah dando conselhos românticos e Nina se perguntando se devia obedecer.

Quando foram designadas aleatoriamente como colegas de quarto no primeiro ano, Nina nunca achou que seria amiga de Sarah, uma loira extrovertida cujo cabelo tinha o poder sobrenatural de secar sozinho em cachos macios e brilhantes. Mas, durante sua terceira semana compartilhando uma beliche, Nina contou que era lésbica, e Sarah, feliz por haver uma garota a menos competindo pelos melhores caras do campus, decidiu abrir seus braços vestidos de J.Crew para Nina.

Para Sarah, namorar era um jogo, e flertar, um meio de despertar o interesse de um homem e atiçá-lo com um desafio. Ela compartilhara seu método com Nina: conversar, dar atenção, mas sempre, sempre fazer com que *ele* a chamasse para sair. E Nina se agarrou a essa regra como um escudo. Se ela deixasse as outras mulheres assumirem a liderança, nunca teria que se expor *demais* ou se sentir vulnerável.

E só olhar para Maura no palco — sua autoconfiança, seu brilho, a maneira como ela cativou uma plateia inteira sem nem ser uma cantora *tão* talentosa — fez Nina se sentir vulnerável. Comparada a ela, Nina se achou um tédio.

Quando Nina tomou coragem para falar, Maura já havia se refugiado no balcão, ocupando um lugar entre um grupo de colegas de trabalho, que ainda vestia roupas de escritório. Por sorte, ela estava empoleirada em um banco perto da ponta, fácil de ser abordada.

Vai logo, disse Nina a si mesma. Ela não tinha um encontro havia mais de um ano — fazer horas extras para ser promovida era a desculpa que ela dava sempre que Amie ou a mãe a sondavam —, e um empurrão de Sarah provavelmente era sua melhor chance de conseguir um.

Nina pigarreou.

— Foi uma bela apresentação, hein?

— Ah, obrigada! — A cantora virou a cabeça e sorriu. — Você também vai cantar?

— Ah, não, eu tenho um medo de palco paralisante.

— Bom, a noite ainda é uma criança. Dá tempo de superar isso.

— Eu sou a Nina.

A mulher riu quando Nina estendeu a mão para um cumprimento formal.

— Maura.

— Você veio com seus colegas de trabalho?

Maura fez que sim com a cabeça.

— Estamos comemorando. Eu trabalho em uma editora, e acabamos de ganhar um leilão feroz de uma grande série *young adult*. Basicamente, o próximo *Harry Potter*.

— Uau, parabéns! Em qual editora você trabalha?

— Ah, *isso* eu não posso contar — disse Maura, tímida. — Digamos que não estou autorizada a falar nada até o comunicado à imprensa sair.

— Bom, acho que é melhor assim, já que eu trabalho para uma revista.

— Puta merda, acho que eu não devia ter dito nada!

Maura riu de novo.

— Está tudo bem. — Nina sorriu. — Prometo guardar seu segredo.

Com Maura, as coisas foram instantaneamente diferentes. Pela primeira vez, Nina se viu querendo ir atrás em vez de ficar esperando por iniciativas, e o conselho de Sarah que se danasse. Ela podia ter arriscado seus relacionamentos anteriores para manter seu escudo, mas sentiu em seu íntimo que algo havia mudado. Nina ficou chocada que uma mulher como Maura, ousada, orgulhosa e destemida, se interessasse por alguém tão simples e ansiosa como ela. Assim, Nina trocou seu apartamento solitário por shows no Brooklyn, aulas de *hot yoga*, degustações de vinho e lançamentos de livros.

Em seus encontros com mulheres antes de Maura, Nina sempre se certificava de chegar por último, evitando esperar nervosamente ou parecer ansiosa demais.

Mas, com Maura, ela chegava mais cedo.

— Desculpa pelo atraso! — disse Amie, caindo desajeitadamente na cadeira em frente à irmã. — Desci no ponto de ônibus errado de novo.

— O que você estava lendo desta vez? — perguntou Nina.

— *Lady Susan* — confessou Amie. — Eu estava a fim de um romance epistolar, já que eu, bom, não importa... mas aí eu percebi que é meu último Austen, o que é bem triste.

Nina sorriu, lembrando-se da época, durante a faculdade, que tinha enviado a Amie um exemplar de *A abadia de Northanger* com uma falsa etiqueta de advertência colada na capa: "Viu aonde todas as suas fantasias loucas podem levar?!"

Amie levantou o olhar do cardápio.

— Você ouviu falar daquele banco de dados maluco? — perguntou ela. — Meus vizinhos estavam conversando sobre isso na lavanderia.

— Que banco de dados?

— Parece que é uma planilha enorme do Google que está rastreando o comprimento das fitas de todo mundo em Nova York — explicou Amie. — E é igual à Wikipédia, qualquer um pode editar com qualquer informação que tenha, sobre si ou... outra pessoa. Supostamente, ontem eles chegaram a sessenta mil nomes.

— Meu Deus. — A voz de Nina virou um sussurro. — Isso é ...

— Assustador — Amie completou. — Acho que a polícia está tentando encontrar o criador, mas a coisa ganhou vida própria. Meu vizinho me mostrou no celular. Me deu calafrios.

— É uma puta invasão de privacidade — disse Nina. — E se você não souber que alguém colocou o seu nome? Que expôs algo tão pessoal sobre você?

Um tremor desconfortável atravessou o corpo de Nina, lembrando-a do dia em que sua sexualidade foi exposta para todo o pessoal na escola. Estava morrendo de medo de fazer a pergunta a Amie, mas precisava ouvir a resposta.

— Você sabe se a Maura...

Amie entendeu.

— Fiz uma busca por nome no celular dele e não vi ninguém que eu conhecesse.

— Ah, graças a Deus — disse Nina, desejando desesperadamente mudar de assunto.

Ela só queria uma noite leve, sem estresse ou tristeza. Um jantar divertido com a irmã, como nos velhos tempos.

Então se recompôs, respirando fundo.

— Bom, vamos falar de coisa boa? Aqui seria um ótimo lugar para um encontro, hein? Dividir *tapas* é bem romântico. — Nina levantou as sobrancelhas para a irmã. —Talvez você possa trazer alguém aqui, e aí a mãe vai parar de *me* encher o saco com sua falta de vida amorosa.

Amie balançou a cabeça numa frustração zombeteira enquanto pegava um pedaço de pão.

— Ela não tem *ideia* de como é estranho sair com alguém hoje em dia. Como se antes já não fosse difícil! É como se a caixa estivesse na mesa o tempo todo, esperando para ser citada.

A medida

Nina só acenou com a cabeça. Os velhos tempos não existiam mais, e ela era tola por querer o contrário.

— Então, pelo jeito, não tem ninguém especial? — questionou Nina.

— Só você, minha querida irmã.

Amie sorriu enquanto mordia a fatia de pão.

— Bom, quem sabe se você parasse de monopolizar a cesta de pão e aprendesse a compartilhar — provocou Nina, puxando o prato para mais perto dela.

— Ei!

Amie mergulhou a ponta de dois dedos em seu copo d'água e jogou uma gota na irmã, como se fossem duas crianças na cozinha da casa dos pais brigando pela última batata frita.

— Não me envergonhe! — Nina sorriu. — Esse restaurante é chique.

Amie riu.

— Tudo bem, mamãe.

Os velhos tempos realmente *não existem mais*, pensou Nina. *Mas pequenos momentos como este sim, esses permanecem.*

JACK

Jack sentia saudade dos velhos tempos. Antes da formatura, antes das fitas, antes de ele e Javi serem forçados a abrir suas caixas e revelar seu conteúdo para o exército. Antes de seu tio se tornar um nome conhecido.

Anthony nunca deveria ter ficado tão famoso. Não era para ele ter tantos fãs — e um número preocupante de adversários. Após a chegada das fitas, Jack achava que a fraca campanha de Anthony mal duraria até a primavera. Mas lá estava ele, em agosto, a menos de um ano das convenções e só ganhando força.

Desde o debate de junho, os discursos de Anthony haviam atraído cada vez mais atenção, e Katherine não parava de pressionar Jack a participar dos eventos. (Aparentemente era crucial, na esteira da polêmica Iniciativa Star, mostrar que Anthony tinha o apoio dos militares.)

Katherine havia acabado de convidar Jack para acompanhá-los a uma grande manifestação em Manhattan, mas ele ainda estava decidindo se deveria aceitar ou não. Ainda não havia contado aos tios sobre sua "fita curta" e não tinha certeza de quanto tempo mais poderia enrolar. Em algum momento, alguém perguntaria.

Jack tentava adiar essa conversa ao máximo. No mês passado, ele já havia sofrido com uma falsa admissão no escritório de recrutamento do exército, cuja lembrança continuava a assombrá-lo: Jack sentado na cadeira em frente ao major Riggs, as coxas começando a transpirar, preocupado que as gotículas pudessem vazar pelo tecido das calças e expô-lo como um hediondo impostor. Ele havia tentado levantar um pouco as pernas, para não pressionarem tanto o assento.

— Você já abriu sua caixa? — perguntou o major.
— Sim, senhor.
— E?
— É bem curta, senhor. Mais cinco ou seis anos, no máximo.

O major Riggs deslizou silenciosamente a caixa em direção a si — o baú com o nome de Jack Hunter, contendo o destino de Javier García — e mediu a fita, os lábios apertados, em concentração. Ele não parecia gostar daquela tarefa em particular, de invadir a vida de seus soldados. Mas, por fora, era durão.

— Sinto muito — disse o major, registrando o comprimento oficial em suas anotações.

Então Jack percebeu que não importava se ele estava visivelmente ansioso. Não importava nem que a caneta tivesse quase escorregado de sua mão enquanto ele tentava assinar a declaração juramentada. O major Riggs simplesmente imaginaria que ele estava chateado com a medida da sua fita.

Jack ligou a TV em seu apartamento, desesperado por algo que o distraísse para parar de pensar em seu tio e no major Riggs, e trocou de canal até parar, satisfeito, no jogo do Nationals. Mas o quarto *inning* mal havia começado quando o jogo foi para os comerciais e um novo anúncio "Rollins pela América" começou a ser veiculado.

O rosto de uma mulher loira e pequena encheu a tela.

— Meu nome é Louisa — disse a mulher — e eu estava caminhando perto do Capitólio na manhã do dia 10 de junho quando a bomba explodiu. Quando um fita curta detonou o explosivo que tinha passado semanas construindo.

A câmera se afastou, revelando uma mulher sentada, sem uma das pernas.

— Eu entendo a dor que esse homem deve ter sentido depois de ver sua fita curta. Mas por que ele causou essa mesma dor em tantas outras pessoas? — Os olhos de Louisa brilhavam enquanto ela falava. — Eu confio no deputado Anthony Rollins para manter nossas cidades seguras, assim nenhum outro transeunte inocente terá que sofrer o que eu sofri.

O Anthony está realmente forçando a barra, pensou Jack. O que aconteceu com aquela mulher era inegavelmente terrível, mas era um caso incomum. E o país também não era um baluarte de paz *antes* da chegada das fitas.

No final do anúncio, Anthony apareceu.

— É por isso que eu sou um membro orgulhoso da força-tarefa presidencial criada em resposta às fitas, bem como um apoiador da Iniciativa Star e da futura legislação que protegerá todos os americanos, como Louisa, de mais violência — disse ele. — Eu sou Anthony Rollins e aprovo esta mensagem.

Jack ficou chocado. Seu tio *Anthony* fazia parte da força-tarefa do presidente? Seu tio *Anthony* havia ajudado a criar a Iniciativa Star?

— Merda! — gritou Jack.

Seu próprio tio era a razão pela qual Jack e Javi tiveram que olhar suas caixas. A razão pela qual eles trocaram suas fitas e mentiram para todos ao seu redor. A razão pela qual Jack teve que assinar seu nome, cometendo perjúrio, sob o olhar piedoso do major Riggs. Jack pegou sua garrafa de água no braço do sofá e a jogou em direção ao rosto de Anthony.

— Merda! Merda!

A garrafa de plástico bateu na tela e voltou, borrifando no ar as gotas restantes assim que o jogo de beisebol voltou.

Graças a Deus, o Javi não está aqui para ver esse anúncio, pensou Jack, atestando a culpa de Anthony, bem como do restante da família de Jack, que o apoiava.

E agora Anthony queria que Jack se juntasse a ele em Nova York, para ficar que nem um idiota no palco, enquanto o tio se gabava de ter elaborado o decreto que tinha fodido para sempre a vida de Jack e Javi.

Famílias se apoiam, Jack ouviu a voz do pai. *Especialmente a nossa.*

ANTHONY

Anthony estava pronto.

Seu discurso estava apoiado no colo, em uma série de fichas com tópicos. Ele se recostou no assento bege almofadado enquanto seu ônibus de campanha, com "Rollins pela América" pintado no painel lateral, se dirigia de Washington para um parque no centro de Manhattan. Uma grande multidão se reunia para ouvi-lo falar, mas outra multidão também se reunia em protesto.

O gerente de campanha de Anthony os havia avisado sobre os manifestantes.

— Devemos ficar preocupados? — perguntou Katherine.

— Vai ter bastante segurança — disse o gerente. — E os cães farejadores antibomba já percorreram o local.

— Eu quis dizer com o assunto do discurso. — Katherine franziu o cenho.

— Bom, nós sabíamos que era uma possibilidade quando decidimos usar as fitas como assunto — disse o gerente. — Mas, sinceramente, entendo como um sinal de que a estrela de seu marido está em ascensão. As pessoas não apareceriam para qualquer um.

— Talvez a gente até dê sorte e alguns manifestantes malucos arrumem briga — comentou Anthony. — Ninguém gosta de uma multidão furiosa.

E, enquanto o ônibus deslizava até o parque congestionado, era realmente difícil para Anthony e Katherine discernir quais das hordas alvoroçadas era de apoiadores e quais poderiam estar lá para causar problemas.

HANK

Hank estava pronto.

Ele estava prestes a encontrar alguns amigos do grupo de apoio no protesto no centro da cidade, onde Anthony Rollins deveria falar, e sentia que finalmente estava *fazendo* algo pela primeira vez desde que saíra do hospital.

Terminou seu café e ligou o noticiário. Os repórteres ainda cobriam a última semana de manifestações na China.

— Para o telespectador que está sintonizando agora, estamos acompanhando o quarto dia de protestos em andamento em Pequim — anunciou o âncora.

As filmagens de vídeo mostravam vários milhares de pessoas bloqueando as ruas no distrito comercial central da cidade.

— Há alguns meses, o governo chinês pediu a todos os cidadãos que relatassem o comprimento de sua fita como parte de um registro nacional de dados, alegando que era para a proteção do público e para a manutenção oficial de registros — explicou o âncora. — E, embora tenha havido algum clamor internacional em torno da ambiguidade desses motivos, principalmente dentro da União Europeia e dos Estados Unidos, foram as prisões repentinas, no início deste mês, de três residentes de Pequim que se recusaram a cumprir a ordem, que inspiraram esses protestos maiores que estamos vendo agora.

Hank supôs que a cobertura contínua de Pequim havia, em parte, inspirado as multidões esperadas hoje em Nova York. Era difícil ouvir os discursos de Anthony Rollins e não se preocupar que os Estados Unidos estivessem cada vez mais próximos dos decretos totalitários da China.

Corriam rumores de que Anthony Rollins estava entre as principais forças por trás das últimas políticas do governo, e sua atitude no debate de junho era vista por muitos como a faísca que acendera a atual discriminação contra os fitas curtas, espalhando-se do Congresso para quase todas as comunidades. De acordo com a página do evento no Facebook, quase doze mil participantes planejavam convergir para o pequeno parque de Manhattan onde se realizava o comício de Anthony, levando cartazes, megafones e bandeiras para expressar sua indignação.

Hank se lembrou de quando Anika o arrastou para a Marcha pela Ciência. No início, ele não queria ir. Não estava convencido de que teria algum impacto.

— Talvez não tenha — disse Anika. — Mas vou te dizer o mesmo que disse a minhas amigas na Marcha das Mulheres. Nós não marchamos *só* porque esperamos que isso provoque mudanças. Nós marchamos para lembrá-los de que somos muitos. Para lembrar que eles não podem se esquecer de nós.

Hank desligou a TV e saiu.

Dentro do parque, Hank estava cercado por cartazes. "Fitas curtas unidos!" "Sua fita longa é uma compensação tosca." "Igualdade para todos." "Somos mais do que nossas fitas!"

Ele se surpreendeu com o quanto se sentiu sobrecarregado. Era uma bela visão, aquele caleidoscópio de cartazes de néon, de palavras ao mesmo tempo sarcásticas e sinceras.

A sensação que tomou conta de Hank naquele momento o transportou para outro tempo e lugar, há cerca de duas décadas, quando sua ex-namorada Lucy o pegou pela mão e o levou para a maternidade durante a primeira semana de treinamento no hospital, e os dois olharam através do vidro para aquele monte de recém-nascidos — dormindo, se contorcendo, bocejando, chorando. Os olhos de Lucy ficaram marejados, mas Hank não queria chorar na frente da garota que ainda estava tentando impressionar. Então ele só ficou ali, olhando fixamente para o futuro. Para todas aquelas telas em branco deitadas em bercinhos, ainda não marcadas pelo mundo fora daquela ala, para todos aqueles motivos para ter esperança.

Muitos colegas de classe de Hank diziam que queriam se tornar médicos para fazer parte de algo maior do que eles mesmos. Hank sempre só assentia com a cabeça quando eles falavam, mas nunca entendeu de fato o que queriam dizer. Ele só queria ajudar as pessoas.

Mas ali, no meio da multidão, enquanto seu olhar se deslocava de rosto em rosto, ele entendeu.

Ao fundo, Hank podia ouvir Rollins chegando ao palco entre aplausos e vaias, mas não queria se virar ainda. Ele queria observar os manifestantes por mais um momento.

Até que seu olhar entrou em foco.

Uma mulher de cabelo ruivo se movia rápido através da multidão, esbarrando nas pessoas e as empurrando com pressa enquanto avançava, a mão direita enfiada dentro do casaco, como se agarrasse algo.

Caralho. Hank sentiu aquilo no fundo do estômago. A mesma resposta instintiva, a mesma certeza nauseante que ele sentia quando um paciente era levado para o pronto-socorro com pouquíssimas chances de sobrevivência. Seu corpo tinha o dom de saber quando algo terrível estava prestes a acontecer.

Alguém apresentava Rollins ao microfone atrás dele, anunciando a coragem, a convicção e a fé do deputado, mas Hank mal conseguia ouvir. Ele seguia a mulher, aproximando-se cada vez mais dela, tentando descobrir o que ela planejava. Talvez fosse apenas um cartaz com uma mensagem particularmente violenta ou uma garrafa com sangue de porco. O que quer que fosse, ela estava determinada.

Ele estava a apenas alguns metros, quando, finalmente, ela sacou uma arma.

Durante toda a vida, Hank sempre foi movido por um impulso instintivo, o que lhe permitia ficar alerta durante plantões de doze horas, enfiar a mão em uma ferida que jorrava sangue e beliscar a artéria com os dedos, correr em direção aos tiros naquela manhã de maio no Memorial Hospital. E foi aquele mesmo instinto que o impulsionou naquele momento.

Ele não pensou no risco que corria, nem no tamanho de sua fita. Naquele momento, ele só pensou naquelas pessoas que estavam em perigo, em volta dele.

Ele não havia conseguido salvar seu pronto-socorro do atirador em maio, mas desta vez seria diferente.

Hank viu a mão da mulher na empunhadura.

Seus dedos tremeram levemente, dois segundos inteiros de hesitação. Tempo suficiente para ele pular na frente da arma assim que ela tomou a decisão de apertar o gatilho.

ANTHONY

Anthony tinha acabado de registrar o som de um tiro quando foi repentinamente esmagado por um enxame de seguranças e policiais e tirado do palco para uma van que o esperava. Os gritos de pânico da multidão foram imediatamente silenciados quando a porta à prova de balas bateu atrás dele.

— O que aconteceu? — perguntou ele ao motorista.

— Ainda não temos certeza.

— Onde está a Katherine?

— Ela está segura. Eles a colocaram no carro de trás.

Anthony acenou com a cabeça e olhou para seu terno, que havia sido amarrotado durante sua caótica saída.

Ele estava seguro.

Katherine estava segura.

Ele tinha acabado de sobreviver ao que era, muito provavelmente, um tiro direcionado. Uma tentativa de assassinato. Uma ameaça à vida *dele*.

Puta merda, pensou Anthony. Alguém lá fora queria matá-lo. Ele sempre teve alguns inimigos: os membros da república rival na faculdade, um desafeto odioso da faculdade de direito, um colega no escritório do promotor público que disputava as mesmas promoções. Mas aquilo era diferente. Era perigoso.

Por um momento, Anthony ficou assustado de verdade.

Mas aí ele se lembrou da sua fita longa, das mais três décadas que ela lhe prometia e do fato de que, apesar de seu Armani amassado, ele estava totalmente ileso.

Um segundo pensamento o invadiu.

Muito possivelmente, aquilo era a melhor coisa que podia acontecer com sua campanha.

As pessoas teriam pena dele, seriam inspiradas por ele, o veriam como um triunfante sobrevivente. Quantos líderes políticos haviam desafiado complôs para assassiná-los? Teddy Roosevelt, Richard Nixon, Ronald Reagan. E ele, Anthony Rollins, deputado da Virgínia, havia acabado de se unir àquelas fileiras de elite. Graças a um atirador com uma mira horrível, ele estava muito mais próximo da Sala Oval.

Nos próximos dias, ele certamente faria um discurso pungente condenando a violência e o ódio que tentavam derrubá-lo, lamentando por qualquer morte trágica e convidando seus concidadãos americanos a seguir em frente diante do medo.

Eles vão cair que nem patinhos, pensou Anthony. *E eu vou me tornar uma porra de um herói.*

HANK

A mulher estava tentando ajudá-lo, até onde ele percebia. Ela havia atirado nele e agora queria salvá-lo.

— Não não não não não — ela suplicava sem parar. — Eu não estava mirando em você!

A atiradora pressionou as mãos firmemente contra o buraco no estômago dele, as lágrimas caindo forte e rápido. Seu rosto estava tão perto do de Hank que ele conseguia ver a água escorrendo pelas bochechas dela e as bolhas se formando em suas narinas. Fios soltos de cabelo castanho-avermelhado roçavam o nariz de Hank.

— Desculpa — disse ela, entre soluços. — Desculpa.

Seus braços ainda estavam esticados em direção a ele enquanto uns poucos transeuntes corajosos a puxavam para longe.

A mulher foi substituída por rostos mais familiares, Lea e Terrell, que se ajoelharam para tomar o lugar dela e aplicar pressão na ferida de Hank, que subitamente começou a doer à beça, o efeito da adrenalina começando a passar, a pele queimando e as orelhas zumbindo.

— Vai ficar tudo bem — sussurrou Lea.

— Está tudo bem, ele vai ficar bem! — Terrell gritava, tentando acalmar a todos. — Ele ainda tem alguns anos como o resto de nós.

Hank inclinou a cabeça e viu Ben de relance, seu corpo tremendo enquanto agarrava a mão de Maura. Ben teria que explicar a todos eles.

Então Hank viu novos rostos. Paramédicos com uma maca e uma máscara de oxigênio.

A medida

Como médico, Hank havia testemunhado os momentos finais de cento e vinte e nove pacientes. Lembrava cada um deles mais vividamente do que qualquer uma de suas lembranças com Lucy e Anika ou com seus pais quando criança. Os momentos tranquilos e os violentos. Os esperados e os chocantes. Ele conseguia imaginar cada linha plana no monitor. Uma fita esticada pela tela.

Hank sempre quis que seu próprio momento fosse calmo, mas a comoção da multidão e as sirenes da ambulância garantiam que não seria.

Quando as tiras de borracha da máscara de oxigênio foram puxadas sobre sua cabeça, Hank se perguntou o que estava por vir. Estava com um medo infernal e só podia se agarrar à esperança. Esperança de que fosse algum lugar agradável. Esperança de que o pai estivesse lá, esperando-o. Esperança de que a mãe ficasse bem e que, com o tempo, ela o encontrasse para onde quer que ele fosse.

O rosto de Ben foi o último que Hank viu antes de fechar os olhos. Evidentemente, Ben tinha corrido atrás dos paramédicos e ao lado da maca, conseguindo chegar a Hank pouco antes de eles o colocarem na ambulância.

— Todas aquelas pessoas com fitas longas que você achou que tinha salvado — disse Ben —, você salvou *mesmo*. As fitas delas eram longas porque você estava *destinado* a salvá-las. As fitas delas eram longas por *sua* causa.

O rosto de Ben recuou rapidamente, trancado atrás da porta da ambulância, e Hank fechou os olhos, sozinho com sua esperança.

JACK

Era para Jack estar naquele comício em Manhattan. Katherine o havia incitado a comparecer, mas Jack mentiu que estava doente.

Graças a Deus, ele não tinha estado lá para testemunhar. Para ver um homem inocente *morto* no evento do tio, o corpo perfurado pela bala destinada a Anthony. Ele não conseguia entender como as coisas haviam chegado àquele ponto, como as atitudes de sua família tinham se tornado fatais. Como, em um dia quente no final de agosto, Jack se viu olhando para a foto do homem que havia morrido a pouquíssimos metros de seus tios.

Na foto, o médico tinha cabelo preto curto, rugas profundas ao redor da boca arqueada em um sorriso, uma levíssima sombra de barba por fazer nas faces, um estetoscópio pendurado ao redor do pescoço. Devia ser a foto oficial dele, pensou Jack, o retrato estampado no diretório do hospital.

Jack perguntou ao pai como Anthony e Katherine estavam.

— Obviamente sua tia está abalada por terem sido alvo daquela maníaca — disse o pai. — Mas, no geral, acho que eles estão indo muito bem. Seu tio está ainda melhor nas pesquisas desde o ataque.

Estão indo muito bem? Focando outra vez as pesquisas de opinião pública? Eles não tinham visto um homem ser baleado?

Jack não queria acreditar que sua própria família podia ter causado a morte daquele homem. Claro, muitos de seus parentes haviam lutado em guerras, mas agora era diferente. Era um parque em Manhattan, não uma zona de combate. E, até aquele verão, Jack acreditava sinceramente que as maiores transgressões de sua família haviam sido cometidas contra eles próprios, contra parentes como Jack e sua mãe, que não conseguiam se encaixar no molde feito à mão por seus antepassados.

Jack sabia que, em muitos sentidos, tinha sorte de ser um Hunter, com todo o conforto e os contatos da família. Mas a campanha de Anthony havia desencadeado algo novo, algo mais sombrio, algo que fazia com que todos os outros defeitos familiares parecessem triviais.

A maioria dos relatos sobre o tiroteio mostrava que o médico tinha "salvado" a vida do deputado Rollins, mas Jack leu um artigo na internet no qual um amigo explicou que a vítima, Hank, na verdade participava do protesto contra Rollins.

Realmente era o ódio de Hank por Anthony que o levara à morte? Sua paixão pela causa dos fitas curtas? Jack queria identificar a razão, a motivação que Hank aparentemente achava que valia a pena pular na frente de uma arma. Por mais que tentasse — e, de verdade, na academia ele tentou muitíssimo —, ainda não conseguia imaginar sentir *nada* tão forte pelo que ele arriscaria a própria vida. Ele tinha visto esse comprometimento em seus colegas cadetes e o via em Javier, que continuava seguindo diligentemente seu serviço militar, mesmo depois de receber sua fita.

Jack se perguntava como seria ser tão seguro, tão dedicado. Sentir que nada em você era um erro.

Jack parou na frente da casa dos tios e respirou fundo. Ele tinha que fazer aquilo hoje. Não importava quantas horas passasse ruminando sobre os defeitos da família, ainda era sua família. Não dava para se esconder deles para sempre. E ele já contara ao exército sobre sua "fita curta", então precisava fazer com que parecesse real.

Mas ele havia escolhido conscientemente a parte da tarde, quando Anthony estaria no trabalho e ele só teria que encarar a tia.

— Graças a Deus você não estava no comício com aquele protesto horrível — disse Katherine, puxando o sobrinho para um abraço. O pai de Jack se encolhia com qualquer coisa muito íntima fisicamente, mas Katherine sempre gostara de abraçar.

— Sei que é um momento bem agitado para você e o tio Anthony, mas eu, hum, eu vim porque preciso contar uma coisa — disse Jack enquanto

Katherine lhe servia uma xícara de café. — Você deve saber que eu tive que preencher uma declaração sobre a minha fita para o exército, então eu queria que você ouvisse de mim que ela é... curta.

A mão de Katherine tremeu ao pousar o bule.

— Curta quanto? — sussurrou ela.

— Ela parece acabar lá pelos vinte e seis, vinte e oito anos — disse ele.

(Jack sempre se referia à fita curta como *ela*, algo totalmente desligado de si mesmo. Ele nunca conseguia chegar a pronunciar as palavras *eu* ou *minha*.)

— Ah, Jack, não sei nem o que dizer... Lamento muito.

A voz de Katherine falhou com as lágrimas.

— Está tudo bem. Por favor, não chore por mim — implorou Jack, subitamente desconfortável com aquela reação.

Mas o que ele esperava? Ele sabia que a tia podia ser tão cegamente ambiciosa quanto o tio, estando ao lado do marido independentemente de qualquer coisa, mas ainda era ela que tinha dado a Jack os bonecos do G.I. Joe e do Capitão América quando ele era criança, que levava comida congelada para a casa dele depois que a mãe foi embora. É claro que ela ia chorar com a notícia.

Mas é que ele não merecia as lágrimas dela.

— Eu estou bem, de verdade — ele lhe assegurou, embora não pudesse deixar de achar que todo aquele dilema era obra do próprio marido dela.

Se ao menos ele pudesse dizer algo em nome de Javier, talvez até confiasse a ela a verdade.

Depois que a mãe o abandonou, Jack procurou a tia, irmã mais nova de seu pai, para preencher o vazio. E, às vezes, ela conseguia. Mas ela nunca quis ser a mãe de Jack. Ela queria ser a sra. Rollins.

Ela queria o casamento perfeito, o status social cobiçado, reinar em jantares e eventos de arrecadação de fundos e clubes de iates e, talvez, um dia, em todo o país. E os Hunter sempre conseguiam o que queriam.

— Você é muito corajoso — disse Katherine, finalmente. — Toda a família vai ficar orgulhosa.

E isso era pior do que as lágrimas.

Jack só conseguiu reunir forças para um fraco "obrigado".

— Mas acho melhor eu voltar — disse ele. — Tentar não pegar trânsito.

— Bem, eu estou aqui se você precisar de mim — acrescentou Katherine.
— Seu tio também está.

Por algum motivo, Jack duvidava da última parte.

Katherine sorriu para ele ao abrir a porta, e Jack deslizou para fora da casa e para dentro de seu carro, aliviado por estar sozinho.

De volta ao seu apartamento, Jack caiu na cama, exausto e enjoado de culpa.

A mentira já era difícil; por que a tia tinha que elogiar sua coragem estoica? Sua clássica bravura de Hunter? O fato de ele deixar a família orgulhosa?

Ele não merecia a admiração dela e certamente não merecia a piedade. Jack ficava enojado de pensar que ela chorava por ele, pela fita curta que achava que ele tinha, enquanto não havia ninguém chorando por Javier. Era *ele* quem era corajoso de verdade, não Jack.

Quando Jack se sentou, olhou para dentro de seu armário, a porta entreaberta expondo as pilhas desleixadas de roupas no chão, os casacos escorregando nos cabides. O exército nunca toleraria essa bagunça. E com certeza não toleraria as mentiras que ele contara à tia, falsidades produzidas pelo medo.

Quando Jack viu seu uniforme pendurado no fundo, recém-passado e ainda protegido pelo saco plástico de lavagem a seco, algo despertou dentro dele. Ele correu para o armário e começou a arrancar as peças — os moletons dos cabides, as camisetas das prateleiras, uma calça de ginástica dobrada, qualquer coisa da academia ou do exército, qualquer prova de que alguma vez ele já havia tentado se encaixar. Então juntou nos braços todos os itens que de alguma forma eram ofensivos para ele, deu as costas e enfiou tudo debaixo da cama.

ANTHONY

Como Anthony esperava, seus números dispararam depois do comício. Sua mensagem ressoava. As pessoas estavam com medo. E queriam a ajuda dele.

Bem quando Anthony achava que não dava para melhorar, a polícia achou uma caixa com uma fita curta dentro enquanto revistava o apartamento da assassina, revelando que ela só tinha mais alguns anos. Devia ter enlouquecido, concluiu o público. Mais um motivo para não confiar nos fitas curtas, para Anthony ter razão em suas premissas.

A notícia fez o Twitter pegar fogo.

Outra fita curta psicopata!! Surpresa nenhuma!

O hospital, o shopping, as bombas, agora isso. Não podemos deixar essas pessoas continuarem aterrorizando nosso país!

O professor do quarto ano da minha filha tem fita curta. Devo me preocupar com a segurança dela na escola?

Para todo mundo que fica defendendo a atiradora e culpando o deputado Rollins: que vergonha! Uma fita curta não é desculpa para um assassinato.

Que imbecil deixou aquela fita curta feminazi colocar as mãos numa arma, hein?

A medida

Anthony não estava nem aí para o que os peões da internet discutiam, mas seu gerente de campanha estava particularmente satisfeito. A discussão nacional parecia mudar ainda mais a seu favor.

As fitas ainda eram um fenômeno relativamente novo, então qualquer violência gerada por sua chegada era um *novo* tipo de violência. O fato de que a atiradora do comício era mulher só ajudou a causa de Anthony. Antes das fitas, era raro para o país ver agressoras, mas agora *qualquer* pessoa com uma fita curta podia ser vista como uma ameaça em potencial. Os velhos métodos da lei e da ordem simplesmente não funcionavam mais. E Anthony era o único candidato que se posicionava como um lutador pronto para a batalha.

Embora Wes Johnson ainda tentasse apelar para os moralmente superiores, a maioria dos outros candidatos havia sido descartada com base em algum estereótipo: a professora da Ivy League era muito desconectada da realidade, o governador, muito rude, a deputada conservadora, muito maternal. Anthony tinha sido inteligente de se ater às fitas, de se associar ao assunto mais chamativo antes que *ele* fosse rotulado ou, pior ainda, considerado irrelevante.

Levou apenas alguns dias até as pessoas começarem a exigir que fitas curtas fossem impedidos de comprar armas, e Anthony tomou a iniciativa de ele mesmo redigir a legislação. Até a ciência parecia estar do seu lado. Na mesma semana em que Anthony passou a trabalhar em seu projeto de lei, uma equipe de cientistas japoneses e americanos lançou uma bomba sobre o mundo: uma versão atualizada de seu site de medição de fitas. Sem mais janelas de vários anos, sem mais estimativas ou intervalos. Agora havia um único número. Uma idade específica para a morte de cada indivíduo.

Graças aos dados obtidos nos últimos seis meses de pesquisas, as pessoas agora podiam medir a duração de sua fita, inclusive prevendo o mês de seu término.

Quanto mais precisa a tecnologia, pensou Anthony, *mais fácil regulamentar os fitas curtas.*

— Que dia maravilhoso. — Anthony sorriu ao tirar o paletó. Não notou a esposa de imediato. — Essa nova proibição para fitas curtas comprarem armas pode ser a primeira legislação sobre armamentos a ser de fato aprovada pelo Congresso em anos. É inacreditável.

— Não tenho certeza se devíamos continuar perseguindo essa gente — disse Katherine, a voz soando pelo corredor.

— Perseguindo quem?

— Os fitas curtas.

Pego de surpresa, Anthony entrou na sala de estar e viu a esposa sentada, triste, no sofá antigo.

— Por que essa ideia agora? — perguntou ele.

— Bom, você quase levou um tiro um dia desses e simplesmente não acho que pensamos em todas as consequências.

Anthony sabia que o tiro a deixara nervosa, apesar de a bala nem ter chegado perto de nenhum dos dois. Talvez ele não tivesse percebido como ela estava preocupada.

— Nós dois temos fitas bem longas — disse ele, tentando parecer reconfortante. — Vamos ficar bem. As fitas são a prova.

— Isso não é nem de perto tão reconfortante quanto você acha que é — retrucou Katherine. — Só quer dizer que não vamos *morrer* tão cedo. Mas existem várias outras coisas ruins que podem acontecer com uma pessoa.

— Nós dois escolhemos a vida política — falou ele. — Sabíamos onde estávamos nos metendo.

— Bom, talvez esse caminho em particular... de usar as fitas... não seja mais o melhor.

— Está esquecendo que a ideia de ir atrás da fita de Wes Johnson foi *sua*? *Eu* só a segui. E por que você está questionando algo que está funcionando tão bem para nós?

— O Jack veio nos visitar hoje — disse Katherine. — Ele me contou que a fita dele é curta.

Anthony suspirou e se sentou ao lado da esposa, segurando a mão dela com delicadeza.

— Que coisa horrível. Ele é um bom menino.

— Eu sei que é, e é por isso que não entendo por que aconteceria algo assim com ele! Nem com meu irmão. Nossa família sempre fez só coisas boas por este país e é assim que somos recompensados? Meu irmão ter que perder o único filho? Depois de ser abandonado por aquela hippie e ter tido que criar o Jack sozinho?! E, após tantos anos de trabalho duro carregando o legado do meu pai, o Jack é colocado de lado num canto patético do exército até morrer antes dos trinta anos? Onde é que está a justiça em tudo isso?

Anthony deixou a esposa chorar por um minuto enquanto pensava no que dizer.

Ele não podia deixar que aquilo os tirasse dos trilhos, especialmente agora, quando a campanha dele ganhava força. Ele precisava de Katherine ao seu lado. Desde que eles se conheceram na faculdade, quando ele estava no último ano e queria estudar Direito e ela era só uma aluna do segundo ano, Anthony soube que ela era sua metade. Ela compartilhava seus sonhos e ambições, e seu histórico era totalmente insuperável. A linhagem da família dela datava da Revolução Americana, caralho! Foi por isso que ele tolerou o puritanismo inicial dela, seu pedantismo às vezes arrogante. Ela tinha todo o pedigree e as graças sociais necessárias para ter sucesso, além do estômago para fazer o que era preciso. Depois que ela derramou o café "sem querer" no adversário dele dois minutos antes da final do debate universitário, ele disse que a amava.

Katherine acreditava nele. Ela acreditava *neles*. Ela sempre tinha sido um trunfo. Anthony não a deixaria se tornar um risco agora.

— Sua família é muito forte — disse ele. — Vocês vão superar.

Katherine buscou um lenço para assoar o nariz.

— Mas e se for um sinal para a gente... reavaliar as coisas?

— Você só está chateada. E é compreensível — continuou Anthony, calmamente. — Estamos tão perto da Casa Branca que já sinto o gostinho. Nós merecemos isso. Nós *dois*.

— E você acha que o Jack *merece* o que está acontecendo com ele? — questionou Katherine, perturbada com a aparente indiferença do marido.

— Não, claro que não. — Anthony sacudiu a cabeça. — Mas acredito que temos direito ao *nosso* sucesso. Estamos protegendo o futuro deste país. Dando às pessoas o que elas querem. Você se lembra do nosso primeiro encontro no café do campus? Eu te falei que o meu sonho era ser presidente e você só respondeu: "Tá bom. Dá pra gente conseguir isso". E aí você voltou a tomar o seu café com leite, como se não fosse nada de mais. Eu fiquei sem saber se você era maluca, se estava brincando ou o quê. Mas não. Você estava falando sério.

Anthony sorriu.

— Eu lembro.

— Você acreditava tanto na gente, mesmo naquela época, quando éramos só dois jovenzinhos. — Anthony tocou a bochecha da esposa, a pele macia e úmida sob o polegar. Olhou fundo nos olhos dela. — Você acredita na gente agora?

— Você sabe que eu acredito — respondeu ela.

— E acredita que Deus quer isso para a gente?

— Acredito.

— Bom, eu também. Nós fomos *destinados* a isso. — Anthony passou os braços pelos ombros da esposa, e Katherine apoiou a cabeça no peito dele, relaxando no conforto familiar de seu corpo sólido. — Eu sei que o caminho que estamos percorrendo agora é difícil — disse Anthony, acariciando o cabelo da mulher —, mas é a única forma de vencermos.

Foi só depois de Katherine adormecer que Anthony pensou de verdade em Jack.

Anthony e a esposa nunca haviam desejado filhos. Certamente, crianças não teriam se encaixado na agenda de nenhum deles, e Katherine parecia perfeitamente satisfeita em fazer o papel de tia dedicada em aniversários e formaturas, em ajudar sempre que o irmão estava sobrecarregado e depois voltar à vida emocionante que construía ao lado de Anthony.

É claro que ele sentia pena do sobrinho fita curta. Ele sempre achou que Jack parecia um pouco deslocado, o garoto magricela nas reuniões familiares, geralmente escolhido em último lugar como parceiro para a corrida de três pernas. *Ele nunca teve a mesma disposição de lutar*, pensou Anthony. *Provavelmente herdou muito da mãe maluca, que fugiu para a Europa como se fosse uma socialista.* Anthony só torcia para a fita curta de Jack não o levar a fazer nada precipitado, nada que pudesse manchar o bom nome dele e de Katherine.

Nesse instante, ele percebeu. Os protestos e o tiro haviam deixado claro de forma alarmante, ainda que não surpreendente, que Anthony tinha um problema de popularidade entre os eleitores fitas curtas. E talvez Jack tivesse acabado de lhe dar a solução.

MAURA

A cobertura do atentado durou dias: "Médico local lembrado como um herói". Os âncoras lamentaram o martírio de um médico dedicado que salvou um deputado e uma multidão de espectadores de um possível massacre. Poucos relatos mencionaram que Hank só estava no comício para protestar contra as ações do deputado.

Nos dias e semanas que se seguiram à morte dele, Maura ficou ansiosa, sem saber o que fazer. Mas ela ainda tinha que colocar o alarme todas as manhãs e pegar o metrô para trabalhar dentro de seu cubículo, olhando para uma planilha, ouvindo o estalo do chiclete de sua colega de trabalho. O departamento de Maura estava sendo reestruturado. Todas as equipes tinham que diminuir o orçamento, e, embora Maura nunca deixasse nenhum de seus trabalhos defini-la, ela sempre gostara de seu cargo no mercado editorial — criar legendas inteligentes para os posts de redes sociais, fazer brainstorming de novas estratégias publicitárias, arquitetar encontros interessantes de mentes criativas —, até aquele momento. Hank estava morto, a vida dela estava desabando, o *mundo* inteiro parecia pegar fogo, e ainda assim ela tinha que continuar enviando comunicados à imprensa e encontrando despesas em excesso para cortar, como se nada tivesse mudado?

É claro, Maura precisava de um salário. Ela não podia simplesmente pedir demissão porque era uma fita curta. Ela não podia nem contemplar alguma atitude, sem ouvir os avisos girarem sem parar em sua mente, como numa montanha-russa: *Você é uma fita curta. Suas opções são limitadas. Seu tempo é valioso. Escolha com sabedoria.*

A medida

Foi nesse momento que Maura percebeu por que a morte de Hank era tão inquietante. Não era só a perda profunda ou a violência chocante. Era o fato de Hank ter sido o primeiro.

Não a primeira pessoa que Maura conhecia que tinha morrido, é claro, mas o primeiro *fita curta* que Maura conhecia que tinha chegado ao fim de sua fita, para quem o tempo havia se esgotado.

E isso fez Maura se perguntar como as coisas aconteceriam com ela. Qual seria a tesoura que cortaria a sua fita.

Nina, com sua fita gloriosamente longa, na verdade havia recebido dois presentes: uma vida longa *e* a capacidade de supor que a morte a alcançaria naturalmente, talvez durante o sono, quando ela estivesse velha, cansada e preparada. O final pacífico que todos nós merecíamos, mas apenas poucos sortudos ganhavam.

Maura não tinha tanta sorte.

A ciência melhorava rapidamente, as medidas se tornavam mais exatas. A janela em que sua vida terminaria diminuía a cada minuto, e tanto os fitas longas quanto os fitas curtas tinham voltado para o site atualizado para corrigir suas expectativas de vida. Mas a precisão só alimentava o medo, pois o que antes era um punhado de anos se tornava uma estação, possivelmente um mês.

E Maura ouvia as histórias de fitas curtas que se aproximavam do fim, sem nenhuma doença aparente, pessoas perseguidas pelo pavor e pela incerteza, que hesitavam antes de atravessar a rua, que ficavam longe dos trilhos do metrô. Essa situação parecia incrivelmente estressante, o que levava a um sentimento horrível de impotência. Maura não se surpreendia com o fato de que alguns fitas curtas aparentemente haviam formado uma rede para obter comprimidos especiais, fosse de médicos empáticos ou de traficantes no exterior, como uma alternativa de partir de uma maneira suave, com pessoas queridas ao seu lado, em vez de esperar mais alguns dias por um inopinado acidente que tinha de tudo para ser doloroso.

Era um assunto bastante complexo — a revista de Nina havia acabado de cobrir essa tendência —, já que esses fitas curtas pareciam saudáveis, mas suas atitudes ainda eram ilegais. *Mas será que eles não têm os mesmos direitos dos doentes terminais?*, Maura se perguntava. A oportunidade de exercer seu poder, sua liberdade, no último instante da vida?

Maura optou por não voltar ao site para medir um prazo mais preciso. Ela já sabia o suficiente.

Tentou guardar essa incerteza torturante só para si, mas, de vez em quando, a dúvida ainda surgia, e, nas raras ocasiões em que se deixava sucumbir, ela tentava se concentrar nas improváveis causas de sua morte.

Ataque de tubarão. Paraquedas quebrado. Isso, pelo menos, ela podia descartar. E já não era algum conforto?

Picada de cobra venenosa. Ataque-relâmpago. Desnutrição. Tudo muito improvável.

E, ainda assim, a morte de Hank — atingido por um tiro em um protesto — também parecia extremamente estranha. Um ano atrás, se alguém tivesse dito a Hank que ele morreria em um "protesto de fitas curtas", ele não teria nem entendido como isso seria possível. Quem poderia imaginar que ele seria baleado por uma mulher que apontava um revólver para o político corrupto que estava bem trás dele?

Ou talvez fosse óbvio, Maura enfim percebeu, que ele morreria da mesma maneira que havia vivido, segundo seu juramento — salvar a vida dos outros, mesmo daqueles que pareciam indignos.

Quando Maura chegou à escola no domingo à noite, Chelsea estava sentada nos degraus da entrada, fumando languidamente um cigarro, suando no calor grudento do verão, que quase não tinha diminuído após o pôr do sol. Ainda havia alguns minutos antes do início da sessão, então Maura se sentou ao seu lado.

Chelsea lhe ofereceu um cigarro.

— Você fuma?

— Só fumei umas vezes na faculdade — disse Maura. — Mas, bom, era *maconha*...

Chelsea riu antes de dar outro trago.

— Sabe, se o doutor estivesse aqui agora, provavelmente ia me dar uma bronca por não parar — disse ela. — Mas, às vezes, parece que a *única* coisa boa em ter uma fita curta é poder fumar livremente de novo. O que vai me pegar já está a caminho, seja câncer de pulmão ou outra coisa.

Nas sessões anteriores, em abril, Maura havia olhado para Chelsea e refletido sobre a colega de terapia, as tonalidades de laranja natural de seus cabelos combinando com seu bronzeado laranja nada natural. Maura ficava fascinada que, mesmo depois de receber sua fita curta, Chelsea continuasse priorizando seu bronzeamento artificial quinzenal. Mas lá, sentada no chão, vendo Chelsea desfrutar os últimos tragos de seu cigarro, Maura admirou ainda mais a dedicação de Chelsea. E daí que a fita dela era curta? Ela ainda queria viver. Ainda queria estar bronzeada.

— E então, você olhou de novo? — perguntou Chelsea. — O novo site? Maura balançou a cabeça.

— Provavelmente é o mais certo — disse Chelsea. — É muito mais fácil surtar quando se é mais específico. Pelo menos o Hank não precisou acordar naquela manhã e pensar: *É, acho que vai ser hoje.*

Chelsea jogou a bituca no chão, apagando a ponta com a parte posterior da sandália plataforma e se levantou devagar.

— Vamos?

Quando as duas mulheres entraram na sala de aula, o restante do grupo já estava conversando.

— Ele devia ter nos contado a verdade sobre sua fita — disse Lea.

Era a primeira sessão após o funeral de Hank.

— Aquela dra. Singh fez um discurso lindo — observou Terrell. — Dizendo que o Hank a inspirou a se juntar aos Médicos Sem Fronteiras. Duvido que qualquer um dos meus ex fosse ser tão bacana.

— Eles descobriram mais alguma coisa sobre a atiradora? — perguntou Sean.

— Parece que ela estava *mesmo* mirando o Rollins — respondeu Ben.

— Então provavelmente não ia ser um ataque em massa.

— Só temos certeza de uma coisa — disse Nihal. — A fita dela está quase no fim.

Chelsea soltou um grunido.

— Primeiro, ela mata o nosso amigo e agora ela acaba com a nossa reputação.

Mas foi o Anthony quem na verdade tinha ligado o atentado à caixa da mulher, pensou Maura, pintando a motivação dela como sendo a fúria de uma fita curta. Poucos detalhes haviam surgido sobre a atiradora. Ela estava no início dos quarenta anos, era solteira, sem filhos. Nenhum parente ou amigo se apresentou publicamente, nem para defendê-la nem para insultá-la.

Mas o atentado — assim como os outros atos de violência anteriores — sem dúvida alimentaria o preconceito inconsciente que aflorava em tantas pessoas, Maura tinha certeza. Da próxima vez que alguém encontrasse um fita curta, será que pararia ao menos um momento para se perguntar: *Posso confiar nessa pessoa? Com tudo o que ela está passando? Com toda essa dor? Com toda essa bagagem?*

Como é que ela pode ser... normal?

OUTONO

AMIE

Alguns alunos não voltaram no outono.

Alguns pais tiraram os filhos da escola particular, incapazes de justificar a despesa adicional quando uma fita mais curta predizia uma futura perda de renda. Várias famílias haviam saído de Manhattan, agora conscientes demais de que a vida era curta e se a qualidade dela poderia ser melhor fora da cidade. Um grande número de pessoas simplesmente foi embora do país.

De fato, em setembro, seis meses após a primeira aparição das fitas, o *Times* havia coletado dados suficientes para revelar que uma porcentagem bem pequena, mas estatisticamente significativa, da população americana havia partido desde a chegada das caixas. Muitos apenas atravessaram para o Canadá, enquanto alguns viajaram ainda mais ao norte, para a Escandinávia, onde os anos de boa reputação — entre as regiões mais felizes e dedicadas à promoção da igualdade no mundo — pareciam superar qualquer medo do inverno interminável.

Mesmo muito antes das fitas, a própria Amie havia brincado com a ideia de se mudar, achar um novo lar onde o custo de vida fosse mais barato e um pouco mais fácil. Mas a cidade sempre conseguia fazê-la mudar de ideia e atraí-la de volta. Para cada rato marrom sujo que passava por seus pés, havia um jardim do bairro brotando, colorido. Para cada assalto noturno no noticiário, havia um passeio de fim de tarde no parque, onde músicos e cantores em cada esquina compunham uma partitura diferente. Algumas coisas, nem as fitas eram capazes de mudar.

Quem dera a escola fosse uma delas.

Em agosto, uma semana após o atentado no comício do deputado, o diretor havia enviado um e-mail para todos os funcionários lamentando a violência em curso em todo o país e oferecendo condolências a qualquer um que tivesse sido prejudicado pela chegada das fitas.

"Compreendo a pressão que muitos professores devem sentir para orientar seus alunos durante este período tão difícil em nossas vidas", escreveu ele. "Entretanto, em virtude da natureza cada vez mais incendiária do tema e das recentes atualizações em nossa capacidade de medição de fitas, aconselho todos os professores a se absterem de qualquer discussão profunda sobre o assunto em suas salas de aula neste próximo outono."

Aparentemente, a Associação de Pais e Mestres havia chegado à conclusão de que um tema tão sensível devia ser reservado apenas aos pais.

Amie compreendia os desafios enfrentados pelas famílias, mas nunca concordara com a nova ordem, que isolava tão completamente os professores. Ela acreditava que a escola podia realmente agregar valor à questão, abordando de frente o problema das fitas e preenchendo seu programa com livros sobre mortalidade e perda, empatia e preconceito. Amie tinha até planejado criar um programa de amigo por correspondência entre seus alunos e um lar de idosos local, inspirado em sua própria correspondência com "B". Ela esperava que ouvir pessoas que haviam sobrevivido a tantas décadas de um mundo em mudanças trouxesse uma perspectiva útil para aqueles que estão amadurecendo, mas temia que a experiência parecesse vazia, sem nenhuma menção às fitas.

Havia até transmitido suas preocupações ao diretor no fim do verão, sem nenhum sucesso.

— Você tem filhos, srta. Wilson? — ele perguntou.

— Bem, não, não tenho — disse ela.

— Então, por mais que eu admire seu idealismo, infelizmente você não tem como entender o que nossos pais sentem. Sabe, eu recebo duas dezenas de reclamações todos os anos sobre nossas aulas de educação sexual, algumas falando que estão chegando cedo demais para os alunos, outras, que estão chegando tarde, e outras discordando do conteúdo do curso em si. Não tem como agradar a todos. Mas são *os pais* que pagam as mensalidades. Eles precisam decidir quando, onde e como discutir a questão das fitas com seus próprios filhos. — O diretor fez uma pequena pausa. — Quando *você* for mãe, tenho certeza de que vai entender.

Amie simplesmente assentiu com a cabeça, ofendida, mas não surpresa.

Algumas semanas depois, os números saíram. A queda no número de matrículas era chocante.

E aí, apenas quatro dias depois do início do semestre, a primeira professora foi oficialmente demitida.

Amie chegou à Academia Connelly naquela manhã e viu um grupo de colegas e alguns pais descontentes reunidos em frente à sala do diretor.

— Foi uma escolha muito difícil — disse ele, tentando acalmar a multidão. — Mas precisamos obedecer ao novo código de conduta acordado em agosto.

— O que houve? — quis saber Amie.

— É a Susan Ford — respondeu um colega. — Parece que ela fez toda uma apresentação sobre as fitas ontem, totalmente extraoficial, dizendo aos alunos do último ano que não era para eles terem medo de receber uma fita curta... e que eles não deviam temer pessoas que também fossem assim.

— Não é uma mensagem ruim — disse Amie.

— É, mas alguns pais não gostaram nada, nada. São coisas bem sensíveis de se dizer.

Quando a sra. Ford saiu de cara fechada da sala, jogando, sem cerimônia, uma caixa de cartazes no lixo, a multidão se irou.

— Isso é ridículo! — gritou uma das mães. — Não pagamos para mandar nossos filhos à escola numa ditadura! Devíamos *encorajar* a discussão, não silenciar.

— O conselho e a APM já decidiram — disse o diretor. — Podemos reabrir a conversa na nossa reunião do mês que vem.

O relógio bateu oito, e os primeiros fluxos de pupilos começaram a entrar no prédio, forçando o grupo a se dispersar, para não alarmar os alunos. Duas mães que protestavam conduziram a sra. Ford pelo braço, consolando-a como se ela fosse uma de suas filhas, e não uma mulher adulta.

E Amie ficou olhando, triste, para a lata de lixo em frente à sala do diretor, o canto dos cartazes saindo para fora, tentando em vão escapar.

MAURA

No domingo à noite, Maura foi para a sessão, checando, distraída, inúmeros posts do Facebook, recheados de más notícias. Já não aguentava mais ver reportagens sobre a campanha ascendente de Anthony Rollins ou as razões pelas quais algum bilionário acreditava que deveríamos nos mudar para Marte e deixar as fitas aqui na Terra, mas parou em uma manchete diferente: "Site de fitas falsas descoberto, proprietário preso". Aparentemente, um cara em Nevada estava fazendo réplicas de fitas curtas na garagem e vendendo pela internet. Antes que ele pudesse ser detido, centenas de pessoas haviam comprado as fitas para fazer pegadinhas obscenamente cruéis, trocando a fita verdadeira de alguém por uma fita curta falsa. Como se fosse o pior destino imaginável. A piada mais engraçada do mundo.

Ela quase jogou o celular na calçada.

Alguns membros do grupo discutiam as notícias quando Maura entrou na sala de aula.

— Mais alguém viu aquela reportagem sobre as fitas falsas? — perguntou Nihal.

— O cara realmente não tinha nada melhor para fazer?

— Primeiro vem aquele Google doc de merda medindo o comprimento da fita das pessoas, e agora isso? — reclamou Carl.

— Não dá para esquecer a nova lei de armas — completou Terrell. — Este país deixava qualquer um andar por aí com um fuzil de assalto e ninguém nem ligava para quem morria, mas agora, depois de anos de discussão, de repente o limite são os fitas curtas?

— Sinceramente, isso não é nada em comparação com o que o meu pai me contou — disse Chelsea. — Uma mulher do trabalho dele está tentando pedir a guarda dos filhos só para ela, argumentando que o ex-marido é um fita curta. Pelo jeito, ela inventou alguma mentira sobre a estabilidade emocional dele ou quer proteger os filhos de traumas desnecessários.

— Ah, meu Deus — murmurou Terrell.

— Bom, espero que o pai lute por eles — disse Ben. — Mesmo que os filhos tenham que perdê-lo, pelo menos vão saber que o pai não queria abrir mão deles.

— E com certeza vai ter mais protestos se essa batalha de guarda virar uma questão maior — adicionou Nihal.

— Vocês não estão ficando de saco cheio de tudo isso? — gritou de repente Maura. — Não é justo *a gente* ter que fazer tudo?

— Como assim? — perguntou Sean.

— Parece que estamos presos num ciclo de ficar nos provando. Provando que não somos perigosos nem doidos. Provando que somos exatamente as mesmas pessoas que *sempre* fomos, antes de as fitas chegarem e todo mundo começar a nos ver como párias — disse Maura, a voz falhando de frustração. — Todos nós fomos aos protestos. Sabemos como é. Temos que ser responsáveis por mudar as coisas? Os fitas curtas já não têm problemas suficientes? Por que é que *nós* temos que ser os únicos a lutar?

Quando voltou ao apartamento aquela noite, Maura logo percebeu a preocupação de Nina.

— Foi tudo bem? — perguntou ela.

— Foi, é que... estou cansada — disse Maura. — Foram seis longos meses.

— Quer conversar?

Maura suspirou.

— Você já sabe que eu estava sentindo que todas as portas estão se fechando para mim, me sentindo empacada no trabalho... e agora as notícias só pioram, as pessoas ficam fazendo coisas bem merda, e eu fico pensando se devia passar todo o meu tempo lutando contra *isso* em vez de só ficar sentada em um escritório — falou Maura. — Mas até ser obrigada a lutar por mim mesma sem ter nenhuma trégua parece um jeito de estar... presa.

— Sinto muito — disse Nina, com o rosto crispado de dor. — Tem algo que eu possa fazer?

Maura fechou os olhos e respirou fundo.

— Deita do meu lado enquanto eu pego no sono?

As duas subiram na cama e ficaram alguns minutos em silêncio, ambas ainda acordadas, antes de Nina se virar e sussurrar:

— Por que a gente não vai para algum lugar?

Maura se virou para ela, um pouco confusa.

— Não sabia que você era tão das noitadas assim.

— Não falei de sairmos *agora*. — Nina sorriu. — Mas daqui a uns dias. Para algum lugar bem longe. Que nenhuma de nós duas conheça.

Maura ficou surpresa.

— É sério?

— Se você está se sentindo presa — disse Nina —, talvez seja uma boa hora pra gente viajar.

— Assim, *parece* ótimo, mas... a gente tem esse dinheiro? — questionou Maura.

— A gente quase nunca sai de Nova York, merecemos essa extravagância uma vez. Especialmente num momento importante.

— Tá bom. — Maura decidiu engajar na ideia. — Para onde a gente iria?

— Sei lá, para qualquer lugar! Talvez um lugar romântico, tipo França ou Itália.

— Bom, eu estudei um ano de italiano na faculdade e nunca pratiquei... — disse Maura, mas então parou. — Você não precisa fazer isso por mim.

— Fala sério. Você sabe como eu amo planejar. Fico animada só de *pensar* nas horas que posso perder no Tripadvisor.

Maura riu.

— Eu só quis dizer que... eu sei que as coisas às vezes parecem meio sombrias, mas... eu vou ficar bem.

— Não tenho dúvida disso — falou Nina. — Você é a pessoa mais forte que conheço.

Maura beijou de leve a testa de Nina.

— Tá bom — disse. — Podemos começar a pensar nisso amanhã.

Maura aconchegou a bochecha no travesseiro enquanto toda a escuridão do dia — o homem que vendia fitas falsas, a mulher que processava o marido fita curta — ia embora. Ela se viu pensando em um cartaz que havia achado na escola, com os cantos escapando de uma lata de lixo ainda não esvaziada. Maura o vira ao sair da sessão daquela noite e, quando não tinha ninguém olhando, o levantou furtivamente.

O cartaz estava coberto de fotos enrugadas de personalidades famosas, todas mortas prematuramente: Selena Quintanilla, Kobe Bryant, princesa Diana, Chadwick Boseman. *Uma vida com sentido, de qualquer tamanho*, estava escrito no alto, em letras cursivas.

Maura não tinha ideia de quem havia feito o cartaz ou por quê, mas, segurando-o nas mãos, se sentiu, de alguma forma, menos só. *Alguém* estava do lado dela. Alguém via o valor em sua vida, em todas as vidas dos fitas curtas. Talvez ela não fosse a única a lutar.

Foi então, nos últimos segundos antes de dormir, que Maura decidiu para onde queria ir.

Ela ainda se lembrava das fotos das aulas de italiano.

Os canais, as gôndolas, as máscaras deslumbrantes.

Os terríveis alertas, ano após ano, de que a cidade estava afundando.

Mesmo com todas as probabilidades em contrário, mesmo com os níveis da água subindo sem parar, a cidade ainda está de pé, pensou Maura.

Uma guerreira.

JAVIER

Javier esperava por uma disputa calorosa.

O debate das primárias de setembro havia sido anunciado como uma desforra entre o polêmico Anthony Rollins, cuja agressividade contra os fitas curtas havia feito dele um nome conhecido do dia para a noite, e o passional orador Wes Johnson, cujo discurso no primeiro debate havia comovido muitos, mas fracassado em manter Rollins à distância. Javi estava ansioso para que Johnson saísse à frente de algum jeito, mas não tinha ideia de quais seriam os próximos movimentos de ambos os candidatos.

Jack estava viajando para visitar o pai, então Javi estava sozinho no apartamento, vendo o debate em seu notebook.

— Gostaria de usar meu discurso de abertura para falar dos rumores que têm circulado pela minha campanha desde junho — começou o senador Johnson.

E então ele falou.

— Não tenho vergonha de dizer que recebi uma fita mais curta. — Johnson continuou falando por cima dos murmúrios na multidão e da surpresa do próprio Javier. — Algumas pessoas vão usar esse fato para questionar minha aptidão para o cargo. Gostaria de lembrá-las que *oito* dos nossos presidentes morreram enquanto ocupavam o cargo, incluindo alguns dos melhores líderes que o nosso mundo já viu. E é em homenagem a eles que eu continuo com a minha campanha.

O senador fez uma pequena pausa e respirou fundo.

— Gostaria também de falar diretamente aos meus irmãos e irmãs fitas curtas que estão me escutando esta noite. O grande escritor americano

Ralph Waldo Emerson escreveu: "Não é a duração da vida, mas sim a profundidade dela". Vocês não precisam ter uma vida longa para causar impacto neste mundo. Só precisam de *vontade* para fazer isso.

Os aplausos da plateia reverberaram em Javier. Pela primeira vez desde que concordou em fazer a troca de fitas com Jack, ele se sentiu convencido de que havia feito a escolha certa. Ele teria seu impacto no mundo. Ele tinha a vontade, como dissera Johnson, e a fita de Jack abriria o caminho.

O mediador se voltou para o deputado Rollins, e Javi franziu o cenho ao ver o tio de Jack, com os cabelos bem-penteados e brilhantes sob as luzes do palco, um sorriso falso esculpido no rosto levemente barbeado, até a covinha. Um homem havia sido morto no comício de Anthony em Nova York, e isso não parecia afetá-lo em nada.

— Bem, primeiro gostaria de cumprimentar o senador Johnson pela coragem e pela... *vulnerabilidade*... que ele demonstrou hoje — disse Anthony. — Sei que algumas pessoas criticam minha reação à recente violência que assola nosso país e acreditam que estou agindo injustamente em relação aos fitas curtas. Mas *não é* uma questão de justiça; é uma questão de segurança nacional. Como alvo de um atentado frustrado, farei o que for preciso para manter os Estados Unidos em segurança. À medida que nossas capacidades de medição de fitas se tornam ainda mais precisas, essa tarefa é ainda mais urgente. Mas quem afirma que eu não tenho nenhuma empatia pelos fitas curtas não poderia estar mais errado. Meu sobrinho é segundo-tenente do exército dos Estados Unidos e eu tenho orgulho de ser tio dele. Ele também é um fita curta. Quando eu for presidente, liderarei não apenas com a força de alguém que protegerá a nossa nação, mas também com a compaixão de alguém que sentiu o impacto de ter um fita curta na própria família.

Enquanto a plateia aplaudia Rollins, Javier se sentou na cama, estupefato, a beleza do discurso de Johnson imediatamente varrida para longe.

Rollins usava a fita curta de Jack — que na verdade era a fita curta de *Javi* — para benefício político.

Javi se sentiu enojado. Sua desgraça pessoal havia sido transformada em algo que poderia realmente levar ao poder aquele homem ganancioso e egoísta.

Será que *Jack* sabia do plano de Anthony para aquela noite?

Jack mal havia mencionado a tia e o tio nas últimas semanas, mas Javi sabia que finalmente ele havia começado a contar à família sobre sua "fita curta", o que Javi supôs que era a razão pela qual Jack passava cada vez mais tempo sentado no sofá, prostrado e triste, tomando cerveja e comendo batatinhas sabor churrasco. Certamente, ele já havia dado a notícia a Anthony. Mas será que Jack sabia que o tio ia usá-lo como um peão em rede nacional?

Javier estava furioso demais para continuar assistindo ao debate, então fechou o notebook, puxou seus tênis e saiu do prédio para correr. Atravessou a vizinhança e continuou correndo até chegar a Georgetown, onde, cansado e ofegante, sentou nas escadas em frente à capela Dahlgren.

Viu alguns alunos que conversavam, estudavam e flertavam nos gramados em volta, o campus de tijolos vermelhos zumbindo com a energia do início do outono que só pode ser sentida em uma instituição de ensino. Aparentemente, muitas faculdades haviam dobrado o número de conselheiros no campus, inclusive admitindo alguns com treinamento especial para ajudar os estudantes a lidar com o aniversário de vinte e dois anos. Javi ouvira dizer que muitos universitários do último ano prometiam não abrir as caixas quando elas chegassem, criando uma hashtag #NãoAbra. Mas era mais fácil tuitar do que fazer, pensou Javi. Mesmo após quatro anos de treinamento, ele sabia que era impossível prever como alguém reagiria numa situação de muita pressão. Por mais comprometidos que aqueles universitários estivessem, o verdadeiro teste era ficar cara a cara com a caixa.

Javi limpou o suor do queixo, depois se virou para olhar a pequena capela atrás de si, apertando os olhos contra o pôr do sol.

Ficou um pouco envergonhado de pensar que não fora à missa durante todo o verão. Quando era criança, seus pais o levavam à igreja todos os domingos, e a mãe lhe dava balinhas de tamarindo para evitar que ele ficasse se mexendo no banco. Na academia, ele continuou frequentando a maioria das missas principais das férias, mas aos poucos começou a se esquecer de ir.

Ao que parecia, as fitas haviam provocado um ressurgimento na fé de muitos seguidores não praticantes como ele. Javi lembrava ter visto várias notícias de que a presença nos cultos em todas as religiões havia aumentado nos meses após a chegada das caixas, acompanhadas de fotos de igrejas e sinagogas lotadas. Até seus pais haviam observado que a paróquia estava mais lotada do que nunca, uma reviravolta bem-vinda após anos de templos vazios.

Javi havia passado a infância mergulhado na religião. Ele entendia por que as pessoas frequentavam mais os cultos religiosos agora, por que elas buscavam ajuda ali. Para muitos, as fitas eram ou uma prova de predestinação, ou apenas mais um lembrete da aleatoriedade da vida e das iniquidades da sorte. Mas, sem dúvida, o caos não parecia tão avassalador para quem acreditava que aquilo tudo era parte do plano de Deus.

No entanto, Javi não estava convencido de que havia um plano divino e queria acreditar que os seres humanos tinham mais livre-arbítrio do que meros carros em uma pista montada por Deus. Mas ele não podia negar o consolo que a fé trazia, o alívio clandestino da confissão, da absolvição pelas mãos do padre. Javi se perguntava agora se devia confessar a troca, as mentiras que compartilhava com Jack e que tomavam sua mente a todo momento. Talvez isso aliviasse sua consciência. Na verdade, porém, Javi estava muito mais preocupado com o castigo potencial que sofreria na terra do que com qualquer repercussão divina.

A disciplina militar era real demais, os padrões, notoriamente escrupulosos. Javi ainda se lembrava de seu terceiro mês na academia, quando sete cadetes foram expulsos por colar na prova, e ele viu o garoto do quarto vizinho empacotando vergonhosamente seus pertences.

Javier suspirou e se levantou devagar, examinando a porta de madeira que dava para a capela. Suas pernas ainda estavam trêmulas por ter corrido pelas ruas de paralelepípedos e esquecido de se alongar, distraído pela raiva. Não importava o quanto ele treinasse, o quanto seus músculos fossem robustos, o corpo ainda tinha seus limites.

— Deus nunca dá mais do que podemos suportar — recitava frequentemente a mãe de Javi.

Será que ela diria isso agora, se Javi contasse aos pais a verdade sobre sua fita? Que Javi era forte o suficiente para lidar com isso? Que *eles* conseguiriam lidar com isso? Subitamente, Javi se sentiu obrigado a estender a mão e puxar a porta, ligeiramente surpreso ao encontrá-la destrancada. Entrou na capela bem quando os últimos raios de sol passaram pelos vidros azul-royal e vermelho-carmesim dos vitrais acima do altar. Mas ele não quis adentrar muito mais, então permaneceu no fundo, perto de um cesto de velas votivas. Javi considerou o que estava sentindo no momento e duvidou de seu direito de estar ali.

Ele estava com raiva de Deus, é claro que estava. Afinal, Deus não lhe havia dado sua fita curta?

Uma freira entrou logo atrás de Javier e lhe deu um aceno de cabeça e um sorriso contido enquanto passava, antes de se sentar em uma das fileiras de cadeiras. Os vincos em sua pele bronzeada, as alegres rugas ao redor dos olhos, os óculos escorregando pelo nariz — quase tudo na mulher lembrava Javi de sua avó, que havia morado com a família quando ele era criança, mas cuja morte precoce significava que a maior parte das lembranças de Javi vinha da foto na mesa de cabeceira da mãe.

— Essa é sua *abuela* — dizia a mãe, segurando a foto diante dele, desesperada para que o filho se lembrasse de algo de uma época em que ele ainda era criança demais para lembrar. — Ela morava aqui, com a gente, mas agora ela mora no céu, com Deus — explicava a mãe de Javi. — O que significa que, um dia, nós dois vamos vê-la de novo.

Javi se recostou à parede atrás dele, os olhos começando a arder. Ele sabia que outras religiões tinham suas próprias teorias sobre a vida após a morte — a crença no renascimento, nas recompensas cármicas e nas segundas chances parecia uma alternativa particularmente atraente para ele, mas Javi sempre achara o céu, assim como o ato de confissão, um conforto notável. Morrer ainda era assustador, claro, mas muito menos terrível com a fé de que havia *algo* além deste mundo. O fim de sua fita não precisava ser um *fim* se fosse o começo de algo mais, de algo eterno. Seu pai, sua mãe e sua avó certamente acreditavam nisso. Talvez, ao sair de casa, ao parar de assistir à missa, ao se cercar de soldados estoicos, Javi tivesse esquecido que ele também acreditava nisso.

De repente, sentiu uma enorme saudade da família, muito mais do que sentira durante seus anos na academia, com seus objetivos, sua força de vontade e seu melhor amigo para guiá-lo. Ele tinha acabado de ver Anthony

Rollins transformar sua fita curta em um estratagema político desonesto, usando o destino de Javier como um adereço anônimo em sua campanha de medo e ódio, e Javi nunca se sentira tão só.

Olhou para a parte de trás do hábito da freira enquanto ela inclinava a cabeça em adoração e, sem pensar, Javi se virou para o pequeno altar ao seu lado, adornado com algumas velas que queimavam baixas, e se ajoelhou.

Quando entrelaçou os dedos, percebeu que não rezava havia algum tempo, desde que as caixas haviam chegado. A última vez que rezara, havia pedido uma fita longa.

— Querido Deus — começou Javi —, sei que é tarde demais para mudar as coisas para mim, mas preciso saber que minha família vai ficar bem. Que o Senhor vai guiar meus pais nessa situação. — Sentiu a voz tremer, pesada pelo desespero. — Por favor, ajude-os, Deus. Não os deixe desmoronar.

Seu corpo deslizou ainda mais em direção ao chão frio.

— E, por favor, me dê *forças*.

Seus dedos dos pés começaram a formigar e adormecer, as pernas dobradas sob o tronco inclinado. Apressadamente, secou o nariz com a manga do moletom, apesar de a única testemunha de suas lágrimas ser uma freira idosa, que estava de costas para ele.

— E, por favor, ajude os outros fitas curtas — suplicou. — Não deixe as coisas piorarem.

Ele ouviu a freira se erguer, apoiando-se nas costas do banco. Javi fechou os olhos com força.

— E por favor, *por favor*, quando chegar a hora, que minha *abuela* esteja esperando por mim. E todos os outros parentes que eu conheci e não conheci, por favor, que estejam lá — pediu Javi. — Assim, eu não estarei sozinho.

Ao final da oração, ele fez uma pausa para se recompor diante do brilho âmbar das chamas. Então se levantou e deixou a capela, silenciosamente.

O céu já havia começado a escurecer, quando, no campus, Javi passou pela luz de uma janela no térreo onde algumas dezenas de alunos haviam se reunido em uma sala para ver o debate da noite, que agora chegava ao fim. Parou em frente à janela aberta quando Wes Johnson surgiu na tela para proferir seu discurso de encerramento.

— Se eu pudesse voltar ao mês de março, talvez dissesse a mim mesmo para não olhar a minha fita — disse Johnson. — Talvez eu dissesse a todos para não as olharem. Mas não podemos voltar atrás. Temos que aceitar que essas fitas agora fazem parte da nossa vida. Mas *não* temos que aceitar o que está acontecendo nesse momento. Eu ouço histórias de pessoas que estão perdendo seus empregos, perdendo a cobertura de seus planos de saúde, perdendo empréstimos, tudo por causa de suas fitas. E não estou disposto a seguir a orientação do partido e ficar calado. O deputado Rollins e nosso atual governo estão forçando os membros de certas profissões a olharem suas fitas, quando estes optaram por não fazer isso, questionando a capacidade das pessoas de servir seu país e tratando os indivíduos de forma diferente com base em um mero acidente do destino. Mas eu acredito na liberdade de escolha. Eu acredito na igualdade. Os ativistas dos direitos civis, dos direitos das mulheres, dos direitos LGBT vêm lutando por isso há gerações. E, embora aqueles de nós que têm fitas curtas possam não ser um número tão grande quanto essas comunidades, nós não somos insignificantes e não vamos parar de lutar.

MAURA

Eram nove da noite, e Maura estava sozinha. Os candidatos haviam feito seus discursos finais e saído do palco acenando, e Nina estava até tarde na redação para ajudar na cobertura do debate, então Maura pegou o telefone e mandou uma mensagem para Ben.
Quer tomar um drinque?
Às nove e meia, eles estavam sentados na mesinha de madeira escura de um bar, num local tranquilo.
Maura chegou alguns minutos atrasada e se aproximou devagar de Ben enquanto ele rabiscava sua impressão do bar em um guardanapo de papel.
— Eu tinha esquecido como você é bom nisso!
Maura sorriu e examinou o pequeno esboço como se ele estivesse exposto em uma galeria. Em seguida, fez um gesto para o barman trazer uma cerveja.
— Você acha mesmo que o Rollins tem um sobrinho fita curta? — ela perguntou. — Acho que ele seria capaz de inventar algo assim.
— Talvez numa época anterior aos checadores de fatos, isso seria possível. — Ben riu. — Mas não hoje em dia.
— Bem, pelo menos a União Americana pelas Liberdades Civis entrou com uma ação contra aquela palhaçada de Iniciativa Star. Então, talvez seja um ponto positivo. Além disso, o Johnson continua na corrida. Não consigo acreditar que ele foi tão perseguido por rumores que teve que fazer um pronunciamento, como um candidato gay que é empurrado para fora do armário — disse Maura. — As pessoas estão chutando que a fita dele termina por volta dos cinquenta anos, então agora ele é oficialmente um "fita curta".

Ben assentiu com a cabeça lentamente.

— É estranho, porque com certeza eu não gostaria que ninguém tivesse uma fita curta — respondeu ele —, mas acho que talvez tivesse uma parte de mim torcendo para os rumores serem verdadeiros... Para alguém naquele palco ser... um de nós.

Maura enfiou as mãos no bolso da frente de seu moletom gasto do CBGB e inclinou a cabeça com curiosidade.

— Você está saindo com alguém?

Ben quase se engasgou com a cerveja.

— Que mudança de assunto. Além do mais, achei que você fosse lésbica. — Sorriu.

— Se eu não fosse, é *óbvio* que eu estaria interessada — brincou Maura —, mas é isso mesmo que você disse, que o Wes Johnson é "um de nós". Só isso já é um debate, né? Se pessoas *como nós*, fitas curtas, deveriam namorar pessoas que não são.

— Bom, na verdade, eu *estava* namorando quando as fitas chegaram. Mas nós não estamos mais juntos.

— O que aconteceu?

Ben olhou fixamente para o gargalo da garrafa de cerveja, girando-a suavemente com dois dedos.

— Ela abriu minha caixa — disse ele, com palavras firmes e deliberadas. — Antes de *eu* decidir o que queria fazer. E aí terminou comigo depois que viu que eu tinha uma fita curta.

— Caralho. — Maura ficou chocada. — Sinto muito.

— Obrigado — disse Ben calmamente.

— Por que você não falou disso com o grupo? — perguntou Maura.

— Acho que eu só queria seguir com minha vida — disse Ben. — E eu *fiz* isso, mesmo. Eu a perdoei por ter terminado comigo. Sei que nem todo mundo suportaria circunstâncias tão desafiadoras, então não posso ficar bravo com ela por causa disso. Mas acho que agora estou preocupado que a *próxima* garota, e a *próxima*, também se sintam da mesma forma. Deve ser por isso que nem tentei sair com ninguém desde a separação.

Embora ela soubesse que a fita de Ben era mais longa que a dela, Maura sentiu pena dele naquele momento. Tudo o que ele queria era que alguém lhe dissesse o que Nina havia dito a ela: "Eu jamais iria embora".

Maura voltou a se recostar no banco, sentindo o frio da garrafa de cerveja contra a pele. Um jornal havia sido deixado no banco ao lado dela, e ela o mostrou a Ben.

— Você viu isso? — ela perguntou, apontando para a manchete de primeira página.

Era a reportagem principal do dia anterior, que investigava a proliferação de novas empresas de "upload de mentes", na esperança de descobrir um meio de escanear o cérebro humano em um computador, visando preservá-lo para sempre. Qualquer coisa para saciar o pico de interesse entre os que buscam prolongar a vida, naquela geração ou nas próximas.

Ben deu uma olhada na manchete.

"Nunca houve tanta demanda por esse tipo pesquisa", dizia um dos fundadores citados. "Antes, pouquíssimas pessoas sabiam quanto tempo elas tinham de vida, e agora, claro, todos podem saber. Mas, se conseguirmos encontrar uma solução tecnológica para esse problema, talvez as fitas se tornem irrelevantes. Poderemos oferecer uma fuga da linha do tempo ditada pelo corpo físico, por meio da sua fita."

O artigo havia entrevistado dois candidatos ansiosos, cada um no final de sua fita: um cientista que sonhava em ver o futuro distante e uma mãe de cinquenta e cinco anos disposta a deixar sua filha, na esperança de voltar um dia, para conhecer os netos.

"A ciência progrediu em uma velocidade notável quando se trata das medidas das fitas", disse um deles. "Já reduzimos nossas projeções de alguns anos para um único mês. Quem disse que a ciência também não progride rápido nessa questão?"

— As pessoas já trabalham nesse campo há algum tempo — comentou Ben. — Algumas empresas estão tentando congelar o corpo das pessoas em uma câmara criogênica; pelo jeito, essa galera quer remover o corpo por completo. — Ele fez uma pausa. — Acho que não é para mim.

— Eu só queria ter certeza de que você não estava planejando secretamente digitalizar seu cérebro e me deixar sozinha no grupo. — Maura sorriu.

— Olha, é um sonho emocionante — disse Ben. — Mas isso não ajuda muito a gente neste momento.

— É meio maluco pensar que já temos tanta tecnologia à nossa disposição. Todas essas mentes brilhantes concentradas em *resolver* a questão das fitas, se é que isso é possível. Mas existem muitas classes da população mundial que não têm nada disso — falou Maura. — Minha namorada, Nina, estava trabalhando em um artigo sobre pessoas que vivem em lugares sem internet. Nenhum site de medição em casa, nenhuma maneira de saber o que está acontecendo em outros países.

— Comunidades inteiras onde ninguém sabe o que significa realmente o comprimento da sua fita? — perguntou Ben.

— Bom, eles ainda podem fazer comparações simples, ver quem possui a fita mais longa — disse Maura. — E parece que alguns grupos têm formado seus próprios conjuntos de dados improvisados, por exemplo, registrando a idade em que alguém morre e depois usando a fita dessa pessoa como referência. Os seres humanos sempre encontram um jeito de se adaptar, né? Mas tem muitas pessoas que não estão fazendo nem isso. Elas só estão... vivendo como antes.

Ben assentiu e tomou um gole de cerveja.

— Como a Nina tem lidado com tudo isso?

Maura lembrou a briga acalorada por causa da obsessão de busca de Nina, depois a aceitação tranquila das duas em relação a não ter filhos. Todas as vezes que Nina havia dito "eu te amo" depois que as fitas chegaram.

— Tivemos alguns momentos difíceis, é claro, mas... ela nunca vacilou em relação a *nós* — respondeu Maura. — Até planejou fazermos uma viagem no mês que vem. Para Veneza.

— Uau, que maravilha. — Ben sorriu.

— Acho que a gente só precisava ir para um lugar diferente. Sair do nosso apartamento e nos aventurar um pouco. É como Wes Johnson disse hoje: "não podemos voltar atrás, mas pelo menos podemos ir a qualquer outro lugar".

ANTHONY

Anthony estava bastante satisfeito com o debate de setembro, com os eleitores reagindo de forma favorável à sua história sobre Jack e decididamente *desfavorável* à confissão de Johnson.

Ele sorriu, olhando fixamente para uma cópia da manchete principal do dia: "Johnson cai depois da revelação de que é um fita curta".

"Obviamente me sinto mal pelo senador Johnson", declarava um eleitor anônimo, "mas não me sinto à vontade para eleger alguém que não possa se comprometer com um mandato completo".

"Eu admiro muito as qualidades de Johnson", disse outro, "mas me preocupa o fato de que ter uma liderança de curto prazo possa nos fazer parecer fracos diante de outras nações. Especialmente um que nem diz o tempo exato que lhe resta."

Uma terceira declaração era muito clara: "Empatia não garante votos. Força, sim. E já vimos isso no deputado Rollins".

Mesmo agora, as filmagens do comício de agosto continuavam sendo uma bênção para a campanha de Anthony, e sua imagem, um modelo de fortaleza. Após o incidente, uma breve enxurrada de rumores havia tentado oferecer um motivo para o atentado, com fitas curtas e seus defensores procurando desesperadamente algo que explicasse o ódio da mulher, *exceto* a fita contida em sua caixa. Mas a maioria das teorias evaporou rapidamente após lidar com o silêncio da própria mulher.

Era por isso que Anthony nunca esperou a reunião de emergência convocada por seu gerente de campanha e chefe de pesquisa de oposição.

— Encontramos algo — disseram eles. — Sobre a atiradora.

Um dos homens deslizou uma pasta cheia de papéis diante de Anthony: duas certidões de nascimento, uma certidão de óbito e uma cópia de um artigo escaneado do jornal da universidade de Anthony sobre a noite em que um menino morreu em uma república.

— Mas eles têm sobrenomes diferentes — falou Anthony. — Você está me dizendo que a atiradora e esse garoto eram parentes?

— Ao que parece, ele era meio-irmão dela.

Caralho.

Anthony achou que aquela noite tinha ficado para trás. Afinal de contas, isso tinha acontecido havia três *décadas*.

— Preciso de um minuto — declarou Anthony, segurando o artigo escaneado bem perto.

É claro que Anthony se lembrava do garoto. Ele era um dos poucos recrutados pela fraternidade de Anthony só pela diversão, arrastado pelo trote sem nenhuma perspectiva real de se tornar membro. Só que os candidatos *sempre* acreditavam que tinham chance, lembrou Anthony. A graça era essa.

Na época, Anthony era presidente da fraternidade, mas ele não havia escolhido os meninos. Isso ficava a cargo do representante dos candidatos. Anthony não conseguia se lembrar exatamente por que a turma daquele ano havia sido escolhida, embora geralmente ela fosse composta de garotos pobres que recebiam bolsas Pell ou outros auxílios governamentais, garotos que nunca poderiam pagar as mensalidades ou sonhar em se misturar com os filhos dos grandes empresários.

As lembranças de Anthony daquela noite em particular eram esparsas e confusas, como pedaços de vidro estilhaçado: ele lembrava que alguém chutou os tênis sujos do garoto, na tentativa de despertá-lo, que outra pessoa vomitou nos seus mocassins novinhos em folha, depois de perceber o que havia acontecido, da parte de trás da cabeça da vítima, uma cabeleira cheia e escura, felizmente afastada de Anthony, quando o garoto estava deitado no chão, inerte, e do pânico mordaz e cortante que o deixara tonto e sem ar.

Mas Anthony não se lembrava de muito do que veio depois, quando um grupo de pais dos meninos — inclusive o de Anthony — correu para o campus no meio da noite e se reuniu no escritório do reitor da faculdade por quase duas horas antes de telefonar para a polícia local.

Foi decidido que o rapaz era só um convidado da festa, que havia bebido demais por vontade própria. A causa da morte foi dada como intoxicação por álcool, e a morte foi considerada um acidente.

Como presidente da fraternidade, Anthony foi chamado a fazer uma declaração pública, com a ajuda do advogado da família, lamentando a trágica morte e oferecendo suas melhores condolências e orações. Ele parecia um verdadeiro líder, todos diziam, alguém que faria grandes coisas.

E a vida de Anthony seguiu adiante.

A da atiradora, pelo jeito, não.

— Mas ela não falou nada? Sobre o... irmão? — quis saber Anthony.

— Ela não disse absolutamente nada desde que foi presa. Estão achando que ela deve estar sofrendo um estresse pós-traumático por ter matado aquele médico.

— Então vamos manter assim — falou Anthony. — Essa história já foi enterrada.

Após seus colegas saírem, Anthony bebeu dois copos de uísque para entorpecer os nervos. Decidiu não contar nada a Katherine. Ela certamente reagiria de forma exagerada.

O garoto poderia ter ido embora a qualquer momento, Anthony lembrou. Era o que os colegas da fraternidade haviam dito naquela época. Eles podiam ter *mandado* o menino beber, até gritado com ele, e talvez, sim, alguns dos membros mais agressivos tenham derramado álcool na boca aberta dos calouros e talvez jogado alguns objetos não perfurantes neles também (bolas de futebol ou de basquete, muito provavelmente). Mas, tecnicamente, a porta nunca esteve trancada. A saída sempre fora uma opção.

E agora, Anthony percebeu que havia algo mais. Algo que na época eles não sabiam. O garoto era um fita curta antes mesmo de isso *existir*. E, naquela noite na fraternidade, sua fita havia chegado ao fim. Se o álcool não o tivesse matado, outra coisa teria acontecido, certo?

Se a fita do rapaz era curta — *sempre* tinha sido curta —, Anthony não era culpado. Ele não podia pensar de outra forma. Não podia imaginar a possibilidade de que houvesse uma *razão* particular para a fita do garoto ser curta. Anthony acreditava em Deus, claro, mas não podia se permitir acreditar que Deus tinha visto o futuro, visto que Anthony e seus colegas iriam persuadir o garoto a se misturar com eles, fingir que ele tinha uma chance, provocá-lo física e verbalmente até ele beber tanto que mal conseguisse ficar de pé.

E Anthony tomou a liberdade de se esquecer do garoto enquanto o uísque fluía em seu sangue, sua atenção já diminuindo, o cérebro desacelerando um pouco. Ele se serviu um último copo para fechar a noite.

Pela manhã, sua vida seguiria em frente.

Caro(a) a,

Na faculdade, eu conheci um cara que aceitou um emprego de corretor financeiro, mas ficou tão preocupado em permanecer no emprego só por dinheiro, ainda que odiasse a profissão, que pôs um alarme no celular para lembrá-lo todos os anos, no dia do seu aniversário: "Para, senta e se pergunta: você está feliz?".

Já não nos falamos há alguns anos, mas ontem foi o aniversário de trinta anos dele, e fico pensando se ele ainda senta e se pergunta: eu estou feliz?

Acho que fomos criados acreditando que a felicidade é algo que nos foi prometido. Que todos nós merecemos ser felizes. É por isso que essa coisa escrota que está acontecendo com alguns de nós é tão difícil de aceitar. Porque era para a gente ser feliz. Mas aí aquela caixa chegou à nossa porta, dizendo que não temos o mesmo final feliz que as pessoas por quem passamos na calçada, no cinema, no mercado. Elas podem continuar vivendo, e nós não, e não há nenhuma justificativa para isso.

E agora o governo e tantos outros só estão piorando a situação, concordando que merecemos menos do que todos os outros. Eu nem tenho notícias da maioria dos meus amigos há semanas. Acho que talvez as pessoas de fita longa sintam necessidade de se afastar de nós, de nos colocar em uma categoria diferente delas mesmas, porque também foram criadas para acreditar que merecem a felicidade. E agora elas querem desfrutar dessa felicidade a uma distância confortável, onde não precisem se sentir tão culpadas quando olham para nós, para o nosso azar não ser transmitido para elas.

Bem, isso e o fato de terem dito para elas terem medo de nós. Aqueles fitas curtas malucos e selvagens.

Desculpa por esse bombardeio com tantos pensamentos negativos, mas um amigo meu morreu no mês passado e, às vezes, parece que tudo está desmoronando e, mesmo que eu tenha entrado em um grupo onde me encorajam a expor esses pensamentos em voz alta, é mais fácil, por algum motivo, escrever tudo.

B

AMIE

Amie ainda tinha a carta da semana passada. Ela já a tinha lido mais de uma dezena de vezes, mas não sabia o que escrever de volta.

Segurava o papel no colo, sentada no sofá da sala dos professores, pensando que "B" tinha razão. Um abismo havia se aberto entre os fitas curtas e os fitas longas, um abismo que apenas algumas pessoas, como Nina e Maura, tinham conseguido superar, de alguma forma.

Pela primeira vez, Amie ficou preocupada de haver cometido um erro ao responder à primeira carta naquela primavera. Na época, ela sabia, ou pelo menos suspeitava, que a pessoa que lhe escrevia tinha uma fita curta. E agora suas trocas se aprofundavam, tornavam-se mais íntimas. Como Amie podia ter certeza de que estava dizendo a coisa certa? Ou, Deus do céu, a coisa errada?

Ela olhava para a carta quando percebeu.

Ela estava fazendo a mesma coisa.

Tudo o que a pessoa tinha dito.

Fazendo suposições sobre eles. Pisando em ovos. Perguntando se aquela amizade era pesada demais. Temendo que, por causa da fita, a pessoa fosse frágil, delicada, *diferente*.

A carta estava guardada dentro de sua bolsa, ainda esperando uma resposta, quando Amie encontrou Nina para um passeio no West Village, antes de ela e Maura partirem para a viagem.

As duas irmãs passearam pelo Washington Square Park, repleto de skatistas e passeadores de cães, famílias e amantes, e pelo menos dois traficantes de drogas em cantos opostos do parque, graças ao aumento da demanda entre os fitas longas que procuravam uma comemoração e os fitas curtas que procuravam uma fuga.

Amie e Nina atravessaram o enorme arco de mármore na entrada do parque, onde alguém havia pichado ao longo de uma das duas colunas brancas: "E se VOCÊ tivesse uma fita curta?".

Normalmente, Amie gostava de imaginar hipóteses. Mas aquela era uma pergunta que ela não podia se fazer, uma caixa que ela simplesmente não podia abrir. Quer a resposta fosse cinquenta ou noventa, ela não queria *nenhum* número na cabeça. O refúgio de Amie eram suas fantasias, suas reflexões sobre o futuro. Um número destruiria tudo isso. Ele a aterraria. Ela simplesmente *tinha* que viver sem saber, como se sua fita fosse, de alguma forma, infinita. Era a única forma que ela conseguiria.

E Amie sinceramente tinha dificuldade de entender como tantas pessoas — Nina e Maura e a pessoa de suas cartas — tinham a capacidade de viver de qualquer outra maneira.

— Às vezes, penso em tudo que você e a Maura têm que enfrentar — disse Amie —, e não sei como vocês lidam com tudo isso.

Nina pensou por um momento.

— Acho que só tento lembrar que, por mais difícil que seja para mim, é bem mais difícil para a Maura. É por isso que planejei toda essa viagem para nós.

— Bom, talvez eu não seja tão forte quanto vocês. — Amie suspirou.

— Como assim, por não ter visto a sua fita?

— Não, não só isso... — Amie pensou na carta não respondida em sua bolsa. — Estou meio que trocando correspondências com uma pessoa fita curta e está ficando difícil continuar escrevendo quando sei que ela está passando por algo tão horroroso.

Nina pareceu confusa.

— Quem é?

— Bom, o problema é que... — disse Amie, hesitante — eu não sei. Nós nunca nos identificamos.

— Como isso começou? Quando?

— Começou na escola — disse Amie, achando difícil explicar em plenitude. — Ainda na primavera. Eu achei que as cartas fossem parar de chegar no verão, mas toda semana que eu ia até minha sala olhar, tinha mais uma.

— Você sabe quanto tempo essa pessoa ainda tem?

— Uns catorze anos, eu acho.

— E quantos anos ela tem agora?

— Bom, isso é outra coisa que não sei. Mas acho que meio que a nossa idade. A pessoa mencionou um amigo que fez trinta anos. E não posso afirmar que sou uma fita longa, já que não vi minha caixa — continuou Amie —, mas mesmo assim me sinto culpada. E muito triste pela pessoa.

Elas passaram por um casal abraçado em um banco, encaixado um no outro, e Nina olhou o rosto ansioso de Amie.

— Você namoraria um fita curta? — perguntou Nina de repente.

— Hum, sim, com certeza namoraria — respondeu Amie, embora não saísse com ninguém desde antes da chegada das fitas.

A tendência de Amie a devaneios levara a um hábito infeliz de imaginar como seria casar-se com aquela pessoa, ainda durante o segundo ou terceiro encontro, e sua imaginação tinha o dom de exagerar até os menores defeitos de um homem. Em sua cabeça, o homem que a interrompia durante a conversa já estava interrompendo seus votos no altar, e o homem que parecia desconfortável com mães amamentando em público já estava se recusando a cuidar de seu filho imaginário.

E, às vezes, por mais que tentasse, ela *não conseguia* ver seu futuro com um homem em particular. As imagens simplesmente não tomavam forma em sua mente ou apareciam confusas e sombrias, borrando o rosto do pobre homem. Isso era ainda menos promissor do que as imaginações pessimistas.

Apenas dois homens haviam conseguido passar no teste até aquele momento, os ex-namorados de Amie de seus vinte e poucos anos: um advogado que não tinha tempo para se comprometer e um poeta mais extravagante que Amie.

— Então, talvez você *namorasse* um fita curta, mas você se casaria com ele? — perguntou Nina.

— Sinceramente, não sei — disse Amie devagar. Não era a primeira vez que ela considerava a pergunta. — Com certeza seria diferente se eu já estivesse apaixonada por ele, como você e a Maura, mas se estivéssemos só começando... Assim, eu sei que vocês não querem filhos, mas eu sei que quero, então não seria só eu. Eu estaria conscientemente fazendo minha família passar por uma perda muito horrível. Optando por dar às crianças um futuro sem o pai.

— Eu entendo — disse Nina.

— É que a vida já é tão difícil e isso traria ainda mais tristeza — continuou Amie, virando-se para a irmã. — Você acha que isso me faz uma pessoa horrível?

— Acho que só quer dizer que você ainda não conhece os seus limites — respondeu Nina.

Perto dali, uma trupe de artistas de rua, formando um quarteto de jazz, começou a tocar uma música.

— Lembra quando "fitas" se referia só a coisas como fita de tecido ou fita de vídeo? — perguntou Amie, como se a lacuna entre aquela época e a atual fosse de muitos anos, e não de meses.

— A Maura nunca me deixa passar direto por uma apresentação sem parar para ouvir pelo menos um minuto — comentou Nina.

Uma pequena plateia já havia se juntado ao redor dos músicos, balançando-se e batendo os pés no ritmo.

— E dançar?

Amie sorriu, começando a rodar os ombros e balançar os quadris devagar. Nina ficou instintivamente tensa e cruzou os braços.

— Não, obrigada — falou.

— Ah, por favor — suplicou Amie.

Ela puxou gentilmente os braços da irmã até Nina ceder, o corpo relaxando, se movendo em um ritmo tímido e descoordenado, mas já era uma grande evolução.

Então as duas se embalaram em meio à multidão de espectadores, todos brevemente gratos por serem transportados a uma época quando as fitas eram só mesmo de tecido ou vídeo.

JAVIER

Após o debate de setembro, Javier esperou que Jack trouxesse à tona o assunto: o fato de seu tio ter anunciado a triste história de seu sobrinho soldado de fita curta no cenário nacional. Como se fosse algo para se gabar. Como se fosse uma história *dele*.

Mas Jack voltou para o apartamento deles no dia seguinte ao debate e nunca nem mencionou nada sobre isso. Javi queria acreditar que Jack estava só se preparando para discutir o assunto, talvez até consultando a família sobre o comportamento de Anthony antes de chegar a Javi com uma solução. Mas, depois de vários dias evitando falar nisso, Javier estava farto do silêncio.

Então decidiu perguntar enquanto ele e Jack estavam no estúdio de boxe. Embora Jack tivesse parado a maior parte de seu treinamento de combate depois de revelar sua "fita curta" ao exército, ele ainda vestia luvas e capacete todas as semanas para ajudar Javi como seu parceiro de treino.

Javi socava o aparador que Jack levantava, quando perguntou:

— A gente não vai falar do que o seu tio fez no debate da semana passada?

— Foi uma puta babaquice — respondeu Jack, entre um e outro golpe. — Até para ele.

Javi esperou que Jack dissesse mais, mas a academia estava quieta exceto pela pancada das luvas de Javi contra o estofamento.

— Bom, você falou com ele depois? — perguntou Javi.

— Tem sido difícil encontrar com ele ultimamente.

— E a sua tia? Ou o seu pai?

— Acho que eu não queria fazer parecer que é algo importante.

Jack deu de ombros por trás do escudo.

— Mas *é* algo importante! — disse Javi. — Eu queria que você levasse isso mais a sério.

— Bem, eu prefiro não chamar nenhuma atenção *a mais* para a minha fita — falou Jack. — Por razões óbvias.

— Eu só não quero que o seu tio use a *minha* fita para ser eleito — disse Javi, batendo no próprio peito com a luva. — É a *minha* vida. Ele não tem o direito de usar.

Jack suspirou, assentindo com a cabeça.

— Eu sei, Javi. Você está certo. Ele não deveria ter feito isso. E lamento não ter tido a oportunidade de falar com a minha família sobre o assunto — falou ele. — Tenho lidado com um monte de gente que me manda mensagens e me telefona, perguntando se eu era o fita curta a quem ele se referiu naquela noite. E agora todos querem falar comigo sobre o assunto, mas eu *realmente* não quero falar com nenhum deles.

Javi não conseguia acreditar no quanto ele parecia egocêntrico. Jack não tinha se visto no chão de uma capela, preocupado com a família, orando a Deus em meio às lágrimas.

— Uau, sinto muito, cara. Eu não tinha ideia de que você estava lidando com tanta merda — comentou Javi com amargura. — Deve ser mesmo um saco ser um fita curta.

Jack balançou a cabeça.

— Você *sabe* que não foi isso que eu quis dizer. A única razão pela qual odeio falar com essas pessoas é que eu me sinto uma porra de uma fraude!

Jack jogou o aparador contra a parede, assustando alguns boxeadores e lembrando a ambos de baixar a voz para não serem ouvidos.

Javi sabia que o amigo estava sofrendo com a troca. Naquela manhã, Jack estava vestindo uma camiseta com a mascote do ensino médio na frente, e Javi percebeu que já havia passado algum tempo desde a última vez que tinha visto Jack usar qualquer coisa com o logotipo do exército. Javi ficava feliz por Jack estar pelo menos *sentindo* algo, por suas ações também pesarem sobre ele. Mas Javi ainda queria sacudir os ombros de

Jack, tirá-lo de seu marasmo, fazê-lo perceber que ele poderia estar fazendo muito mais com o tempo que ainda tinha.

— Eu só não entendo por que você está deixando seu tio se safar — disse Javi. — Com tudo. Com toda essa merda contra os fitas curtas.

Javi se esforçava para afastar a raiva, até que se lembrou do que tinha visto recentemente na internet, alguns tuítes que confirmavam que Anthony Rollins estava na sala quando a Iniciativa Star nasceu.

Algo que Jack, supondo que ele soubesse, havia convenientemente esquecido de comentar.

— A culpa de a gente inclusive ter que mentir sobre tudo isso é do seu tio! — sibilou Javi.

— Você acha que eu não sei? Quando descobri que *ele* estava por trás de tudo isso, eu me senti uma merda! Mas não tem nada que eu possa fazer, Javi. O cara não fala comigo, a não ser para pedir favor. E, mesmo que a gente conversasse, ele não me ouviria.

— Mas você ainda é da família dele! Tem que ter algo que você possa fazer.

— Ele *é* da família — concordou Jack. — É por isso que não posso dizer para ele deixar de se candidatar à presidência, quando todos os outros membros da família estão ativamente em campanha por ele.

— Bom, você pode pelo menos dizer para ele parar de dificultar a vida das pessoas que *já* estão sofrendo — exortou Javi.

— Olha, eu sei que ele parece ser o líder, mas não é o único que se sente assim — disse Jack calmamente. — Eu não estou passando pano para ele, mas... talvez ele esteja apenas se apoiando no preconceito das outras pessoas.

— Então ele devia usar a plataforma dele para fazer as pessoas mudarem de ideia! E não jogar lenha na fogueira — argumentou Javi, sem conseguir entender por que Jack não estava igualmente furioso. — A não ser que na verdade você *concorde* com ele, né?

— Porra, cara, é claro que eu não concordo com ele! — exclamou Jack, levantando as mãos, na defensiva. — Realmente eu não vejo por que enfrentar o meu tio. Ele vai fazer o que quiser, não importa o que você ou eu dissermos.

A aceitação patética de Jack, sua resignação, enfurecia Javi ainda mais.

— Mas você não liga que vidas estejam em jogo? Aquele médico que foi baleado em Nova York só morreu por causa do seu tio!

Pela expressão no rosto de Jack, Javi percebeu que seu comentário tinha atingido um ponto sensível.

— O que aconteceu com aquele médico é horrível — falou Jack. — Mas, se eu começar a criticar meu tio agora, posso ser renegado pela família toda. Você acha que eles vão ficar do lado de *quem*? Do garoto que mal conseguiu se formar na academia ou do cara que pode ser presidente? E também não entendo por que consertá-lo é responsabilidade *minha*. Eu não pedi para ele ser meu tio, ele é só um narcisista que entrou na família por causa de um casamento. As cagadas dele não deviam ser problema meu.

— Bom, elas viraram problema seu quando ele subiu naquele palco e expôs você para o mundo inteiro — disse Javi, duramente. — Expôs *a gente*.

O gerente da academia agora vinha na direção deles, as chaves tilintando nos bolsos.

— Tudo bem por aqui, meninos? Tivemos algumas reclamações.

— Tudo, fica tranquilo — respondeu Jack. — Estou indo embora, de qualquer maneira.

Ele cuspiu o protetor bucal na mão e saiu em direção ao vestiário. E Javi assistiu enquanto a porta se fechava atrás de Jack, o ponto-final na primeira briga de verdade dos dois em mais de quatro anos de amizade.

Apesar da riqueza e dos contatos de Jack, Javi sempre sentira um pouco de pena dele, sabendo que a infância do amigo não tinha sido tão feliz quanto a dele, que Jack havia crescido, sentindo-se perdido e abandonado. Javi sabia que a família de Jack era exigente, que ele carregava seu sobrenome como um fardo, sempre trabalhando para estar à altura das expectativas deles. Então Javi não conseguia entender *por que*, naquele momento crucial, Jack preferia ficar do lado *deles* a do melhor amigo.

Será que ele tinha tanto medo de ser rejeitado da família? Estava tão desesperado pela sua aprovação?

Ou será que ele era tão bom em separar as coisas que conseguia isolar as pessoas que amava da dor que elas haviam causado?

Talvez houvesse algo completamente diferente, algo que Javier não estava vendo. Javi estava prestes a ir embora da academia quando viu um saco de pancada alto pendurado sozinho no canto e bateu com o punho cerrado, fazendo o saco voar para a parede atrás.

Caro(a) B,

Acho que você tem razão sobre os fitas longas. Alguns deles talvez nem percebam o que estão fazendo. Eles só querem se distanciar da tristeza, da culpa ou de qualquer coisa que os faça lembrar de sua própria mortalidade. Não importa o tempo que resta, ninguém quer pensar no fim.

É estranho, porque a sociedade agia de uma forma bem mais confortável em relação à morte. No capítulo sobre a era vitoriana, explico aos meus alunos que as pessoas naquela época estavam cercadas pela morte. Elas usavam medalhões com cabelos de parentes mortos, mantinham o caixão na sala durante o velório, até tiravam fotos com entes queridos falecidos para guardar de lembrança. Hoje em dia, queremos evitar ao máximo a ideia da morte. Não gostamos de falar de doenças, isolamos os membros da comunidade que estão morrendo em hospitais e asilos, relegamos cemitérios a trechos remotos ao longo das estradas. Suponho que os fitas curtas sejam o grupo mais recente que sofre com nossa aversão à morte, e talvez mais do que qualquer outro antes.

Mas você perguntou se todos merecem ser felizes. Certamente acho que sim. E não acho que ter uma fita curta deva tornar isso impossível. Se aprendi alguma coisa com todas as histórias que li — sobre amor e amizade, aventura e coragem — é que viver muito tempo não é o mesmo que viver bem.

Ontem à noite, olhei para minha própria caixa pela primeira vez em meses. Eu não a abri, mas reli a inscrição. A medida de sua vida está do lado de dentro.

A medida

Claro, é uma referência à fita que está lá dentro, mas talvez essa não seja a única medida que temos. Talvez haja milhares de outras maneiras de medir a nossa vida, a verdadeira qualidade da nossa vida. Medidas que estão dentro de nós, não dentro de alguma caixa.

E, de acordo com a sua própria medida, você ainda pode ser feliz. Ainda pode viver bem.

— A

MAURA

Foi um alívio pousar em Veneza depois da loucura no aeroporto.

O terminal internacional estava mais lotado do que Maura jamais se lembrava de ter visto. Enquanto ela esperava Nina em frente ao quiosque, três grupos de turistas passaram, liderados por guias usando corta-ventos com logos. Centenas de pacotes de viagens da "lista de desejos" das pessoas estavam ganhando popularidade entre os fitas curtas e os fitas longas, ou por qualquer um que sentisse que sua chance de ver o mundo estava prestes a acabar.

Uma profusão de mochileiros havia parado do outro lado dela, com sacos de dormir e tapetes de ioga enrolados debaixo dos braços. Alguns pedaços de conversas ouvidas por acaso levaram Maura a acreditar que eles estavam indo para o Himalaia, o que não era tão surpreendente. Segundo as informações, ondas de ocidentais haviam sido atraídas para os mesmos cantos da Ásia desde a primeira chegada das caixas.

Em abril, quando a crise era recente, alguns mosteiros budistas abriram suas portas a visitantes estrangeiros que buscavam conselhos, mas subestimaram o grande número de almas que ansiavam por iluminação. No verão, algumas regiões do Butão e da Índia estavam tão lotadas que os governos impuseram novos limites para o número de viajantes que podiam aceitar. Áreas antes tranquilas estavam agora cobertas por bandeiras de oração dos turistas, campos tibetanos inteiros entrecruzados com fileiras hipnotizantes de tecidos nas cores do arco-íris.

Muitos dos lugares mais santos do mundo agora atraíam milhões de pessoas além do esperado, peregrinos carregando suas caixas e fitas para o Muro das Lamentações, em Jerusalém, para a Caaba, em Meca, para a Gruta de Massabielle, em Lourdes, alguns buscando um retorno às suas origens espirituais em um tempo de imensa confusão, outros rezando por um milagre.

Maura havia participado de muitas marchas pelo clima e protestado contra o excesso de turismo. Mas ela não podia culpar esses nômades por quererem explorar enquanto ainda podiam. Por se perguntarem se algumas terras distantes poderiam conter as respostas que não conseguiriam encontrar em casa.

Como aqueles lugares sagrados, Veneza também estava repleta de visitantes, mas, assim que Nina e Maura embarcaram na balsa do aeroporto e viram a cidade se erguer das águas ao redor, e depois, enquanto arrastavam as malas com dificuldade nas pequenas pontes que atravessavam os canais, sentiram os pulmões se encherem de alegria por estarem em um lugar novo. A mente delas pensava em mil coisas ao mesmo tempo, absorvendo a vista, os sons e os aromas intensamente, sabendo que era um momento especial, um momento ousado e isolado no tempo, algo para ser lembrado a vida inteira.

Embora fosse outubro e as infames multidões de verão já tivessem se dispersado, famílias e grandes grupos de turistas ainda enchiam as amplas *piazzas*, que ardiam sob o calor do sol. Então, no segundo dia, Maura e Nina haviam aprendido a se afastar das praças principais e se aventurar pelas vielas mais estreitas e sombreadas, algumas com a largura de apenas dois pares de ombros, seguindo o labirinto da cidade, sem nenhum destino particular em mente.

Ladeadas por muros de pedra em ruínas, essas vias menores eram surpreendentemente isoladas do ruído ao redor. Em quase todos os lugares por onde elas haviam caminhado, o eco das britadeiras e os sons tênues de batidas metálicas serviam como lembretes da fragilidade da cidade, de seu inevitável desaparecimento. Ao que parecia, Veneza estava perpetuamente se refazendo, tentando mudar seu destino.

Uma tarde, Nina e Maura se depararam com uma situação particularmente pitoresca, onde um dos becos vazios desembocava em um cais de madeira ao lado de um canal estreito, longe dos grandes cursos d'água onde gôndolas luxuosas transportavam turistas.

Maura caminhou até o cais e quis molhar os dedos dos pés na água, mas Nina se opôs, citando uma reportagem sobre a poluição nos canais. Assim, elas se contentaram em só se sentar diante da água que ondulava suave, Maura descansando a cabeça no ombro de Nina.

Maura olhou a água lá embaixo, verde e opaca, passando devagar. Parecia mais turva do que ela esperava, como se um pintor tivesse acabado de lavar os pincéis ali.

— A gente tem sorte de ver enquanto ainda está assim — disse ela. — Uma parte de mim nem acredita que construíram esta cidade. Um mundo em cima da água.

— Li uma reportagem sobre isso no avião — disse Nina. — Na verdade, eles enterraram estacas de madeira na lama e na argila debaixo d'água, aí construíram plataformas de madeira sobre essas estacas, e então plataformas de pedra em cima e, finalmente, as construções em si.

— Mas a madeira não apodreceu? — perguntou Maura.

— A madeira que eles usaram era resistente à água e, como estava submersa e não exposta ao ar, nunca se decompôs — explicou Nina. — Está de pé há todos esses séculos.

Embora as ruas ocasionalmente cheirassem a porto de pesca, a cidade era hipnotizante, diferente de qualquer outro lugar que elas já tivessem visto. Os edifícios em tons pastel, cujos arcos góticos derretiam na água cintilante, e as filas de gôndolas na frente, boiando em espera, eram exatamente como apareciam nos cartões-postais e nos devaneios.

Particularmente divertidos eram os rostos curiosos que elas encontravam em cada esquina. Esculturas empoleiradas nos telhados, figuras pintadas em afrescos de teto, fachadas adornadas com pequenos bustos, até maçanetas de portas esculpidas em forma de cabeças — aonde quer que fossem na cidade, os olhos de santos e artistas as olhavam de volta.

Certa vez, Maura quase pulou ao ver uma dúzia de rostos pintados mirando-a com olhos assombrados e vazios da janela de uma lojinha.

Nina entrou na loja atrás dela, onde cada centímetro das paredes e do teto era coberto com máscaras venezianas, centenas de faces de porcelana, cada uma com suas próprias personalidades. Lá estava o bobo, com seu chapéu e seus sinos. O ameaçador médico da peste, com seu longo bico. Havia máscaras de todas as cores da paleta de um artista. Algumas tinham fitas e penas e eram intrincadamente folheadas a ouro. Outras usavam expressões dolorosas ou sorrisos maliciosos. Maura se aproximou para admirar uma máscara branca, enfeitada com delicadas notas musicais.

Uma mulher emergiu dos fundos da loja, apoiada em uma bengala de mogno, e acenou com a cabeça para Nina e Maura. Seus cabelos escuros e ondulados, castanhos com alguns fios grisalhos, estavam torcidos em um coque solto, e ela usava os óculos vermelhos pendurados como um colar.

— *Ciao* — disse ela. — De onde vocês são?

— Nova York — respondeu Nina.

— Ah, a Grande Maçã — falou a mulher, rindo. Seu inglês era bem praticado, embora com forte sotaque. — Conhecem a história das nossas máscaras?

Nina e Maura fizeram que não.

— Bom, todo mundo sabe que usamos máscaras durante o nosso famoso Carnaval, mas também numa época anterior, quando as pessoas de Veneza usavam máscaras *ogni giorno*, todo dia. Não só para comemorações.

Com a mão livre, a mulher gesticulou para o mundo diante da janela.

— Se você estivesse lá fora, andando na rua, podia usar uma máscara e ninguém saberia quem você é.

— Parece bem... libertador — disse Maura.

— Liberdade. *Sì* — concordou a mulher, solenemente. — Em Veneza, as antigas classes sociais eram muito estritas. Mas, com a máscara, você podia ser... qualquer um. Homem, mulher, rico, pobre. É meio que nem a sua Nova York, não é isso? As pessoas vão lá para ser quem quiserem.

Nina assentiu, concordando.

— Mas por que as pessoas pararam de usar?

— Bom, qual é a palavra... anônimo? *Sì*. Ser anônimo tem um preço. Você sente que pode fazer qualquer coisa. Você bebe, você trai, você aposta...

A mulher jogou a cabeça na direção do teto, sorrindo para as fileiras de rostos infinitos que olhavam lá para baixo.

— Pelo menos ainda temos o Carnaval.

Maura quis escolher uma máscara para pendurar no apartamento, e Nina ficou mostrando um monte de opções para ela, cada uma mais extravagante que a outra. Era quase chocante como cada máscara a tornava irreconhecível, e Maura se viu pensando no que a dona da loja havia dito sobre a liberdade que as máscaras proporcionavam ao usuário. A sensação de invencibilidade. Talvez fosse assim que os fitas longas se sentiam, ela percebeu.

E, embora seu tempo na Itália tivesse sido lindo até então, uma distração da vida doméstica, Maura não pôde deixar de se perguntar sobre usar uma máscara e se tornar alguém novo temporariamente, alguém com uma fita diferente, e sentir esse alívio e essa paz por um dia.

Maura viu a dona da loja levantar delicadamente uma máscara do rosto de Nina.

— O que aconteceu aqui na Itália quando as caixas chegaram? — perguntou ela de repente. — Muita gente abriu?

A mulher fez um gesto de cabeça, como se esperasse a pergunta.

— Algumas sim, mas acho que a maioria, não. Minha irmã é católica, muito tradicional. Ela não olhou, porque diz que vai partir quando Deus a chamar. E eu não olhei porque... estou feliz com a minha vida. — Deu de ombros. — Eu ouço falar desses americanos, eles dizem que as fitas os fizeram repensar a vida. Como se diz, as....

— Prioridades? — ofereceu Maura.

— *Sì, sì*. As prioridades. Mas, na Itália, eu acho que já sabíamos. Já colocamos a arte em primeiro lugar, a comida em primeiro lugar, a paixão em primeiro lugar — explicou ela, com um gesto de braço, indicando toda a loja. — E nós já colocamos a *família* em primeiro lugar. Não precisávamos das fitas para nos dizer o que é mais importante.

JACK

A última mala de lona de Javier havia sido arrastada para o saguão, pronta para ser carregada na van do seu pai e iniciar a viagem de catorze horas até o posto militar no Alabama, onde ele deveria começar seu treinamento em aviação. Mas o sr. e a sra. García ainda estavam a meia hora de distância, então Javi estava sentado em cima da mala, aguardando-os.

Não era para ir tão cedo. Ele e Jack deveriam passar sua última semana juntos. Mas, depois da briga, Javi decidiu passar o tempo restante com os pais.

É claro que Javi queria estar com a família, pensou Jack. Ele *gostava* de verdade de sua família. Até onde Jack sabia, a única mentira que Javi tinha contado aos pais era sobre a fita. E ele os poupara da verdade por amor.

Jack nunca havia sido tão honesto assim com sua própria família, pelo menos não quanto ao que era mais importante. Depois que a esposa foi embora, o pai de Jack passou a se dedicar totalmente à carreira, supervisionando os contratos do Departamento de Defesa. Ele namorou algumas mulheres bem-educadas e bem-criadas, a pedido da irmã, Katherine, mas seu trabalho lhe roubava toda a atenção. Jack sentia que o pai *precisava* ter sucesso para manter seu status na família, para apagar a mancha que a mãe de Jack havia infligido — e precisava que o filho também tivesse sucesso.

O avô Cal era talvez o único que poderia ter entendido Jack, que não teria zombado dele ou o repreendido por falar o que pensava. Mas não tinha como Jack ter entrado na sala de estar do avô, cheia de painéis de carvalho, onde três dos mosquetes do século XIX de seus ancestrais estavam pendurados na parede, ao lado de uma Estrela de Bronze emoldurada, e confessado que não podia fazer o que tantos Hunter já haviam feito.

Ele simplesmente não podia admitir que talvez houvesse outro caminho para ele, um caminho que não lhe desse arrepios no meio da noite ou dores de cabeça de tensão quando ele pensava no futuro. E com certeza ele não poderia dizer isso sem propor uma alternativa, algo respeitável como direito ou política. No entanto, por mais que Jack soubesse que *não* estava destinado ao exército, ele não sabia *a que* estava destinado. Ele não tinha uma paixão real, nenhum senso de direção (exceto o lugar para onde sua família o havia guiado). Ele não era como todo mundo — o avô Cal, Javier, o restante do exército, aquele médico que morrera durante o protesto. Até mesmo Anthony e Katherine tinham um objetivo, embora equivocado. E agora, depois que sua "fita curta" havia efetivamente rebaixado Jack para um trabalho de escritório de baixo nível em Washington, ele se sentia mais sem objetivo do que nunca; seu uniforme não passava de uma fantasia inadequada.

Jack tinha que lembrar que não era um crime se sentir perdido — afinal, ele só tinha vinte e dois anos. Não era esse o momento da vida em que você podia se sentir à deriva?

E a chegada das caixas não tinha sido uma rajada de vento que fez muitas pessoas perderem o rumo?

Mas Jack percebia a ironia desconfortável de *ele* ter recebido uma fita longa e ainda assim não saber como gastá-la, enquanto Javi era quem tinha um propósito.

Jack já se sentia um fracasso de tantas maneiras — como soldado, filho, membro produtivo da sociedade, e não queria falhar como amigo, também.

Precisava mostrar a Javi como estava arrependido e como se sentia grato pela amizade deles, desde o primeiro dia na academia até a noite em que Javi concordou com seu plano.

A amizade deles era a única parte da vida de Jack de que ele tinha certeza.

Quando Jack saiu do quarto, Javier ainda estava sentado, pensativo, em cima da mala.

— Eu sei que provavelmente sou a última pessoa que você quer ver agora, mas não podia deixar você ir embora sem me despedir — disse Jack. — E pedir desculpas.

Javi só assentiu com a cabeça discretamente.

— Eu sei que fui um amigo de merda desde que trocamos nossas fitas, e você não merece ser punido pelos *meus* problemas — continuou Jack. — Espero que saiba que tenho muito orgulho de você, Javi. Você é duas vezes mais homem do que eu poderia ser.

Javier o olhou, parecendo tocado pela declaração.

Os olhos de Jack estavam inchados, o rosto sombreado da barba por fazer, mas Javi estava igual ao primeiro dia deles como colegas de quarto, quando Jack tinha conhecido os pais de Javi e notado como eles pareciam ansiosos, hesitantes de deixar o filho. Na época, Jack tinha prometido que ia cuidar de Javi. Eles precisavam ficar juntos nessa.

— Obrigado por dizer isso — falou Javi.

Jack sorriu e fez um gesto para a mesa de pebolim.

— Quer jogar uma última partida?

— Acho que só preciso ficar sozinho, se você não se importar. Manter a cabeça limpa.

— Ah, tá, sem problema — respondeu Jack. Evidentemente, ele estava errado em achar que um pequeno pedido de desculpas seria suficiente. — Eu, hum, só queria te dar uma coisa antes de você partir.

Jack entregou um envelope branco e fino a Javi. "Para meu melhor amigo", estava escrito na frente. Javi deslizou o dedo por baixo do selo, e um cartão de oração desbotado, gasto nas pontas por tantos anos de manuseio, deslizou para a palma da mão dele.

— Não posso ficar com isso — disse Javi.

— Claro que pode. Você merece mais do que eu.

Javi sacudiu a cabeça.

— Sério, Jack, não posso.

— Eu sei que você é católico, e é uma bênção judia, mas... é tudo o mesmo Deus, né?

— Não é isso — respondeu Javi, colocando o cartão na estante de livros perto dele.

— É um legado da *sua* família. Não da minha.

Jack ficou magoado de ouvi-lo falar daquele jeito. Javi era mais parecido com um irmão para ele do que qualquer um de seus parentes. Javi era o único que sabia o que Jack realmente sentia em relação aos Hunter, ao exército, a tudo.

— Você *é* minha família — disse Jack.

Javi ficou em silêncio por um momento, somente os sons abafados do trânsito lá fora enchendo o apartamento.

— Eu entendo, Jack. Mas eu andei... pensando... e acho que só preciso de um tempo para mim agora, com a *minha* família, longe de todo o drama Hunter-Rollins. Sem querer ofender, mas... o holofote que eles querem para si ofusca tudo em volta.

Jack suspirou. Não podia discutir contra aquele argumento.

— Sabe, o *único* Hunter que teve esse cartão foi o meu avô — falou Jack. — E ele o ganhou do amigo Simon, para protegê-lo. Era só isso que eu estava tentando fazer.

— E é um gesto lindo, Jack. Mas não quero mais falar disso.

Jack sentiu a frustração silenciosa na voz de Javier. Ele tinha abandonado o tom mordaz da briga anterior, substituído a ira por algo mais parecido com tristeza. Como se já não valesse a pena gritar com Jack. Como se ele fosse uma causa perdida.

— Tá bom, então acho que vou sair do caminho — disse Jack, arrastando os pés, desconfortável, na direção da porta. — Mas vou deixar o cartão lá, caso você mude de ideia.

Javi virou o rosto e, enquanto Jack estava na soleira, deu uma longa olhada para o amigo. Seu olhar pousou sobre os cadarços amarrados nos tênis de Javier — duas fitas juntas, como seriam para sempre a dele e a de Javi.

Jack estava verdadeiramente grato, pois dar a Javi sua fita permitiria que o amigo alcançasse o que havia trabalhado tão arduamente para conseguir. Mas ambos sabiam que o sonho de Javi era só uma parte do motivo de Jack ter sugerido a troca — e uma parte pequena, além do mais.

Jack deu sua fita a Javier para se salvar. E Javi nunca o acusou disso, nunca o fez se sentir como um covarde. Era tudo obra do próprio Jack.

Javi não queria um cartão de oração velho e desbotado que nunca lhe pertenceu. Ele disse a Jack *exatamente* o que queria durante a briga no estúdio de boxe, mas Jack não pôde fazer nada. Ele não conseguia confrontar o tio, assim como nunca havia conseguido confrontar ninguém da família.

E agora Anthony era o herdeiro aparente, o presidente em potencial, enquanto Jack era o mesmo de sempre. O último companheiro de equipe escolhido no piquenique anual dos Hunter. O filho abandonado por seu próprio sangue.

Que raios Jack estava fazendo? Permitindo que a família que nunca o havia compreendido afastasse de fato a única pessoa que o compreendia?

Jack achava que sabia como era a solidão, era um perpétuo forasteiro entre seus parentes, um erro. Com a família, tudo se resumia em falta de amor.

Mas, com Javi, era uma *perda*.

E perder algo parecia bem pior e solitário do que simplesmente nunca o ter obtido.

Jack não podia perder Javi. Não agora. Não anos antes de tudo se consumar. E certamente não por culpa de seu medo e fraqueza.

Jack olhou para o amigo e ex-colega de quarto, lacrimejando contra sua vontade.

— Eu prometo que vou achar uma maneira de me redimir, Javi, de merecer seu perdão e seu respeito. Porque eu tenho tanto respeito por você — disse ele. — Sei que você vai deixar o exército orgulhoso.

BEN

Quando Ben encontrou Maura para um drinque em setembro, ela havia lhe pedido um favor: preparar uma surpresa para a namorada enquanto elas estivessem na Itália.

Assim, uma vez que elas tinham partido para a viagem, Ben pegou o metrô até o prédio delas, subiu três lances de escada e pegou a chave sobressalente que Maura havia lhe dado na sessão anterior do grupo de apoio.

Ele esperava um apartamento vazio.

Mas, ao abrir a porta e entrar na sala de estar, quase se chocou com uma mulher que agarrava um vaso de planta acima da cabeça.

— Ai, caralho!

Ben deu um pulo para trás, derrubando as chaves com o susto.

— Quem é você? — gritou a mulher, com um ar tão assustado quanto ele.

— Sou amigo da Maura — explicou Ben. — Ela me deu a chave.

— Ah — disse a mulher, subitamente consciente de sua postura defensiva. — Desculpa, eu te ouvi entrar e sabia que você não podia ser a Nina nem a Maura, então só peguei a primeira arma que encontrei.

Ben olhou para a fila de plantas verdes brilhantes atrás dela.

— O cacto teria sido uma escolha melhor — disse ele. — Dói mais.

Isso fez a mulher sorrir e seus ombros relaxarem. Ela voltou o vaso suavemente na prateleira.

— Eu sou a irmã da Nina — disse ela. — Amie.

— Prazer — respondeu ele. — Eu sou o Ben.

A medida

Aparentemente, tanto Amie quanto Ben haviam sido encarregados de tarefas durante a viagem: Nina havia pedido a Amie para regar as plantas e pegar a correspondência, enquanto Maura havia encomendado a Ben um projeto de arte.

Ben tirou um punhado de papéis do tubo de guardar projetos e os espalhou sobre a mesa de centro.

— Você desenhou tudo isso? — perguntou Amie, espantada.

Ela se inclinou para examinar de perto a série de esboços — um bar de karaokê no centro da cidade, um pátio de café com luzinhas penduradas, a cúpula da estufa no Jardim Botânico do Brooklyn.

— A Maura me viu rabiscando um monte de vezes e acho que gostou. — Ben riu. — Mas tentei fazer *estes* ficarem um pouco mais profissionais. Eu vim hoje tirar algumas medidas na parede para poder emoldurar.

Amie assentiu com a cabeça, juntando as peças da história.

— Então foi aqui que elas se conheceram, e foi aqui que a Nina disse "eu te amo". Eu só não reconheço o lugar do meio.

— Primeiro encontro — respondeu Ben. — A Maura queria todos os lugares marcantes.

— É um presente lindo — disse Amie. — E os *desenhos* são lindos. Você é artista?

— Arquiteto — respondeu ele.

— Então é um artista bom em matemática.

Amie sorriu.

— E você?

— Ah, eu sou péssima em matemática — disse ela.

Ben riu.

— Eu quis dizer: o que você *faz*?

— Sou professora de inglês — respondeu ela. — Nada de números, só romances.

Ben estava prestes a perguntar em que escola ela trabalhava quando ouviu uma batida frenética na porta.

— Nina! Maura! — chamou uma voz em pânico.

Ben abriu rapidamente a porta para revelar um idoso, o corpo frágil coberto por roupas encharcadas.

— Quem é *você*? — perguntou o homem. — Cadê a Nina e a Maura?

— Ah, estão viajando — explicou Ben. — Nós somos amigos delas. Podemos ajudar?

— Não sei, eu não sabia para onde ir. A Maura e a Nina normalmente estão aqui para me dar uma mão — divagou o homem, ansioso. — Aconteceu alguma coisa, acho que deve ter estourado um cano. Tem água por toda parte.

Ele parecia prestes a chorar.

— Certo, senhor, por que não entra e se senta? — convidou Ben gentilmente, enquanto Amie ajudava o homem a sentar no sofá. — Onde o cano estourou?

— No fim do corredor, apartamento 3B.

— Vou pegar umas toalhas — disse Amie, enquanto Ben corria para o 3B.

Quando ele entrou na cozinha apertada do senhor idoso, quase escorregou. De fato, um cano jorrava água, e uma pequena quantidade já corria pelos azulejos pretos e brancos, uma falange líquida marchando rapidamente, invadindo o piso de madeira do corredor, ameaçando o tapete à frente. Ben apertou os olhos para conseguir enxergar alguma coisa com toda aquela água enquanto se agachava sob a pia, à procura do registro.

Ele encontrou, e cessou o jato no mesmo instante em que Amie entrava correndo, os braços carregados de toalhas de banho. Se Ben não estivesse tão cego pela água e pela adrenalina, teria se sentido grato por ter conseguido resolver o problema a tempo de impressioná-la.

— Um encanador está a caminho — disse ela, jogando algumas toalhas para Ben, que enrolou uma com um nó bem apertado ao redor do cano que vazava. O vizinho idoso vinha atrás de Amie e permanecia cautelosamente na soleira enquanto Ben e Amie se ajoelhavam para secar tudo em volta.

— Desculpa, vocês não deviam ter que fazer isso — disse o homem, claramente envergonhado. — Eu mesmo teria feito tudo, mas... estava com medo de escorregar e cair.

— Não é problema nenhum — garantiu Amie, com gentileza.

Então olhou para Ben, abafando uma risada.

— O que foi? — perguntou ele.

— É que você... está muito molhado — disse ela.

— Bom, *você* cronometrou bem sua entrada. — Ben sorriu, tentando tirar o cabelo úmido do rosto. — Perdeu a parte em que eu dei de cara com aquela aguaceira.

Depois que o encanador chegou, o idoso acompanhou Ben e Amie até o corredor e lhes agradeceu profusamente.

— Foi um gesto muito heroico — disse Amie a Ben enquanto carregavam a pilha de toalhas sujas para a lavanderia.

— Nós, matemáticos, somos conhecidos pela coragem — brincou ele.

— Espero que vocês também sejam conhecidos pela discrição — disse ela —, porque nunca podemos contar para a Nina que usamos as toalhas chiques das visitas para secar uma enchente. Ela fica nervosa até se eu bebo água perto demais do sofá.

— Pode deixar, vou guardar segredo. — Ben sorriu.

— Bom, imagino que você queira ir para casa trocar de roupa — comentou Amie.

Mas Ben ainda não queria se despedir dela. Algo dentro dele lhe dizia para ficar.

— Na verdade... o que eu quero mesmo é um drinque — disse Ben. — E talvez uma companhia?

Os drinques viraram um jantar em uma *trattoria* na esquina, uma sugestão de Amie, para que os dois pudessem fingir que também estavam na Itália.

— Eu pedi para a Nina trazer chaveiros em formato de gôndola para todos os meus alunos — ela explicou, depois de terminarem de comer.

— Que legal — disse Ben. — Parece algo que minha mãe teria feito. Ela e meu pai também eram professores.

— Então, eu te faço lembrar da sua mãe? — provocou Amie quando o garçom chegou, com dois cappuccinos soltando fumaça. — As mulheres *amam* ouvir isso.

Ben pensou que ele e Amie estavam naquela linha tênue que separa a simpatia do flerte. *Será que ela tinha acabado de cruzar intencionalmente essa linha?*

Era assim que era um primeiro encontro? Já fazia tanto tempo que Ben tinha praticamente esquecido.

De repente, ele ficou nervoso de derramar a bebida ou ficar com espuma de café nos lábios. *Será que estava fazendo muito barulho para mastigar os biscoitos?* Estava sendo presenteado com aquelas pequenas preocupações triviais da época anterior, aquelas inseguranças incômodas.

Era quase um luxo senti-las outra vez.

Enquanto Nina e Maura curtiam a viagem ao exterior, Ben caiu em uma aventura, um turbilhão de passeios com Amie.

Eles se encontraram de novo no apartamento de Nina e Maura, para Ben terminar de tirar as medidas na parede, depois Amie o acompanhou até a loja de molduras para ajudá-lo a escolher algo de que sua irmã gostaria.

Em pouco mais de uma semana, houve jantares e caminhadas no parque, *bagels* de manhã e drinques à noite. E, depois que Ben se inclinou para beijá-la uma noite, Amie perguntou se o encontro *tinha* que terminar. Em uma incrível façanha de força de vontade, Ben a convidou para um café lá perto em vez de voltar para o apartamento dele. Ele ainda não podia dar aquele próximo passo, pelo menos não sem se sentir culpado.

Não sem considerar que Amie ainda não sabia.

Mas eles tinham passado todo aquele tempo juntos, e o tema das fitas nunca tinha surgido. Amie parecia contente em evitar o assunto, e Ben não sabia como abordá-lo.

Durante o café naquela noite, Amie puxou o celular e rolou as mensagens recentes, enquanto os olhos de Ben traçavam a curva de seu rosto de perfil. Como arquiteto, estava habituado à simetria, mas ficou estranhamente encantado pelo fato de ela ter uma pequena constelação de sardas na bochecha direita e nenhuma na esquerda.

— Olha isso — disse ela, mostrando uma foto do interior da Itália. — A Nina acabou de me mandar. Não é lindo? — Então pôs as mãos em torno da caneca e soltou um suspiro satisfeito. — Algum dia você já pensou em se mudar para uma cidadezinha na Europa? Tipo, em largar essa agitação de Nova York e morar num chalé onde você pode ir de bicicleta para o centro e todo mundo se conhece, e comer pães frescos, queijos e geleias pelo resto da vida?

— Sinceramente, nunca pensei muito nisso. — Ben riu. — Mas me parece ótimo quando você descreve.

— Com certeza a fantasia é melhor do que a realidade — disse Amie, dando de ombros. — É estranho, porque as pessoas falam muito desse sonho de uma "vida simples" ou de focar as "coisas simples". Mas acho que só morar no interior, longe das coisas superficiais, não significa que a *vida* se torne menos complicada.

Ben assentiu, entendendo.

— Pelo menos, dá para enfrentar comendo pães e queijos.

Amie sorriu.

— A Nina e a Maura vão para Verona amanhã, para passar o último dia — comentou ela. — E fico pensando em *Romeu e Julieta*. Sabia que tem uma tradição, em Verona, de escrever cartas a Julieta?

— A personagem de ficção?

— Bom, mais ou menos — explicou Amie. — Todo ano, milhares de pessoas mandam uma carta endereçada a Julieta, pedindo orientação na vida amorosa. E tem um grupo de pessoas que moram em Verona e se dizem secretários da Julieta. Eles respondem cada carta em nome dela. À mão.

— Parece uma responsabilidade enorme.

— Eu sei. Com certeza não dá para confiar no *meu* conselho no que diz respeito a romance — disse ela.

Nesse momento, uma expressão estranha de transe caiu sobre o rosto dela. Uma ideia, talvez uma lembrança, dançou visivelmente por sua mente.

— Você parece perdida em pensamentos — falou Ben.

— Ah, desculpa, às vezes eu faço isso. — Amie sorriu, parecendo ligeiramente envergonhada. — Eu estava lembrando de uma mulher que teria precisado do conselho da Julieta.

— Amiga sua? — perguntou Ben.

— Não, não é isso. É uma história que eu ouvi e me intrigou. O engraçado é que ouvi falar dela em uma carta. Uma mulher chamada Gertrude.

O nome quase fez Ben cair da cadeira, tamanho foi o choque. *Gertrude*.

Aquela simples palavra despertou todos os outros reconhecimentos, como se as similaridades entre Amie e a misteriosa "A" se empilhassem pouco a pouco desde que os dois se conheceram, agora finalmente amontoadas o bastante para serem vistas por inteiro. Ambas eram professoras de inglês em Manhattan, ambas moravam no Upper West Side. E essa carta sobre Gertrude tinha que ser a carta dele, certo?

O coração de Ben começou a acelerar. Não podia ser. É claro que não. *Ou podia?*

— Acabei de perceber — falou Ben. — Nunca perguntei, mas em que escola você dá aula?

— Ah, chama Academia Connelly, no Upper East Side — respondeu Amie. — Eu sei, é *bem* mais chique do que eu.

Ben abriu a boca para dizer alguma coisa, qualquer coisa, mas as palavras não saíram, então ele levantou rápido a xícara para cobrir o rosto e ganhar tempo para se recompor. Mas ele quase se engasgou com o café.

Amie dava aulas na mesma escola onde Ben se sentava todos os domingos à noite, onde ele deixava suas cartas todas as semanas. Tinha *que ser ela*, pensou. Ele sentia nos ossos, se é que isso era possível.

A parte racional de seu cérebro lhe dizia que talvez ainda houvesse outra explicação, mas ele *sentia* que simplesmente não havia alternativa. Só podia ser ela.

NINA

Em seu último dia na Itália, Nina e Maura embarcaram no trem que levava uma hora de Veneza a Verona.

O bate-volta foi recomendação de Amie, e tanto Nina quanto Maura haviam concordado que a cidade literária valia uma parada. Verona também era muito mais tranquila que Veneza, exceto por uma esquina da praça principal onde casais, amantes de livros e turistas faziam a peregrinação à Casa di Giulietta.

Ao se dirigirem ao pátio de Julieta, as duas passaram por baixo de um arco na entrada. As paredes internas do arco estavam completamente cobertas com camadas de nomes rabiscados uns em cima dos outros, acumulando-se ano após ano. De longe, parecia uma teia caótica de grafite, rabiscos ilegíveis de canetinha preta grossa e canetas de todas as cores, enchendo toda a parede de marcas. Mas, ao chegarem mais perto, elas conseguiram desembaraçar nomes e assinaturas individuais: *Marko e Amin. Giuli & Simo. Angela + Sam. Manuel e Grace. Nick & Ron. M+L. Teddy esteve aqui.*

Maura olhou de relance para Nina, que sempre carregava uma caneta, e cada uma delas assinou suas iniciais na parede, onde encontraram algum espaço em branco. Em seguida, elas saíram da passarela para um pátio, onde algumas dezenas de visitantes se reuniam para contemplar a sacada de pedra famosa lá em cima e tirar fotos com a estátua de bronze de Julieta no centro.

O casal ficou bastante desanimado ao ver, quase imediatamente, que outro costume popular era esfregar os seios da jovem, da forma como os dedos dos pés ou os sapatos de outras estátuas são tocados para dar boa sorte.

— *Mi scusi*. — Maura dirigiu-se a uma mulher perto delas. — *Perché la toccano?* — Ela gesticulou em direção ao turista que estava com a mão no seio de Julieta.

No fim das contas, a mulher também era americana.

— Você está me perguntando por que eles agarram os seios dela? Acho que é para trazer boa sorte na vida amorosa.

— Ah, é, porque a Julieta teve muita sorte nesse departamento — cochichou Nina, cética.

— Bem, é simplesmente perturbador.

Maura se encolheu, observando dois adolescentes que, pelo jeito, deviam estar desesperados por amor.

Então as duas se desviaram da multidão que esperava na fila pela sua vez com a estátua e se dirigiram para o muro atrás de Julieta, repleto de centenas de mensagens escritas em pequenos post-its e páginas recortadas de diários, com cada novo visitante participando da tradição honrada pelo tempo de deixar uma carta para a trágica heroína.

— Esta aqui é fofa — disse Maura. — "Seu nome é Taylor, mas você é minha Giuletta. Para não esquecermos, escrevi à caneta."

— Você sabe o que este aqui significa? — Nina apontou para outro adesivo.

Maura analisou o papel amarelo sob o dedo de Nina.

Se il per sempre non esiste lo inventeremo noi.

A testa dela se enrugou, o cérebro procurando as palavras.

— Se o para sempre não existe — disse ela —, nós podemos inventar o nosso.

À tarde, Nina e Maura perambularam às margens do rio Adige até a ponte Pietra, a principal de Verona. O viaduto da era romana havia sido construído com uma combinação de tijolos vermelhos e calcário, e Nina achou que a mistura dos dois materiais parecia ao mesmo tempo confusa e bonita.

O vento soprava forte ali perto da água, e alguns transeuntes agarravam os chapéus. A correnteza do rio parecia surpreendentemente violenta, com as ondas brancas passando sob a ponte.

— É o espírito da Julieta — teorizou Maura — vindo para se vingar de todos os que passaram a mão na estátua dela.

Elas viram uma pequena reunião de pessoas perto do fim da ponte, onde havia sido erguido um santuário improvisado de flores, velas e alguns ursos de pelúcia.

— Parece um memorial — disse Nina.

Ao se aproximarem, Nina reconheceu o homem e a mulher em uma das fotografias emolduradas. Os recém-casados que haviam saltado da ponte naquela primavera.

— Vamos continuar caminhando — falou Nina, desejando não se demorar na tristeza. Mas, sempre que olhava para o rio, não conseguia deixar de pensar no casal que havia pulado e na noiva fita curta que havia se afogado. Ao menos ela havia conhecido um grande amor em vida. Quais eram as palavras que Maura leu naquele post-it? *Se o para sempre não existe, nós podemos inventar o nosso.*

— Em que você está pensando? — perguntou Maura. — Você está tão quieta.

— O bilhete que você leu em italiano — respondeu ela. — *Si siempre no existe...?*

Maura riu.

— Acho que isso é espanhol.

Outra rajada de vento passou, e Nina sentiu uma estranha energia a elevando. Ela parou de andar e se virou para Maura, com a expressão repentinamente séria.

— Sabe, nas nossas primeiras semanas de namoro, fiquei esperando você terminar comigo — disse Nina. — Eu não podia imaginar que alguém tão especial, tão... inesquecível... fosse nem lembrar meu nome. — Ela fez uma pausa. — E aqui estamos nós, dois anos depois, enfrentando o fato de que o para sempre não existe. Para ninguém. Mas eu ainda quero inventá-lo com você.

Maura raramente ficava sem palavras, mas, naquele instante, era assim que parecia estar.

— Estou te pedindo em casamento — esclareceu Nina, nervosa.

— Eu sei — disse Maura. — O problema é que... Eu teria dito que sim, se o pedido não tivesse sido tão brega.

Nina soltou uma risada de prazer e alívio.

— Então me dá uma segunda chance?

Maura sorriu.

— Sim.

BEN

Os pais de Ben tinham um depósito localizado na parte baixa de Manhattan desde que venderam a casa da família em Nova Jersey e se mudaram para um apartamento. Mas agora, com a recente aposentadoria da mãe de Ben, e em razão da enorme quantidade de livros sobre minimalismo e organização que havia lido, ela estava convencida de que pelo menos metade de suas coisas armazenadas não era mais necessária. Assim, naquela tarde de sábado, Ben foi para o centro da cidade ajudar os pais a esvaziar um pouco o depósito.

Quando ele chegou, seus pais já vasculhavam pilhas de caixas de papelão fechadas e jogavam algumas coisas em enormes sacos de lixo pretos.

— É só jogar fora ou doar tudo que você não quiser guardar — disse a mãe.

— Tudo que não desperte alegria? — provocou Ben.

A mãe bagunçou o cabelo do filho, como sempre fazia quando ele era mais jovem. Naquela época, ele achava irritante e infantil, mas agora já não se importava tanto.

— Acho que você precisa de um corte de cabelo — disse ela, incapaz de controlar o impulso materno.

— Vamos só nos concentrar nas caixas, que tal?

Ben sentou em cima de um baú fechado e começou a vasculhar caixas de roupas velhas, separando as peças que iriam para a doação das que estavam em condições ruins demais para serem salvas. A tarefa metódica permitiu que sua mente vagasse, livre, e não demorou muito para ele pensar em

Amie e em todas as verdades ainda não ditas — o fato de ele ser um fita curta e as cartas trocadas pelos dois.

Mas não havia uma resposta óbvia. Ben gostava de Amie. Ele gostava de seu sorriso largo e de suas sardas assimétricas, de sua paixão pelo trabalho e de que tudo parecia muito fácil entre eles, tanto pessoalmente quanto nas cartas. E, é claro, do que Ben gostava *de verdade* em Amie eram os pensamentos, medos e sonhos que jaziam escondidos dentro dela e que ela revelava por escrito.

Ben achava que Amie talvez gostasse dele também. Mas e se ela gostasse só da parte dele que ela havia conhecido naquela semana, a do herói que ajudou um vizinho necessitado, e não a do fita curta que se sentia triste e cheio de autopiedade?

Ele olhou para os pais, ambos no início dos sessenta anos agora, organizando os registros de sua vida compartilhada, de décadas passadas lado a lado. Como Ben poderia pedir a qualquer mulher que *o* escolhesse quando ele não podia lhe dar isso?

A primeira vez que Ben realmente havia contemplado o casamento e a paternidade em um sentido real, palpável, em vez de algumas hipóteses fugidias, foi por volta dos últimos meses antes do término do relacionamento com Claire, quando ele tinha uns trinta anos. E, depois que Claire o deixou, depois que ele ficou sabendo que era um fita curta, todos os passos futuros que ele sempre dera como certos — casar, constituir uma família, ver seus filhos crescerem enquanto ele envelhecia com a esposa — não estavam mais garantidos.

Era doloroso para Ben pensar que, se as fitas nunca tivessem chegado ou se Claire nunca tivesse aberto a caixa dele, ele simplesmente teria seguido aqueles passos, sem duvidar nem vacilar. Mas, agora, essas dúvidas o torturavam.

— Ah, meu Deus, olha isso! — A mãe levantou uma fantasia de abóbora do tamanho de uma enorme caneca de cerveja, da caixa rotulada como *Halloween*.

Ben se inclinou para examinar os itens na caixa: o chapéu de caubói do Woody, um sabre de luz retrátil, até mesmo a barba falsa toda embolada, fruto de um ano que passara obcecado por Antoni Gaudí, após uma viagem de família à Espanha.

— Isso vai fazer algumas criancinhas muito felizes. — A mãe sorriu, colocando tudo na caixa de doações.

O pai estava prestes a amassar a caixa vazia quando Ben viu um pequeno cartão da Hallmark colado ao fundo. Na frente do cartão, havia um fantasma de desenho animado gritando *Bu!* e, no interior, seus pais haviam escrito: "Não tenha medo! Nós estamos sempre cuidando de você".

— Acho que a gente era um pouco sentimentaloide — comentou o pai de Ben.

— *Eram?* — brincou Ben.

A esposa deu uma cotovelada de leve no marido.

— Ei, esse cartão era lindo — disse ela. — E nós estávamos falando sério.

Quando os pais voltaram a organizar suas respectivas pilhas, Ben olhou para o cartão aberto em seu colo, a piada rabiscada na letra da mãe.

Ela tinha razão. Ben não se lembrava de um momento em que se sentisse assustado na presença dos pais. Ele só se sentia protegido.

Quando adolescente, mesmo depois de voar da bicicleta, e, deitado numa cama de hospital, esperando ansiosamente os resultados dos raios x, só o fato de ver os pais entrando correndo no pronto-socorro já estabilizou seus nervos. Não importava que eles fossem passar a próxima hora o repreendendo pelo descuido. Quando os viu chegar, ele simplesmente se sentiu seguro.

Então, como não confiaria neles agora, na hora mais assustadora de sua vida, quando ele mais precisava daquele conforto?

Sim, a verdade os machucaria, ele pensou, mas não os machucaria mais se eles descobrissem depois? Se pensassem que o filho não havia confiado neles? Depois de todas as vezes em que eles estiveram presentes?

— Preciso contar uma coisa para vocês — disse Ben. — Eu sei sobre a minha fita. E é por isso que a Claire e eu terminamos. Eu... tenho mais uns catorze anos. Uma década e meia. — Ele sorriu de lábios fechados. — Assim fica parecendo um pouco melhor.

Houve uma breve pausa, uma lacuna no tempo em que ninguém falou nem se mexeu, e Ben ficou preocupado que algo em seus pais tivesse se quebrado para sempre.

Até que a mãe se inclinou para a frente, o puxou na direção dela e o abraçou com aquela força quase de outro mundo que só pode ser alcançada por uma pessoa específica, em um momento específico: um pai ou uma mãe que protege um filho. Ben era mais alto e mais corpulento que a mãe desde a faculdade, mas, de alguma forma, agora, o corpo dela parecia envolver o de Ben, engolindo-o como se ele fosse um garotinho, aninhando-o com todo o seu ser. O pai de Ben pousou a mão, quente e pesada, no ombro do filho, exercendo pressão suficiente para impedir que Ben se dobrasse.

Foi quando Ben percebeu que Claire não o havia tocado na noite em que confessara a respeito das caixas. Era algo bastante chocante, visto agora, em retrospectiva. Ela havia *se* abraçado, numa tentativa de *se* firmar. Mas os pais de Ben não se importavam consigo mesmos, não agora. Eles só se preocupavam com o filho.

Então Ben ficou ali, sentado em cima de um baú, envolvido nos braços da mãe e amparado no aperto firme do pai. Nada mais precisava ser dito. No silêncio, o toque deles já era o suficiente.

JACK

Algumas semanas após a saída de Javier, Jack precisou deixar seu apartamento, porque tudo ali o fazia lembrar do amigo. Eles mal haviam se falado desde a briga, e Jack finalmente entendia por que seu pai os fizera mudar para uma casa nova quando a mãe foi embora. Realmente, lembranças podiam impregnar uma casa inteira.

Assim, numa sexta-feira à noite, após uma semana de treinamento em segurança cibernética para seu novo cargo em Washington, Jack foi a pé direto para a Union Station e embarcou no próximo trem para Nova York.

Ele se sentou num vagão e olhou pela janela, enevoada por anos de marcas de impressões digitais e respirações de estranhos. Mal podia esperar para chegar a Nova York. Só tinha visitado a cidade algumas vezes, mas sabia que era o único lugar no mundo onde havia sempre uma multidão, não importava aonde fosse ou a que horas. O único lugar onde seu anonimato, uma vida normal, era quase garantido.

Jack passou dois dias perambulando pelas ruas de Manhattan, dormindo no futon cinza e velho de um amigo, bebendo e jogando bilhar em um boteco, tentando decifrar os anúncios ininteligíveis no metrô, passando discretamente sem ser reconhecido por qualquer um ao seu redor. Mas ele ainda pensava em Javier.

Cada helicóptero que roncava no céu o fazia pensar no amigo, piloto em treinamento. Embora ele dormisse na sala com as janelas abertas e ouvisse cada sirene, grito e pedaço de vidro estilhaçado nos sacos de lixo arrastados para a calçada, Jack estava de volta a Washington ou ao quarto deles na academia. Nem Nova York conseguia libertá-lo. As distrações da cidade não eram suficientes para compensar a culpa que o incomodava, lembrando de que ele ainda não havia cumprido sua promessa a Javier. Seria merecedor do perdão dele.

A semana já estava quase no fim quando Jack andava pela rua, as mãos afundadas nos bolsos, deprimido pela tentativa fracassada de se distrair. Ainda não eram oito da noite, mas a calçada estava tranquila, só um punhado de pedestres passando, um cabo eleitoral pedindo votos timidamente, um baterista batendo em baldes virados para baixo.

Jack viu dois adolescentes se aproximando do ativista, um homem baixo de óculos, que segurava uma prancheta. Havia algo na maneira como os rapazes se portavam, agressivos e arrogantes, ocupando mais espaço do que precisavam, que fazia Jack lembrar seus tormentos na academia. Enquanto os garotos se aproximavam mais do cabo eleitoral, Jack acelerou o passo.

O homem tentou realmente abordar os garotos, abrindo um sorriso inocente.

— Vocês têm um minuto para apoiar Wes Johnson? — perguntou ele.

Um dos garotos inclinou a cabeça para o lado.

— Aquele *fita curta*, é?

— O senador Johnson provou que vai defender *todos* os americanos, o que inclui aqueles com fitas curtas — respondeu o ativista.

— Por que eu iria querer desperdiçar o meu voto em alguém que vai bater as botas? Ele devia tirar o cavalinho triste de fita curta dele da chuva. Ele é uma vergonha do caralho.

Um dos garotos arrancou a prancheta das mãos do ativista e fez uma varredura gananciosa dos nomes.

— Quem é que gosta desse cara?

Uma mãe que passava notou a cena e agarrou, nervosa, a mão do filho, afastando-o do trio de homens tensos, e Jack permanecia ali, esperando.

— Por favor, me devolve — pediu o cabo eleitoral.

O menino deu um sorriso torto, depois atirou a prancheta na calçada, o plástico batendo com um único baque. O baterista parou de tocar.

A medida

Jack via a agonia no rosto do cabo eleitoral, tentando calcular o que seria mais seguro. Se ele se abaixasse para pegar a prancheta, tiraria os olhos dos garotos e, pior ainda, da mesa com a caixa de doações.

Jack deu uma olhada em volta. A testemunha mais próxima era uma jovem grávida parada mais atrás, a mão direita segurando o telefone, os dedos presumivelmente posicionados para discar para a emergência, caso a situação se agravasse. *Onde está a multidão quando a gente mais precisa dela?*, pensou Jack. Ele acenou com a cabeça para a mulher, que acenou em resposta, em um reconhecimento de preocupação mútua.

— Você não vai pegar? — perguntou o garoto ao ativista, enquanto seu amigo se aproximava da mesa.

Você não vai bater nele de volta?, Jack ainda conseguia ouvir os insultos vindos dos bastidores da escola. *Que pena que sua família não está aqui. Pena que seu tio não está aqui. Pena que você não seja tão forte quanto eles.*

De repente, a raiva de Jack explodiu.

— Por que você não deixa o cara em paz e não seguimos com nossa noite? — disse Jack com firmeza, dando um passo à frente e oferecendo ao homem um pequeno espaço para pegar a prancheta da calçada.

— Por que *você* não cuida da sua vida, babaca?

— Eu não estou a fim de briga — falou Jack.

— Então sai daqui.

— Só quando você deixar o cara voltar pro trabalho dele em paz — respondeu Jack.

O garoto riu.

— Você deve ser um deles. Vocês dois. *Fitas curtas* — disse ele, as palavras encharcadas de malícia.

Quando Jack se recusou a responder ou se afastar, o menino virou de leve a cabeça, como se estivesse prestes a recuar, antes de se virar rapidamente, com o punho voando em direção ao queixo de Jack.

Surpreendentemente, Jack bloqueou o soco.

Então o amigo do garoto tentou atacá-lo de lado, mas Jack conseguiu se proteger de novo.

Atordoados e irritados, os dois tentaram outro golpe, mas Jack ainda os repeliu. O que os garotos frustrados não tinham como saber era que

Jack não estava mais nas ruas de Nova York. Ele estava de volta ao ringue com Javier. Lutando contra seu melhor amigo, seu irmão. Memorizando os movimentos de Javier e como se defender deles.

Jack não queria bater de verdade nos garotos, mas percebeu que era sua única saída, então acertou um soco no estômago de cada um, nada forte demais, só o suficiente para enviar a mensagem de que a briga havia terminado.

E, quando os dois cambalearam para trás e Jack percebeu o que havia acontecido, sorriu para si mesmo. Mesmo quando não estava por perto, Javi sempre o protegia.

Depois que os meninos fugiram, derrotados, chegou um policial. Ele estava interrogando o cabo eleitoral quando a jovem grávida, que devia ter chamado a polícia, foi até Jack.

— Você é um lutador e tanto — disse ela.

O corpo de Jack ainda tremia por causa da adrenalina. Os pulsos estavam doloridos, mas não era nada comparado à dor daquela briga brutal no primeiro ano, quando ele tinha tomado uma surra na frente de todos os seus colegas, e Javi teve que roubar gelo da cozinha para evitar que o rosto dele inchasse.

— Obrigado — disse Jack. — Normalmente não sou tão... habilidoso.

— Eu sou Lea.

A mulher sorriu.

— Jack.

— Bem, Jack, estou a caminho de um grupo de debate hoje à noite. Então, obrigada por me dar uma boa história para contar.

Nesse momento, Jack notou que a garota usava um broche de ouro no suéter, com um desenho que ele nunca tinha visto antes: duas linhas curvas entrelaçadas, como as serpentes torcidas ao redor do emblema de Hermes, só que essas linhas tinham comprimentos diferentes.

Lea percebeu a curiosidade dele.

— São duas fitas — explicou ela. — Uma longa e outra curta. Por solidariedade.

— Você que fez? — perguntou Jack.

— Meu irmão me deu — contou ela. — Acho que alguém começou a vender no Etsy, mas acho que estão virando moda. Wes Johnson até usou um na semana passada.

Algo que Anthony sem dúvida odiaria, pensou Jack.

— Você acha que foi *realmente* por isso que aqueles caras foram tão cruéis? — perguntou Lea. — Porque o homem estava trabalhando para o Johnson?

Jack deu de ombros.

— Não dá para acreditar nas coisas que eles falaram dos fitas curtas.

Lea estremeceu.

— Bom, tomara que agora eles pensem duas vezes antes de repetir essas coisas.

— Obrigada — falou Lea, solenemente.

A seriedade do seu tom impressionou Jack.

— Eram só dois valentões procurando problema, talvez um pouco de dinheiro — disse ele. — Não foi nada.

— Você percebeu algo *errado* e não ignorou — respondeu Lea. — Isso é alguma coisa.

Jack se lembrou do que Javi havia dito durante a discussão deles. Que não se tratava apenas do ego de Anthony, não mais. Vidas estavam em risco. Pessoas que tinham tirado uma mão de cartas muito pior do que a de Jack, não importava quantas vezes ele reclamasse de sua família e desejasse que sua vida fosse diferente. Javi tinha tentado dizer isso, tirá-lo de seu egocentrismo.

Como sempre, Jack não tinha conseguido enxergar, e Javier estava certo.

Jack não sabia ao certo o que tinha acontecido para levá-lo a intervir na briga de rua, mas não pôde evitar voltar para Washington naquela noite com a sensação de que talvez não fosse tão fraco, afinal. Talvez ele só precisasse do momento certo, longe da família, longe das câmeras, longe do exército, longe de qualquer um a quem ele já tivesse mentido ou se esforçado demais para impressionar. Talvez, depois de todos aqueles anos morando com Javier, ele tivesse aprendido mais do que só boxe com o amigo.

A sensação de ter feito algo significativo era animadora, ainda que passageira. Durante toda a sua vida, Jack seguiu ordens, de uma maneira passiva e submissa. Ele sentia que nunca tinha feito nada.

Mas isto, finalmente, era alguma coisa.

Jack sabia que era uma questão de dias até o próximo convite para subir no palco com Anthony e Katherine. E quem sabe, dessa vez, ele não tivesse tanto medo.

BEN

No domingo de manhã, um dia depois de contar a verdade aos pais, Ben acordou e percebeu que ainda não havia escrito uma carta. Ele ainda não havia decidido o que dizer a Amie, e aquela noite havia outra reunião, outra sessão na sala de aula *dela*. Sua última chance de deixar a carta habitual, de fingir que nada havia mudado.

Mas, antes que pudesse pensar mais, Ben deu uma olhada no celular e a data chamou sua atenção.

Fazia exatamente dois meses.

Uma hora depois, ele já estava no metrô, indo para o centro da cidade. Havia um lugar aonde ele precisava ir.

Ele não ia lá desde aquela tarde de agosto, quando o parque estava lotado de espectadores, tanto apoiadores quanto não apoiadores.

Ao se aproximar da entrada, Ben notou uma pequena multidão reunida ao lado de um prédio, um grupo de pessoas que tirava fotos. A pergunta passou rápido pela mente de Ben — será que estavam ali pela mesma razão que ele? — antes de perceber que eles fotografavam algum tipo de grafite na parede de pedra.

Quando o grupo se afastou, Ben viu o que os outros estavam vendo: um mural em preto e branco da mítica Pandora agachada sobre sua caixa aberta. Era tarde demais, o conteúdo da famosa caixa — espirais sombrias e faces demoníacas — já havia sido liberado no mundo, rastejando para cima, ao longo da borda da parede. A imagem deixou Ben arrepiado, e ele rapidamente se afastou dela e caminhou em direção ao parque.

A lembrança pareceu levar seu corpo instintivamente para o lugar onde ele havia estado naquele dia, e, quando Ben se aproximou, ficou surpreso de ver uma jovem de pé, imóvel, quase meditativa, no meio da movimentada passarela, a quietude de seu corpo quebrada apenas pela bainha da longa saia floral dançando levemente ao redor dos tornozelos. A moça tirou um ramo de flores da bolsa e se ajoelhou para descansá-lo no chão.

Ela estava a vários metros do local onde Hank havia caído, como se também tivesse estado lá naquele dia — ou talvez tenha sido guiada pelas descrições do acontecimento nos noticiários. Independentemente disso, Ben sabia qual era a intenção dela e se questionou se deveria ou não se aproximar. Ele conhecia as regras da cidade, as sobrancelhas levantadas para aqueles que falavam com estranhos por livre e espontânea vontade. E, se aquela jovem estava mesmo sofrendo por Hank, era indelicado perturbar seu luto?

Enquanto caminhava lentamente na direção dela, Ben tentou deduzir quem ela poderia ser. Hank não tinha irmã, e aquela não era a mulher que havia feito um discurso em seu velório, a dra. Anika Singh. Talvez uma prima, uma colega, outra ex.

— Desculpa incomodar — disse Ben, com delicadeza —, mas são para o Hank?

A voz dele a assustou.

— Ah, são, sim — respondeu ela.

— Você o conhecia?

— Conhecia.

Ben assentiu.

— Se bem que foi recente, eu acho — continuou ela.

A jovem parou por um momento, a cabeça inclinada e pensativa.

— Como ele era? — ela perguntou.

Ben ficou surpreso. Ele achava que a moça conhecia Hank. Mas ela não era nem colega, ao que parecia. Talvez alguma admiradora que escutara a história?

— Hum, bom, ele era uma das pessoas mais interessantes que eu conheci — disse Ben. Sua cautela inicial se evaporou quando ele percebeu a curiosidade da jovem. — A sensação que eu tinha era de que ele nunca queria ser um peso ou deixar as pessoas terem pena dele. Sempre queria ser o herói. — Ben sorriu. — E, por sorte, na maior parte do tempo, ele era mesmo.

— Foi por isso que eu quis vir — disse a moça. — Para agradecer a ele.

Claro, pensou Ben. *Uma paciente que só conhecia o Hank médico, não o homem fora do pronto-socorro.*

— Ele era seu médico? — perguntou Ben.

— Na verdade, não — respondeu ela, bem quando a brisa levantou as pontas de seu cabelo preto comprido, as pontas tingidas de um rosa vibrante. — Ele... me deu o meu pulmão.

Por um momento, Ben sentiu o próprio pulmão lutando para respirar. Ficou olhando, piscando, para a jovem à sua frente, o peito dela se expandindo e se enchendo do ar de outono.

Ben não fazia ideia de que Hank era doador de órgãos; ninguém havia mencionado isso no velório. Mas fazia todo sentido, não? O ato final de um herói.

— Faz dois meses, e é a primeira vez que consigo visitar. Mas penso nele o tempo todo.

— Com certeza ele ficaria feliz de saber de você — falou Ben.

De repente ele se lembrou de uma conversa com Maura, algo sobre congelamento criogênico e upload da mente, todas as barganhas e sacrifícios que as pessoas faziam agora na esperança de viver. Mas, quando Ben olhou para a jovem à sua frente, pensou na fita dela e em como cada fiozinho que se estendia além daquela tarde de agosto era uma porção presenteada da fita de Hank para a dela, como a vida daquela moça tinha sido alongada simplesmente porque Hank existira. Nesse instante, Ben percebeu que havia mais de uma maneira de existir.

— Ainda não olhei minha fita — anunciou ela, como se Ben tivesse expressado suas reflexões em voz alta. — No início, antes de saber da cirurgia, eu tinha muito medo de olhar e fiz minha família inteira jurar que também não olharia. Mas, agora, não importa quanto tempo eu tenha, todos os dias são sagrados. E não quero perder tempo ficando triste ou pensando em outra coisa. Eu só quero ser grata. Viver o máximo que eu puder.

A garota falava com Ben, mas não olhava mais para ele. Ela observava as outras pessoas no parque — o casal compartilhando discretamente uma garrafa de vinho em cima de um cobertor, o rapaz que pausou sua corrida curvando-se sobre a fonte de água, o adolescente lendo embaixo de uma árvore.

O celular da jovem tocou de repente em sua bolsa, e ela olhou para a tela.

— Ah, caramba, tenho que correr — desculpou-se. Então seus lábios se abriram em um sorriso inesperado, e ela olhou para Ben. — Sabe, eu antes falava isso só como uma expressão, porque não conseguia correr *de verdade* sem literalmente ficar com falta de ar. Mas a ligação era de uma amiga — explicou ela. — Agora que estou com dois meses de operada, vamos começar a caminhar juntas e depois correr. E aí, no ano que vem, eu vou correr uma meia maratona.

Ben sorriu para a garota, feliz com os planos dela.

— Boa sorte — disse ele.

Depois que a jovem se afastou, Ben olhou fixamente para as rosas cor de pêssego que ela havia colocado no chão. Quantas pessoas passariam por elas e se perguntariam por que elas estavam ali ou a quem eram destinadas? Talvez algumas delas soubessem.

No caminho do parque para o metrô, Ben passou pelo mesmo mural em preto e branco de antes, mas dessa vez não teve medo de se aproximar. Ao olhar para o rosto atordoado de Pandora e para a caixa vazia em suas mãos, ele notou que algo novo havia sido pintado em cima do mural. Devia ter sido adicionado por um artista diferente, Ben imaginou, usando tinta azul brilhante e um pincel mais fino.

Apenas uma pequena parte do interior da caixa tinha sido deixada visível pelo muralista original, mas foi ali, em um canto escuro do baú, que um segundo artista veio e escreveu a palavra *esperança*.

AMIE

Na segunda-feira de manhã, Amie encontrou a carta em sua sala de aula.
Levou um susto ao ver que estava endereçada a ela pelo nome, em vez de apenas sua inicial. Tentou lembrar se tinha revelado seu nome acidentalmente em uma carta anterior, mas achava que não, e, quando virou a página, viu que o autor também tinha assinado com seu nome.

Cara Amie,

Uma vez ouvi falar de uma ilha remota nas Galápagos, onde hoje vivem apenas cem pessoas, mas, no século XVIII, alguns baleeiros montaram um barril vazio na costa para servir de "correio" improvisado. E eles começaram uma tradição em que qualquer navio que passasse pela ilha tirava cartas do barril e as levava de volta para a Inglaterra ou os Estados Unidos ou de onde quer que viessem, essencialmente entregando o correio em nome de seus colegas marinheiros. Até hoje, os visitantes ainda podem deixar seus próprios cartões-postais ou cartas dentro do barril — sem necessidade de selo — em troca de levar a carta de outra pessoa e prometer entregá-la a seu legítimo destinatário. Eu não vi nenhuma estatística, mas supostamente o sistema funciona surpreendentemente bem.

Não sei por que estou dizendo isso, além de talvez me fazer acreditar que, mesmo nas mais estranhas circunstâncias, uma carta pode encontrar seu caminho até a pessoa certa.

De alguma forma, meses atrás, minha carta encontrou o caminho até você.

E, por mais louco que pareça, nós encontramos o caminho um até o outro, e eu percebi que você trabalhava na mesma escola onde eu frequento todos os domingos à noite, desde abril, um grupo de apoio para fitas curtas.

(Também foi nesse grupo que conheci a Maura, mas não contei a ela sobre estas cartas nem sobre você.)

Passei a maior parte dos meus vinte anos preocupado com a reação do meu chefe aos meus projetos, ou se eu estava ganhando tanto dinheiro quanto deveria, ou se eu finalmente tinha a vida que faria meus antigos colegas de classe me verem como alguém maior e mais forte do que o menino nerd que eles tinham conhecido. E, claro, essas coisas — construir uma carreira, ganhar dinheiro — ainda são importantes, mas não são as únicas coisas que importam. As fitas tornaram isso mais claro do que nunca.

Posso ver agora, adulto, que meus pais me deram dois presentes maravilhosos: eles me mostraram como é uma parceria verdadeira e amorosa, e me deram uma infância em que sempre me senti seguro e protegido, nunca com medo.

Acho que eu também poderia fazer isso. Ser um bom parceiro para a pessoa que amo e transmitir aos meus filhos o maior legado dos meus pais.

Sinto muito, Amie. Sinto muito pelo choque que esta carta vai trazer e sinto muito porque uma vez você me pediu para escrever sobre pequenas coisas, e esta talvez seja a maior de todas. Mas você também disse que cada um de nós poderia encontrar nossa própria medida de felicidade.

Uma desconhecida me disse recentemente que não queria perder tempo se sentindo triste. Ela só queria viver o máximo que pudesse. E eu acho que essa é uma medida tão boa quanto qualquer outra.

Obrigado por tudo,
Ben

Amie soltou lentamente a carta, as bordas umedecidas pelas mãos suadas.

Ben era a pessoa que lhe escrevera durante todo esse tempo. *Ben* era a pessoa que ela consolara e em quem ela mesma buscara consolo.

Ben tinha uma fita curta.

P.S.: *Porque quero viver bem e ir atrás das coisas que tenho vontade, eu gostaria de te ver de novo. Sem mais segredos.*

Amie se sentiu febril e atordoada. Piscou para afastar as lágrimas que haviam se acumulado enquanto lia. Ela precisava de tempo para pensar, para absorver tudo. Sua última aula já havia terminado, então ela saiu mais cedo da escola e pegou o primeiro ônibus que viu.

Sentou-se e tentou se acalmar, mas foi tomada por uma onda de náusea. Fechou os olhos durante o resto do percurso, o ônibus avançando lentamente, até chegar ao local de sua parada. Saiu apressadamente e subiu as escadas do prédio, agradecida por estar de volta ao seu apartamento.

Amie havia guardado todas as cartas de Ben, antes de saber que eram dele, e arrancou cada folha da gaveta de sua cômoda para reler. Sentou-se de pernas cruzadas no chão do quarto, olhando fixamente para as folhas soltas, em leque, sobre o tapete. Cada papel estava decorado com a caligrafia clara de Ben, sempre gravada com tinta azul-escura.

Seria possível que ela tivesse reconhecido algo em Ben, algo que ele havia escrito nessas cartas?

Talvez por isso ela tenha sido tão ávida, tão atrevida no tempo em que estiveram juntos. Porque ela havia sentido instantaneamente o calor da familiaridade, que geralmente levava muito mais tempo para se acender. Ela tinha até insistido para ir ao apartamento dele após apenas alguns dias, uma atitude precipitada se comparada ao seu ritmo típico.

Era por *isso* que Ben resolvera esperar naquela noite? Para poder contar a ela a verdade antes?

Amie sabia que estava atraída por Ben. Ela tinha se sentido atraída por ele mesmo quando ele era só uma sombra sem nome por trás de suas palavras. Mas ele tinha só mais catorze anos. Ele havia escrito esse número uma vez, e Amie nunca o esqueceu.

Ela precisava falar com Ben, mas ainda não estava pronta. Seu estômago estava revirado, os órgãos brigando uns com os outros. Ela queria gritar, chorar, desejava que "B" ainda fosse uma voz anônima para a qual ela pudesse escrever agora, para pedir ajuda.

Olhando todas as cartas espalhadas pelo chão, Amie viu o bilhete original que Ben havia escrito para ela. Só que ele não tinha *realmente* escrito para ela, não daquela primeira vez. Ele tinha só enviado uma mensagem para o universo, e ela escolhera responder.

Por que ela *tinha* respondido, todos aqueles meses atrás? Não conseguia explicar, nem na época nem agora. Algo simplesmente a havia puxado, de um jeito irremediável.

Ela olhou, atenta, para aquela primeira carta, depois pegou o celular e encontrou o número do Museu da Segunda Guerra Mundial.

— Olá, meu nome é Amie Wilson e sou professora em Nova York, e, hum, queria obter mais informações sobre uma certa carta da coleção...

— Claro, é para uma aula? — perguntou a recepcionista.

Amie detestava mentir, mas não sabia como dizer a verdade.

— Sim — disse ela. — Estou explicando um tópico sobre as mulheres durante a guerra. — Quando foi transferida para uma curadora, Amie descreveu a carta. — É aquela em que um soldado pede à mãe dele para dizer a Gertrude: "Não importa o que aconteça, ainda sinto a mesma coisa". E eu adoraria saber o que aconteceu com eles.

— Ah, sim, essa é linda — falou a curadora, com seu sotaque suave do sul. — Vou só checar uma coisa rapidinho. Tudo bem eu te colocar na espera?

Então Amie esperou um minuto, depois mais um, sem saber o que, afinal, queria ouvir. Ela só achava que não podia tomar decisões sobre sua própria vida até saber o que acontecera com a de Gertrude.

— Alô, ainda está aí? — perguntou a curadora. — Achei a carta e... infelizmente, o soldado que escreveu a mensagem, Simon Starr, nunca voltou para casa. Foi morto na França em 1945. Gertrude Halpern era a mulher de quem ele era noivo na época. Ela morou na Pensilvânia até os oitenta e seis anos de idade. Parece que nunca se casou.

Amie soltou o ar.

— Tenho informações similares sobre mais uma dezena de outras cartas — informou a curadora. — Quer que eu envie algumas para você dividir com os alunos?

Amie aceitou educadamente, recitando o e-mail de forma mecânica, mas a mente dela estava em outro lugar agora, se perguntando se devia contar a verdade a Ben sobre Gertrude e seu soldado.

Depois de uma noite sem dormir, Amie soube que não conseguiria processar tudo sozinha. Precisava da ajuda da irmã. Amie já tinha mandado uma mensagem a Nina quando ela e Maura estavam viajando, falando maravilhas do homem que conhecera no apartamento delas, em quem ela não parava de pensar desde então.

Ben ainda consumia seus pensamentos, mas por um motivo diferente.

Amie estava preocupada de conversar na casa de Nina, por medo de que Maura escutasse, mas, por sorte, Nina ligou primeiro naquela manhã e perguntou se podia ir à casa de Amie depois do trabalho.

Quando chegou, ela mal tinha entrado no apartamento antes de Amie explodir.

— Quero muito saber da sua viagem — disse ela, sem fôlego —, mas aconteceu uma coisa muito louca. Você não vai acreditar. A pessoa para quem eu estava escrevendo cartas nos últimos meses, lembra, que eu te contei? Bom, aparentemente, é o *Ben*, amigo da Maura. O que eu conheci no seu apartamento. O cara com quem eu comecei a sair.

Amie continuou de pé enquanto Nina se sentava numa cadeira à mesa da cozinha, a testa franzida, pensativa.

— Aquele que desenhou os esboços para nós? — perguntou Nina. — Eu... hum... Tem certeza? Como você sabe?

— Ele mesmo me contou — disse Amie. — Numa carta.

— Meu Deus, sério? Como isso aconteceu?

— No grupo de apoio dele e da Maura — explicou Amie. — Na minha escola.

Nina assentiu devagar.

— Sabe, *você* podia ter me contado que foi assim que ele e a Maura se conheceram da primeira vez que eu te mandei uma mensagem sobre ele. — A voz de Amie estava tingida de acusações.

— Você só contou que tinha encontrado o amigo da Maura no apartamento e saiu para tomar uns drinques — respondeu Nina. — Não falou que tinha se apaixonado por ele!

— Eu não... não sei se é *paixão* — disse Amie, na defensiva, os braços cruzados de um jeito apertado. — É só um monte de cartas.

— Olha, mesmo que eu soubesse a história toda, a verdade não era *minha*, eu não podia dizer nada — falou Nina. — Se eu saísse te contando que o Ben tem fita curta, isso me igualaria às garotas que invadiram a minha privacidade no ensino médio.

Amie soltou os braços ao lado do corpo.

— Odeio quando você tem razão.

— Você conversou sobre tudo isso com o *Ben*?

Amie sacudiu a cabeça, recostando-se na bancada.

— Não sei o que dizer. Isso está me enlouquecendo. O que *você* acha que eu devia fazer?

— Não posso te dizer isso.

— Ah, fala sério, Nina! Se estivéssemos na escola e eu te pedisse um conselho, você ia amar a oportunidade de me dizer o que fazer.

— Isso era nas coisas pequenas, tipo qual aula de educação física evitar. Mas esse problema das fitas é... mais profundo.

— Eu sei que é mais profundo! — disse Amie, levantando os braços para o rosto. Ela sempre perdia o controle dos membros quando ficava ansiosa. — E é por isso que eu não... não acho que devia continuar conversando com ele — completou, baixinho. — Nem pessoalmente nem por cartas.

Nina arregalou os olhos.

— É sério?

Amie olhou para o chão, sem conseguir enfrentar Nina.

— É que ele falou um monte de coisas pesadas na última carta, sobre ser um bom parceiro e ter filhos... — Amie respirou lentamente. — E eu *sei* que quero essas coisas também e... eu gosto do Ben. Mas não sei se posso ser a pessoa de que ele *precisa*.

Nina apertou a testa, esfregando as têmporas com os polegares.

— Por favor, fala alguma coisa — suplicou Amie.

— É que eu não estava esperando isso agora — explicou Nina. — Na verdade vim aqui porque *eu* tenho algo para *te* contar.

— Ah — disse Amie. — O que é?

— Bom, não é exatamente assim que eu queria te falar...

A voz de Nina sumiu. A notícia do pedido de casamento improvisado era para ser uma surpresa feliz, mas, dado o estado atual de Amie, de repente parecia quase um terremoto.

— Eu e a Maura vamos nos casar — falou Nina.

Amie ficou chocada.

— Vocês vão fazer *o quê*?

— Eu a pedi em casamento quando estávamos em Verona, e nós decidimos que não tem motivo para ficar esperando muito — explicou Nina. — Então, vamos nos casar daqui a dois meses.

— Nina! Dois meses? Está *muito* perto. — Amie começou a andar de lá para cá, nervosa. — A mãe e o pai sabem?

— Vou ligar para eles hoje — respondeu Nina. — Queria contar primeiro para você!

— Mas... tem certeza de que você pensou direito em tudo isso? — questionou Amie.

— Eu sei que parece repentino, mas é o que eu quero — disse Nina. — O que nós duas queremos.

Amie estava pálida e confusa.

— Você não acha que devia ir mais devagar?

— Do que você está falando? — perguntou Nina. — Nós estamos juntas há mais de dois anos. Para onde você achava que a relação estava indo?

— Você nunca disse que estava planejando pedir a Maura em casamento! E também não achei que ela estivesse. Especialmente depois das fitas.

Amie fez uma careta, sabendo que suas palavras machucariam a irmã.

— Não foi algo planejado — respondeu Nina, friamente. — Só aconteceu. Mas obviamente você já está chateada por causa do Ben, então talvez não seja a melhor hora de discutir isso.

— Você sabe que eu adoro a Maura, mas tudo está acontecendo tão rápido — falou Amie. — Eu só queria ter certeza de que você pensou bem antes de mergulhar de cabeça num casamento.

— Não é uma estranha que eu conheci em Las Vegas, Amie. É a mulher que eu amo.

— Eu não estou falando para você terminar com ela! — Amie viu que seu modo nervoso de andar estava começando a irritar Nina, então finalmente ficou parada. — É só que casamento é uma coisa muito séria. E se casar com alguém que está prestes a morrer é uma coisa séria pra caralho!

Amie mordeu o lábio em seguida. Ela raramente falava palavrão e na verdade não pretendia xingar. A palavra tinha saído sozinha, mas pareceu um tapa na cara das duas irmãs.

— Eu sei que é sério pra *caralho* — disse Nina, espumando. — E ela não está prestes a morrer. Ainda podemos ter mais oito anos.

Amie sabia que a irmã era a racional das duas, a razão da sensibilidade dela. E Amie queria desesperadamente argumentar com ela, ajudar Nina a entender seus medos.

— Só estou preocupada de você estar tão focada no fato de que ainda faltam anos que isso não te pareça *real* agora — explicou Amie. — Você não está pensando em como vai ser de verdade quando acontecer e você ficar viúva antes dos quarenta anos!

Nina olhou a irmã com frieza.

— Eu penso nisso todos os dias desde que abrimos as caixas.

— Tá bom, mas e quanto a filhos? — perguntou Amie.

— Você sabe que não queremos filhos.

— Eu sei que você acha isso *agora*, mas você só tem trinta anos e pode mudar de ideia. E quando você estiver com quarenta anos e sozinha...

— A *vida* é assim! — gritou Nina. — Antes de as fitas chegarem, *qualquer um* corria esse risco ao se casar ou ter filhos. Não havia nenhuma garantia. Mas, ainda assim, as pessoas juravam 'na saúde e na doença' e prometiam que seria 'até o fim' sem ter ideia de quando o fim chegaria. — Nina fez uma pausa. — Mas agora que temos as fitas, de repente o risco que *todo* casal aceitava virou tão inimaginável?

Nina tinha razão, Amie sabia. E sabia que estava estragando tudo, mas não conseguia largar mão. Tinha mergulhado fundo demais no poço de sua própria incerteza, convencida de que a irmã precisava dela.

— Eu só estou tentando te proteger! — insistiu ela.

— Bom, não precisa — disse Nina, séria. — Nunca te pedi isso.

— Por favor, Nina! Você não é a única que pode se preocupar com as pessoas e querer protegê-las. Você sempre foi assim comigo, e Deus sabe que sempre foi assim com a Maura, e às vezes a gente também pode querer agir da mesma forma! — Amie estava quase sem fôlego.

— Mas isso é diferente — respondeu Nina, olhando duramente para a irmã. — E quer saber? Nem acho que tenha a ver comigo. Tem a ver com o *Ben* e com você ser uma hipócrita do caralho. Você passou meses escrevendo cartas de amor secretas para ele, se apaixonou por ele na vida *real* e agora nem pensa em dar uma chance! Tudo porque está com medo de quanto tempo ele tem de vida.

— Isso não é justo — disse Amie baixinho.

Nina estava errada, pensou ela. Não tinha a ver com Ben. Não podia ter.

— Eu só não quero te ver sofrer — continuou Amie. — Você é minha irmã.

Mas Nina não queria mais discutir. Ela se levantou, apressada, as pernas da cadeira arranhando o chão.

— Só porque *você* é uma covarde que prefere se proteger do que se arriscar com alguém, não quer dizer que eu tenho que fazer a mesma escolha egoísta — disse Nina, com amargura. — Já tomei minha decisão.

Amie sabia que a discussão havia terminado. Nina estava se fechando. Sua voz estava brusca, seu rosto, sério e sombrio.

— E se o meu casamento te incomoda tanto — falou Nina —, não precisa nem ir.

Em seguida saiu e bateu a porta.

Amie ficou paralisada, olhando a porta fechada, perguntando-se se devia correr atrás de Nina. Mas ela não conseguia correr. Mal conseguia se mexer. Suas pernas fraquejaram, e ela se sentou pesadamente na cadeira que a irmã havia acabado de deixar.

Então começou a chorar.

INVERNO

JACK

Jack estava comendo palitinhos de legumes de uma bandeja no canto de uma suíte de hotel de negócios, cercado por vários móveis em tons bege, tentando se preparar.

Seu terno estava um pouco mais solto no corpo; ele havia perdido uma quantidade surpreendente de massa muscular nos meses desde que parou de treinar para o combate. Pela janela, conseguia ver o enxame de manifestantes reunidos do lado de fora do hotel, segurando cartazes que diziam "Apoiem os fitas curtas!" e "Fora Rollins!".

Em poucos minutos, Jack estaria no palco, sob o arco de balões vermelhos e azuis, enquanto seu tio fazia um discurso sobre o futuro da nação e sua tia acenava para as multidões que pareciam ficar maiores e mais falantes a cada parada. O evento daquela noite, o maior até aquele momento, seria transmitido nacionalmente.

Jack olhou para o pai, que estava lendo em uma poltrona próxima, e sorriu fraco para ele.

— É melhor afiar esse sorriso antes de ser filmado — disse o pai, virando para a próxima página do jornal. — E talvez fosse melhor você sentar e relaxar até precisarem da gente. Pare de ficar em cima da comida.

Quando o pai de Jack soube da troca de fitas entre Jack e Javier, ficou aliviado e agradecido, claro, por saber que o filho tinha uma longa vida pela frente. Mas também ficou horrorizado com o que os dois amigos haviam feito. Ele havia gritado com Jack durante horas, chocado que o filho colocasse em risco o legado dos Hunter e vivesse aquela mentira. Até que

Jack lembrou o pai das histórias do avô Cal no exército. A parte mais importante sempre havia sido a fraternidade e a lealdade entre camaradas de uniforme. Jack disse ao pai que a troca era tudo o que Javier mais queria no mundo, e era por isso que ele havia concordado com aquele pacto. O pai jamais poderia saber toda a verdade.

Mas Jack sabia que o pai ainda tinha pesadelos em que a mentira era descoberta, pondo em risco a integridade de toda a família.

— Apenas três pessoas no mundo sabem — Jack lhe assegurou, repetidamente. — Só eu, você e o Javi. É isso. E nenhum de nós vai contar nada.

No entanto, o holofote continuava brilhando mais forte sobre Katherine e Anthony, era difícil para o pai de Jack não ficar ansioso. E ele temia o dia, num futuro não tão distante, em que a verdade inevitavelmente viria à tona.

Mas Jack finalmente viu um propósito em sua criação solitária. Ele havia sido educado para saber cuidar de si mesmo. Assim, quando esse dia chegasse, Jack encontraria uma maneira de lidar com isso.

A única coisa que Jack precisava fazer naquele dia era ficar em um canto do palco e demonstrar apoio. Mas ele tinha outros planos.

Jack sabia que o que quer que fizesse agora não negaria seus motivos egoístas para ter proposto a troca das fitas em junho, que quaisquer palavras que dissesse hoje não apagariam seus meses de silêncio. Mas *talvez* isso fosse suficiente para cumprir sua promessa a Javier.

Um guarda alto de óculos escuros entrou no quarto.

— Sr. Hunter, Jack, estão prontos?

O pai de Jack se levantou da cadeira.

— Como está meu terno? — perguntou ao filho. — Algum amassado?

— Não, senhor — respondeu Jack, e o prazer que sentia de ouvir o pai pedir sua ajuda, por mais insignificante que fosse, quase fez Jack questionar seu plano, sabendo que parte da culpa podia recair no pai. Mas ele tinha chegado longe demais para desistir.

No elevador, Jack pensou nos manifestantes em frente ao hotel, que ainda cantavam. Pensou no comício em agosto, onde um homem chamado Hank dera a vida durante o protesto. E pensou na morte inescapável de

Javier, como o soldado que sempre deveria ter sido e quase fora impedido de se tornar. Algum dia, isso também seria um ato de protesto.

Jack havia recebido uma fita longa, bem mais longa do que a de Hank ou Javier. O mínimo que podia fazer era se juntar a eles agora. Ver algo errado e se recusar a ignorar. Como aquela mulher, Lea, lhe dissera. Ele tinha estado tão consumido pela briga com Javier que não via nada além. Mas a batalha era maior do que Anthony, Jack, Javier, Hank, o homem da prancheta ou os garotos em Nova York. Era maior do que todos eles agora.

Jack e o pai saíram do elevador para se juntar ao diretor de palco que estava à espera, e Jack enfiou os dedos no bolso, puxando furtivamente um pequeno broche dourado com dois fios entrelaçados. Revirou-o na palma da mão suada ao seguir o diretor pelo corredor, por fim prendendo-o na lapela quando os holofotes brilhantes do palco ofuscaram sua visão.

Anthony mal havia iniciado seu discurso de praxe quando aconteceu.

Jack pulou para a frente e arrancou o microfone das mãos do tio, chocando todos no palco e na plateia, até ele mesmo, um pouco. De posse do microfone, tudo congelou por um instante, dois segundos de tensão extrema, de arfadas engolidas pela respiração suspensa, o cenário em volta em expectativa.

Anthony também parecia esperar. Ele, Katherine e o pai de Jack estavam todos paralisados, confusos, sem saber como reagir. E, enquanto seus cérebros tentavam processar o que viria em seguida, Jack começou a falar:

— Sou sobrinho de Anthony — disse ele. — O soldado com a fita curta de que ele falou.

As frases de Jack saíam rapidamente, enquanto ele tentava encaixar o máximo de palavras possível antes que alguém inevitavelmente o calasse. Anthony e Katherine continuavam olhando para ele, emudecidos. Talvez quisessem evitar uma cena humilhante, então o deixaram falar um minuto, fingindo que não se tratava de um golpe espontâneo.

— Mas a verdade é que meu tio não está nem aí para mim nem para nenhum dos fitas curtas — continuou Jack. — E é hora de sermos corajosos o suficiente para enfrentá-lo! Ninguém é diferente por causa da medida de sua fita. A vida de ninguém importa menos. Somos todos *humanos*, não somos? — Jack estava praticamente implorando no microfone. — Mas Anthony Rollins só quer saber de vencer! Não o deixem mais assustar vocês! Não deixem que ele corrompa...

O corpo de Jack foi sacudido do suporte do microfone, os braços praticamente arrancados dos ombros, enquanto um guarda-costas o puxava para fora do palco, com um silêncio opressivo pairando sobre a plateia, quebrado apenas pelo rangido dos sapatos de couro de Jack se arrastando no chão polido.

Vinte minutos depois, Jack estava sentado em uma cadeira nos bastidores, guardado por dois membros da equipe de segurança de Anthony, como uma criança mandada para a diretoria.

No monitor acima, Jack vira Anthony pedir desculpas pela interrupção e terminar seu discurso, depois sair do palco ao lado da esposa, falando "Obrigado" só com o movimento dos lábios, para a plateia ali presente.

Inclinado de lado na cadeira, Jack viu a tia e o tio chegarem nos bastidores antes de ele ser visto. O pai de Jack vinha atrás.

O assessor de campanha de Jack os cumprimentou com um sorriso forçado.

— Vocês estavam ótimos. O discurso foi ótimo. Lidaram com tudo como profissionais.

Mas, assim que Anthony estava longe das câmeras, seu rosto virou um esgar lívido.

— Cadê ele, caralho?

— Deixamos nos bastidores — disse o assessor.

Anthony se virou, sério, para Katherine e o cunhado.

— Algum de vocês sabia disso?

— Não, claro que não! — protestou Katherine.

O pai de Jack sacudiu a cabeça vigorosamente.

— Ele ficou maluco? — berrou Anthony.

— Não, não sei — gaguejou Katherine. — Talvez ele só quisesse se identificar com outros fitas curtas.

Anthony apertou os olhos e foi na direção de Jack, com Katherine, o pai de Jack e o assessor de campanha andando, apressados, para acompanhar.

Vendo o tio se aproximar, Jack se levantou da cadeira, o broche dourado no paletó brilhando sob as luzes dos bastidores.

Anthony foi direto até ele, agarrou-o pela lapela e o sacudiu com violência.

— Qual é o seu problema, caralho? — gritou, cuspindo no rosto de Jack.

Uma cacofonia de gritos assustados escapou de Katherine, do pai de Jack e do gerente, tudo de uma vez.

— Anthony!

— Solta ele!

— Por favor, senhor, se acalme.

Só Jack permaneceu em silêncio, olhando nos olhos irados do tio, o coração batendo nos tímpanos. Pensou que Anthony fosse agredi-lo, mas o pai e a tia de Jack o puxaram, tentando apaziguá-lo.

O pai de Jack endireitou as costas até ficar alguns centímetros mais alto do que Anthony.

— Ele é *meu* filho — vociferou.

— Bom, aquela merda de discurso dele pode me custar a Casa Branca! — enraiveceu-se Anthony.

— E eu não devia precisar te lembrar do papel dos Hunter em tentar te colocar lá — respondeu o pai de Jack. — Então, vou pedir para não encostar as mãos em um membro da minha família.

Anthony lançou um olhar irado para o pai de Jack, sem se deixar ser diminuído.

— Além do mais, provavelmente estamos todos exagerando — completou o pai de Jack. — A plateia sabe que o Jack tem fita curta e o estresse disso pode enlouquecer qualquer um. Com certeza, todo mundo vai entender.

Katherine colocou uma mão no peito do marido para contê-lo e olhou o sobrinho, magoada.

— Por que você falou coisas tão horríveis, Jack?

Naquele momento, Jack soube que a tia havia escolhido um lado, mas sentiu uma onda de confiança. Olhou o tio de forma desafiadora.

— Achei que você quisesse que o mundo todo soubesse que eu sou um fita curta.

O assessor de campanha interveio habilmente antes de Anthony conseguir responder.

— Senhor, precisamos mesmo ir. Temos três entrevistas marcadas e já estamos atrasados.

— Tá — Anthony praticamente cuspiu a palavra antes de franzir a testa uma última vez para o sobrinho. — Mas tirem ele daqui. Agora.

AMIE

Amie nunca se sentira tão só.

A briga com Nina era a pior que elas já tinham tido, o maior tempo que haviam passado sem se falar. Fazia um mês desde que haviam tido aquela discussão na cozinha, o casamento de Nina se aproximava, e Amie desejava conversar com alguém, com qualquer pessoa, para explicar seu lado da história. Mas ela estava envergonhada demais para contar os detalhes, especialmente aos pais, que conseguiam ver além da tragédia e enxergar o presente que lhes havia sido dado: sua filha mais velha havia encontrado um grande amor e era muito amada em troca. Felizmente, parecia que Nina também não havia contado a ninguém, já que nenhum parente perguntou a Amie por que ela havia sido desconvidada do casamento. (Nina havia passado o Dia de Ação de Graças com os pais de Maura naquele ano, deixando Amie sozinha com os primos.)

Sentada a sua mesa na escola, Amie não parava de ouvir as palavras da irmã. Nas horas em que não estava dando aula, sua sala parecia sufocante e claustrofóbica, e ela não conseguia comer nada sem seu estômago se revirar. Sentia que algo a corroía por dentro e desejava que fossem só os resquícios de raiva da briga, mas sabia que era mais.

Era culpa.

Mesmo depois dos insultos que elas haviam atirado uma contra a outra, Nina ainda era sua única irmã, sua mais antiga amiga, sua maior confidente e conselheira. E agora ela ia se casar. E Amie não ia estar presente.

Como ela poderia viver consigo mesma sabendo que havia perdido um dos dias mais importantes da vida de Nina? Sabendo que havia *estragado* tudo com suas palavras?

Ela se lembrou do dia em que Nina chegou em casa chorando da escola e se trancou no quarto com a mãe delas enquanto Amie ficava sentada no carpete em frente à porta fechada, encostada na parede, esperando a irmã sair. Ela tinha fechado os olhos, rezando para afastar a dor de Nina, imaginando se vingar de todas as meninas que a haviam magoado.

Quando Nina enfim se acalmou naquela noite, Amie disse que ela não precisava falar nada.

— A única coisa que importa é que você é minha irmã e eu te amo — disse Amie. — Isso não muda nada entre nós. Só fico com pena de você ter que passar por isso sozinha e por talvez sua vida ficar mais difícil... Acho que já ficou.

A pele de Nina estava vermelha e inchada, mas seu rosto parecia composto e resoluto.

— Talvez seja mais difícil, sim — falou ela. — Mas pelo menos vai ser certa.

Na época tinha sido tão fácil para Amie apoiar Nina, ficar do lado dela sem nenhum questionamento, então por que não conseguia fazer o mesmo agora?

Talvez as acusações de Nina estivessem certas e aquilo não tivesse *realmente* a ver com ela. Talvez a culpa de Amie tivesse mais a ver com Ben.

Ela havia deixado a última carta dele sem resposta há semanas. Ben devia odiá-la, pensou. Ela *queria* desesperadamente escrever para ele, mas ainda não sabia o que dizer e temia apressar sua resposta, prejudicando qualquer ligação que tivessem.

Amie tentou se lembrar de todas as perguntas que havia incitado Nina a se fazer: você tem certeza disso? Já pensou no quanto vai sofrer? Vale a *pena*?

Talvez houvesse uma razão pela qual essas perguntas voavam tão rapidamente da língua dela.

Ela já havia se feito as mesmas perguntas depois de ler a confissão de Ben.

Mas Amie não conseguia compreender seus sentimentos por Ben, enquanto a briga com Nina ainda pairava tão pesada e dolorosa em sua mente.

Entre uma aula e outra, Amie abriu seu notebook e percorreu seu e-mail, surpresa ao ver que um dos professores havia encaminhado um vídeo do

YouTube para toda a equipe: "Estudante sul-africana de vinte e um anos faz discurso sobre fitas".

Em princípio, Amie não teve certeza se devia assistir ou não. As fitas já haviam mexido com sua vida, ameaçado separá-la da irmã. Mas ela clicou no link e viu uma jovem de pé diante de uma multidão no que parecia ser um campus. O vídeo já havia atingido quase três milhões de visualizações.

— Aqui, na África do Sul, e ao redor do mundo — disse a jovem —, passamos da era da segregação formal e do apartheid, mas não abandonamos nossos hábitos de preconceito e exclusão. A desigualdade simplesmente vestiu uma nova máscara. A injustiça se limitou a mudar de roupa. E, década após década, a dor é a mesma. Mas e se pudéssemos quebrar esse ciclo? Em alguns meses, vou fazer vinte e dois anos e vou receber minha caixa. Muitos de vocês, meus colegas de classe, ainda têm alguns anos para esperar. Olhem ou não olhem. A escolha é sua. Mas não é a *única* escolha que temos diante de nós. Temos uma chance, agora, de fazer uma mudança. As fitas ainda são um assunto novo. Ainda estamos aprendendo como reagir. O que significa que podemos recomeçar. Rejeitar os padrões da história. Prometer não repetir os velhos erros. Podemos liderar com compaixão e empatia. Lutar contra aqueles que procuram nos dividir, nos colocar uns contra os outros ou fazer qualquer um se sentir *inferior*. Cabe a nós, aqueles que ainda não receberam a caixa, decidir que tipo de mundo queremos herdar, não importa quanto tempo nossas fitas possam nos dar".

A multidão de estudantes assoviou e aplaudiu a garota.

— Uma amiga acabou de me mostrar um vídeo dos Estados Unidos — continuou ela —, em que um rapaz fala em um comício. Ele diz que ninguém é diferente por causa de sua fita, todos nós ainda somos seres humanos. Desafio todos a fazerem o mesmo, a se posicionarem contra as pessoas que estão agindo injustamente. Ajudem-nas a ver que somos todos iguais, que estamos todos conectados, todos entrelaçados juntos.

A garota era poética, apaixonada e eloquente, uma combinação impressionante de atributos para alguém tão jovem, pensou Amie. O vídeo era filmado suficientemente de perto para Amie perceber um tipo de broche ou alfinete pequeno e dourado no vestido da garota.

Podemos recomeçar, repetiu Amie.

Talvez não fosse tarde demais para recomeçar com Nina. Ela ainda não havia perdido o casamento.

Agora, mais do que nunca, Amie precisava ser a mesma garota que havia se sentado em frente à porta de Nina por horas a fio naquela noite durante o ensino médio, a mesma garota que costumava ler com Nina no tapete da livraria, que lhe enviava seus romances por todo o país, recheados de post-its. Amie precisava ser a *irmã* de Nina, entrelaçadas, sempre.

BEN

Ben ficou decepcionado ao voltar para a sala de aula mais uma vez sem resposta de Amie. Mas ele não podia perder a fé. Ainda não. Olhou para Lea, agora grávida de sete meses, o corpo minúsculo quase todo consumido pela barriga, e não pôde deixar de se sentir esperançoso.

Lea se sentou cuidadosamente em uma cadeira, depois gritou, surpresa, quando o irmão e o marido dele irromperam pelas portas atrás dela, carregando uma dúzia de balões amarelos.

— O que está acontecendo? — ela perguntou.

Chelsea veio atrás, com um grande bolo de chocolate.

— Você não achou que íamos te deixar ir embora sem um chá de bebê, né? Ela colocou o prato na frente de Lea com um floreio.

— É importante celebrar cada momento bonito que a vida nos dá — disse Sean. — E *este* é um momento lindo.

Os últimos minutos da sessão se dissolveram em alegria. Terrell tinha entrado no novo aplicativo de encontros para fitas curtas, chamado "Compartilhe Seu Tempo", e pedia a aprovação do grupo a respeito dos pretendentes em potencial antes de deslizar para a direita. Maura e Nihal se deliciavam com a humilhação de Anthony Rollins pelas mãos do sobrinho.

E Chelsea tentava convencer Lea a se inscrever com ela para a próxima temporada do *The Bachelor*, recentemente transformada em duas versões: *The Bachelor: fitas longas* e *The Bachelor: fitas curtas*.

— Vamos, vai — implorou Chelsea. — Você tem menos de vinte e oito anos e ainda tem essa cinturinha. É o cenário perfeito para eles.

— Eu *tinha*, né... — Lea baixou o olhar para seu ventre expandido.

— Vai tudo voltar pro lugar num piscar de olhos — declarou Chelsea.
— E a barriga de aluguel é a melhor história! Aposto que você seria a favorita dos fãs.

Embora a noite tivesse uma nota de tristeza — a consciência de que os gêmeos viveriam a maior parte da vida sem Lea —, havia algo inegavelmente belo na coisa toda, como disse Sean. Lea estava feliz. Sua família estava feliz. Eles eram a prova, pensou Ben, de que o mundo não havia parado de girar quando as caixas chegaram. A vida das pessoas ainda avançava, novas vidas eram criadas.

— E eu quero vocês lá comigo — disse Lea.
— *Com* você? — perguntou Chelsea, incrédula.
— Bom, claro que não na sala de parto. — Lea riu. — Mas, depois, talvez seja legal. — Ela descansou a palma tranquilamente na barriga. — Estou fazendo isso pela minha família, lógico, mas acho que tem uma parte de mim que está fazendo por mim mesma... e por todos nós. Podem ser só os hormônios ou o fato de que sinto os bebês chutando loucamente hoje, mas enfim sinto que tem uma mudança vindo. Como se quem sabe a gente fosse ficar bem.

E a sala toda entendeu.

Eles todos já tinham visto o vídeo que circulava, um clipe de uma jovem na África do Sul conclamando os outros jovens a lutar contra essa nova onda de preconceito.

A hashtag #EntrelaçadosJuntos, inspirada pelo discurso dela, havia viralizado no mundo todo e era usada para compartilhar histórias de atos de compaixão, em que empresas se comprometiam a contratar mais fitas curtas, uma faculdade adiantava a cerimônia de graduação para um aluno fita curta poder receber o diploma com sua turma. Havia até uma cidade no Canadá em que fitas curtas eram publicamente encorajados a se identificar para os vizinhos poderem oferecer apoio. Ben se lembrou de um post: *E se soubéssemos que nosso garçom, nosso taxista, nosso professor, tem uma fita curta? Seríamos mais gentis? Pensaríamos mais antes de agir? #EntrelaçadosJuntos.* Um punhado de jornalistas e políticos já chamava a postagem de "movimento".

Mais tarde naquela noite, Ben parou ao lado de Nihal.

— Acho que estou entendendo o que meus pais falam sobre renascimento — Nihal disse a ele.

— O que você acha que mudou? — Ben quis saber

— Algo que tem a ver com a Lea, talvez. E esses gêmeos a que ela está prestes a dar à luz. Fiquei me perguntando de onde eles vieram — explicou Nihal. — Quer dizer, obviamente nós sabemos de onde eles vieram *fisicamente*, mas e a *alma* deles? É que parece algo separado do corpo, algo mais... eterno. E por que eles não podem ter vivido antes, e morrido antes, e agora estarem voltando à terra?

Ben pensou por um momento na jovem que havia visto no parque, em outubro, respirando com os pulmões de Hank. Duas pessoas *verdadeiramente* entrelaçadas, apesar de nunca terem se conhecido.

— Acho que tudo é possível — concordou Ben.

Nihal sorriu.

— Pelo menos, depois de tudo que passamos, aposto que cada um de nós vai voltar como parte da realeza.

No fim da sessão, Ben se sentou com Maura, como sempre, enquanto o grupo terminava as últimas migalhas de bolo.

— Você pensa em ter filhos? — Maura lhe perguntou, olhando o suéter de Ben com um sorriso. — Você meio que já se veste como pai.

Ben riu e olhou para Lea, que alisava a barriga e trocava sorrisos com o irmão. Desde aquele dia no depósito dos pais, Ben pensava cada vez mais nisso. Claro, ele tinha considerado os bailes de formatura, as colações, os casamentos. Tudo o que ele não veria. Ainda sentia o peito apertar e um poço escuro de amargura subir de dentro dele sempre que pensava nessas coisas, e talvez fosse ser assim para o resto da vida. Mas recentemente ele descobrira que era capaz de se acalmar se pensasse em todas as outras coisas — as que ele ainda poderia ver, se um dia tivesse filhos.

O primeiro dia de aula. As apresentações de balé. Os jogos de basquete.

Fazer tobogã no quintal. Sair para pedir doces no Halloween. Colher maçãs no outono.

A expressão no rosto dos pais ao segurarem o neto pela primeira vez.

— Talvez eu seja pai... — falou Ben. — Mas, ei, não sou *eu* que estou prestes a me casar e ficar para sempre com a mesma mulher.

— Aff, não fala desse jeito. — Maura se encolheu. — Fico parecendo uma *velha*.

Mas Ben via o que tinha por trás do horror fingido. Ele via que ela estava feliz.

E Ben pensou em todas as sessões antes daquela, todos os domingos à noite passados numa solidariedade triste, todas as histórias que haviam compartilhado com medo e raiva, toda a violência que haviam visto. Algo *naquela* noite lembrou a Ben seu professor da faculdade explicando a terceira lei de Newton, pressionando as mãos no quadro-negro para mostrar como a parede o empurrava de volta. Para cada ação, há uma reação, de igual intensidade e em sentido contrário. As forças sempre vêm em pares.

E agora, finalmente, Ben via a força de reação, empurrando de volta meses de agonia com uma explosão de dias mais iluminados. Com o que havia sentido hoje, na sala 204.

MAURA

Nina tinha planejado tirar um sábado inteiro para providenciar as coisas do casamento — a florista, o bufê, a boleira, a loja de vestidos —, uma vez que as núpcias aconteceriam dali a apenas algumas semanas.

Quando Maura entrou na cozinha naquela manhã, com o celular na mão, Nina já preparava os ovos mexidos no fogão, ansiosa para começar cedo o dia.

— Era o Terrell no telefone — disse Maura. — Parece que tem um protesto enorme planejado para esta tarde em Washington. Ele e o Nihal vão alugar um carro para ir até lá.

— É o quê, o terceiro este mês? — perguntou Nina. — Todo mundo na revista está falando deles. O vídeo daquela menina realmente provocou algo.

— Acho que vai ser uma pequena manifestação em frente à estátua do Martin Luther King, no mesmo horário de um evento de arrecadação de fundos do Rollins, lá perto — explicou Maura. — Mas esse movimento "Entrelaçado Juntos" ganhou muita força nas redes, e agora parece que vão milhares de pessoas.

— Que incrível — comentou Nina, mexendo os ovos. — Que pena que a gente não pode ir.

— Bom... é que... — Maura mordeu o lábio.

Nina apoiou a espátula em um papel-toalha perto da panela.

— Você está tentando cancelar o que planejamos para hoje?

— Eu sei que é um momento horrível, mas quero muito estar lá — disse Maura.

— Você sabe como foi difícil eu conseguir marcar tudo de última hora?

— Sei, e agradeço tudo o que você fez, mas eu não estou desmarcando a cerimônia em si, né? — respondeu Maura. — É basicamente um dia de compras e degustações.

Nina suspirou e balançou a cabeça, então percebeu que os ovos tinham começado a queimar. Desligou rapidamente a boca do fogão, pegou a espátula e começou a raspar as bordas crocantes de clara que tinham ficado presas na lateral da frigideira.

Maura a olhou enquanto ela raspava em silêncio. O humor de Nina andava meio instável nas últimas semanas, depois que ela teve uma discussãozinha de irmãs com Amie, embora Nina não quisesse tocar no assunto.

— A gente nem vai conversar mais sobre isso? — perguntou Maura.

— Não sei o que você quer que eu diga. — Nina se virou para ela. — Achei que hoje fosse ser um marco no nosso relacionamento. Um dia de comemoração. Mas pelo jeito era só um monte de bobagens superficiais.

— Não foi isso que eu quis dizer — replicou Maura. — Só acho que esse comício pode ser muito importante.

— E o nosso *casamento* não é importante?

— Claro que é! — exclamou Maura. — Mas as coisas de hoje são só por uma festa. E esse comício é... pela minha *vida*.

— E me dói saber que você tem que passar por isso — disse Nina. — Mas você já está fazendo um monte de coisas com o seu grupo. Já participou dos outros protestos. Vai ver não tem problema tirar um dia de folga e curtir os *outros* aspectos da sua vida.

Maura parou um momento e respirou fundo. Às vezes, ela se frustrava por Nina não ver as coisas como ela.

Para Nina, o relacionamento delas parecia suficiente. Os anéis de noivado eram uma prova de platina de que Nina conseguia olhar para além do problema das fitas e amar Maura pela mulher que ela era, e não pelo tempo de vida que ela tinha. A família que estavam construindo juntas era prioridade para Nina. E, claro, isso era tudo para Maura. Mas, às vezes, ela precisava de mais. Precisava olhar para além do pequeno mundo delas, para que o resto do mundo a visse como Nina a via. Como alguém que valia a pena amar. Como uma igual.

— Puxa, eu *adoraria* poder tirar só um dia de folga — disse Maura —, mas não posso. Durante *todos* os dias da minha vida, eu tive que mostrar para todo mundo que eu não era uma pessoa mal resolvida, que eu não representava nenhuma ameaça e que eu não era indigna, porque pegaria mal para as pessoas negras, depois que eu não parecesse sensível demais, estúpida ou submissa, porque pegaria mal para as mulheres, e *agora* eu não posso parecer instável demais, emotiva ou vingativa, porque vai pegar mal para os fitas curtas. Não *tem* folga! — Ela expirou com força. — E você sabe como estou buscando uma forma de sentir que o que estou fazendo *importa*. Que estou usando meu tempo para algo bom.

Nina assentiu devagar, absorvendo as palavras de Maura.

— Então vai, sim — disse finalmente, com sinceridade na voz. — Posso cuidar de tudo por aqui.

— Tem certeza? — questionou Maura.

— Tenho. E prometo que, da próxima vez, vou com você.

Depois de estacionarem perto do National Mall, Maura e os amigos se juntaram à multidão de quase vinte mil pessoas espalhadas pelo pátio do Memorial Martin Luther King Jr., derramando-se sobre os gramados próximos, emoldurados por galhos agora esvaziados de suas folhas cor de ferrugem. Um grande grupo no centro aplaudia e cantava sob uma faixa de dois metros que dizia: "Todas as fitas, longas e curtas".

Meia dúzia de equipes jornalísticas cobria o evento, talvez por causa dos rumores de que o sobrinho desertor de Anthony Rollins poderia estar presente. Mas mesmo com a atenção redobrada — e até com a onda desse novo movimento "Entrelaçados Juntos" nas mídias digitais—, Maura ainda não tinha certeza de que Rollins fosse impedido de ser indicado como candidato naquele verão. Sempre que via a notícia de outro tiroteio, ou os destroços de um grande acidente de carro, Maura rezava para que o culpado não fosse um fita curta. Os demais membros de seu grupo de apoio pareciam convencidos de que a direção dos ventos já havia mudado. Todos os dias em que a hashtag ficava em alta, todas as figuras públicas que expressavam apoio a ela, todos os noticiários que entrevistavam a estudante da África do Sul, eram a prova, para seus colegas, de que a vida deles só podia melhorar. Mas Maura sabia que era melhor não confiar tanto para não se tornar uma pessoa condescendente. Ela sabia que as coisas sempre podiam piorar, a menos que um número suficiente de pessoas continuasse lutando.

Quando Maura voltou ao apartamento após um longo dia na manifestação, fechou a porta atrás de si o mais silenciosamente possível e entrou na sala escura, passando pelos três painéis de desenhos feitos por Ben que adornavam a parede. Nina havia amado as artes, quase chorado ao vê-las, apesar de a surpresa de Maura ter sido ofuscada pelo pedido de casamento.
Ao se virar para a cozinha, onde Nina havia deixado uma única luz acesa, ela viu um pedaço de papel colado na geladeira, com a caligrafia de Nina:

Espero que a manifestação tenha sido um sucesso. Tem uma amostra de bolo na geladeira. Acredite, você vai amar.
Estou orgulhosa de você. Bj

Maura não se arrependia de sua escolha. Estava feliz por ter ido a Washington. Mas estava grata por sempre poder voltar para casa e para Nina, que pelo menos aceitava o que Maura precisava fazer, mesmo que nem sempre entendesse.
Maura espiou dentro da geladeira, onde uma fatia de bolo de chocolate estava em uma caixa de plástico transparente, tentando-a com as curvas suaves da cobertura. Quando ela a levantou, notou outro pedaço de papel embaixo da caixa.

Você tinha razão, não precisamos de uma festa elaborada. Só precisamos uma da outra. E não quero esperar mais. Se vamos discutir de novo, prefiro brigar com minha esposa.
Quer casar comigo na segunda-feira, na prefeitura?

Maura fechou a porta, chocada e silenciosamente eufórica. Entrou no quarto, tirou com cuidado um pequeno broche dourado com duas fitas entrelaçadas do canto superior do suéter, se despiu e jogou as roupas no cesto. Em seguida, levantou os lençóis que cobriam seu lado do colchão e preencheu o espaço vazio na cama, já aquecida pela mulher adormecida que, em apenas dois dias, se tornaria sua esposa.

Maura sabia que seus pais talvez preferissem uma igreja ou quem sabe o gramado de uma propriedade rural, mas muito do que ela tinha feito na vida não era exatamente o que seus pais teriam desejado. Depois de mudar de emprego em emprego, de namorada em namorada, pelo menos finalmente ela se assentaria, se ligaria de verdade, e a uma mulher de quem seus pais realmente gostavam. ("Nina parece ter uma cabeça boa", seu pai disse, depois que eles se conheceram.)

E, sinceramente, Maura estava bastante satisfeita em fazer a cerimônia na prefeitura. A ocasião não parecia tão esmagadora sem aquela longa caminhada pelo corredor e o ato de se ajoelhar em frente ao altar. E, de qualquer jeito, Maura nunca se vira como o tipo que teria um casamento convencional.

As cerimônias civis eram realizadas no Bureau de Casamentos, um grande edifício cinza cercado por uma série de prédios, bem no centro de Manhattan. Os serviços de imigração, a Receita Federal e a procuradoria estavam todos alojados num raio de um quarteirão do Bureau de Casamentos de Nova York, mas seu vizinho mais próximo era o Departamento de Saúde, onde eram arquivadas as certidões de nascimento e óbito da cidade. Maura achava aquilo estranhamente apropriado. O Departamento de Saúde registrava o início e o fim da vida, enquanto, ao lado, os casais juravam se apoiar mutuamente durante tudo o que havia no meio.

Lá dentro, Maura achou o Bureau de Casamentos um Detran mais sofisticado, com longos sofás em frente a uma parede, uma fileira de computadores na outra e grandes telas eletrônicas montadas acima, que os casais checavam para ver sua senha, sinalizando que era sua vez de se casar na sala privada dos fundos. "O período de espera de vinte e quatro horas entre a obtenção da licença de casamento e a realização da cerimônia de casamento pode ser dispensado com prova de uma fita prestes a expirar", dizia um cartaz perto da entrada.

Maura viu que Nina tinha ficado um pouco aflita com o quiosque brega na frente, uma lojinha que vendia bugigangas com aqueles escritos "I Love NYC" para turistas, ao lado de objetos de casamento de última hora, como flores, véus e até alianças. Por um breve momento, talvez Nina tenha até se arrependido de sua impulsividade pouco característica que levara as duas até aquele lugar.

Mas, para onde elas se viravam, havia amor. Homens de smoking e mulheres de vestido branco, jovens de vinte e poucos anos de jeans e boné, criancinhas com vestido de tule farfalhando, correndo em alvoroço. Alguns outros casais tinham vindo sozinhos, como Maura e Nina, mas a maioria chegava com uma comitiva de convidados, suas câmeras enchendo o salão de flashes.

Nina estava simples e elegante com um vestido de renda bege, enquanto Maura havia optado por um vestido dourado-claro com um pouco mais de brilho.

— Você é a noiva mais linda daqui — falou Nina, tocando o rosto dela.

Depois que seu número apareceu na tela, Maura e Nina tomaram seus lugares diante do juiz de paz, um homem careca de bigode e óculos, praticamente engolido por um terno marrom largo, que fazia cada cerimônia com a energia benevolente de um homem que executava apenas uma por dia, e não dezenas delas. O casal que esperava na fila logo atrás delas — uma mulher com um vestido floral vermelho e uma coroa de flores no cabelo e um homem com uma gravata vermelha combinando — aceitaram ser testemunhas de bom grado, um ao lado do outro e com as mãos unidas por dois mindinhos entrelaçados.

Maura nunca havia esperado aquele momento. Claro que, antes da chegada das fitas, ela às vezes suspeitava que um pedido poderia estar próximo — num incidente de particular fraqueza, ela havia até fuçado as lingeries perfeitamente dobradas na cômoda de Nina —, mas tudo havia mudado em março. Desde então, mesmo em seus momentos mais íntimos, mesmo envolvida pelo romance dos becos de paralelepípedos e das fontes em ruas e praças tranquilas da Itália, Maura nunca achou que Nina a pediria em casamento. Não depois das fitas.

E Maura nunca teria pedido isso, para não colocar Nina nessa situação. Ela não sentia vergonha de pensar em simplesmente viver com Nina, sem nenhum papel assinado. Maura não precisava ser a metade de um casamento para se sentir completa. Mas, uma vez que Nina havia feito o pedido e a possibilidade se tornou real na forma da mulher que era um lar, Maura achou que talvez fosse bom estar casada, ter algo sólido e duradouro em sua vida tão abalada. Talvez, apesar de tudo o que sua fita havia lhe roubado, isso fosse algo que ela ainda pudesse ter.

Depois que o juiz declarou Maura Hill e Nina Wilson casadas, o casal voltou à galeria principal e saiu para uma rua tranquila. Nina apertou a mão de Maura enquanto elas iam ao encontro de suas famílias e de alguns amigos próximos, para celebrar em um restaurante no fim do quarteirão — uma façanha quase milagrosa que Nina havia passado o fim de semana lutando para conseguir.

Em uma sala dos fundos iluminada por velas, os pais de Nina e Maura estavam juntos de Amie, enquanto alguns dos colegas de trabalho favoritos de Nina, alguns amigos de faculdade de Maura, alguns parentes que moravam na cidade e os membros de seu grupo de apoio se reuniam em torno de três outras mesas.

Mesmo antes das fitas, Maura sempre acreditara que havia algo um pouco maluco no casamento, em se comprometer com alguém pelo resto da vida antes mesmo de você ter vivido muito. E, sem dúvida, alguns poderiam achar o casamento dela com Nina ainda mais difícil de entender. No entanto, todas as pessoas no restaurante, todos aqueles amigos e familiares, tinham cancelado de última hora seus compromissos para estar lá naquela noite. Para mostrar seu apoio àquele ato desvairado. Para encher o lugar de amor.

Depois do jantar ser servido, Nina foi até um canto onde Maura conversava com uma prima.

— Tem mais uma coisa — disse ela.

Maura sorriu, olhando-a com uma fingida suspeita, e, quando os violinos começaram a tocar por cima dos alto-falantes, Maura de repente percebeu que as quatro mesas tinham sido dispostas com uma pequena abertura no meio. Era o plano de Nina o tempo todo.

Ainda surpresa, Maura se permitiu ser tirada da cadeira para os braços de Nina, enquanto a voz de Nat King Cole preenchia o ambiente.

— Não acredito que você fez isso — sussurrou Maura contra a bochecha de Nina. — Tudo isso.

— Se alguém merece, é você.

As duas dançaram na minúscula pista improvisada, se abraçando forte.

That's why, darling, it's incredible
That someone so unforgettable
Thinks that I am unforgettable, too.*

---

* "Por isso, querida, é incrível/ Que alguém tão inesquecível/ Também me ache inesquecível", letra da música "Unforgettable". (N. da T.)

AMIE

Todos ao redor de Amie se levantaram e se dirigiram para a pista de dança, deixando-a sozinha em sua mesa, admirando Nina e Maura dançarem entre os grupos de convidados. Ela não conseguia acreditar que quase tinha perdido aquilo. Felizmente, tinha chegado à porta de Nina bem a tempo, transbordando de arrependimento e pedidos de perdão. Apenas alguns dias depois, Nina havia ligado para dizer que tinham desistido do casamento formal e o substituído por um jantar íntimo após uma cerimônia na prefeitura.

Amie tentou se concentrar nas duas dançando e em parar de olhar para Ben, sentado do outro lado do salão com outros membros do grupo de apoio dele e de Maura. Amie estava nervosa demais para se aproximar dele e imaginava que Ben estivesse esperando que ela tomasse a iniciativa. Afinal, era ela quem deixara a confissão dele sem resposta.

Ela já havia planejado o que lhe diria, algum discurso educado sobre querer continuar sua amiga, mas, enquanto observava Ben rir ao lado de uma morena grávida com um modesto vestido cor-de-rosa e uma loira com um bronzeado artificial, Amie ficou inexplicavelmente chateada por ele rir com qualquer mulher que não fosse *ela*. Ela enrubesceu e o coração bateu rápido. *Eu estou sendo ridícula*, pensou. *Eu sou uma mulher de vinte e nove anos, pelo amor de Deus, não uma adolescente ciumenta.*

Amie achava que tinha se decidido quanto a Ben, que seria mais seguro se afastar dele, apesar do que sentia.

Mas talvez ela estivesse errada.

A música ainda estava tocando, ela ainda tinha uma chance. Mas será que Ben queria falar com ela?

Ela respirou fundo e caminhou até a mesa dele.

— Desculpa interromper — falou Amie, tímida. — Mas quis ver se você aceita dançar.

Houve uma breve pausa antes de Ben sorrir, e o alívio aqueceu o corpo dela como a luz do sol.

— Claro — respondeu ele.

Os dois caminharam juntos para o centro do salão, e Ben a conduziu, o braço envolvendo de leve sua cintura.

Foi ele quem falou primeiro.

— Eu estava começando a achar que você nunca mais queria falar comigo.

Ele apertou os olhos e levantou as sobrancelhas.

Era uma provocação, Amie percebeu. Um segundo alívio.

— Não foi você, é que... eu... eu e a Nina estávamos passando por um momento difícil — explicou Amie. — E sinceramente eu só consegui pensar nisso nos últimos dias.

— Ah — respondeu Ben, parecendo sinceramente preocupado. — Está tudo bem?

— Agora está.

— Então, sobramos eu e você. E a minha carta.

— Como você descobriu tudo? — quis saber Amie.

— Bom, havia algumas pistas sobre você, onde você morava, onde trabalhava, e aí a ficha caiu quando você mencionou a carta sobre Gertrude — disse ele. — Se bem que acho que me arrisquei um pouco. Eu podia ter entendido tudo errado e a verdadeira "A" ficaria bem confusa.

Amie riu e sentiu o braço de Ben envolvê-la mais forte. Em reação, chegou mais perto dele.

— Desculpa, eu não danço muito bem — disse ele.

— Ah, imagina, todas as minhas experiências recentes com dança foram como monitora de alunos que parecem esquecer que os professores estão olhando.

— Então você tem que separar à força pobres alunos cheios de hormônios?

— Às vezes, sim — admitiu ela —, mas não se eles estão daquele jeito — Amie fez um gesto de cabeça para Nina e Maura, que giravam em meio ao círculo de pessoas.

— Elas parecem tão felizes — comentou Ben.
— E ignorando completamente o resto do mundo.
Ele deu de ombros.
— É assim que é para ser, né?
Ele olhava para Amie com tanta bondade e sinceridade que ela precisou desviar o olhar por um momento. Inclinou o corpo ainda mais na direção dele até o queixo pairar sobre seu ombro e o olhar pousar em segurança na parede atrás, enquanto a música continuava a tocar.

Então Amie pensou em todas as vezes que havia se perguntado sobre a pessoa do outro lado de suas cartas e em como era incrível que ela estivesse com ele agora, sentindo seu calor, sua respiração, seu perfume. Amie sentiu o corpo relaxar, como se eles já tivessem dançado juntos muitas vezes antes.

Fechou os olhos e tentou imaginar o futuro, do jeito que sempre fizera, com o advogado, o poeta e os outros homens que a seguraram nos braços ao longo dos anos.

Ela se imaginou com Ben no Central Park, sentada em um banco perto do lago, e pintando as paredes de um apartamento vazio com rolos de tinta. Ela se viu de branco, estendendo as mãos à frente e depois sorrindo em uma cama de hospital, ambos beijando o pacotinho em seus braços.

Ela via cada cena com bastante clareza; não eram embaçadas como alguns de seus devaneios anteriores. Ela conseguia ver e quase *sentir*. E algo naquilo parecia certo.

Ao contrário de suas imaginações anteriores sobre os homens, não havia caricaturas dos defeitos de Ben. O problema que prendia Amie não era uma mancha no caráter dele, a culpa não estava nele, mas em seu destino.

Amie piscou e se viu de pé na grama, com duas crianças pequenas vestidas de preto, depois chorando dentro de uma cozinha apertada, agora sozinha, enquanto panelas, frigideiras e lancheiras lotavam a bancada à sua frente.

Amie já devia ter lido a última carta dele umas dez vezes. Ela sabia o que Ben queria e que ele queria logo. E que ele merecia ter tudo aquilo.

Claro, ele nunca havia dito especificamente que queria nada daquilo com *ela*, mas era *ela* que ele havia beijado apenas algumas semanas antes, ela que dançava com ele agora, e de repente tudo pareceu muito, muito rápido. Ela se sentiu tonta e sobrecarregada.

— Desculpa, preciso tomar um ar — ela disse, soltando Ben e escapando às pressas pela porta dos fundos.

Lá fora, Amie se sentou na calçada, esfregando os braços contra o frio da noite. A maioria dos edifícios ao longo da rua abrigava escritórios do governo que já estavam fechados, de modo que tudo em volta estava em silêncio.

Ela se sentia culpada e envergonhada por ter fugido de Ben, mas não sabia se poderia voltar lá para dentro, se as belas visões dela conseguiriam apagar as imagens sombrias que haviam se seguido.

Um casal mais velho passou por Amie, do outro lado da rua, de mãos dadas e cochichando um para o outro, conspirando contra o mundo. Ela pensou por um segundo que eles pareciam familiares, mas, à luz do crepúsculo, era difícil dizer.

Claro, Amie queria o que aquele casal tinha, o que seus pais tinham, o que Nina e Maura tinham.

— Quando você me contou sobre o casamento, o que eu *devia* ter dito é que você é forte — Amie havia dito à irmã, chorando, alguns dias antes, implorando por seu perdão. — Você é *tão* forte, Nina. E a Maura também. Vocês escolheram o amor acima de tudo, e eu admiro vocês por isso. Eu só quero que você me deixe voltar para a sua vida para eu poder estar ao lado de vocês duas. Porque eu sei que vai ser difícil, mas também sei que é o certo.

Amie também queria ser forte. Ela não queria ser covarde, egoísta ou hipócrita, todas aquelas palavras afiadas que Nina jogara na cara dela. Ela não queria ser uma das pessoas sobre as quais Ben havia escrito, que forçavam os fitas curtas a ficar à margem, fazendo-os se sentirem indignos de amor. As pessoas que haviam levado milhares para as ruas em protesto.

Quem dera fosse tão simples como sua irmã fazia parecer: se arriscar com alguém, ver aonde vai dar. O que você tem a perder?

Tudo, pensou Amie.

Como Nina conseguia?

E, mais do que isso, como Ben e Maura e todos os outros fitas curtas conseguiam? Como eles encontravam forças todos os dias?

Amie se lembrou do que Nina uma vez lhe disse: você não sabe do que é capaz. E talvez Nina tivesse razão. Mas todos ao redor de Amie pareciam muito *mais* capazes. Ela não conseguia nem abrir sua caixa.

Amie puxou os joelhos para perto do peito, o tecido azul do vestido caindo sobre as pernas, por pouco não chegando até a calçada, e abraçou os joelhos dobrados, tentando decidir o que fazer.

Foi quando ela ouviu.

Fraquinho no início, mas ficando mais alto. Saindo do silêncio à sua volta.

When I was just a little girl
I asked my mother, "What will I be?"

— Impossível — sussurrou Amie para si mesma, sem acreditar no que ouvia. Ela se levantou rápido, tentando localizar de onde vinha a música.

"Will I be pretty, will I be rich?"
Here's what she said to me

A música vinha do fim do quarteirão, e Amie começou a correr na direção do som, os saltos batendo no asfalto. Ela chegou à esquina bem a tempo de ver o ciclista de trás, pedalando para longe dela, o blazer roxo voando suavemente na brisa.

Que será, será
Whatever will be, will be
The future's not ours to see
Que será, será*

---

* Em português, uma adaptação da música, chamada "O que será, será", diz: "Quando eu era uma menininha/ Eu perguntei à minha mãe o que eu vou ser/ Eu vou ser bonita?/ Eu vou ser rica?/ E então ela me disse/ Que será, será/ Aquilo que for, será/ O futuro não é nosso para ver/ Que será, será". (N. da T.)

Amie ficou parada na esquina, atônita e ofegante.

Então começou a rir. Cada vez mais alto e mais forte até ficar quase com vergonha, apesar de estar sozinha.

Quando se recompôs, uma rajada de vento soprou, levantando a barra de seu vestido, e ela se sentiu revigorada e desperta.

Amie soube que precisava entrar.

Ela precisava encontrar Ben.

O que será, será.

ANTHONY

Anthony e Katherine foram os últimos a sair do prédio. Estavam em reunião com o prefeito na sede da prefeitura como parte de uma breve parada da campanha em Nova York, em meio a uma tentativa de controlar os danos depois da gracinha de Jack.

Nos dias seguintes ao incidente, imagens do desabafo de Jack circularam na rede e foram reproduzidas na televisão, enquanto dezenas de memes vergonhosos eram gerados a partir de imagens da expressão de Anthony. Os Rollins se preparavam para um mês desastroso, para dizer o mínimo. Mas quase todo político ou doador rico tinha uma história surpreendentemente semelhante de disfunção familiar, de filhos ou netos revoltados, tomando o partido de seus oponentes. ("Você devia ouvir o que minha sobrinha e meu sobrinho falam de *mim*", diziam eles com uma risada.) E, embora a rebeldia inconsequente de Jack tivesse ressoado entre alguns eleitores indecisos com menos de trinta anos, acabou tendo um impacto insignificante em grande parte da base central de Anthony: americanos mais velhos e ansiosos que sentiam que sua vida tranquila de fita longa estava ameaçada pela raiva e pelo comportamento errático que Jack havia demonstrado no palco.

Como eles não queriam ser importunados por muita gente — fãs querendo uma foto ou manifestantes querendo uma briga —, Anthony e Katherine haviam agendado a reunião na prefeitura para pouco antes das cinco da tarde, para que pudessem sair do escritório depois que a maioria dos funcionários já tivesse ido para casa.

Naquela parte da cidade, as ruas ficavam vazias após o anoitecer, e, quando os dois saíram para encontrar seu carro, viram apenas uma outra pessoa, uma jovem de vestido azul e salto alto, sentada pensativa na calçada.

Katherine se perguntou se a coitada da garota tinha acabado de levar um bolo, ou talvez alguém tivesse terminado com ela durante um jantar nas proximidades. Felizmente, ela não pareceu reconhecê-los.

O carro estava atrasado para pegá-los, então o casal ficou esperando na esquina, um pouco ofendido, quando o celular de Anthony acendeu com uma cópia antecipada das notícias do dia seguinte. Seus números haviam baixado pela primeira vez desde junho.

Katherine notou uma pequena carranca repuxar os lábios do marido.

— O que foi? — ela perguntou, tentando ler por cima do ombro dele.

— Nada — respondeu Anthony. — Uma variação nas nossas estatísticas.

— É aquela merda do Twitter, né? — questionou Katherine. — Aquela coisa do discurso da garota? Eles estão dizendo que é algum tipo de movimento.

— Uma hashtag não é um movimento — disse Anthony. — Não tem organização, só um monte de historinhas tristes na internet.

— Bom, eles já fizeram vários protestos — alertou Katherine. — E agora tem rumores de algum tipo de dia mundial de... *conscientização* de fitas curtas ou alguma coisa assim.

— Alguns protestos dispersos e um discurso infantil não vão eliminar o medo das pessoas — falou ele. — A convenção vai chegar muito em breve. Não há tempo suficiente para montar uma ofensiva de verdade.

Anthony passou os olhos pelo resto do arquivo. O apoio ao senador Johnson aparentemente havia subido pela primeira vez desde que ele revelara sua fita curta em setembro, embora seus números permanecessem mais baixos que seu pico antes do outono.

— Olhe aqui — disse Anthony, apontando uma citação de uma entrevista.

"Certamente, o incidente no palco com o sobrinho de Rollins foi perturbador, mas não muda todo o trabalho que ele fez. E, sinceramente, só mostra o que estamos enfrentando."

Anthony sorriu.

— Com certeza muita gente se sente assim, mesmo que não diga. Nós dois sabemos que o que as pessoas postam nas redes e o que elas dizem aos amigos nem sempre é como elas votam quando as cortinas se fecham.

Anthony e Katherine agora estavam mais calmos, quando uma canção familiar veio na direção deles.

When I grew up and fell in love
I asked my sweetheart what lies ahead
"Will we have rainbows, day after day?"
Here's what my sweetheart said

Eles perceberam que a música vinha de um ciclista que pedalava ao encontro deles, com uma caixa de som presa à bicicleta.

— Nova York é um lugar muito esquisito — desdenhou Katherine.

Mas Anthony estava convencido de que sua vitória estava próxima. Quem ligava para o que uma reportagem dizia? Ele estava perto do sol agora, mas não tinha medo de cair, suas asas eram construídas de algo mais poderoso.

Ele estendeu o braço para a esposa.

— Me concede esta dança? — perguntou.

— Está maluco? Estamos na rua.

— Precisamos ensaiar para o baile inaugural.

Katherine cedeu com um sorriso e pegou a mão do marido, bem quando o ciclista passou pedalando, tirando um chapéu invisível para eles.

Que será, será
Whatever will be, will be
The future's not ours to see

*Que será, será**

— Vamos ser muito mais lindos que os últimos — disse Katherine, alegre, girando nos braços do marido. — Lembra como era horroroso o vestido da primeira-dama?

O que será, será.

---

* Da versão brasileira: "Quando eu cresci e me apaixonei/ Eu perguntei ao meu amor o que vem pela frente/ Vamos ter arco-íris dia após dia?/ E então ele me disse/ Que será, será/ Aquilo que for, será/ O futuro não é nosso para ver/ Que será, será". (N. da T.)

JACK

Eles tinham terminado a faculdade já havia sete meses, mas quase todos na festa de Ano-Novo ainda ficavam bêbados com cerveja barata, assim como nos últimos quatro anos. Só que, agora, eles bebiam em copos de glitter e usavam chapéus festivos.

Na sala de estar do apartamento de um amigo em Washington, Jack e Javi estavam juntos no mesmo espaço pela primeira vez desde que Javi fora para o Alabama, e Jack sentiu imediatamente a mudança nele. Javi parecia confiante e seguro de si enquanto contava ao grupo histórias de seus primeiros meses de treinamento em aviação. Parecia até mais alto do que Jack se lembrava.

— E então, do nada, o piloto vira o avião de cabeça para baixo e dá duas voltas seguidas. O cara do meu lado vomita em toda a lateral do avião, e eu não consegui comer nada o dia inteiro. — Javi riu. — Mas acho que vamos nos acostumar.

Jack estava impressionado com como a vida de Javier tinha se tornado diferente. Seu amigo voava pelo céu, aprendia a conduzir missões perigosas, enquanto Jack trabalhava seguro em um escritório, com operações cibernéticas (suas tarefas diárias pareciam mais administrativas do que operacionais, já que sua "fita curta" era um impedimento para qualquer autorização de segurança de alto nível).

— Ei! — um dos convidados interrompeu o grupo, olhando para o celular. — O Wes Johnson acaba de lançar um novo vídeo.

— Ele está desistindo da candidatura? — perguntou uma garota.

— Por que ele desistiria agora?

— Ele ainda está muito atrás do Rollins.

— Sim, mas muita gente está bem chateada com o Rollins. — O rapaz olhou para Jack, subitamente lembrando do parentesco dele. — Sem querer ofender, cara.

Jack fez um gesto de "não é nada".

— Estou no site de campanha dele agora — disse outro convidado.

Jack e Javi se juntaram ao grupo que se reuniu para assistir.

Wes Johnson estava sentado em uma poltrona de couro, provavelmente no escritório de sua casa, decorado com fotos de família, diplomas emoldurados e estantes repletas de biografias.

— Vou ser breve, para que todos possam voltar a aproveitar as festas — falou Johnson. — Sei que tem havido alguns pedidos para eu retirar minha candidatura, mas estou aqui para lhes assegurar que continuo profundamente comprometido com esta campanha. Descobri uma nova causa durante meu período de campanha eleitoral, e prometo nunca parar de lutar por todos os americanos fitas curtas e por qualquer outra pessoa que se sinta maltratada ou marginalizada pelos que estão no poder.

Ele se inclinou para a frente, chegando mais perto da câmera.

— Eu sei que, desde que essas caixas chegaram, muitas vezes a impressão que se teve foi de que estávamos recuando, mas a razão pela qual eu queria dizer algo justamente esta noite, é que *este* momento, quando um novo ano se inicia, é o único momento em que o mundo inteiro se reúne na esperança de um recomeço e de um amanhã melhor. E eu permaneço tão esperançoso quanto sempre estive pelo povo da nossa grande nação. Também tenho acompanhado as muitas histórias e vozes do movimento "Entrelaçados Juntos" e os convido a depositar toda essa energia, compaixão, bravura e, mais importante, toda essa esperança nesta campanha. Prometo que a luta ainda não terminou.

O grupo ficou imóvel depois da declaração de Johnson, até que um dos mais embriagados disse, enrolando a língua:

— Caralho, eu amo esse cara.

— Mas parece que ele sabe que está perdendo.

— Claro que não! Você ainda não ouviu falar daquele evento enorme do "Entrelaçados Juntos" no mês que vem? Acho que vai rolar no mundo todo. Ouvi dizer que o Johnson está envolvido.

— Parece um grande golpe de marketing para os fitas curtas.

Alguém revirou os olhos.

— Um monte de propaganda para nada.

— É muito maior do que isso. Você vai ver.

— Sei lá — disse um garoto, virando-se para Jack. — Seu tio pode ser um filho da puta, mas pelo menos é durão. Ele realmente pode conseguir fazer as paradas. Além disso, ele é honesto pra caralho. A gente tem que respeitar isso.

Jack mexeu os pés desconfortavelmente, agradecido quando alguém gritou "shots!" do outro lado da sala, e o grupo rapidamente se dispersou.

Já haviam se passado semanas desde a última vez que Jack estivera em um evento de campanha. A tia havia dado a notícia pessoalmente, desconvidando Jack de todas as apresentações futuras, selando seu destino de ser posto de lado. Jack ainda via o pai ocasionalmente — desde que Anthony não estivesse por perto —, mas tinha começado a perceber que não valia realmente a pena pertencer à família que estava perdendo agora. Pelo menos, não mais. Talvez quando o avô Cal era vivo, os Hunter ainda representassem coragem e patriotismo, mas, com Anthony e Katherine agora no leme, era só uma questão de interesse próprio vencer a todo custo. Era *Javier* que estava realmente levando adiante o legado original dos Hunter, dedicando toda a sua vida ao serviço militar, apesar de ela ser injustamente breve.

Antes de deixar o apartamento de Jack pela última vez, Katherine tinha até tentado melhorar as coisas para o marido.

— Escuta, Jack, eu sei que deve ser incrivelmente difícil para você — disse ela. — Mas você tem que confiar em mim, seu tio sabe que nem todos os fitas curtas são perigosos. Ele só está tentando nos proteger daqueles que são.

Anthony, o defensor. O guardião dos fitas longas. O homem que manteria os Estados Unidos seguros, que governaria com fita de ferro.

Sem dúvida, *algo* havia mudado recentemente. E talvez a interferência de Jack no comício do tio tivesse desempenhado um pequeno papel nisso. Mas Anthony ainda era irrefreável, Jack pensou, independentemente do enorme alcance do movimento #EntrelaçadosJuntos ou do quanto John se mantinha esperançoso.

Era inacreditável que uma performance tão sagaz e maquiavélica — de Anthony mostrando sua fita em junho — tivesse virado uma bola de neve tão violenta nos últimos seis meses, com os tiroteios e as bombas deixando as pessoas assustadas e vulneráveis, com o atentado fracassado em Manhattan que transformava Anthony em herói, enquanto a fita curta de Wes Johnson o fazia parecer vulnerável, e muitos fitas longas oprimidos escutavam Anthony e finalmente se sentiam poderosos, à custa de seus irmãos não tão sortudos.

Como esse novo movimento, que estava só começando a ganhar terreno, poderia ser suficiente para reverter tudo isso?

Enquanto os demais convidados da festa tomavam shots de tequila, Jack e Javi ficaram a sós.

— Eu ia ligar — disse Javi. — Mas eles deixam a gente tão ocupado. É literalmente minha primeira folga em meses.

— Parece que tudo está indo superbem — falou Jack.

— E está. — Javi sorriu. — Então, o seu tio ficou muito bravo com o que você fez?

— Acho que ele me renegou completamente como sobrinho — contou Jack. — Mas pelo menos parou de falar da minha fita.

Javi assentiu.

— Sabe, uma vez você me disse que eu era duas vezes mais homem do que você, mas... precisou de muito culhão para fazer isso — disse ele, rindo.

Os destroços da briga ainda pairavam no ar, manchando as palavras com um desconforto que nunca existira antes, e Jack se perguntou se as coisas um dia voltariam ao normal, à natureza leve e fácil do início da amizade.

— Ei, aquele bar antigo de veteranos não fica por aqui? — perguntou Jack. — Quer ir tomar uma cerveja?

Os dois pegaram furtivamente os casacos e escaparam pela porta da frente.

A apenas alguns quarteirões de distância, havia um bar antigo, com paredes de madeira escura, cabines verde-escuras e todo tipo de parafernália militar pendurada no teto. Era quase que exclusivamente frequentado por veteranos, e, sempre que Jack e Javi entravam ali com seus uniformes ou roupas da velha academia, eram recebidos efusivamente por uma chuva de bonés e um tilintar de canecas. Javi vestia o casaco do exército, portanto aquela noite não seria exceção.

A quantidade de pessoas no bar era menor do que de costume, composta principalmente de idosos usando bonés bordados com as palavras "Vietnã" ou "Coreia", e alguns soldados mais jovens que vestiam roupas camufladas.

Nas telas de televisão acima, as celebridades que apresentavam o show da noite refletiam sobre o ano que estava terminando.

— Bem, dizer que este foi um ano memorável seria um grande eufemismo — brincou um dos homens bem penteados. — Esperamos que o próximo ano não traga nenhuma *nova* surpresa.

Jack e Javi se instalaram em uma cabine e passaram a hora seguinte relembrando seus anos de faculdade — as disciplinas em que quase reprovaram, as garotas que deveriam ter chamado para sair, os dias de treinamento em que levaram uma surra tão forte que doía sentar e ficar de pé. As lembranças de alguma forma pareciam mais distantes no passado do que realmente eram, e Jack se perguntava se crescer era assim, se a vida se movia muito mais rápido depois de adulto.

No fim, foi Jack quem mencionou a briga.

— Desculpa ter levado tanto tempo para fazer alguma coisa — disse ele. — Para fazer *qualquer* coisa.

— E tem muito mais a fazer — respondeu Javi. — Mas eu estourei com você por vários motivos, várias mágoas, e nem *tudo* era culpa sua. Talvez eu devesse ter me responsabilizado mais pela troca das fitas e pela pressão que ela causou em nós dois. Você não me forçou a nada. Nós decidimos isso juntos.

— Mas você não se arrependeu? — quis saber Jack.

Javi tomou um gole de cerveja e ficou pensativo.

— Eu amo os caras com quem estou treinando e respeito muito os oficiais, então é bem difícil mentir para eles. Mas, se não fosse por essa troca, eu não estaria lá — disse Javi. — Não poderia salvar a vida das pessoas um dia. — Ele sorriu e balançou a cabeça, como se quase não acreditasse. — E não importa o que aconteceu depois do nosso acordo, acho que sempre vou te agradecer por isso.

— Bom, como você mesmo disse, a decisão não foi só minha, foi nossa.

Em algum momento, o barman começou a gritar do outro lado do salão:

— Dez! Nove! Oito! Sete!

Os mais ou menos doze estranhos no bar trocaram olhares ansiosos e se juntaram à contagem.

— Seis! Cinco! Quatro!

Jack enfiou a mão no bolso em busca dos dois *kazoos* que tinha roubado da festa mais cedo e entregou um a Javi.

— Três! Dois! Um!

Os dois amigos sopraram seus mini-instrumentos enquanto o restante da multidão gritava "Feliz Ano-Novo!", em uníssono.

Então, no canto mais distante do bar, um dos senhores mais velhos começou a cantar, tímido e desafinado, mas com uma sinceridade que fez todo mundo prestar atenção.

Should old acquaintance be forgot, and never brought to mind?

Em breve, todas as vozes do lugar se uniram à dele.

Should old acquaintance be forgot, and days of auld lang syne?

Enquanto cantava, Jack pensou na tia e no tio, que sem dúvida tilintavam taças de champanhe numa mansão a poucos quilômetros dali, e em Wes Johnson, talvez em casa com a família, que descansava após meses na estrada e se perguntava se ainda podia ganhar.

We too have paddled in the stream, from morning sun to night.
But the seas between us broad have roared, from auld lang syne.

E Jack pensou no melhor amigo, Javier, que cantarolava admiravelmente a melodia quando não sabia a letra e brindava o início de mais um ano, mesmo quando a passagem do tempo talvez não parecesse algo a comemorar.

Jack não sabia se Javi o perdoara ou se suas palavras naquele palco tinham sido ditas tarde demais para merecer perdão. Desde que Jack não perguntasse, não precisaria enfrentar a resposta. Agora, ele só podia torcer para que Javi soubesse que ele sentia muito e que estava se esforçando.

We'll take a cup o' kindness yet.
*For auld lang syne.**

---

* "Home Free" é uma canção popular que vem de um poema escocês de Robert Burns, de 1788. Nesse trecho, diz, em tradução livre: "Deve um velho conhecido ser esquecido, e nunca ser lembrado?/ Deve um velho conhecido ser esquecido, assim como os bons e velhos tempos?/ Nós dois remamos no riacho, do claro amanhecer até a escuridão/ Mas o vasto mar entre nós há bramido, desde os bons e velhos tempos/ Ainda tomaremos um gole de gentileza./ Pelos bons e velhos tempos". (N. da T.)

BEN

Parecia que o mundo inteiro havia se reunido.

Todos esperavam para ver o que aconteceria naquele momento que havia sido comentado, tuitado e imaginado havia semanas.

Os locais só tinham sido revelados três dias antes, em anúncios repercutidos por mais de vinte de países, como um mapa montado na casa de um viajante, com tachinhas fixadas em quase todos os continentes. Era a primeira vez que as vozes díspares do "Entrelaçados Juntos" conseguiam convergir, cantar em um coro global, e todos queriam saber quem estava por trás disso, pois os organizadores ainda se mantinham anônimos. Os nomes de inovadores do Vale do Silício e de celebridades vocais eram sussurrados junto aos de ONGs proeminentes, prefeitos locais e hackers justiceiros. Muitos se perguntavam se Wes Johnson havia dado seu apoio. E quanto àquela garota do vídeo que havia viralizado? O mistério só aumentava a grandiosidade do feito.

Todo o grupo de Ben compareceu na Times Square, onde a cidade havia celebrado o Ano-Novo apenas algumas semanas antes. Nina, Amie e uma amiga de Nihal também foram. Estava frio, mas ninguém parecia se importar, não com a presença de milhares de corpos, respirando nas mãos em concha e batendo os pés avidamente.

O evento começou um minuto depois das nove da manhã em Nova York — era de manhã nas Américas, à tarde na Europa e na África, à noite na Ásia–Pacífico. Todas as telas da Times Square ficaram pretas, antes de surgirem as palavras "Entrelaçados Juntos" nos telões. A multidão irrompeu em vivas.

Enquanto Ben assistia ao início da exibição em Manhattan, ele se perguntou sobre os outros países, sem saber que o mesmo vídeo estava sendo visto por todos. Exibido em outdoors de LED em Piccadilly Circus, em Londres, na região de Shibuya, em Tóquio, e na Yonge-Dundas Square, em Toronto. Projetado em telas e fachadas de edifícios no Zócalo, na Cidade do México, e na Greenmarket Square, na Cidade do Cabo, e na Place de la Bastille, em Paris. Transmissão ao vivo, sem atrasos, no Facebook, YouTube e Twitter. Até a página inicial do Google tinha sido tomada naquele instante, as letras de seu logotipo em arco-íris ligadas por duas fitas retorcidas.

— Hoje, no mundo todo, honramos as contribuições daqueles que têm fitas curtas — começou o vídeo, as letras brancas eram nítidas na tela escura. — Estes são só alguns exemplos.

— Salvou duzentas vidas em cirurgia.
— Criou três filhos sozinha.
— Dirigiu um filme vencedor do Oscar.
— Obteve dois PhDs.
— Construiu um aplicativo de iPhone.

A cada homenagem, cada triunfo, os aplausos ficavam mais altos.

— Casou-se com a namorada da escola.
— Escreveu um romance.
— Defendeu nosso país.
— Concorreu à presidência.

Ben olhou para os membros de seu grupo e se perguntou o que o vídeo poderia dizer sobre cada um deles. Nihal tinha sido orador da turma da faculdade, Maura era recém-casada, Carl era tio, Lea estava gestando os bebês do irmão, Terrell estava produzindo um show na Broadway e Chelsea fazia todos rirem. Hank, é claro, era médico e tinha salvado centenas de vida. E havia também um milhão de outras coisas que Ben ainda não sabia sobre essas pessoas, apesar de todo o tempo que haviam passado juntos na sala 204. Cada um deles havia se apaixonado e se desapaixonado, tido trabalhos monótonos e gratificantes. Eram filhos e filhas, irmãos e irmãs. Eram amigos.

— Nós amamos vocês! — alguém gritou perto de Ben.

— Entrelaçados juntos! — gritou outro.

Não era o que Ben esperava.

Ele havia pensado que ouviria banalidades de líderes ou agentes do governo. Que eles implorariam por tolerância. Que talvez mostrassem fotos de fitas curtas já falecidos. Que o dia seria pesado e triste, um minuto de silêncio prolongado. Como se fosse um grande velório.

Mas não aconteceu nada disso.

A manifestação era agitada, alegre e barulhenta. Uma celebração da vida. Uma hora de união absoluta. Em todos os lugares, países e praças públicas, as pessoas se debruçavam para fora das janelas, saíam nas varandas e subiam nos telhados, batendo palmas, gritando e fazendo alarde.

Para uma nação — um mundo — que não via problema em iniciar guerras, alimentar medos e se distanciar, até que eles ainda sabiam se unir.

MAURA

Mais tarde, na manhã seguinte, Maura percebeu que o vídeo havia sido perfeitamente, quase comicamente, bem cronometrado. Que algo, talvez o destino, lhes havia permitido desfrutar daquele momento na Times Square, com alegria e sem interrupções, antes que o pânico se instalasse.

A gravação havia terminado minutos antes, e as pessoas na rua e nas janelas dos prédios ainda gritavam e comemoravam, aproveitando a dose de adrenalina, quando o rosto de Lea se contraiu.

— Você está bem? — perguntou Maura.

— Acho que minha bolsa acabou de estourar.

Em segundos, Maura reuniu o grupo e formou uma barreira ao redor de Lea, abrindo caminho através das pessoas. Mas a multidão era densa, os que comemoravam estavam distraídos, e o ritmo era insuportavelmente lento. Ben ligou rapidamente para o irmão e os pais de Lea, e Maura olhou para sua pobre amiga grávida, que tentava se manter firme enquanto as contrações sobrevinham.

— Por favor, me tirem daqui! — implorou Lea. — Eu não quero dar à luz no Hard Rock Café!

— Sai da frente, galera! — gritou Maura. — Ela está em trabalho de parto!

Após uma espera agonizante, que mais tarde faria o grupo discutir por quanto tempo tinham ficado *de fato* presos na Times Square, eles conseguiram atravessar o cerco formado pela multidão, e Carl chamou um táxi.

Quando o carro parou, Ben e Terrell gentilmente acomodaram Lea no banco de trás.

— Eu não posso ir sozinha! — gritou ela.

Os membros do grupo se entreolharam. Ao ver os rostos indecisos e os olhos aterrorizados dos amigos, Maura se sentou rapidamente ao lado de Lea e deu instruções ao motorista.

Lea passou a maior parte do trajeto tentando abafar os gritos, alguns fios de cabelo já grudados na testa suada. Sem nenhuma maquiagem, dava para ver as bochechas rosadas e ruborizadas de Lea. Ela parecia tão jovem, pensou Maura. Só uma menina. Parecia quase injusto ela sentir tanta dor.

— Só continue respirando — disse Maura calmamente, sem saber direito se era a coisa certa a dizer.

— Alguém ligou para o meu… *arghhh*… — As palavras de Lea viraram grunhidos.

— Sua família já está a caminho — respondeu Maura, esfregando o topo da mão de Lea, que tinha os nós dos dedos completamente brancos de tanto agarrar o cinto de segurança.

— Tudo vai valer a pena quando eles nascerem — gemeu Lea, colocando as mãos na barriga. — E todos vamos amar demais esses bebês.

Maura ficou surpreendentemente emocionada pela confiança da jovem, o amor que já fluía dela. Nada no sofrimento de Lea parecia sedutor, mas, mesmo assim, ela vislumbrou aquele sentimento. Talvez era isso o que ela e Nina estivessem perdendo.

Em um raro minuto de alívio da dor, Lea sussurrou:

— Estou superfeliz de fazer isso pelo meu irmão. Ele sempre foi tão bom para mim e… vai ser um excelente pai. Os dois vão. E não importa o que aconteça — Lea abaixou a cabeça para olhar para a barriga — eu vou ser parte da história deles para sempre.

A beleza do momento foi quebrada por uma contração, e Lea apertou a mão de Maura.

— Estamos quase no hospital — disse Maura. — Já, já você vai tomar anestesia.

Lea balançou a cabeça vigorosamente.

— Nada de drogas.

— Você está doida?

— Quero sentir — respondeu Lea, sem fôlego.

— Mas você vai empurrar *dois* seres humanos para fora do seu corpo!
— Eu só quero saber se é verdade.
— Se é verdade que dói? — perguntou Maura. — Acho que você já tem a resposta.

Lea finalmente abriu um sorriso, os lábios já rachados.

— Se é verdade o que eu ouvi falar — disse. — Que a dor é horrível na hora, mas, depois que acaba, você nem lembra.

Quando Lea e Maura chegaram ao hospital, a família de Lea já estava lá. Quando Maura foi até a sala de espera, massageando os dedos para recuperar os movimentos, ficou chocada de ver todo o grupo de apoio reunido. Chelsea estava sentada ao lado de Sean, o rímel levemente borrado. Terrell, de alguma forma, tinha conseguido entrar com uma garrafa de champanhe escondida, vangloriando-se disso para Nihal. Até o rabugento do Carl estava lá.

Maura se juntou à esposa, agora parada ao lado de Ben e Amie, os três ainda surpresos com os acontecimentos da manhã.

— Está sendo um dia e tanto — comentou Nina.
— Como a Lea está? — quis saber Ben.
— Ainda vai demorar um pouco — disse Maura —, mas ela é mais forte do que você imagina.

As horas seguintes oscilaram entre cafeína, adrenalina e uma estranha mistura de tédio e ansiedade. Quando o choro finalmente foi ouvido na sala de espera, Maura voltava com um café e parou ao ver a cena: Terrell servia champanhe em copos de papel, Sean e Nihal davam tapinhas de "toca aqui", Chelsea não parava de pular, as botas de salto alto batendo ruidosamente no chão.

Foi aí que Maura percebeu que aquele grupo de estranhos havia formado uma família incrível. Uma família que lamentou unida quando Hank morreu e que agora também comemorava unida quando Lea trazia duas vidas ao mundo.

Maura deixou o café em uma mesa próxima e se aproximou de Nina por trás, abraçando-a e beijando seu pescoço, aconchegando-se na sensação de calor do instante.

— Aí está você! — Nina sorriu. — Você quase perdeu o momento.

Mas Maura *não tinha* perdido. O que ela havia testemunhado no táxi, o que Lea sentia por seus bebês, aquilo era amor em sua forma mais pura e intensa. E Maura não tinha ficado sem isso. Seus braços, ainda carregados de energia, estavam, na verdade, longe de estarem vazios, envoltos ao redor de Nina.

Alguns minutos depois, as portas se abriram e o irmão de Lea saiu.

— Um menino *e* uma menina! — ele declarou, admirado.

Que sorte nascer nesse dia, quando o mundo inteiro se reuniu por um breve e iluminado instante, pensou Maura. E o grupo de pessoas na sala de espera — risonhas de alegria em meio aos brindes de champanhe — acolheu os gêmeos recém-nascidos, os mais novos moradores do planeta Terra, os últimos membros de um mundo de dor inimaginável e de contentamento insondável, dois polos nunca tão distantes um do outro.

Quando Maura entrou na sala de recuperação, Lea olhou para ela, com os olhos brilhando.

— Obrigada por estar comigo — disse ela.

— O prazer foi meu — respondeu Maura, vendo um dos gêmeos descansar na curva do braço da amiga, ambos igualmente exaustos e confortáveis um com o outro. Maura praticamente conseguia ler a resposta nas curvas do corpo de Lea, todas inclinadas na direção do bebê, mas, mesmo assim, estava curiosa.

— É verdade? — perguntou Maura.

Lea só sorriu de um jeito travesso, como se guardasse o melhor segredo de todos.

PRIMAVERA

AMIE

Amie tinha passado a vida toda lendo romances, fantasiando sobre o amor. Mas ver Ben na festa de casamento de Nina e Maura a lembrou de que a vida nunca vinha embrulhada para presente como nas histórias contidas nos livros ou nos sonhos que ela mesma imaginava. E ela simplesmente não podia dar as costas a Ben sem questionar para sempre o que poderia ter acontecido.

Mesmo agora, meses depois, ela conseguia se lembrar de cada detalhe do encontro. Ben havia corajosamente a chamado para sair de novo, só alguns dias após o casamento, e Amie havia aceitado. Eles se encontraram no Central Park, à espera da primeira neve da estação, depois passaram pelo lago e pelo zoológico e tomaram a direção da lagoa. Era um daqueles raros dias de início de inverno, quando o sol brilhava forte e o vento soprava calmo. Sentados em um banco perto da água, Amie e Ben mal se incomodavam com o frio. Eles olhavam as torres duplas do majestoso San Remo se erguendo acima das árvores desfolhadas, que Amie apontou como um dos prédios mais lindos da cidade.

— Os templos coríntios no topo das torres na verdade foram inspirados por um monumento em Atenas — disse Ben.

— Você tem uma curiosidade para todas as ocasiões. — Amie sorriu.

— A maioria é de arquitetura — respondeu Ben, inclinando-se para a frente, levantando um dedo e fingindo sotaque britânico. — *Você sabia que existem quase dez mil bancos no Central Park? E mais ou menos metade foi adotado.*

— Imagino que "adotar" um banco exija uma doação considerável ao parque, não é? — perguntou Amie.

— Uns dez mil dólares. — Ben riu. — Mas você pode acrescentar uma placa no banco dizendo o que quiser, o que é bem legal.

Amie se virou para ver se o banco deles também estava adornado com uma placa.

— Ah, estes bancos perto da lagoa eram os mais populares — falou Ben. — Esgotaram faz anos.

De fato, Amie encontrou as palavras de E. B. White gravadas em uma fina lâmina de metal em cima do painel de madeira atrás dela: *Eu me levanto pela manhã dividido entre o desejo de salvar o mundo e o de saborear o mundo. Isso torna bem difícil planejar o dia.*

Nas semanas que se seguiram ao encontro no parque, Amie e Ben tinham feito tudo o que podiam para saborear seu tempo juntos. Ben a levou em um tour por seus edifícios e marcos favoritos, Amie o levou a todas as suas amadas livrarias. Ela se juntou a ele no evento "Amarrados Juntos" na Times Square, e ele visitou a turma dela no Dia dos Professores. Amie ficou admirada com a facilidade com que Ben se relacionou com os alunos.

Através das cartas, eles já tinham se aproximado, e, uma vez que ganharam proximidade física, se sentiram quase instantaneamente confortáveis, libertos das tensões típicas de início de namoro. Os dois sabiam que os riscos de seu relacionamento inicial eram maiores do que os demais, mas Amie se sentia cheia do mesmo desejo urgente que a havia tomado no casamento de Nina. Seu futuro com Ben — fosse apenas um caso breve ou algo talvez mais duradouro — era, naquele momento, ainda incerto. A única coisa que ela *sabia* era que queria aproveitar a oportunidade e ver aonde aquilo tudo ia dar.

É claro que Amie não havia esquecido sua relutância inicial ou seus medos persistentes. Ela temia não ser forte o suficiente para Ben, nem sempre ser a mulher que havia escrito aquelas cartas e se provar uma pessoa ansiosa e cheia de defeitos, que não podia deixar de temer o futuro e um coração partido no final.

Ben também não era indiferente aos conflitos dela. Quando convidou Amie para jantar com seus pais, ele já se adiantou em explicar uma série de coisas.

— Eles iam amar te conhecer — disse — e eu ia amar que você os conhecesse, mas não quero ir rápido demais se você não se sentir à vontade. Não quero que você se sinta presa de maneira alguma.

Presa era uma palavra muito forte, pensou Amie, claramente se referindo a mais do que compartilhar um simples jantar.

Mas ela havia concordado em ir, ela *queria* ir. E se sentou em frente aos pais de Ben na mesa da sala de jantar e trocou histórias bizarras ocorridas em sala de aula — os dez centímetros de cabelo que Amie precisou cortar por causa de um chiclete invencível; os três pares de óculos do pai de Ben esmagados pelos sapatos dos alunos; as duas vezes em que pais furiosos ameaçaram demitir a mãe de Ben por ela ter repetido de ano os filhos deles.

Enquanto a mãe de Ben cortava o bolo de café, Amie notou que ela lançou um olhar na direção do filho, um olhar que Amie reconheceu como o mesmo que ela havia dado a Nina no primeiro encontro com Maura, quase três anos antes. Um olhar que dizia: *Gostei dessa garota. Ela é boa para você.*

Um olhar que guardava excitação, alegria e, acima de tudo, esperança, e Amie percebeu que não se tratava mais apenas dela e de Ben. Ela sabia que Ben havia tido dificuldade de compartilhar a verdade com os pais, antes de lhes contar tudo no outono. Então, Amie se perguntou se os pais de Ben olhavam para ela agora pensando que todos os seus *próprios* sonhos — a felicidade futura de seu único filho, a chance de terem netos — residiam, possivelmente, dentro dela.

Por um momento terrível, Amie não teve certeza se daria conta de carregar os desejos *deles* também, e sua sensação de tranquilidade começou a vacilar. Até que o pai de Ben a surpreendeu ao mencionar as fitas pela primeira vez naquela noite.

— Vou falar uma coisa, Amie, estou feliz que a mãe de Ben e eu tenhamos nos aposentado no momento certo. Não queria estar no seu lugar agora, tendo que lidar com todas as perguntas e preocupações das crianças.

— Na verdade, mandaram a gente não falar sobre o problema das fitas nas salas de aula — explicou Amie. — E, sinceramente, está sendo bem difícil para mim. Às vezes, sinto que estou mentindo para os meus alunos ou os decepcionando por não conversar de uma maneira mais profunda com eles. É como se eu não pudesse nem me dignar a tentar responder às suas perguntas, nem que fosse para dar uma resposta incompleta.

— Bom, parece mesmo que você tem ótimas intenções — falou a mãe de Ben. — A única coisa que seus alunos querem saber é que, se um dia estiverem com medo, machucados ou com alguma dificuldade, eles podem te procurar. E isso você pode mostrar sem dizer nada.

Ao ouvir a mãe de Ben falar, Amie percebeu que era exatamente assim que ela se sentia com Ben. Ela confiava a ele tanto as partes bonitas quanto as feias de si mesma, e *sempre* havia confiado, mesmo em sua primeira carta. Não importava que os pais de Ben tivessem suas próprias esperanças, não se tratava de um fardo a mais. Amie estava se apaixonando por Ben, apegando-se às mesmas fantasias que eles.

E, quando a sobremesa se transformou numa rodada de mímica (Ben e Amie conseguiram uma vitória com a mímica de Ben da cena da pílula vermelha/azul de *Matrix*), Amie se deixou envolver, mais uma vez, no mesmo contentamento familiar, na mesma intimidade relaxada que havia sentido ao dançar com Ben no casamento.

Ela se sentiu calma, até mesmo tranquila. O total oposto de "presa".

Na primavera, Amie e Ben já planejavam morar juntos, e, quando Ben pediu a Amie para encontrá-lo uma tarde no Central Park, ela sabia o que aconteceria.

Então, ela colocou um de seus vestidos favoritos e partiu em direção ao parque, na esperança de se acalmar durante a caminhada.

Era estranho para Amie pensar que, da próxima vez que andasse por cada uma dessas ruas, tudo seria diferente. Ela estaria noiva do homem que amava, a pessoa em quem confiara antes mesmo de saber seu nome.

Amie estava feliz de verdade. Por isso, levou um susto ao se ver de repente em frente aos portões de ferro fundido do Van Woolsey, perguntando-se se talvez tinha caminhado em direção a ele, inconscientemente, durante todo aquele tempo.

Parou em frente ao prédio, como já havia feito muitas vezes antes, e inclinou a cabeça para cima para absorver sua grandiosidade: a fachada renascentista, as fileiras de janelas abertas para deixar entrar uma brisa, o imponente arco revelando o pátio interno.

E, enquanto olhava fixamente para o Van Woolsey, a verdade caiu sobre ela.

Agora, ela nunca mais moraria lá.

Desde o início, Amie sabia que Ben queria criar uma família em uma casa pequena em um bairro mais afastado, parecida com sua casa de infância, com um quintal onde o chão se inclinava apenas o suficiente para descer de trenó quando nevava. Parecia perfeito para Amie. Mas ela também sabia que, ao se casar com Ben e ter filhos, um dia seria mãe solteira e teria que sustentar os filhos com seu salário de professora. E então, onde eles morariam?

Talvez depois que as crianças fossem para a faculdade, Amie voltasse a morar em Manhattan. Ela transportaria seu ninho vazio — que, a essa altura, estaria mais vazio do que a maioria — para um prédio muito mais barato do que este.

O segurança estava longe de seu posto, então Amie se aproximou do portão e espreitou para dentro no jardim bem cuidado. Estava vazio no momento, e Amie ficou espantada ao perceber que o pátio estava *sempre* vazio quando ela passava. Na verdade, ela não conseguia se lembrar de ter visto uma única pessoa sentada junto à fonte ou tomando café em um dos bancos brancos curvos, muito menos um casal ou uma família desfrutando daquele paraíso privado.

Certamente centenas de inquilinos levavam uma vida feliz para lá do portão, mas o prédio lhe pareceu subitamente tão desprovido de vida, especialmente em comparação às calçadas sempre agitadas da Broadway, onde ela e Ben tinham andado tantas vezes de mãos dadas.

— Com licença, senhora. Posso ajudar?

O guarda veio da esquina e olhou Amie com desconfiança.

— Ah, desculpa, eu estava só olhando — disse ela.

— A senhora é uma potencial inquilina? — perguntou ele.

Amie parou e olhou para o pátio vazio, para a fantasia que ela alimentara nos últimos oito anos de sua vida em Nova York.

— Não — respondeu baixinho. — Não sou, não.

O guarda lhe deu um leve aceno de cabeça e ela se afastou do prédio, do sonho de que não estava destinada a viver, enquanto sua mente se enchia de novos devaneios. Ela deve ter passado por dez versões diferentes do pedido iminente em sua cabeça: Bow Bridge, em um barco a remo no lago, sentados no Jardim de Shakespeare. Mas, conhecendo Ben, não seria em nenhum desses lugares públicos. Seria em algum lugar secreto, em algum lugar com uma história que só ele conhecia.

E, enquanto Amie caminhava pela rua para encontrá-lo, ela ouviu a melodia tocar em sua cabeça, a canção que os havia unido. *O que será, será. Existem algumas coisas que não podemos controlar*, pensou ela.

Mas, e todo o resto?

E todas as escolhas que fazemos todos os dias? Quem escolhemos ser e como escolhemos amar? A escolha de olharmos ou não as nossas fitas?

A escolha que Amie fez no casamento da irmã, de voltar para Ben.

A escolha que ela estava prestes a fazer agora, com a resposta que daria a ele.

A vida que eles escolheriam construir juntos. Os sonhos que eles escolheriam levar adiante.

BEN

Numa tarde de domingo, Ben saiu de seu apartamento para o primeiro rubor da primavera. As árvores começavam a acordar, os odores da grama e dos *food trucks* próximos carregados pela brisa. Seu grupo ia se encontrar mais cedo naquele dia, em vez de em seu típico horário noturno, para visitar a nova exposição na Biblioteca Pública de Nova York, organizada por vários membros proeminentes do movimento "Entrelaçados Juntos" para marcar o aniversário de um ano da chegada das fitas, em março do ano anterior. A peça central da exposição temporária era uma escultura feita com quinhentas fitas de pessoas reais.

Era um dos primeiros empreendimentos organizados pelo "Entrelaçados Juntos" no mundo das artes e a primeira grande exposição a abordar o tema das fitas, uma retrospectiva sobre um fenômeno ainda em curso. Talvez, nos anos vindouros, houvesse mais exposições, Ben ponderou. Como as fitas e suas caixas não podiam ser destruídas, museus do mundo inteiro haviam assumido a missão sagrada de coletar e guardar esses artefatos permanentes, essas relíquias de uma vida, de qualquer um que desejasse doá-los. As fitas que não eram legadas aos museus costumavam encontrar suas novas casas entre as heranças familiares, nas cornijas das lareiras e em baús de enxoval. Muitas caixas foram usadas como urnas funerárias. Outras ainda foram finalmente enterradas ao lado de seus donos, abertas ou para sempre sem ser vistas.

No trajeto do metrô até a biblioteca, Ben pensou em seu grupo de apoio, menor agora depois que Hank falecera, Chelsea se juntara à rede de troca de casas para fitas curtas — atualmente ela morava em uma casa de praia no México — e Terrell se mudara para San Francisco. Certa manhã, Terrell acordou tomado de um desejo de começar do zero e, dentro de uma semana, se mudou para o outro lado do país, liderando a turnê nacional de seu musical feito inteiramente por fitas curtas.

Ben deu uma olhada nos anúncios exibidos na parte superior do vagão de metrô: uma empresa no ramo de dietas, um comprimido para disfunção erétil e uma foto de rosas para duas estreias — *The Bachelor: fitas longas* e *The Bachelor: fitas curtas*. (A inscrição de Chelsea infelizmente não foi respondida.)

— Estou ansiosa para ver as novas temporadas — animou-se uma adolescente perto de Ben.

— Nem me fala. Com certeza vou ver as duas — concordou a amiga. — Estou com medo da versão com os fitas curtas ser triste demais para mim, mas, para ser sincera, acho que vai ser mais emocionante.

Uma conversa que nove meses atrás teria enchido Ben de uma sensação de pavor, solidão ou raiva, agora se misturava ao pano de fundo de sua vida, as palavras absorvidas pelo barulho do trem.

Não que Ben tivesse ficado entorpecido com tudo. Ainda lhe doía muito a maioria dos comentaristas preverem que Anthony Rollins fosse indicado em julho e acabasse na Casa Branca em novembro. Certamente ajudava sua campanha que, pouco antes das primárias estaduais, a mulher que atirou em Hank, o quase assassino de Anthony, tenha sido condenada à prisão perpétua. Ela foi a única agressora na série de atentados cometidos por fitas curtas que sobreviveu e foi a julgamento, então talvez sua punição tenha servido como um ato simbólico de justiça para todos aqueles que a precederam. (E a campanha de Rollins não poupou nenhum dólar para representar a ré como terrorista fita curta, mantendo o tiroteio na cabeça de todo mundo, e o nervo aflorado dos eleitores.)

Anthony teria sua vitória — por enquanto. Ben estava decepcionado, mas se recusava a se desesperar. Ele sabia que uma mudança real e duradoura levaria tempo e exigia mais do que apenas momentos chamativos. Mas a trajetória do "Entrelaçados Juntos" evoluía a cada dia, se fortalecendo com os movimentos anteriores. Após o evento de janeiro, as pessoas continuaram a compartilhar as contribuições de fitas curtas para suas próprias vidas com a hashtag #EntrelaçadosJuntos. Houve TED Talks, campanhas de arrecadação de fundos e mesas de discussão. Havia perfis de fitas curtas e ativistas do movimento em quase todas as revistas. Personagens fitas curtas até começavam a aparecer em séries e filmes. A garota sul-africana do vídeo que havia viralizado completara vinte e dois anos naquela primavera e decidira não abrir sua caixa. Esperava-se que muitos seguissem seu exemplo.

O futuro do próprio Ben parecia repentinamente intenso. Em poucos meses, ele inauguraria o cintilante centro de ciências do norte do estado, o ponto culminante de quase dois anos de trabalho. Ele havia pedido a mulher que o inspirava em casamento, e milagrosamente ela também o amava. Seus pais estavam animadíssimos. Talvez ele tivesse realmente aprendido a viver melhor com sua fita curta, como o folheto do grupo de apoio lhe prometera certa vez.

Quando Ben saiu do metrô, não pôde deixar de pensar em como aqueles trezentos e sessenta e cinco dias desde a chegada das caixas haviam mudado seu mundo. Naquela única órbita ao redor do sol, ele havia conhecido muitas das pessoas de quem mais gostava.

Dentro da grande biblioteca de mármore, Ben estava parado ao lado de Maura. Os dois olhavam fixamente a escultura de uma árvore, de quase três metros de altura, de cujos galhos brotavam fitas no lugar de folhas. Na plataforma sob a árvore, quinhentos nomes estavam inscritos.

— A revista da Nina fez uma matéria sobre o artista — disse Maura. — Ele fez todo este projeto usando as fitas das pessoas, mas não olhou a dele. Ele disse que, se tivesse uma fita curta, se sentiria apressado demais para produzir boas obras e, se tivesse uma fita longa, talvez não se sentisse apressado o suficiente.

Em outro canto da galeria, Lea e Nihal assistiam a um vídeo exibido em loop que mostrava uma entrevista com o artista, um homem de quarenta e poucos anos, vestindo uma camisa com um desenho em estêncil e um pesado pingente dourado no pescoço. Ben se juntou a eles assim que o vídeo recomeçou.

— A ideia do projeto surgiu quando eu viajava para o Japão — relatou o escultor — e visitei a ilha Teshima, onde um colega artista chamado Christian Boltanski criou uma peça, em 2010, chamada *Les Archives du Coeur* ou *Os arquivos do coração*, uma coleção de gravações sonoras dos batimentos cardíacos de pessoas de todo o mundo. Eu queria fazer algo semelhante com as fitas. Para muitas pessoas, nossas fitas, assim como nossos batimentos cardíacos, são algo muito particular, que só nós mesmos e talvez um pequeno número de pessoas queridas vão ver na vida. Portanto, eu queria criar um registro público dessas quinhentas fitas, dessas quinhentas almas, nascidas em diferentes cidades e países, com fitas de todos os comprimentos. Mas era importante para mim que todos os nomes e todas as fitas fossem tratados igualmente. Os espectadores nunca vão saber qual fita pertence a quem. A árvore, é claro, parecia a estrutura perfeita. A Árvore da Vida. A Árvore do Conhecimento. O lembrete de que todos nós encontraremos nosso descanso final debaixo da terra, nutrindo a vida que cresce acima de nós. Nós, humanos, temos um impulso de marcar nossa existência de alguma forma que pareça permanente. Nós escrevemos "Eu estive aqui" na carteira da escola. Grafitamos muros e paredes com spray. Esculpimos nossas iniciais em troncos de árvore. Eu queria que esta escultura fizesse o mesmo, que mostrasse que essas pessoas viveram. Uma prova de que esses seres humanos, com suas fitas longas, médias ou curtas, estiveram *aqui*.

ALGUNS ANOS DEPOIS

JAVIER

Javi se mostrou um soldado exemplar, não apenas respeitado por seus colegas, mas genuinamente querido. E estava sempre preparado para tudo.

Mesmo agora, que enfrentava sozinho o que sabia ser o fim de sua fita, ele estava preparado.

Ele escreveu uma carta para os pais, explicando a mentira que havia impulsionado sua carreira, e a escondeu debaixo de sua cama, onde sabia que alguém a encontraria depois que ele partisse, quando seus pertences fossem embalados. Ele tinha levado meses para decidir o que dizer, mas não podia deixar os pais em um estado de luto *e* confusão. Eles mereciam saber a verdade sobre a troca das fitas, saber que havia sido uma escolha do filho. Mas Javi nunca mencionou Jack em sua carta, esperando que isso fosse suficiente para protegê-lo.

Todas as manhãs, como um ritual, Javi tateava debaixo do colchão para ter certeza de que o envelope ainda estava lá, e o tocava de leve com a ponta dos dedos, antes de sair para enfrentar o dia.

Certa tarde, ele caminhava com seu amigo, capitão Reynolds, quando o comandante os chamou pelo rádio. A presença deles era necessária para o resgate urgente de um piloto e dois médicos, cuja aeronave tinha acabado de ser abatida em território inimigo. Todos os três passageiros haviam sido ejetados com sucesso e presumia-se que estivessem vivos.

Javi e Reynolds logo juntaram seu equipamento e foram em direção ao helicóptero.

— Onde estão os paraquedistas? — perguntou Reynolds.

— Aqui, senhor!

Os dois homens do esquadrão aeroterrestre de salvamento surgiram detrás do helicóptero, prontos para voar. Javi se sentou no banco do copiloto, à direita de Reynolds, com a engenheira de voo e os dois paraquedistas atrás.

Enquanto o helicóptero decolava, a voz no rádio os preparava.

— Vocês estão procurando dois homens e uma mulher. Nosso piloto e dois voluntários civis dos Médicos Sem Fronteiras.

O céu estava nublado demais para identificar os sobreviventes e soltar a escada de corda, então eles foram forçados a pousar. Reynolds e a engenheira ficaram para trás com o helicóptero, enquanto Javi e os dois paraquedistas partiram a pé, atravessando o terreno levemente arborizado.

Eles tiveram sorte, pensou Javier. Era mais fácil se camuflar entre as árvores do que nas planícies desérticas.

Após cerca de vinte minutos de caminhada, os soldados localizaram os sobreviventes, os rostos e membros manchados de terra e sangue, escondidos atrás do tronco mais grosso de árvore.

Os dois homens estavam feridos — o piloto apresentava queimaduras, um dos médicos estava com a perna sangrando, e a mulher tentava cuidar de ambos.

Javi transmitiu uma mensagem por rádio para Reynolds e seu comandante na base:

— Temos os três sobreviventes. Câmbio.

Os dois paraquedistas se agacharam para examinar os ferimentos dos sobreviventes, e Javi acenou com a cabeça para a mulher.

— Meu nome é capitão Javier García — disse ele. — Você fez um trabalho excelente aqui, senhora.

— Anika — respondeu ela. — Dra. Anika Singh.

— Vamos para casa, dra. Singh.

O piloto conseguia andar, embora mancasse, mas o médico ferido precisava de ajuda até para ficar de pé. Os seis estavam prestes a partir, com o médico apoiado pesadamente no ombro do paraquedista mais novo, quando a voz do comandante veio pelo rádio.

— Na escuta. Temos relatos de inimigos perto da sua posição.

— Entendido — disse Javi.

Anika e o colega médico ficaram paralisados, aguardando as ordens dos soldados.

— Vamos ser lentos a pé — pensou em voz alta o paraquedista mais velho. — E somos um grupo grande. Fácil de ver.

— Com dois feridos — completou Anika.

Como se seguisse a deixa, o ruído grave do motor de um caminhão soou distante. Javi viu o medo no rosto dos dois médicos, ainda úmido de suor e, talvez, de lágrimas. *Eles são civis*, pensou, *só estão aqui porque querem ajudar.*

— Eu vou antes para despistar — ofereceu Javi. — Vou correr na direção contrária, disparar alguns tiros para cima para chamar a atenção deles, depois voltar para o helicóptero.

— Não, não acho uma boa ideia — falou o paraquedista mais velho.

— É nossa melhor chance. — O piloto fez uma careta de dor.

— Ele vai ficar bem — disse o paraquedista mais novo. — Ele não vai morrer, certo?

O paraquedista mais velho queria gritar com seu colega, repreender sua atitude casual, mas sabia que o garoto não tinha culpa. A maioria do esquadrão achava isso. Caramba, ele mesmo também achava. Mas certa vez ele viu um amigo pisar num campo minado, convencido de que não podia morrer, e ele perdeu as duas pernas. *É a porra das fitas*, pensou o paraquedista. *Por causa delas, de repente todo mundo acha que é invencível.*

Até não ser mais.

— Eu não vou se você não achar que é a decisão correta — disse Javi. — Mas estou pronto.

O paraquedista mais velho detestava se separar de um dos seus, mas agora não podia ignorar os dois civis que tinha sob seus cuidados. E também não gostava de suas chances de caminhar mais de um quilômetro e meio sem ser visto, com dois de seus homens mal conseguindo andar.

— Certo — ele finalmente concordou. — Você é um bom homem, García.

Reynolds avistou o grupo através de uma abertura nas árvores. Havia apenas cinco pessoas.

— Onde está meu copiloto? — gritou ele, enquanto os paraquedistas carregavam os dois homens feridos para a parte de trás do helicóptero.

— Ele está vindo — disse o paraquedista mais novo.

O restante do grupo subiu, e Reynolds estava pronto para voar. Mas Javi ainda não havia voltado.

Um minuto tenso se passou, seguido de outro.

E então eles ouviram os motores.

— Merda. — Reynolds sentiu um tremor de ansiedade correr pelo corpo, mas continuou esperando.

O estrondo foi crescendo. O médico ferido gemeu. O piloto resgatado respirava rápido, e a engenheira de voo batucava os dedos no joelho, nervosa. O paraquedista mais velho, que estava sentado logo atrás, se inclinou para a frente.

— Lembre que temos dois civis com a gente, senhor.

Mas Reynolds continuou esperando.

— Não vou abandonar o García.

O som do motor estava ainda mais perto agora.

O paraquedista mais novo sussurrou, para não alarmar os médicos:

— Somos uma porra de um tiro ao alvo no chão, Reynolds.

— Dá uma chance para o cara chegar! — gritou ele.

Nesse instante, Reynolds se lembrou de algo que seu comandante certa vez lhe dissera: de todos os prejuízos que tinham causado, o verdadeiro presente das fitas — de todo soldado saber quando ia morrer e escolher seu caminho de acordo com isso — era de que nenhum soldado jamais teria que morrer sozinho.

Se ele fosse embora agora, raciocinou Reynolds, abandonando Javi em território inimigo, pelo menos Javi tinha uma fita longa. Pelo menos ele sobreviveria.

O estrondo alto de fogo próximo quebrou o silêncio.

— Puta que pariu, Reynolds! — alguém gritou.

Ele não podia mais esperar.

— Vamos voltar para buscá-lo — disse Reynolds, mais para si do que para qualquer outro.

De onde estava, Javi ouviu o inconfundível barulho do helicóptero passar por cima, sua única chance de salvação voando para longe.

A medida 353

Mas não era a salvação. Não de verdade. O helicóptero teria lhe dado algumas horas a mais, talvez. Uma chance de enviar uma mensagem final para os pais em casa. Mas ele já havia se despedido em cada telefonema para a família, nos últimos cinco anos, com as mesmas três palavras que teria dito agora. As únicas palavras que importavam.

Então Javi pressionou uma última vez a ferida no peito, a bala perdida enterrada em algum lugar dentro dele, depois levantou as mãos para vasculhar dentro da mochila. Levou um minuto, mas ele finalmente encontrou. Um velho cartão de oração esfarrapado, os cantos agora manchados com o sangue de seus dedos.

Ele o agarrou com firmeza em frente ao rosto, o mesmo cartão que havia sido passado de Gertrude para seu amado, de Simon para seu amigo, do avô Cal para seu neto e de Jack para ele, mesmo quando ele achou que não queria.

E Javi leu em voz alta as palavras que todos os antigos donos do cartão uma vez haviam lido. Assim, ele não morreria sozinho.

JACK

O exército havia ficado chocado com a morte de Javier, acreditando que ele era um fita longa e, embora não soubessem as verdadeiras ações e intenções de Javi, os superiores supuseram rapidamente que algum tipo de engano devia ter ocorrido nos dias entre a formatura de Javier e sua missão final. As fitas nunca mentiam, mas os humanos, certamente sim.

Alguns oficiais do exército contataram o sr. e a sra. García. Depois de entregar os pertences de seu filho, pediram-lhes que não falassem com nenhum jornalista até que os militares decidissem a melhor maneira de proceder.

Javier não era o primeiro a morrer em combate após a Iniciativa Star, uma vez que muitos soldados já estavam em missão e puderam continuar. Mas a morte de Javi *foi* a primeira a despertar uma suspeita de fraude intencional. Os pais de Javier receberam permissão para organizar um velório de veterano, mas a função precisa de seu filho no exército — e, especificamente, sua autorização para o combate ativo — não foi discutida em público.

Pouco tempo depois de recebê-la, os pais de Javier entregaram a Jack uma carta, que havia sido enviada a eles, fechada, pelo capitão Reynolds, um amigo que havia descoberto o escrito no beliche de Javi.

Da primeira vez que Jack tentou ler a carta, não conseguiu passar da segunda linha sem chorar. Mas ele estava determinado.

Mami y Papi,

Sei que vocês estão chocados e com o coração partido neste momento, e lamento muito a dor que causei. Mas quero que saibam que eu tinha que fazer isso.

Há cinco anos, após a chegada das caixas, um amigo próximo e eu decidimos trocar nossas fitas para que eu pudesse me apresentar ao exército como fita longa e ser designado a um papel mais desafiador, no campo, onde quer que eu fosse mais necessário.

Eu queria deixar minha marca no mundo e ajudar as pessoas, em primeiro lugar, como vocês sempre me ensinaram. E eu não podia deixar que minha fita curta me impedisse de fazer isso.

E ela não me impediu.

Há um ano, vi um garoto perdido que entrou acidentalmente na linha de fogo e o afastei antes que algo ruim pudesse acontecer com ele. Agora penso muito naquele garoto, com seu cabelo escuro e emaranhado, e seus braços magrelos, como eram os meus antigamente. Talvez vocês também possam pensar nele.

Rezo para que encontrem conforto em saber que nos veremos novamente. Que eu estarei esperando por vocês, um dia, ao lado de toda a nossa família. É essa fé — a fé que vocês me transmitiram — que me manteve forte durante todo esse tempo.

Odeio ter mentido para o meu país e para a minha família. Mas não penso no que fiz como esconder a verdade a meu respeito. Penso nisso como encontrar a verdade sobre mim mesmo. Eu não sou mais apenas o Javi. Sou o capitão Javier García do Exército dos Estados Unidos e espero ter deixado vocês orgulhosos.

Los amo mucho,
Javi

Os pais de Javier supuseram que Jack era o amigo próximo que o filho havia mencionado, e, portanto, Jack lhes contou a verdade, ou pelo menos parte dela. Ele não mencionou suas próprias motivações para a troca das fitas, nem o fato de ter sido ele quem a sugerira. Não queria bagunçar a forma como Javi lhes havia escrito a história.

Mas os pais de Javi não sabiam o que fazer com a carta agora. Eles mal sabiam o que fazer com eles mesmos, de tão exauridos pela dor. E temiam o que poderia acontecer se alguém lesse a confissão escrita de Javier. No entanto, ao ocultar a verdade sobre a morte de Javi, Jack sabia que os líderes do exército só ganhavam tempo para o presidente Rollins. Seu tio estava no meio da campanha de reeleição, e ninguém queria que a notícia de que um jovem fita curta latino havia enganado intencionalmente o Exército dos Estados Unidos e evadido uma das políticas fundamentais da administração se espalhasse. Jack estava preocupado de que a vida de seu amigo, o maior sacrifício dele, fosse encoberta e apagada, a fim de preservar a frágil reputação de seu tio. E Jack não podia deixar que isso acontecesse, independentemente das consequências que *ele* poderia enfrentar se a verdade viesse à tona.

Jack compartilhou suas preocupações com os pais de Javi, contando-lhes como seu filho o havia encorajado a lutar em nome de todos os fitas curtas. Talvez ele pudesse fazer isso agora, compartilhando sua história e a de Javi.

Todos os três sabiam que expor o acordo da troca de fitas podia provocar uma reação negativa, mas escondê-lo parecia de alguma forma vergonhoso. E os pais de Javi não tinham vergonha. Eles estavam tão orgulhosos de seu filho quanto sempre.

Com a bênção deles, Jack elaborou um plano.

Jack havia solicitado uma transferência para Nova York quatro anos antes, desesperado para sair de Washington depois que a tia e o tio se mudaram para a Casa Branca. Ele tinha feito alguns amigos entre os cientistas da computação em seu pequeno posto de comando cibernético e namorado um número considerável de garotas bonitas, embora a maioria delas, acreditando que Jack era um fita curta, só fosse atrás dele na esperança de realizar alguma fantasia distorcida a respeito de um Jack Jr., casando-se com o filho condenado de uma dinastia. Jack tinha feito uma promessa pessoal de participar de todos os eventos do "Entrelaçados Juntos" na cidade, e ele e Javi trocavam cartas várias vezes por ano, o término da fita de Javi sempre infinitamente mais emocionante.

A emoção de desafiar o tio havia gradualmente desaparecido, especialmente após a eleição, e nem o trabalho nem o prazer davam a Jack muita satisfação. Ele tinha voltado a ficar sem rumo. Sem as expectativas da família o pressionando, era surpreendentemente fácil cair no marasmo da vida normal que ele um dia desejou. Mas agora, com uma fotocópia da carta de Javier em mãos, Jack finalmente sentia algum propósito na vida outra vez.

Ele chegou à entrada da mansão onde a Fundação Johnson estava sediada. Depois de perder a candidatura presidencial, o senador Wes Johnson havia fundado uma organização sem fins lucrativos para fornecer recursos para os fitas curtas e promover a igualdade entre todas as pessoas, qualquer que fosse a medida de suas fitas. (Apesar dos grandes avanços do movimento "Entrelaçados Juntos", ainda havia muito a superar, pois o preconceito contra os fitas curtas se provara mais fácil de enraizar do que erradicar.)

Jack havia acompanhado as notícias da Fundação Johnson nos últimos anos, a equipe que trabalhava para estabelecer proteção legal para os fitas curtas que enfrentavam discriminação em inúmeras áreas: contratações, admissão escolar, pedidos de empréstimo, assistência médica, adoções. A lista parecia verdadeiramente infinita. E eles haviam lançado havia pouco uma nova iniciativa que defendia o direito dos fitas curtas de morrer como escolhessem, propondo leis que regulamentassem um final digno, pacífico e cercado por entes queridos para essas pessoas.

Quando Jack chegou à Fundação Johnson, um assistente o conduziu ao escritório da diretora de comunicação recém-nomeada, Maura Hill.

— Por favor, sente-se, sr. Hunter.

Maura se recostou casualmente na frente de sua mesa, os tornozelos cruzados, enquanto Jack se sentava em uma cadeira de couro.

— Devo dizer que fiquei bastante intrigada quando soube que o sobrinho do presidente queria uma reunião — disse ela.

Jack assentiu educadamente.

— Estou aqui em nome do meu amigo, capitão García, do exército norte-americano. Ele foi morto em ação, recentemente.

Jack tomou um gole d'água do copo à sua frente, de repente morto de sede.

— Ah, meu Deus, lamento muito ouvir isso — disse Maura.

Jack pigarreou e se preparou. Era a primeira vez que dizia isso a uma desconhecida.

— A verdade é que, cinco anos atrás, éramos segundos-tenentes do exército, exatamente quando a Iniciativa Star foi anunciada. Meu amigo

Javi tinha uma fita curta, e eu, uma fita longa, mas nós dois sabíamos que era *ele* quem estava destinado a ser soldado. A ser herói, na verdade. Então trocamos nossas fitas, e ele foi enviado para o exterior no meu lugar.

Os olhos de Maura se arregalaram, e ela esfregou a nuca.

— Puta merda.

Jack lhe entregou a carta escaneada que carregava em uma pasta.

— O Javi escreveu isto antes de morrer.

Jack viu Maura ler a carta devagar, demorando-se em cada linha. Seus lábios se abriram várias vezes, como se ela estivesse prestes a dizer alguma coisa, mas ela permaneceu em silêncio.

Jack torceu para ter trazido a carta ao lugar certo. Nos últimos seis meses, a fundação havia oferecido um apoio poderoso ao principal oponente de Anthony para presidente, um senador da Pensilvânia e aberto defensor dos fitas curtas. Rollins já estava perdendo apoio, em especial depois da revelação do ano anterior: a confissão rabiscada encontrada na cela da mulher que tentara assassiná-lo, depois que ela morreu na prisão. O mundo estava errado cinco anos atrás. Ela não havia enlouquecido ao saber de sua fita. Ela nunca havia nem aberto sua caixa, nunca havia visto o que tinha dentro dela. Não: ela era uma irmã enlutada, ainda com o coração partido após trinta anos, enfurecida pela ascensão de um dos homens que culpava pela morte de seu irmão. A mulher sabia, claro, que não teria como assassinar Anthony — ela tinha visto na TV sua fita longa — mas, mesmo assim, queria puni-lo de alguma forma. Fazer a justiça tão atrasada. Quando um homem inocente, Hank, foi atingido no fogo cruzado, ela perdeu a coragem de se expor, silenciada para sempre pela culpa.

Depois que o verdadeiro motivo do atentado foi descoberto, houve pedidos de impeachment, claro, mas era impossível provar que Anthony sabia mais do que era do conhecimento do público. Ele negou qualquer envolvimento direto na morte do meio-irmão da mulher e, quanto à difamação de sua campanha contra ela, ele havia simplesmente suposto — como todo mundo — que a culpa das atitudes dela era por causa da sua fita. Mas agora, na pesquisa mais recente, a corrida pela reeleição de Anthony parecia excruciantemente apertada. Talvez só fosse preciso mais um escândalo para finalmente virar a balança.

— Por que você trouxe esta carta aqui? — perguntou Maura.

— Quero que você vaze para a imprensa — disse Jack. — Incluindo meu nome, confirmando que fui eu que troquei as fitas com o Javier. Estou torcendo para ser a última munição contra o governo Rollins, para mostrar às pessoas o prejuízo que as políticas dele causaram, e como foi estúpido não permitir que alguém tão corajoso e dedicado quanto o Javier servisse abertamente a seu país, na realização do sonho dele. Foi a coragem do Javi, em sua última missão, que permitiu que sua equipe resgatasse aquelas três pessoas. Salvasse a vida delas. — Jack parou um instante. — Mas não tem a ver só com o exército. Tem a ver com cada fita curta cuja trajetória foi bloqueada porque as pessoas têm medo demais, ou são preconceituosas ou ignorantes. Estou torcendo para que quem ler sobre o Javi saiba que os fitas curtas têm tanto valor quanto os fitas longas. E merecem as mesmas oportunidades de provar isso.

Claro, Jack sabia que ler a carta de Javier não faria pessoas como Anthony, Katherine e aqueles que os colocaram no poder mudarem de ideia. Certamente, isso não transformaria tudo, mas talvez fosse um começo.

— Você pode se meter em grandes problemas ao confessar isso — disse Maura. — Tem certeza de que quer seguir em frente?

— Tenho — respondeu Jack, com firmeza.

Ele já estava afastado da família biológica, e era hora de ficar ao lado da que havia escolhido.

— Então vai ser uma honra ajudar — falou Maura. — Acho que a história do Javier merece ser ouvida.

Jack apertou a mão de Maura, deixando a carta aos seus cuidados. Depois saiu para a calçada e olhou para o céu. Javi tinha sido piloto nos últimos quatro anos. Quantas vezes ele teria voado por ali?

Jack torceu para que onde quer que Javi estivesse agora, ele curtisse a ironia daquele momento. Anthony Rollins havia usado insensivelmente a fita de Javi para alavancar sua carreira cinco anos antes, e agora a esperança era de que essa mesma fita desempenhasse um papel em sua queda.

O memorial realizado naquela semana foi simples, com a presença apenas da família de Javier, Jack e dois soldados em licença temporária.

Jack estava de pé perto do caixão, que estava fechado e coberto com uma bandeira americana, quando uma mulher parou ao seu lado.

— Seu amigo era um soldado muito corajoso — disse ela.

A mulher tinha chegado atrasada, depois que a missa já havia terminado, e estava no fundo do salão. Seu rosto não parecia familiar a Jack.

— Ele salvou todos nós naquele dia — sussurrou ela.

Nesse instante, Jack percebeu que ela devia ser um dos dois médicos civis que, segundo o sr. e a sra. García, Javi havia resgatado antes de morrer. Anika Singh, ele achava. Todas as partes envolvidas na missão haviam supostamente assinado cláusulas de confidencialidade, mas o capitão Reynolds havia compartilhado a história da coragem de Javi com os pais dele.

— O Javi não merecia isso — disse Jack. — Ele não merecia ter uma fita curta.

Então Anika se virou e olhou para Jack com a bondade e a compreensão que somente uma mãe deve olhar o filho.

— Sabe, seu amigo Javier me lembra outro homem que eu conheci, cuja fita também era muito mais curta do que deveria ter sido. Mas ele e Javier fizeram muita diferença enquanto viveram. A marca que eles deixaram será sentida por anos, até gerações — disse ela. — De certa forma, acho que os dois tinham as fitas mais longas que eu já vi.

NINA

O aniversário do surgimento das fitas tinha chegado e partido algumas vezes, os anos haviam começado a passar, e logo o mundo se aproximava de quase uma década de convivência com elas.

Alguns acabaram se sentindo gratos pelas caixas, pela oportunidade de se despedirem, de nunca se arrependerem de suas últimas palavras. Outros encontraram conforto no poder incomum das fitas, que lhes permitia acreditar que a vida de seus entes queridos de fita curta não fora, de fato, abreviada. Ela havia sido tão longa quanto deveria ser, desde o momento em que a pessoa nascia até a medida aparentemente determinada por sua fita. Por algum motivo, isso tornava mais fácil aceitar a perda, confiando que nada poderia ter mudado o final das coisas, que a morte não dependera de nenhuma decisão em particular que a pessoa houvesse tomado ou deixado de tomar. Por causa das fitas, não havia necessidade de se perguntar o que poderia ter acontecido se ela tivesse vivido em uma cidade diferente, se alimentado de forma diferente ou feito um caminho diferente para voltar para casa. A perda ainda doía, claro, ainda não fazia sentido, mas era quase um alívio não ser perseguido pelas sombras das hipóteses. A vida tinha simplesmente a duração que deveria ter.

Mas isso não era um conforto para os fitas curtas, aqueles que enfrentavam a injustiça de forma mais íntima. Era um conforto para os fitas longas que sobreviviam, que continuaram enfrentando a ausência de seus entes queridos.

Os pais de Maura pediram a Nina para falar no velório.

Era o primeiro discurso que ela fazia, e foi preciso quase toda a força que ela conseguiu reunir para soltar a mão de sua mãe, sair de seu assento na primeira fileira e ficar de pé diante da multidão de enlutados.

Nina observou rapidamente o salão, procurando um rosto no qual focar enquanto lia seus comentários. Ninguém sentado nas primeiras filas era uma boa escolha: os familiares de Maura choravam baixinho, e ela não queria olhar para Ben e Amie, que provavelmente pensavam na própria versão daquele velório, que inevitavelmente seria realizado dali a alguns anos. Então Nina falou com um punhado de estranhos ao fundo, talvez colegas ou velhos conhecidos de Maura que ela nunca teve a oportunidade de conhecer.

Nina falou sobre a paixão e a coragem da esposa e a facilidade impressionante com que ela fazia amizades. Relatou como Maura tinha ficado sabendo da Fundação Johnson e prontamente deixara seu emprego na editora para trabalhar para a equipe do senador — seu sexto emprego na vida, mas o primeiro no qual definitivamente havia acertado. Ela havia prosperado nesse ofício, encontrado um lugar onde canalizar sua energia, trabalhando com a fundação para proteger seus colegas fitas curtas.

Nina não quis comentar sobre os últimos dias de vida de Maura, da rara anomalia cardíaca que havia passado despercebida. Então contou sobre a história delas.

— É fácil olhar para o nosso tempo juntas e pensar que tivemos azar. Mas não é melhor passar dez anos realmente *amando* alguém, em vez de quarenta, vivendo entediado, cansado ou amargurado? Quando pensamos nas maiores histórias de amor já escritas, não as julgamos pela sua duração. Muitas foram ainda mais breves do que o meu casamento com a Maura. Mas a nossa história, minha e da Maura, foi *profunda* e *completa*, apesar do pouco tempo em que estivemos juntas. Foi uma história maravilhosa por si só e, mesmo eu tendo recebido mais capítulos do que a Maura, as páginas *dela* eram as mais viciantes de ler. As que vou continuar lendo e relendo, várias e várias vezes, pelo resto da minha vida. Nossa história nesses dez anos foi um verdadeiro presente.

Agora as pessoas choravam, então Nina secou os olhos com um lenço amarrotado e leu o discurso diante dela. Ela precisava terminar, devia isso a Maura.

— E, no melhor estilo da Maura, ela me pediu que a voz dela fosse a última que ouviríamos aqui: "Diga a todos que eu sempre fui uma aventureira. Eu sempre quis ser a primeira a tomar a iniciativa, a primeira a mergulhar na água gelada, a primeira a provar comidas estranhas, a primeira a subir no palco e cantar. E agora vou ser a primeira a descobrir o que espera todos nós depois desta vida. Prometo fazer um relatório completo para contar tudo para vocês quando chegarem aqui".

Algumas semanas após o velório, Nina finalmente saiu da casa dos pais e voltou sozinha para o seu apartamento, para terminar de escrever o seu livro: uma compilação de histórias inspiradas pelo tema das fitas e pelas pessoas que as usavam para a causa em que ela trabalhava havia quase três anos. A dedicatória, simples e sincera, já estava digitada — *Para Maura* —, mas Nina relutava em se separar do manuscrito e passá-lo ao editor.

Assim, naquela noite, ela releu as histórias.

A história da mulher que nascera com a mutação BRCA, que não imaginava que sua fita fosse longa, agora liderava os avanços na pesquisa de câncer de mama. A jovem de vinte e três anos criada em um bairro perigoso, cuja fita longa lhe oferecia a esperança de escapar daquele cenário violento, agora dirige um programa para jovens estudantes em situação de risco. Aquele fita curta que carregara nas costas a caixa contendo sua fita durante sua escalada ao monte Everest.

Maura também estava viva nos relatos do manuscrito, por meio do papel que desempenhara na Fundação Johnson. A mulher que realizara a repercutida campanha de conscientização pública, ao divulgar o sacrifício de um jovem soldado fita curta, ajudou a levar a Iniciativa Star à derrota final na Suprema Corte. Um legado maior do que ela jamais poderia ter imaginado.

Maura lhe diria para entregar o livro ao mundo, pensou Nina. *Chegou a hora de desapegar.*

Nina se lembrou de uma das últimas conversas que tivera com Maura.

— Você sempre foi a parte equilibrada, a parte forte, a que planejava tudo — disse Maura. — Então eu preciso que você seja essa pessoa agora, entendeu? Você não pode fraquejar. A Amie e o Ben precisam de você, os filhos deles precisam de você, e a sua *vida* precisa de você. Me promete que você vai continuar sendo a parte forte, que vai continuar levando seus planos adiante.

Mas Nina tinha apenas dois planos no momento: publicar aquele livro e sobreviver ao ano seguinte. Amanhã, ela começaria o primeiro. Hoje à noite, precisava de mais um tempo a sós com as histórias, com a história de Maura, antes de compartilhá-las com o mundo.

AMIE

Como todos os casados, Ben e Amie brigavam.

Ela resmungava com ele por não ter recolhido o lixo, por não ter carregado direito a máquina de lavar louça. Às vezes, ele questionava a cautela dela, insistindo que os filhos deles, Willie e Midge, estavam de fato prontos para andar de bicicleta sem a ajuda das rodinhas.

Eles fingiam se irritar e levantavam a voz um para o outro, mas acabavam encontrando um conforto surpreendente nas brigas, naquela parte natural do casamento e da criação dos filhos, que, apesar de seus desafios incomuns, ainda podia ser tão convencional e tão deliciosamente *normal*.

Ben queria que tudo acontecesse rápido. Ele deu entrada no financiamento de uma casa em um bairro distante de classe média antes mesmo de Willie nascer, e ele e Amie foram presenteados com dois filhos que se desenvolveram com bastante agilidade. Os primeiros passos, as primeiras palavras, os primeiros hobbies vieram todos em uma rápida sucessão, e logo eles estavam aprendendo a tocar piano e a arremessar bolas de basquete. Ben e Amie faziam tudo o que podiam para aproveitar e proporcionar lembranças de seu tempo como um quarteto. Ben treinava os dois times infantis dos filhos e fazia aulas de pintura com eles. Amie lia para eles à noite, na hora de dormir, levando-os para terras distantes. Tanto os pais de Amie quanto os de Ben se mudaram para as redondezas e se dedicaram aos netos, enchendo a casa de brinquedos e guloseimas, enquanto Nina se tornou a "tia legal", como ela e Maura haviam brincado, convidando as crianças para dormir uma vez por mês em seu apartamento.

E sempre que Ben e Amie faziam uma pausa, em meio aos dias agitados, eles viam as mesmas coisas que Ben chegou a duvidar que fossem existir — os registros de sua família, de uma vida plena juntos. As prateleiras que antes viviam cheias dos romances favoritos de Amie, agora estavam lotadas de livros infantis. Havia também os cartões-postais do verão na Riviera Francesa e do inverno em São Petersburgo, duas viagens feitas antes de Willie nascer, a travessa azul que Ben havia lascado no primeiro Dia de Ação de Graças que eles tiveram em casa, scooters, quebra-cabeças, um teclado elétrico de aniversários e feriados passados, plantas emolduradas dos edifícios que Ben ajudou a projetar e cartas transformadas em quadros de três antigos alunos de Amie, agora adultos e eles próprios professores. E, em um livro de recortes escondido em uma escrivaninha, todas as cartas que um dia escreveram um para o outro.

Ben e Amie não ficaram surpresos quando receberam o diagnóstico de Ben. Eles estavam preparados. E Ben já tinha certeza quanto a não se internar. Ele ficaria em casa, com a esposa e os filhos, exatamente como eles haviam planejado.

Nina perguntou à irmã se ela voltaria para a cidade depois que Ben se fosse, e Amie imaginou sua vida na casa sem Ben: a geladeira cheia de comida congelada, os vizinhos balançando a cabeça solenemente cada vez que passavam pelo gramado dela. Mas ainda era a casa onde Ben tinha insistido em carregá-la porta adentro quando eles se mudaram, apesar de na época ela estar grávida de cinco meses, ainda era a casa onde ele passara uma semana inteira construindo um balanço no quintal, e ela não podia simplesmente deixar aquele lar.

Uma noite, Nina se sentou à mesa da cozinha com Amie e Ben, enquanto Ben finalizava seu testamento. Para a surpresa de Nina, Ben se recostou na cadeira, olhou para as duas e disse que estava satisfeito. Satisfeito por sua caixa aberta ter sido enfiada goela abaixo quando ele era mais jovem, satisfeito por ter compartilhado os anos mais felizes de sua vida com Amie, Willie e Midge, e satisfeito por não estar deixando a família em uma situação difícil.

Depois que Ben subiu para dormir e as irmãs ficaram sozinhas, Nina perguntou a Amie se ela também se sentia satisfeita com sua escolha.

A medida

— *Pode ser* que eu mude de opinião — disse Amie. — Mas duvido. Eu passava tanto tempo fantasiando sobre o futuro e as diferentes possibilidades, mas, desde que o Willie e a Midge nasceram, parei de pensar nisso. Acho que me tornar mãe fez com que fosse bem mais fácil estar presente.

— Porque, se você se distrair um minuto, eles se queimam no fogão? — perguntou Nina.

— Bom, sim, tem isso. — Amie riu. — Mas não é *só* isso. Eu sempre me perguntava como seria se eu vivesse uma outra vida, mas agora eu sei que é *esta* vida que era para ser minha. Sinto isso toda vez que beijo a bochecha gordinha deles ou vejo o Ben carregá-los nas costas.

Amie ficou em silêncio por um momento.

— Claro, saber que se é uma fita longa, como você, é a maior das bênçãos — completou ela. Então pegou o celular e olhou a tela, onde viu uma foto de Ben e as crianças pedindo doces no último Halloween. — Mas eu também me sinto muito abençoada.

A poupança para a faculdade de Willie e Midge; a hipoteca da casa; o testamento de Ben — tudo estava em ordem. E todos — dos pais de Ben e Amie, a Nina, Willie e Midge — estavam tão prontos quanto podiam estar.

Mas ninguém estava pronto para a ligação da polícia informando que o carro de Ben e Amie tinha sido atingido na rodovia enquanto eles voltavam de uma das consultas de Ben.

— Sinto muito por sua perda — disse o policial.

Mas era uma perda maior do que qualquer um esperava.

Na manhã seguinte ao acidente, insone e atordoada pelo luto, Nina foi cambaleando até o armário da irmã e puxou a caixa que Amie tinha guardado lá, fechada, durante os últimos catorze anos. Nina já sabia o que estava dentro, o que a irmã nunca havia visto, mas queria ver com seus próprios olhos.

A fita de Amie.

Com a mesma medida que a de Ben, o tempo todo.

Nina levantou carinhosamente a fita e segurou a vida da irmã nas mãos. Depois a pressionou suavemente contra o peito enquanto chorava e chorava.

NINA

Filhos nunca tinham feito parte de seu plano, mas Nina adotou Willie e Midge sem pensar duas vezes. Apesar de terem apenas onze e nove anos de idade, eles eram muito parecidos com Amie. Tinham a imaginação e os olhos dela, e ter os dois era como ter um pedaço da irmã que permaneceria com Nina, para sempre.

Ela sabia que Amie queria que seus filhos continuassem vivendo na mesma casa, então Nina vendeu seu apartamento em Manhattan e se mudou para lá, com os pais de Ben e os dela morando em apartamentos próximos, para que Willie e Midge nunca ficassem sozinhos.

Nina sabia que nunca deixaria de sentir saudade deles, de Amie, Maura e Ben. Mas ela honraria sua promessa. Não iria fraquejar. Ela seria a parte forte, agora, para Willie e Midge. E continuaria fazendo planos para eles três.

Após cerca de um ano, Nina e as crianças haviam conseguido reconstruir a vida juntos como um trio recém-fundado. Como uma família.

A cada poucas semanas, Nina levava Willie e Midge para Nova York, onde o trio visitava um museu ou o zoológico, ou Nina deixava as crianças vagarem, boquiabertas, pelos corredores da FAO Schwarz.

Nas raras ocasiões em que dormiam por lá, após um show da Broadway que terminava tarde ou algo parecido, eles se hospedavam sempre no mesmo hotel do centro com a fachada em estilo neoclássico, um dos últimos projetos de Ben na cidade. A restauração que durara um ano havia transformado o hotel centenário, uma joia deteriorada e decadente, em um palácio digno de sua história. Ben havia escolhido propositadamente o hotel como seu projeto final. Tinha a ver com dar ao edifício uma "segunda vida", se Nina bem lembrava. Uma vida da qual os filhos dele agora faziam parte.

Em uma dessas noites na cidade, após um longo dia estudando ossos de dinossauros no Museu de História Natural, Nina atravessou a rua com as duas crianças em direção ao Central Park. Sob a sombra das árvores, a última luz do dia filtrada pelos galhos, a família de três parou para ver o banco de Amie.

Nina estendeu a mão, que começava a revelar seus quarenta e poucos anos, e correu os dedos ao longo da placa prateada lisa que Amie havia dado de presente a Ben no aniversário de dez anos deles, depois de passar os nove anos anteriores secretamente economizando para isso.

Caro b,

Não importa o que aconteça, ainda sinto a mesma coisa.

—A

Nina se sentou no banco enquanto Willie e Midge correram para o parquinho próximo.

Ao vê-los correndo e sorrindo, indo dos balanços para o trepa-trepa e vice-versa, Nina se maravilhou com a resiliência delas. Amie e Ben ficariam muito orgulhosos dos dois — daquelas crianças doces, curiosas e brincalhonas que eles haviam criado.

Em momentos como aquele, Nina ficava feliz por Amie nunca ter aberto sua caixa, nunca ter sentido a raiva e a angústia que haviam atormentado a vida de Maura e nunca ter tido que olhar para o rosto macio e redondo de seus bebês, sabendo que não os veria envelhecer.

Às vezes, Nina até se perguntava se Willie e Midge teriam nascido se Amie tivesse olhado sua fita. Já havia sido difícil para Amie planejar a criação de uma família sem Ben, e se ela soubesse que *também* não estaria presente? Talvez a decisão de Amie de nunca olhar, de nunca *saber*, tivesse dado às duas irmãs o presente que eram aquelas duas preciosas almas.

É claro que Nina se esforçava para ser a mãe que Amie sempre fora, tão atenta e carinhosa, mas também se perguntava sobre o tipo de mãe que Maura poderia ter se tornado, e era o sentimento de alegria, coragem e espontaneidade de Maura que Nina desejava incutir nas crianças. Um anseio pela vida que tanto sua irmã quanto sua esposa haviam compartilhado. Nina pensou na frase "Viva como se sua fita fosse curta", frequentemente estampada em camisetas, bolsas e cartazes. O slogan era muito anunciado atualmente, bem mais do que no início, quando os fitas curtas eram esmagadoramente considerados pessoas perigosas e deprimidas, em vez de cheias de propósito e abertas à vida.

Nina observou Willie e Midge fazerem amizade com outras duas crianças no parquinho, os quatro se revezando no escorregador de plástico amarelo, gritando de alegria enquanto desciam. Nina sempre se surpreendia com como as crianças interagiam de um jeito tão instantâneo e sincero e, depois de adultas, se distanciavam tanto do genuíno.

Os dedos de Nina se arrastaram em direção ao pescoço e tocaram o broche de Maura, as duas fitas de ouro, que ela havia pendurado em uma das correntes da mãe após a morte da esposa. Ela tinha o hábito de esfregar o polegar no pingente como um talismã sempre que estava perdida em pensamentos. Poucas pessoas usavam esse broche todos os dias como Nina. Ele era reservado principalmente para ocasiões especiais ou eventos políticos, como as fitas rosa que apareciam a cada mês de outubro, agora que o choque esmagador dos primeiros anos havia abrandado, ajudado pelo fato de que nunca houve nenhuma onda de violência em massa perpetrada por fitas curtas, como alguns haviam advertido. O ex-presidente Rollins, antes a voz mais alta de alerta, agora só reaparecia na mídia para promover seu livro de memórias ou fazer um discurso.

Apesar dos esforços contínuos da Fundação Johnson e da campanha "Entrelaçados Juntos" para acabar com a discriminação por causa das fitas, esta última ainda persistia, é claro — os preconceitos mais íntimos e pessoais contra os fitas curtas eram tênues demais para um dia se apagarem por completo. Os protestos ainda irrompiam de quando em quando, em reação a casos particularmente graves. Nina pensou que Maura ficaria feliz em saber que eles não tinham sido silenciados.

Mas, quando Nina viu as quatro crianças brincando juntas, uma amizade formada em questão de minutos, ela se perguntou se elas poderiam se agarrar ao dom infantil da empatia fácil e desenfreada, mesmo depois de crescerem. Sem dúvida, era o que Amie, Ben e Maura teriam desejado, e Nina faria de tudo para criá-las assim.

Uma mulher mais velha se sentou ao lado de Nina no banco, tirou uma revista da bolsa e começou a ler. Nina reconheceu a edição anterior, que trazia uma matéria a respeito de Jack Hunter, o famoso sobrinho de um infame presidente, de quem Nina sempre se lembraria por ter procurado Maura em um momento difícil. Depois de confessar, com a ajuda de Maura, ter trocado sua fita com a de um amigo do exército, Jack havia desfrutado de alguns anos como quase uma celebridade. O artigo contava sua rápida queda, a perda do título militar, seguida de uma ascensão, pelo jeito, sem nenhum entrave. Na época da entrevista, ele trabalhava em uma ONG que apoiava veteranos com transtorno de estresse pós-traumático, e a esposa esperava o segundo filho.

A foto da esposa grávida de Jack Hunter, em um canto da capa da revista, fez Nina se lembrar vagamente da velha amiga de Maura, Lea, que quase havia dado à luz na Times Square, após o primeiro de muitos eventos da campanha "Entrelaçados Juntos". Willie e Midge ainda recebiam os gêmeos de Lea, que eram apenas alguns anos mais velhos do que eles, para brincar no quintal enquanto Nina e o irmão de Lea os vigiavam do terraço, ambos cuidando do legado das irmãs.

Um dia, pensou Nina, todas essas crianças teriam seus próprios filhos, nascidos num mundo com pouca memória do tempo anterior às caixas, quando Nina e os outros fitas longas de sua geração se retirariam para a tranquilidade da velhice, lembrando da chegada das caixas da mesma maneira como seus avós falavam da Segunda Guerra Mundial, uma mudança brutal que todos os outros aprendiam somente nos livros e romances. Algo tão insondável para as duas jovens irmãs que liam em uma livraria, para o menino tímido que desenhava esboços de edifícios em um caderno, para a mulher despreocupada que cantava karaokê em um bar, algum dia seria apenas mais uma parte da vida.

Mas será que as pessoas ainda olhariam suas fitas, dentro de suas caixas?

Os colegas de Nina haviam comentado sobre a recente pesquisa da Gallup, a última pesquisa nacional sobre as fitas. Pela primeira vez, o número de pessoas que decidiam não ver suas fitas havia aumentado significativamente. Mais e mais caixas permaneciam fechadas, em especial entre os mais novos destinatários. Podia ser apenas uma tendência, e toda aquela gente podia mudar de ideia. Mas Nina se perguntava se isso podia ser um sinal. Se, após quinze anos de medo e caos, o mundo tinha visto fitas de medidas suficientes — curtas, médias e longas — para saber que *qualquer* comprimento era possível, e, portanto, talvez ele não importasse. Que a medida que marcava o início e o fim de cada fita pode ter sido escolhida *para* nós, mas o que havia entre uma coisa e outra era sempre indeterminado para ser moldado *por* cada um de nós.

É claro que as pessoas ainda se perguntavam, *sempre* se perguntariam, de onde vinham as caixas e por que elas eram enviadas. Eram destinadas apenas para que cada indivíduo usasse o conhecimento de sua própria vida da maneira que achasse conveniente, ou eram oferecidas ao mundo em comunhão, para provocar uma mudança global maior? Alguns previam que seu verdadeiro poder só seria revelado quando todas as pessoas as tivessem olhado. Outros haviam começado a acreditar que as caixas não haviam sido enviadas com o propósito de serem abertas, e que o presente era apenas receber uma fita.

Embora sua fita ainda se estendesse por muitos anos, Nina se perguntou se talvez ela mesma pudesse tentar viver como se fosse uma fita curta, sem temer o inesperado, simplesmente abraçando a chance de dizer "sim".

Ela nunca se imaginara mãe de dois filhos, mas aquelas crianças eram uma luz que havia iluminado seus dias sombrios. Quem sabe o que mais a esperava? Talvez ela finalmente concordasse em conhecer e sair com alguma das mulheres que seus amigos viviam querendo lhe apresentar. Talvez atualizasse seu livro com novas histórias. Talvez levasse Willie e Midge para desfrutar uma aventura em algum lugar. Talvez lhes mostrasse o mundo.

Mas, naquele momento, em um banco no Central Park, ela só queria que sua mente descansasse, que se concentrasse no tempo presente. Ela se levantou e se juntou a seus filhos no parquinho, envolvendo as mãos deles nas dela, enquanto os rodava no gira-gira.

E, em algum lugar, a alguns quarteirões lá longe no parque, fora do alcance da audição, um homem pedalava uma bicicleta com uma caixa de som amarrada atrás. Suas pernas faziam mais esforço do que antes, as rodas giravam um pouco mais devagar. Mas a música tocava clara como sempre, e todas as pessoas que o cercavam, habitualmente ocupadas e distraídas, paravam um segundo e viravam a cabeça, tentando descobrir de onde vinha a melodia.

AGRADECIMENTOS

Agradeço a todos que participaram da jornada percorrida por este livro, que, para mim, foi a realização de um sonho. Minha gratidão é tão grande que é impossível expressá-la por completo aqui.

Obrigada às minhas incríveis agentes da CAA, Cindy Uh e Berni Barta, as fadas madrinhas deste livro. Não imagino trazer esta história ao mundo sem sua sabedoria, dedicação e orientação.

Obrigada à minha notável editora, Liz Stein, que tocou cada página deste romance com seu brilho e compaixão. Eu não poderia ter pedido uma parceira melhor e uma maior defensora desta história.

Obrigada a Carla Josephson, por sua infinita paixão e liderança criativa ao levar este livro aos leitores do Reino Unido.

Obrigada às equipes da William Morrow, Borough Press e HarperCollins, especialmente Liate Stehlik, Jennifer Hart, Kelly Rudolph, Ariana Sinclair, Kaitlin Harri, Brittani Hiles, Elsie Lyons, Dale Rohrbaugh e Dave Cole. Eu me belisco todos os dias para acreditar que isso está acontecendo de verdade.

Obrigada à inigualável equipe da CAA, especialmente Michelle Weiner, Dorothy Vincent, Emily Westcott, Jamie Stockton, Khalil Roberts, Jason Chukwuma, Adi Mehr, Sydney Thun e Bianca Petcu.

Obrigada à minha tia, Aimée Fine, por seu feedback inicial; a Sumya Ojakli, por sua fé desde o começo; e a Mady Despins, por sua inestimável gentileza.

Obrigada a todos os meus professores das universidades de Harvard e Colúmbia, e aos meus professores da School of the Holy Child, que alimentaram meu desejo de escrever e me impulsionaram a ser melhor.

Obrigada ao círculo de pessoas incríveis que conheci em Cambridge e Nova York, por seu amor e apoio durante os anos em que trabalhei neste livro. Todos vocês tornaram minha vida muito mais rica, e serei grata para sempre.

Obrigada, por fim, à minha família. Aos meus avós, Mary e Walter, por terem lançado os alicerces da minha vida e me inspirarem a cada dia, e a Nancy e Everett, por me ajudarem a alcançar as estrelas. Aos meus pais, Laura e Jim, por me guiarem em cada passo da vida e pelo encorajamento inabalável. (Um agradecimento especial à minha mãe, minha editora original, por ler este livro mais vezes do que qualquer outra pessoa.) A Landy, minha irmã e melhor amiga, obrigada por compartilhar comigo seu invejável talento e criatividade. Ser amada por todos vocês fez de mim quem eu sou.

E a todos os leitores que escolheram ler este livro, obrigada.

Impresso no Brasil pelo Sistema Cameron da Divisão Gráfica da
DISTRIBUIDORA RECORD DE SERVIÇOS DE IMPRENSA S.A.